Ein schöneres Geschenk hätte der alte Henry ihr kaum machen können. An ihrem 33. Geburtstag kann Kinsey Millhone, Detektivin aus dem kalifornischen Santa Teresa, ihr Apartment, das durch eine Bombe zerstört worden war, wieder beziehen. Und rechtzeitig für die nächste Miete kommt auch ein neuer Auftrag herein: Eine Mrs. Gersh bittet die Detektivin, ihre Mutter von einem Campingplatz in der Wüste heimzubringen. Weniger erfreulich ist die dritte Neuigkeit an diesem Tag: Ein Krimineller im Knast brüstet sich damit, einen Killer auf Kinsey Millhone angesetzt zu haben. Kinsey weiß nicht, ob sie die Drohung ernst nehmen soll, und fährt erst einmal in die Mojave-Wüste, um die alte Agnes zu suchen. Doch als ihr VW von einem anderen Wagen brutal gerammt wird, begreift sie, daß sie Hilfe braucht, und engagiert einen Kollegen als Leibwächter. Während Robert Dietz sich in ihrem neuen Apartment einrichtet – eine verwirrende Erfahrung für die an ihr Single-Dasein gewöhnte Detektivin – und sich bemüht, sie vor dem Killer zu beschützen, sucht Kinsey weiter nach der Mutter ihrer Klientin. Als die verwirrte alte Agnes schließlich auftaucht, gibt sie Kinsey neue Rätsel auf: Wer ist diese Agnes Grey wirklich? Mit der Unterstützung von Dietz versucht Kinsey das Geheimnis der alten Dame zu ergründen – und dem gedungenen Killer aus dem Weg zu gehen...

Sue Grafton, geboren in Louisville, Kentucky, als Tochter des Krimiautors C. W. Grafton, wurde mit ihrer Romanserie um die kalifornische Privatdetektivin Kinsey Millhone in wenigen Jahren »zu einer der renommiertesten Kriminalschriftstellerinnen des angloamerikanischen Sprachraums« (Buchreport). Mit ›G Is for Gumshoe‹ (1990; ›G wie Galgenfrist‹) und ›H Is for Homicide‹ (1991; ›H wie Haß‹, 1992) gelang ihr auf Anhieb der Sprung auf die amerikanische Bestsellerliste. Die Autorin lebt in Santa Barbara, Kalifornien.

Lieferbare Titel im Fischer Taschenbuch Verlag: ›Detektivin, Anfang 30, sucht Aufträge‹ (Bd. 10208), ›Sie kannte ihn flüchtig‹ (Bd. 8386).

Sue Grafton
G wie Galgenfrist

Kriminalroman

Aus dem Amerikanischen
von Edith Walter

Fischer Taschenbuch Verlag

Deutsche Erstausgabe
Veröffentlicht im Fischer Taschenbuch Verlag GmbH,
Frankfurt am Main, Februar 1992

Die Originalausgabe erschien unter dem Titel
›G Is for Gumshoe‹
im Verlag Henry Holt and Company, New York

Umschlaggestaltung: Manfred Walch, Frankfurt am Main
Umschlagabbildung: Loh Productions
Gesamtherstellung: Clausen & Bosse, Leck
Printed in Germany
ISBN 3-596-10136-0

*Für Molly Friedrich und Geoffrey Sandford…
die für mich einen Pfad durch den Dschungel hauen*

Für unschätzbare Hilfe bedankt sich die Autorin bei: Steven Humphrey; Eric S. H. Ching; Harvey Giss, stellvertretender Bezirksstaatsanwalt für den Bezirk Los Angeles; Joe Driscoll von Driscoll & Associates Investigations; Noel Waters, Bezirksstaatsanwalt, Carson City, Nevada; Ms. Terry Roeser, Pflichtverteidigerin des Staates Nevada; Richard und Vicki Windsor; Allen Glanze, Stano Components; Lucy Thomas, medizinische Bibliothek Reeves, Cottage Hospital; Bobbie Kline, Nursing Director, Cottage Hospital, Notfallaufnahme; Karen Nelson, pathologische Abteilung, Cottage Hospital; Lieutenant Tony Baker, Sheriffbüro für den Bezirk Santa Barbara; Robert Simonet, Sicherheitsdirektor Four Seasons Biltmore; Sergeant Dennis Prescott und Detective Lawrence Gillespie, Büro des Leichenbeschauers für den Bezirk Santa Barbara; Pepper Breault, Protokollführer beim Bezirksgericht von Santa Barbara; Bob Hall und Carter Blackmar.

Dankbar erwähnen möchte die Autorin auch die Ärzte Marilyn S. Cebelin, M. D., und Charles S. Hirsch, M. D.: *Streß-Cardiomyopathie beim Menschen, Human Pathology 2,* Nr. 2 (März 1980).

1

Drei Dinge ereigneten sich am oder um den 5. Mai herum, der in Kalifornien nicht nur *Cinco de Mayo* *, sondern auch mein Geburtstag ist. Abgesehen von der Tatsache, daß ich dreiunddreißig wurde (nachdem ich zwölf endlos lange Monate zweiunddreißig war), geschah folgendes:

1. Der Umbau meiner Wohnung war endlich fertig, und ich zog wieder ein.
2. Eine gewisse Mrs. Clyde Gersh heuerte mich an; ich sollte ihre Mutter aus der Mojave-Wüste zurückbringen.
3. Ich rutschte auf einen der obersten Plätze von Tyrone Pattys Abschußliste.

Ich zähle diese Ereignisse nicht unbedingt in der Reihenfolge ihrer Bedeutung auf, sondern so, wie sie am leichtesten zu erklären sind.

Fürs Protokoll: Ich heiße Kinsey Millhone, bin Privatdetektivin mit einer Lizenz des Staates Kalifornien, (jetzt) dreiunddreißig Jahre alt, wiege sehr weibliche hundertacht Pfund und bin einssiebenundsechzig groß. Ich habe dunkles, dichtes, glattes Haar, das ich gewöhnlich kurz trage, seit einiger Zeit aber wachsen lasse, nur um einmal zu sehen, wie sich das macht. Normalerweise bearbeite ich meinen Schopf ungefähr alle sechs Wochen selbst mit einer Nagelschere, weil ich zu geizig bin, in einem Schönheitssalon achtundzwanzig Dollar zu berappen. Ich habe haselnußbraune Augen, eine Nase, die schon zweimal gebrochen war, aber noch ganz gut funktioniert, glaube ich. Wenn man mich auffordern würde, mein Aussehen auf einer Skala zwischen eins und zehn zu bewerten, würde ich

* Mexikanischer Nationalfeiertag zur Erinnerung an den Sieg der mexikanischen Truppen über die Franzosen bei Puebla am 5. Mai 1862. Wird auch in Kalifornien von vielen mexikanischen Einwanderern gefeiert. (Anmerk. d. Übersetz.)

das ablehnen. Ich verwende jedoch selten Make-up, was zur Folge hat, daß ich bei fortgeschrittener Tageszeit immerhin noch genauso aussehe wie am frühen Morgen.

Seit Neujahr wohne ich bei meinem Hauswirt, dem zweiundachtzigjährigen Henry Pitts, der mir vor zwei Jahren eine zum Apartment umgebaute Garage vermietet hatte. Diese unscheinbare, aber sonst zweckmäßige Behausung war in die Luft gepustet worden, und Henry hatte mir vorgeschlagen, ich solle während des Wiederaufbaus in seinem kleinen Hinterzimmer unterkriechen. Es gibt anscheinend ein Naturgesetz, nach dem jeder Hausbau den ursprünglichen Kostenvoranschlag um hundert Prozent überschreitet und fünfmal so lange dauert wie erwartet. Das wäre eine Erklärung dafür, warum nach fünf Monaten intensiver Arbeit die Einweihung mit dem Pomp einer Filmpremiere gefeiert werden sollte. Mir war nicht ganz wohl bei dem Gedanken an die neue Bleibe, weil ich absolut nicht sicher war, was Henry sich für Grundriß und Innendekoration hatte einfallen lassen. Er hatte sehr geheimnisvoll getan und platzte fast vor Selbstzufriedenheit, seit die Stadt seine Entwürfe genehmigt hatte. Ich befürchtete nur, daß man mir meine Bestürzung allzu deutlich anmerken würde, sowie ich den ersten Blick darauf geworfen hatte. Ich bin zwar eine geborene Lügnerin, schaffe es aber nicht besonders gut, mich zu verstellen. Deshalb sagte ich mir immer wieder vor, es ist sein Eigentum, und er kann damit machen, was er will. Sollte ich mich bei zweihundert Dollar Miete im Monat etwa beklagen? Na also.

An diesem Donnerstagmorgen wachte ich um sechs Uhr auf, stieg aus dem Bett und in den Jogginganzug. Ich putzte mir die Zähne, klatschte mir ein bißchen Wasser ins Gesicht, machte ein paar flüchtige Kniebeugen und lief durch Henrys Hintertür hinaus. Mai und Juni sind in Santa Teresa oft neblig – trüb wie ein weißflimmernder Bildschirm nach Programmschluß. Im Winter sind die Strände kahl, massive Gesteinsbrocken kommen zum Vorschein, wenn die Ebbe den Sommersand weggespült hat. Diesmal waren März und April verregnet gewesen, aber der Mai hatte klar und mild begonnen. Mit den Frühjahrsströmungen kam auch der Sand zurück, und die Strände wurden für die Touristen hergerichtet, die um den Memorial Day herum in die Stadt einfallen und erst nach dem Labor-Day-Wochenende wieder verschwinden würden.

Diese Morgendämmerung war spektakulär, Schönwetterwolken sprenkelten den Himmel mit dunkelgrauen Wattebäuschchen, deren Unterseite die Sonne intensiv rosa gefärbt hatte. Es war Ebbe, und der Strand schien sich wie ein silbernes Spiegelbild des Himmels bis zum fernen Horizont zu dehnen. Santa Teresa war üppig und grün, und die Luft fühlte sich weich an, gesättigt mit dem Duft von Eukalyptusblättern und frisch gemähtem Gras. Ich lief drei Meilen und kam eine halbe Stunde später zurück, gerade rechtzeitig, um Henry »Zum Geburtstag viel Glü-ü-ück« schmettern zu hören, während er ein Blech mit frischen Zimtbrötchen aus dem Backofen zog. Ich bin eigentlich nicht besonders scharf drauf, mir ein Ständchen bringen zu lassen, aber er sang so falsch, daß ich nur belustigt und gerührt sein konnte. Ich duschte, zog Jeans, T-Shirt und Tennisschuhe an, und dann überreichte Henry mir eine in Geschenkpapier eingepackte Schmuckschachtel, die den nagelneuen Messingschlüssel zu meinem Apartment enthielt. Er benahm sich wie ein Kind, ein scheues, faltiges Lächeln im schmalen gebräunten Gesicht, und die blauen Augen funkelten vor kaum bezähmbarer Erregung. In feierlicher Zwei-Mann-Prozession zogen wir von seiner Haustür über den gepflasterten Patio zu meiner Wohnungstür.

Von außen kannte ich meine Behausung schon – Erdgeschoß und erster Stock waren cremefarben verputzt, mit abgerundeten Ecken, in einem Stil, den man wohl als Art deco bezeichnen könnte. Mehrere verstellbare Fenster waren neu eingesetzt worden, und den Garten ums Haus herum hatte Henry selbst bepflanzt. Um die Wahrheit zu sagen, von außen wirkte das Ganze nicht besonders ansprechend, was mich jedoch überhaupt nicht störte. Ich hatte mich nur immer davor gefürchtet, daß das Apartment zu pompös ausfallen würde.

Wir besichtigten erst ein paar Minuten lang das Grundstück, und Henry schilderte mir in allen Einzelheiten die Kämpfe, die er sich mit den Baubehörden der Stadt geliefert hatte. Mir war klar, daß er den Bericht so ausdehnte, um die Spannung bis aufs letzte auszureizen, und tatsächlich fühlte ich mich unsicher und wünschte mir nur, ich hätte schon alles hinter mir. Endlich durfte ich den Schlüssel im Schloß herumdrehen, und die Wohnungstür mit dem bullaugenförmigen Fenster schwang auf. Ich weiß nicht, was ich erwartet hatte. Ich war bemüht gewesen, mir nichts auszumalen, aber jetzt verschlug es mir die Sprache. Das ganze Apartment gab einem das Gefühl, auf einem Schiff zu sein. Die Wände bestanden aus poliertem Teak- und Eichenholz, mit Regalen und kleinen, gemütlichen Nischen auf beiden Seiten. Die Kochnische war rechts, wo sie auch früher gewesen war, sah jetzt aber aus wie eine Kombüse mit winzigem Herd und Kühlschrank. Hinzugekommen waren ein Mikrowellenherd und eine Abfallpresse. Eingepaßt in einen Winkel neben der Küche stand eine Kombination aus Waschmaschine und Trockner, und daneben lag ein winziges Badezimmer.

Im Wohnbereich bildete das in einen Fenstererker eingebaute Sofa mit zwei Sesseln aus königsblauem Segeltuch eine gemütliche Sitzgruppe. Henry führte mir kurz vor, wie man das Sofa mit ein paar Handgriffen in ein Gästebett verwandeln konnte. Die seitliche Länge des Wohnraums betrug ungefähr viereinhalb Meter, wie vor der Explosion, doch jetzt gab es oben, wo früher mein Speicher gewesen war, einen Schlafraum, den man über eine winzige Wendeltreppe erreichte. In der alten Behausung hatte ich gewöhnlich, nackt in eine Steppdecke gewickelt, auf der Couch geschlafen. Jetzt bekam ich ein regelrechtes Schlafzimmer.

Ich schlängelte mich die Treppe hinauf und betrachtete staunend das Doppelbett mit den Schubkästen darunter. Über dem Bett hatte man durch die Zimmerdecke und durch das Dach einen Schacht getrieben, der mit einer klaren Plexiglashaube abgedeckt war, durch die gebündeltes Licht auf die blau-weiße Patchwork-Bettdecke fiel. Schräge Fenster blickten an einer Seite auf den Ozean und an der anderen zu den Bergen hinaus. Ein mit Zedernholz verkleideter Schrankraum mit Kleiderstange, Haken für alles mögliche, Schuhhaltern und vom Boden bis zur Decke reichenden Schubfächern bildete die Rückwand.

Neben dem Schlafraum befand sich ein winziges Badezimmer. Die Wanne war im Boden versenkt, mit eingebauter Dusche. Vor einem Fenster in Wannenhöhe standen üppige Grünpflanzen auf einem hölzernen Fenstersims. Ich konnte inmitten der Baumwipfel baden, mit Blick auf den Ozean, über dem die Wolken sich wie Seifenblasen türmten. Die Handtücher waren königsblau wie der baumwollene Zottelteppich, und sogar die Seife in der weißen Porzellanschale auf dem runden Messingbecken war blau.

Als die Besichtigung beendet war, drehte ich mich um und starrte Henry sprachlos an – eine Reaktion, über die er laut lachen mußte, hell begeistert von sich selbst, weil ihm sein Plan so perfekt gelungen war. Den Tränen nahe, legte ich die Stirn an seine Brust, während er mir verlegen den Rücken tätschelte. Einen besseren Freund als ihn kann ich mir nicht wünschen.

Bald darauf ließ er mich allein, und ich schaute in jedes Schränkchen, in jede Schublade, atmete den Geruch des Holzes ein und lauschte auf das geisterhafte Ächzen des Windes in den Dachsparren. Ich brauchte fünfzehn Minuten, um mit meiner ganzen Habe umzuziehen. Das meiste, was ich besessen hatte, war ein Opfer der Bombe geworden, die meine alte Bleibe dem Erdboden gleichgemacht hatte. Mein ›Kleid für alle Gelegenheiten‹ hatte überlebt, zusammen mit einer Lieblingsweste und dem Hängefarn, den Henry mir zu Weihnachten geschenkt hatte. Alles andere war von Schwarzpulver, Sprengkapseln und Schrapnellen atomisiert worden. Vom Geld der Versicherung hatte ich mir ein paar Klamotten gekauft – Jeans und Jogginganzüge – und den Rest auf ein Festkonto gelegt, wo es fröhlich Zinsen sammelte.

Um acht Uhr fünfundvierzig schloß ich ab, schaute kurz bei Henry hinein und stammelte ein zweites Dankeschön; er winkte nur lässig ab. Dann machte ich mich auf den Weg ins Büro, eine schnelle Zehn-Minuten-Fahrt in die Stadt. Ich wäre gern daheimgeblieben und um mein Haus herumgewandert wie ein Seekapitän, der drauf und dran ist, auf eine phantastische Reise zu gehen, aber ich konnte mich der Tatsache nicht verschließen, daß ich Rechnungen zu bezahlen hatte und auf Telefonanrufe reagieren mußte.

Ich erledigte ein paar weniger wichtige Dinge und tippte zwei Rechnungen. Der letzte Name auf der Telefonliste war der einer Mrs. Clyde Gersh; sie hatte am Abend vorher auf meinem Anrufbeantworter die Nachricht hinterlassen, ich solle mich gelegentlich mit ihr in Verbindung setzen. Ich wählte ihre Nummer und griff nach einem gelben Notizblock. Das Telefon klingelte zweimal, dann wurde abgehoben, und eine Frau meldete sich.

»Mrs. Gersh?«

»Ja«, sagte sie. Ihre Stimme klang zurückhaltend, als erwarte sie, von mir um eine Spende für eine betrügerische Wohlfahrtseinrichtung angegangen zu werden.

»Kinsey Millhone. Sie haben mich angerufen«, sagte ich.

Stille, die einen Sekundenbruchteil dauerte, dann schien sie wieder zu wissen, wer ich war. »O ja, Miss Millhone. Schön, daß Sie sich so schnell bei mir melden. Ich möchte etwas mit Ihnen besprechen, aber ich fahre nicht Auto und möchte das Haus nicht verlassen. Besteht die Möglichkeit, daß Sie heute irgendwann im Lauf des Tages zu mir kommen?«

»Aber sicher«, sagte ich. Sie nannte mir die Adresse, und da ich keinen anderen Termin vorgemerkt hatte, versprach ich, innerhalb der nächsten Stunde bei ihr zu sein. Die Sache schien zwar nicht besonders eilig, aber egal, was es war, Geschäft ist Geschäft.

Die Adresse, die sie mir gegeben hatte, lag im Zentrum der Stadt, nicht weit von meinem Büro entfernt, in einer stillen, von Bäumen gesäumten Straße mit älteren Einfamilienhäusern. Eine dichte Hecke, undurchdringlich wie eine Mauer, verhinderte, daß das Haus von der Straße eingesehen werden konnte. Ich parkte den Wagen direkt davor und trat durch eine quietschende Gartentür ein. Das Haus wirkte ziemlich chaotisch. Seine beiden Stockwerke, Erdgeschoß und erster Stock, waren mit dunkelgrünen Schindeln verkleidet. Es stand nicht in der Mitte, sondern etwas seitlich auf einem dicht mit Sykomoren bewachsenen Grundstück. Über hellgraue Holzstufen, die kürzlich frisch gestrichen worden waren und noch nach Farbe rochen, stieg ich zur Veranda hinauf. Die Fliegengittertür stand offen. Ich ging zur Haustür, drückte auf den Klingelknopf und musterte die Fassade. Das Haus war vermutlich in den zwanziger Jahren erbaut worden, nicht elegant, aber großzügig: komfortabel, schlicht, einst für die Mittelklasse gedacht, heutzutage für den durchschnittlichen Käufer auf dem Immobilienmarkt unerschwinglich. Ein Haus wie dieses kostete jetzt wahrscheinlich über eine halbe Million und mußte auch noch renoviert werden, damit es nach etwas aussah.

Eine dicke Schwarze in einer kanariengelben Uniform mit weißem Kragen und weißen Manschetten ließ mich ein. »Mrs. Gersh ist auf der oberen Veranda«, sagte sie, zeigte auf eine Treppe gegenüber der Tür und watschelte davon, anscheinend überzeugt, daß ich mich nicht an den Kristallnippes vergreifen würde, die auf einem Tisch rechts vom Eingang standen.

Es gelang mir, einen kurzen Blick ins Wohnzimmer zu werfen – auf den breiten gemauerten Kamin, der von Bücherschränken mit in Blei gefaßten Glastüren flankiert wurde, auf die Zottelteppiche in einem abgetretenen Naturweiß. Die Wände waren bis zu halber Höhe cremefarben getäfelt, die Tapete über der Täfelung hatte ein blasses Druckmuster und setzte sich an der Decke als stilisierte Wildblumenwiese fort. Der Raum war etwas düster, es fehlten ein paar Tischlampen. Im ganzen Haus herrschte dumpfe Stille, und es roch nach Blumenkohl und Curry.

Ich stieg die Stufen hinauf. Auf dem ersten Absatz angelangt, stellte ich fest, daß sich die Treppe hier gabelte und eine zweite in die Küche hinunterführte; auf dem Herd blubberte ein Wasserkessel. Das Hausmädchen, das mir geöffnet hatte, stand jetzt am Tisch und rieb Koriander. Sie spürte meinen Blick, drehte sich um und sah mich träge an. Ich ging weiter.

Am Ende der Treppe öffnete sich eine Fliegengittertür auf eine breite Veranda mit hölzernen Pflanzkästen, in denen leuchtend rote und orangefarbene Geranien blühten. Über die Hauptstraße, zwei Blocks entfernt, flutete der Verkehr, aufrauschend und abebbend wie das Meer. Mrs. Gersh lag auf einer Chaiselongue, die Beine mit einer Reisedecke zugedeckt. Sie sah aus, als schnappe sie ein bißchen frische Luft an Deck und warte auf einen Animateur, um das Tagesprogramm an Bord zu erfahren. Sie hatte die Augen geschlossen, und auf ihrem Schoß lag aufgeschlagen, mit dem Einband nach oben, ein Roman von Judith Krantz. Eine Trauerweide ließ ihre langen, filigranartigen Zweige in eine Ecke der Veranda hängen und sprenkelte den Boden mit einem Muster aus Licht und Schatten.

Der Tag war mild, doch der leichte Wind kam mir hier oben ein wenig kühl vor. Die Frau war dünn wie eine Bohnenstange und hatte die totenblasse Haut einer Schwerkranken. Für mich hatte sie große Ähnlichkeit mit jenen Frauen, die vor hundert Jahren die Sanatorien bevölkerten, Opfer zahlreicher Fehldiagnosen, die gegen Angst, Unglücklichsein, Opiumabhängigkeit oder eine Abneigung gegen Sex anzukämpfen versuchten. Sie hatte weißblond gebleichtes, schütteres Haar. Ihr Mund war mit grellrotem Lippenstift bemalt, und der Lack auf den kurzgeschnittenen Fingernägeln hatte den gleichen schrillen Farbton. Ihre Jean-Harlow-Brauen waren so gezupft, daß sie ständig mit einem Ausdruck sanften Staunens in die Welt blickte. Falsche Wimpern, die wie Fäden auf ihren Unterlidern lagen, umrahmten ihre Augen. Ich schätzte Mrs. Gersh auf Anfang bis Mitte Fünfzig, aber vielleicht war sie auch noch etwas jünger. Krankheit leistet dem Alter Vorschub. Ihr Brustkorb war eingefallen und die Brüste so flach wie Pfannkuchen. Sie trug eine weiße Seidenbluse, kostspielig aussehende hellgraue Gabardineslacks und grüne Slipper an den Füßen.

»Mrs. Gersh?«

Sie erschrak, riß blau blitzende Augen auf, schien im ersten Moment desorientiert, faßte sich jedoch schnell.

»Sie müssen Kinsey sein«, sagte sie leise. »Ich bin Irene Gersh.« Sie reichte mir die linke Hand; ihre Finger waren sehnig und kalt.

»Tut mir leid, daß ich Sie erschreckt habe.«

»Schon gut. Ich bin ein Nervenbündel. Suchen Sie sich bitte einen Sessel, und setzen Sie sich. Da ich nachts nicht gut schlafe, versuche ich ein bißchen Schlaf zu ergattern, wo ich kann.«

Ich sah mich rasch um und entdeckte in einer Verandaecke drei ineinandergestapelte weiße Gartensessel. Ich holte mir den obersten, trug ihn zur Chaiselongue und setzte mich.

»Hoffentlich denkt Jermaine daran, uns Tee zu bringen, aber rechnen Sie nicht damit«, sagte Irene Gersh. Sie richtete sich ein wenig höher auf und zog die Decke zurecht. Dabei betrachtete sie mich interessiert. Ich hatte den Eindruck, daß ich ihr gefiel, wenn ich auch nicht sagen konnte, warum. »Sie sind jünger, als ich Sie mir vorgestellt habe.«

»Ich bin alt genug. Hab heute Geburtstag. Eben dreiunddreißig geworden.«

»Herzlichen Glückwunsch. Ich hoffe, ich habe keine Feier gestört.«

»Aber nein, ganz und gar nicht.«

»Ich bin siebenundvierzig.« Sie lächelte flüchtig. »Ich weiß, ich sehe wie ein häßliches, altes Weib aus, aber ich bin noch relativ jung – nach kalifornischen Maßstäben.«

»Waren Sie krank?«

»Sagen wir so – es ging mir nicht gut. Mein Mann und ich sind vor drei Jahren aus Palm Springs nach Santa Teresa gezogen. Das Haus hier hat seinen Eltern gehört. Nach dem Tod seines Vaters hat Clyde für seine Mutter gesorgt. Sie ist vor zwei Monaten gestorben.«

Ich murmelte etwas und hoffte, daß es passend war.

»Der springende Punkt ist, daß wir eigentlich gar nicht herziehen mußten, aber Clyde hat darauf bestanden. Ob ich wollte oder nicht. Er ist in Santa Teresa aufgewachsen und war fest entschlossen, hierher zurückzukehren.«

»Sie waren offenbar nicht gerade begeistert davon.«

Sie warf mir einen raschen Blick zu. »Mir gefällt es hier nicht. Hat mir noch nie gefallen. Früher haben wir Clydes Eltern hier besucht, vielleicht zweimal im Jahr. Ich mag das Meer nicht. Die Stadt hat mich immer bedrückt. Sie wirkt irgendwie düster auf mich. Alle schwärmen davon, daß sie so schön ist. Mir gefällt diese ständige Selbstbeweihräucherung nicht, und ich mag auch nicht das viele Grün. Ich bin in der Wüste geboren und aufgewachsen, dort bin ich heute noch am liebsten. Vom Tag unserer Ankunft an ist es mir gesundheitlich immer schlechter gegangen, aber die Ärzte können nichts finden. Clyde blüht geradezu auf. Ich glaube, er denkt, daß ich schmolle, aber das stimmt nicht. Ich habe Angst. Jeden Morgen erwache ich mit Angst. Manchmal fühle ich sie wie einen pulsierenden elektrischen Strom oder ein Gewicht auf der Brust, fast unerträglich.«

»Sprechen Sie von Panik-Attacken?«

»So nennt es der Doktor immer, ja«, sagte sie.

Ich murmelte etwas Unverbindliches und fragte mich, worauf das alles hinaus sollte. Sie schien meine Gedanken zu lesen.

»Was wissen Sie über die Slabs?« fragte sie abrupt.

»Die Slabs?«

»Sie sind Ihnen kein Begriff, wie ich sehe. Das überrascht mich nicht. Die Slabs liegen draußen in der Mojave-Wüste, östlich vom Salton Sea. Während des Zweiten Weltkrieges gab es dort einen Marinestützpunkt. Camp Dunlap. Es existiert nicht mehr. Übrig sind nur noch die Betonfundamente der Baracken – die Slabs. Tausende von Menschen fallen jeden Winter aus dem Norden in den Slabs ein. Man nennt sie die ›Schneeammer‹, weil sie vor den rauhen nördlichen Wintern fliehen. Dort draußen bin ich aufgewachsen. Meine Mutter wohnt noch da, soviel ich weiß. Die Lebensbedingungen sind sehr primitiv – kein Wasser, keine Kanalisation, keinerlei Infrastruktur, aber es kostet nichts. Die Schneeammer hausen wie Zigeuner; manche in teuren Wohnmobilen, manche in Hütten aus Pappe. Im Frühling verschwinden die meisten wieder und ziehen nach Norden. Meine Mutter gehört zu den wenigen ständigen Bewohnern, aber ich habe seit Monaten nichts mehr von ihr gehört. Sie hat kein Telefon und keine Adresse, an die man ihr schreiben könnte. Ich mache mir Sorgen um sie und möchte, daß jemand hinunterfährt und nachsieht, ob es ihr gutgeht.«

»Wie oft meldet sie sich gewöhnlich?«

»Früher regelmäßig einmal im Monat. Sie fährt per Anhalter in die Stadt und ruft aus einem kleinen Café in Niland an.

Manchmal auch aus Brawley oder Westmorland, das hängt davon ab, wohin sie mitgenommen wird. Wir reden. Sie kauft ein, was sie braucht, und fährt dann per Anhalter wieder zurück.«

»Hat sie ein Einkommen? Eine Sozialversicherung?«

Mrs. Gersh schüttelte den Kopf. »Nur die Schecks, die ich ihr schicke. Ich glaube nicht, daß sie je eine Sozialversicherungskarte hatte. Soweit ich mich erinnere, hat sie uns beide immer mit Heimarbeit durchgebracht und ihr Geld bar auf die Hand bekommen. Sie ist jetzt dreiundachtzig und arbeitet natürlich nicht mehr.«

»Wie bekommt sie Post, wenn sie keine Adresse hat?«

»Sie hat ein Schließfach. Oder hatte auf jeden Fall eins.«

»Was ist mit den Schecks? Hat sie sie eingelöst?«

»Wahrscheinlich nicht. Die Beträge sind von meinem Konto nicht abgebucht worden. Das hat mich zuallererst mißtrauisch gemacht. Sie braucht doch Geld für Lebensmittel und alles andere.«

»Wann haben Sie das letztemal von ihr gehört?«

»Weihnachten. Ich hatte ihr ein bißchen Geld geschickt, und sie rief mich an, um sich zu bedanken. Es sei alles in Ordnung, sagte sie, aber um ehrlich zu sein, sie hörte sich nicht besonders gut an. Sie trinkt manchmal.«

»Was ist mit den Nachbarn? Gibt es eine Möglichkeit, sich mit ihnen in Verbindung zu setzen?«

Irene Gersh schüttelte wieder den Kopf. »Dort hat niemand ein Telefon. Sie können sich nicht vorstellen, wie primitiv die Verhältnisse da draußen sind. Die Leute müssen ihren Müll selbst zur städtischen Müllhalde bringen. Das einzige, was die Stadt zur Verfügung stellt, ist ein Schulbus für die Kinder, und selbst darüber gibt es Beschwerden von der Bevölkerung.«

»Wie steht es mit der Ortspolizei? Könnte man sich vielleicht über sie mit Ihrer Mutter in Verbindung setzen?«

»Davor bin ich bisher noch zurückgeschreckt. Meine Mutter hütet ihre Privatsphäre geradezu eifersüchtig. Das ist schon fast ein Tick von ihr. Sie wäre wütend, wenn ich mich an die Behörden wenden würde.«

»Sie haben sechs Monate gewartet, das ist eine lange Zeit.«

Ihre Wangen röteten sich leicht. »Das ist mir klar, aber ich dachte immer, ich würde bald von ihr hören. Offen gesagt, wollte ich mich nicht ihrem Zorn aussetzen. Ich warne Sie, sie ist ein Ekel, besonders wenn sie wütend ist. Sie ist sehr auf ihre Unabhängigkeit bedacht.«

Ich durchdachte die Situation, überlegte mir die Möglichkeiten. »Sie sagen, sie hat keine feste Adresse. Wie finde ich sie?«

Sie griff nach unten und holte unter der Chaiselongue eine lederne Schmuckschatulle hervor, der sie ein kleines Kuvert und ein paar Polaroidfotos entnahm. »Das ist ihre letzte Nachricht. Und das sind ein paar Bilder, die ich gemacht habe, als ich das letztemal dort war. In diesem Caravan lebt sie. Von ihr selbst habe ich leider kein Foto.«

Ich warf einen Blick auf die Bilder, die einen altehrwürdigen, einfarbig blau gestrichenen Wohnwagen zeigten. »Wann wurde das aufgenommen?«

»Vor drei Jahren. Kurz bevor Clyde und ich hierherzogen. Ich kann Ihnen einen Plan vom Standplatz des Wohnwagens zeichnen und garantiere Ihnen, daß er noch da ist. Wenn jemand in den Slabs ein Stück Land ›besiedelt‹ hat – und wenn es nur ein drei mal drei Meter großes Stück zubetonierte Erde ist –, rührt er sich nicht mehr weg. Sie können sich nicht vorstellen, wie sehr Menschen an einem Streifen unfruchtbaren Bodens und ein paar mickrigen Sträuchern hängen können. Sie heißt übrigens Agnes Grey.«

»Sie haben überhaupt kein Bild von ihr?«

»Leider nein, aber dort kennt sie jeder. Ich glaube nicht, daß es für Sie schwierig sein wird, sie zu identifizieren – wenn sie noch dort ist.«

»Und wenn ich sie finde? Was dann?«

»Sie teilen mir mit, in welcher Verfassung sie ist. Dann können wir entscheiden, wie wir am besten verfahren. Übrigens habe ich mich an Sie gewandt, weil Sie eine Frau sind. Meine Mutter mag Männer nicht. Sie schließt sich Fremden nie schnell an, aber wenn Männer in der Nähe sind, ist es noch schlimmer. Übernehmen Sie den Auftrag?«

»Ich kann schon morgen losfahren, wenn Sie wollen.«

»Gut. Ich habe gehofft, daß Sie das sagen würden. Ich hätte gern die Möglichkeit, Sie auch außerhalb der Bürostunden zu erreichen. Falls Mutter sich melden sollte, würde ich gern sofort anrufen, ohne mit Ihrem Automaten sprechen zu müssen. Vielleicht geben Sie mir auch eine Adresse, über die ich mich mit Ihnen in Verbindung setzen kann.«

Ich notierte meine Privatadresse und die private Telefonnummer auf die Rückseite meiner Geschäftskarte. »Geben Sie sie bitte nicht weiter, ich verteile meine Privatanschrift nicht wahllos«, sagte ich, als ich ihr die Karte reichte.

»Selbstverständlich. Vielen Dank.«

Wir besprachen das Geschäftliche. Ich hatte einen Standardvertrag mitgebracht, und wir füllten ihn handschriftlich aus. Sie zahlte mir fünfhundert Dollar Vorschuß und zeichnete eine grobe Skizze des Geländes, auf dem der Wohnwagen ihrer Mutter stand. Seit Juni vergangenen Jahres hatte ich keinen Vermißtenfall mehr gehabt, und ich brannte darauf, mich an die Arbeit zu machen. Die Sache schien reine Routine zu sein, und ich betrachtete den Auftrag als hübsches Geburtstagsgeschenk.

Ich verließ das Gersh-Haus um zwölf Uhr fünfzehn und fuhr schnurstracks zum nächsten McDonald's, wo ich mir zur Feier des Tages einen Hamburger Royal mit Käse einverleibte.

2

Gegen eins war ich wieder zu Hause und sehr zufrieden mit meinem Leben. Ich hatte einen neuen Auftrag, eine Wohnung, von der ich begeistert war...

Das Telefon begann zu klingeln, als ich die Tür aufsperrte. Ich schnappte mir den Hörer, bevor der Automat sich einschaltete.

»Ms. Millhone?« Eine mir unbekannte weibliche Stimme. Die zischenden Geräusche in der Leitung verrieten, daß es ein Ferngespräch war.

»Ich verbinde mit Mr. Galishoff.«

»Ich warte.« Meine Neugier war sofort geweckt. Lee Galishoff war Anwalt im Büro des Pflichtverteidigers von Carson City, Nevada. Vor etwa vier Jahren hatte ich einmal mit ihm zusammengearbeitet. Damals versuchte er einen Typen namens Tyrone Patty aufzuspüren, der sich in unserer Gegend aufhalten sollte. Man hatte einen gewissen Quincey Jackson verhaftet, weil er in Verdacht stand, an einem bewaffneten Raubüberfall beteiligt gewesen zu sein. Die Anklage lautete auf versuchten Mord an dem Verkäufer eines Schnapsladens. Jackson behauptete, Tyrone Patty habe geschossen, und Galishoff war sehr daran interessiert, sich mit Patty zu unterhalten. Angeblich war Patty nach Santa Teresa geflohen, und als es der hiesigen Polizei nicht gelang, ihn ausfindig zu machen, hatte Galishoff mit dem Ermittler vom Büro des Pflichtverteidigers von Santa Teresa Kontakt aufgenommen, der ihn an mich verwies. Galishoff schilderte mir die Situation und schickte mir dann die nötigen Informationen über Patty, zusammen mit einem Foto, das bei einer früheren Verhaftung gemacht worden war.

Ich befaßte mich drei Tage mit der Sache – eine reine Wühlarbeit; ich durchforschte das Telefonbuch der Stadt, die Heiratslizenzen, Scheidungsurteile, Totenscheine; die Gerichtsprotokolle der ersten und zweiten Instanz und landete schließlich beim Verkehrsgericht. Auf die Spur kam ich ihm, als ich einen Strafzettel entdeckte, der eine Woche vorher ausgestellt worden war – wegen verkehrswidrigen Verhaltens als Fußgänger. Auf dem Strafzettel war eine Adresse in Santa Teresa angegeben – die eines Freundes, wie sich erwies –, und Patty öffnete mir selbst. Ich gab mich als Kosmetikberaterin aus und hatte Glück, nicht auf die Frau des Hauses zu stoßen. Jede Frau, die ihrer fünf Sinne mächtig war, hätte auf den ersten Blick gewußt, daß ich von Kosmetik keine Ahnung hatte. Patty, der sich von anderen Instinkten leiten ließ, hatte mir die Tür vor der Nase zugeknallt. Ich meldete Galishoff, wo er sich aufhielt. Galishoff hatte inzwischen auch einen Zeugen gefunden, der Jacksons Aussage bestätigte. Die Staatsanwaltschaft von Carson City stellte einen Haftbefehl aus. Patty wurde zwei Tage später verhaftet und ausgeliefert. Als ich das letztemal von ihm hörte, saß er in Carson City im Staatsgefängnis von Nevada.

Galishoff meldete sich. »Hallo, Kinsey? Lee Galishoff hier. Hoffentlich störe ich Sie nicht.« Er hatte eine dröhnende Stimme, die mich zwang, den Hörer zwanzig Zentimeter vom Ohr wegzuhalten. Telefonstimmen können täuschen. Ich hatte ihn mir immer als etwa Sechzigjährigen mit Glatze und Übergewicht vorgestellt. Doch nachdem ich in einer Zeitung aus Las Vegas ein Foto von ihm entdeckt hatte, wußte ich, daß er ein schlanker, gutaussehender Mann in den Vierzigern mit einem dichten blonden Schopf war.

»Aber nein, überhaupt nicht«, sagte ich. »Wie geht's?«

»Bis jetzt gut. Tyrone Patty sitzt wieder und wartet auf seinen Prozeß. Die Anklage lautet auf dreifachen Mord.«

»Wie ist es denn dazu gekommen?«

»Er hat gemeinsam mit einem Freund einen Schnapsladen hier in der Gegend überfallen. Dabei wurden der Verkäufer und zwei Kunden erschossen.«

»Ach! Davon habe ich noch gar nichts gehört.«

»Warum sollten Sie auch? Es geht um etwas anderes. Er ist stinksauer auf uns und behauptet, sein Leben sei an dem Tag zerstört worden, an dem er eingesperrt wurde. Sie wissen, wie das geht. Die Frau hat sich scheiden lassen, die Kinder sind ihr zugesprochen worden, er wird entlassen und findet keinen Job. Da ist er natürlich rückfällig geworden und hat alles niedergeknallt, was sich ihm in den Weg stellte. Alles unsere Schuld, wie könnte es auch anders sein?«

»Na klar. Warum nicht?«

»Tja, aber jetzt kommt's. Allem Anschein nach hat er vor ein paar Wochen versucht, einen Mithäftling als Killer anzuwerben; dabei ging es um uns beide, den Bezirksstaatsanwalt und den Richter, der ihn verurteilt hat.«

Ich ertappte mich dabei, daß ich verblüfft auf den Hörer schielte und mir an die Brust tippte. »Haben Sie gesagt, es ging um uns beide? Wie – um Sie und mich?« Meine Stimme klang plötzlich so, als sei ich im Stimmbruch.

»Sie haben's erfaßt. Glücklicherweise war der Mithäftling ein Polizeiinformant, der sofort zu uns gekommen ist. Der Staatsanwalt hat ein paar Polizisten eingeschleust, die sich als Berufskiller ausgeben. Ich habe mir eben eine Bandaufnahme angehört, bei der Ihnen das Blut in den Adern gefroren wäre.«

»Ist das Ihr Ernst?«

»Es kommt noch schlimmer«, sagte er. »Aus dem Band geht nicht hervor, mit wem er außerdem gesprochen haben könnte. Wir sind besorgt, daß er Kontakte mit Leuten hatte, von denen wir nichts wissen. Wir haben die Presse informiert und hoffen, daß die Sache dadurch für mögliche Interessenten zu heiß wird. Richter Jarvison und ich bekommen rund um die Uhr Polizeischutz, aber man war der Meinung, ich solle auch Ihnen Bescheid sagen. Informieren Sie die Polizei in Santa Teresa, damit man Sie ebenfalls schützt.«

»Gott, Lee, ich kann mir nicht denken, daß man meinetwegen einen solchen Aufwand treibt, vor allem nicht, wenn die Drohung aus einem anderen Bundesstaat kommt. Dazu haben sie hier nicht genug Leute und auch nicht das nötige Kleingeld.« Ich hatte diesen Mann noch nie beim Vornamen genannt, doch nach dem, was ich eben gehört hatte, war mir diese Anrede einfach so herausgerutscht. Wenn Patty der Anstifter war, waren Galishoff und ich gemeinsam zu Opfern ausersehen.

»Eigentlich stehen wir hier vor der gleichen Situation«, sagte er. »Lange kann uns die Polizei nicht überwachen – vier oder fünf Tage. Allerhöchstens. Danach müssen wir sehen, wie wir allein zurechtkommen. Vielleicht wollen Sie sich inzwischen privat jemanden anheuern? Zumindest vorübergehend.«

»Einen Leibwächter?«

»Nun ja, jemanden, der mit Sicherheitsmaßnahmen vertraut ist.«

Ich zögerte. »Das muß ich mir überlegen«, sagte ich. »Ich möchte nicht kleinlich erscheinen, aber es würde mich ein Vermögen kosten. Glauben Sie wirklich, daß es notwendig wäre?«

»Sagen wir so – an Ihrer Stelle würde ich es nicht darauf ankommen lassen.«

»Oh!«

»Oh, in der Tat. Was er für uns bezahlt, ist noch dazu eine glatte Beleidigung. Fünftausend für uns vier. Das sind nicht einmal fünfzehnhundert pro Kopf.« Er lachte, aber ich denke nicht, daß ihm besonders fröhlich zumute war.

»Ich kann's einfach nicht glauben«, sagte ich, noch immer bemüht zu fassen, was ich gehört hatte. Wenn man mit einer schlechten Nachricht konfrontiert wird, gibt es immer eine Zeitverzögerung, ehe das Gehirn imstande ist, die Information zu begreifen.

»Ich wüßte jemanden, falls Sie sich dazu entschließen«, sagte Galishoff. »Ein hiesiger Privatdetektiv mit Erfahrung im Personenschutz. Im Moment ist er ziemlich ausgelaugt, aber er ist ein hervorragender Mann.«

»Genau das, was ich brauche – jemanden, dem seine Arbeit zum Hals heraushängt.«

Galishoff lachte wieder. »Lassen Sie sich dadurch nicht beirren. Der Typ ist gut. Er hat vor Jahren in Kalifornien gelebt und liebt es. Vielleicht hat er Lust auf einen Tapetenwechsel.«

»Ich nehme an, er ist verfügbar.«

»Soviel ich weiß – ja. Ich habe erst vor ein paar Tagen mit ihm gesprochen. Er heißt Robert Dietz.«

Ich zuckte leicht zusammen. »Dietz? Den kenn ich. Hab vor etwa einem Jahr wegen einem meiner Fälle mit ihm telefoniert.«

»Haben Sie seine Telefonnummer?«

»Die muß hier irgendwo sein, aber Sie können sie mir trotzdem geben.«

Er nannte sie mir, und ich schrieb sie auf. Damals hatte ich mit dem Mann nur telefonisch zu tun gehabt, aber er war gründlich und tüchtig gewesen und hatte keinen Cent von mir verlangt. Ich schuldete ihm wirklich was. Bei Galishoff klingelte das Telefon.

»Warten Sie einen Moment«, sagte er. Er schaltete auf eine andere Leitung um, blieb eine Weile weg und schaltete sich wieder ein. »Tut mir leid, aber ich muß jetzt Schluß machen, da ist ein Gespräch für mich. Teilen Sie mir mit, wie Sie sich entscheiden, ja?«

»Mach ich«, sagte ich. »Und: danke. Passen Sie auf sich auf.«

»Sie auch.« Und weg war er.

Ich legte auf, starrte den Apparat aber immer noch an. Ein Mordauftrag? Wie oft hatte im vergangenen Jahr jemand versucht, mich umzubringen? Nun, so oft auch nicht, dachte ich voller Abwehr, aber das ist etwas Neues... Soviel ich wußte, hatte noch nie jemand einen bezahlten Killer auf mich angesetzt. Ich versuchte mir Tyrone Patty vorzustellen, wie er in Carson City die Sache mit einem Profikiller besprach. Irgendwie kam es mir merkwürdig vor. Erstens konnte ich mir einen Menschen, der auf diese Art sein täglich Brot verdiente, nur schwer vorstellen. War es Saisonarbeit? Gab es Sonderprämien? War der Preis herabgesetzt, weil gleich vier auf einen Streich abzuservieren waren? Ich mußte Galishoff recht geben – fünfzehnhundert Dollar pro Kopf waren ein Klacks. Im Kino bekommen gedungene Mörder fünfzig- bis hunderttausend; wahrscheinlich will man dem Publikum vorgaukeln, das menschliche Leben sei so viel wert. Ich nehme an, ich hätte mich geschmeichelt fühlen sollen, weil ich mit von der Partie war. Ein Offizialverteidiger, ein Bezirksstaatsanwalt und ein Richter? Eine vornehme Gesellschaft für eine Privatschnüfflerin aus der Kleinstadt wie mich. Ich betrachtete Robert Dietz' Telefonnummer, brachte es aber nicht fertig, ihn anzurufen. Vielleicht war die Krise vorbei, ehe ich etwas zu meinem Schutz unternehmen mußte. Die entscheidende Frage war, sollte ich mit Henry Pitts über die Sache sprechen? Nein. Er würde sich nur aufregen – wozu also?

Als es klopfte, zuckte ich zusammen, als hätte mich ein Schuß getroffen. Zwar drückte ich mich nicht flach an die Wand, aber ein bißchen vorsichtiger als sonst war ich schon, als ich hinausspähte, um zu sehen, wer da war. Es war Rosie, der eine Kneipe in der Nachbarschaft gehört. Sie ist Ungarin und hat einen Familiennamen, den ich nicht aussprechen könnte und aus dem Stegreif auch nicht buchstabieren kann. Ich glaube, sie ist eine Art Muttterersatz, jedoch nur für jemanden, der sich gern von einer Geschlechtsgenossin schurigeln läßt. Sie steckte in einem ihrer *Muumuus* – einem losen Kleid, wie es in Hawaii getragen wird; dieses war olivgrün, bedruckt mit Inseln, Palmen und Papageien in schrillem Pink und Chartreuse. In der Hand hatte sie einen mit einer Papierserviette zugedeckten Teller.

Als ich die Tür öffnete, schob sie mir den Teller wortlos unter die Nase; das war nun mal ihr Stil. Es gibt Leute, die ihn ungehobelt nennen.

»Hab dir zum Geburtstag ein Stück Strudel gebracht«, sagte sie. »Nicht Apfel. Nuß. Der beste, den ich je gemacht habe. Schmeckt nach mehr.«

»Das ist aber nett, Rosie!« Ich hob ein Eckchen der Papierserviette an. Der Strudel war angeknabbert, aber sie hatte nicht sehr viel genascht. »Der sieht ja wunderbar aus«, sagte ich.

»Es war Klotildes Idee«, antwortete sie in einem Anfall von Aufrichtigkeit. Rosie ist in den Sechzigern, klein, mit mächtiger Oberweite und orange getöntem Haar von der Farbe frisch gebrannter Ziegel. Ich habe keine Ahnung, welches Produkt sie benutzt, um diese Wirkung zu erzielen (wahrscheinlich etwas, das sie von ihren alljährlichen Reisen ins heimische Budapest mitbringt und ins Land schmuggelt), aber gewöhnlich erstrahlt auch ihre Kopfhaut am Scheitel in einem feurigen Pink. Heute hatte sie das Haar seitlich straff zurückgekämmt und mit Spangen befestigt – eine Frisur, wie sie von Fünfjährigen begeistert getragen wird.

Die beiden letzten Wochen hatte ich damit verbracht, eine Unterkunft für ihre Schwester Klotilde zu suchen, die vor kurzem aus Pittsburgh, wo die Winter für sie zu streng wurden, nach Santa Teresa gezogen ist. Rosie kann nicht Auto fahren, und da ich in derselben Straße wohne, in der ihr kleines Lokal liegt, hatte ich ihr angeboten, bei der Suche nach einer Bleibe für Klotilde zu helfen. Klotilde war klein und untersetzt wie Rosie und nach dem gleichen Tönungsmittel süchtig, das Rosies Kopfhaut pink färbte und ihren Strähnen diesen merkwürdigen Rotton gab. Klotilde saß im Rollstuhl. Sie litt an einer Degenerationskrankheit, die sie reizbar und unduldsam machte; Rosie schwor allerdings, so sei sie schon immer gewesen. Sie hackten ständig aufeinander herum, und nach einem Nachmittag in ihrer Gesellschaft wurde auch ich reizbar und unduldsam. Nachdem wir fünfzehn oder sechzehn Adressen abgeklappert hatten, fanden wir endlich etwas Passendes. Klotilde wurde in einem Zimmer im Parterre eines ehemaligen Zweifamilienhauses an der Ostseite der Stadt untergebracht, und ich war meiner Pflicht ledig.

»Willst du reinkommen?« Ich hielt die Tür offen, während Rosie überlegte, ob sie die Einladung annehmen sollte.

Sie stand da wie angewurzelt, auf Ballen und Fersen wippend. Manchmal tut sie kokett, meist wenn sie plötzlich unsicher ist. Im eigenen Stall ist sie so aggressiv wie eine kanadische Wildgans. »Vielleicht ist dir meine Gesellschaft nicht angenehm«, sagte sie und blickte bescheiden zu Boden.

»Ach, komm schon«, sagte ich. »Mir ist deine Gesellschaft sehr angenehm. Du mußt dir die Wohnung ansehen. Henry hat großartige Arbeit geleistet.«

Sie wackelte einmal mit den Hüften, schob sich seitlich ins Wohnzimmer und begutachtete es aus den Augenwinkeln. »Oh! Sehr hübsch.«

»Ich bin hingerissen. Warte, bis du erst das Obergeschoß gesehen hast!« Ich stellte den Strudel auf die Küchentheke und setzte schnell Teewasser auf. Dann führte ich sie durch das ganze Apartment, die Wendeltreppe hinauf und hinunter, zeigte ihr das Rollbett, die Nischen, die Kleiderhaken. Sie bewunderte alles gebührend und schalt mich nur milde wegen meiner spärlichen Garderobe. Sie behauptet immer, daß sich nie ein Mann für mich interessieren wird, solange ich nicht mehr als ein einziges Kleid besitze.

Nach der Besichtigung tranken wir Tee und aßen den mürben Strudel, jeder Bissen war ein Genuß. Mit der angefeuchteten Fingerspitze räumte ich noch die letzten Krümel vom Teller. Rosies Unbehagen schien zu schwinden, während das meine sich steigerte, je länger ihr Besuch dauerte. Ich kannte die Frau seit zwei Jahren, doch mit Ausnahme der letzten Wochen hatte sich unsere Beziehung ausschließlich auf meine Besuche in ihrem Lokal beschränkt, über das sie wie eine Tyrannin herrscht. Wir hatten nicht besonders viel miteinander zu reden, und ich ertappte mich dabei, daß ich mich in Klatsch und Tratsch rettete, um Verlegenheitspausen im Gespräch zu überbrücken. Als wir mit dem Tee fertig waren, warf ich verstohlene Blicke auf die Uhr.

Rosie nagelte mich mit einem Blick fest. »Was ist los? Hast du eine Verabredung?«

»Nein, das nicht. Aber einen Auftrag. Morgen fahre ich in die Wüste und muß heute noch zur Bank, bevor sie schließt.«

Sie streckte einen Finger aus und tippte mir auf den Arm. »Heute abend kommst du zu mir ins Lokal. Ich gebe einen Schnaps aus.«

Wir gingen gleichzeitig. Ich bot ihr an, sie mitzunehmen und abzusetzen, aber ihr Lokal ist nur einen halben Block entfernt, und sie sagte, sie gehe lieber zu Fuß. Das letzte, was ich von ihr sah, war ihr *Muumuu*, das sich in der sanften Frühlingsbrise blähte wie ein Heißluftballon kurz vor dem Start.

Ich fuhr in die Stadt und machte einen kleinen Umweg über den automatischen Kassenschalter meiner Bank, wo ich Mrs. Gershs Vorschuß deponierte und hundert Dollar in bar abhob. Ich fuhr um den Block herum und parkte meinen Wagen auf dem öffentlichen Parkplatz hinter meinem Büro. Ich muß gestehen, die Nachricht über den Profikiller hatte mir bewußt gemacht, daß ich auch einen Rücken hatte, und ich unterdrückte den Drang, im Zickzack die Außentreppe hinaufzulaufen.

Im Büro packte ich meine Reiseschreibmaschine, ein paar Akten und meine Pistole ein und schaute dann bei der California Fidelity Insurance nebenan rein. Ich schwatzte ein bißchen mit Darcy Pascoe, die zugleich Sekretärin und Empfangsdame ist. Sie hatte mir bei einigen Fällen geholfen und dachte daran, umzusatteln. Ich war der Ansicht, sie würde eine gute Ermittlerin abgeben, und ermutigte sie. Privatdetektivin zu sein ist wesentlich interessanter, als im Vorzimmer eines anderen auf dem Hintern zu hocken.

Ich beendete meine Runde in Vera Liptons Bürozelle. Vera gehört zu den Frauen, nach denen die Männer verrückt sind. Ich schwöre, daß sie nichts Besonderes dazu tut. Wahrscheinlich ist es die Aura absoluter Selbstsicherheit, die sie umgibt. Sie mag Männer, und das wissen sie, auch wenn sie ihnen mal eine schnippische Abfuhr erteilt. Sie ist siebenunddreißig, Single und süchtig nach Zigaretten und Coca-Cola, die sie den lieben langen Tag konsumiert. Doch bei ihr regen sich nicht einmal die Gesundheitsfanatiker darüber auf. Sie ist groß, wiegt ungefähr hundertdreißig Pfund, hat rotes Haar und trägt eine Brille mit großen, runden, grau getönten Gläsern. Ich weiß, das klingt ganz und gar nicht nach einer Traumfrau, doch sie hat etwas an sich, dem man anscheinend nur schwer widerstehen kann. Sie ist nicht promiskuitiv, aber wenn sie in den Supermarkt geht, wird garantiert irgendein Typ ein Gespräch mit ihr anfangen und sich dann monatelang mit ihr treffen. Ist die Beziehung zu Ende, bleiben sie meistens so gute Freunde, daß sie ihn mit einer Freundin oder Bekannten verkuppelt.

Sie saß nicht an ihrem Schreibtisch. Gewöhnlich spüre ich sie auf, wenn ich ihrem Zigarettenrauch nachgehe, aber heute hatte ich Schwierigkeiten. Ich räumte einen Stuhl ab, setzte mich und blätterte ein paar Minuten in einem Handbuch für Versicherungsbetrug. Wo Geld ist, findet immer jemand eine Möglichkeit zum Betrug.

»Hallo, Kinsey. Was gibt's?«

Vera kam herein und warf eine Akte auf den Schreibtisch. Sie hatte einen Overall mit Schulterpolstern und weißem Ledergürtel an, setzte sich in ihren Drehsessel und griff automatisch in die unterste Schreibtischschublade, wo sie eine Kühltasche mit Cola aufbewahrte. Sie nahm eine Flasche heraus und hielt sie mir hin.

Ich schüttelte den Kopf.

Sie sagte: »Merkst du was?«

»Ich fürchte nein.«

»Schau dich um, und sag mir, was du siehst.«

Ich liebe solche Quizfragen. Sie erinnern mich an das Spiel, mit dem wir uns auf Kindergeburtstagen in der Grundschule vergnügten: irgendeine Mom präsentierte uns ein Tablett mit allem möglichen Kram, den wir eine Minute ansehen durften, um hinterher aus dem Gedächtnis aufzuzählen, wie viele Gegenstände wir uns gemerkt hatten. Es ist das einzige Partyspiel, das ich je gewonnen habe. Ich musterte Veras Schreibtisch. Das gleiche alte Durcheinander, soviel ich sehen konnte. Überall Akten, Versicherungshandbücher, Stapel von Korrespondenz. Zwei leere Colaflaschen... »Keine Zigarettenstummel«, sagte ich. »Wo ist der Aschenbecher?«

»Ich habe aufgehört zu rauchen.«

»Das glaub ich nicht. Wann?«

»Gestern. Ich bin aufgewacht und hab mich elend gefühlt, hab mir fast die Lunge aus dem Leib gehustet. Ich hatte keine Zigaretten mehr, also kriech ich auf allen vieren durch die Wohnung und durchsuche den Abfall nach einem Stummel, der groß genug ist, daß ich ihn anzünden kann. Natürlich finde ich keinen. Ich weiß, daß ich mir ein paar Klamotten überwerfen, die Wagenschlüssel schnappen und an die Ecke spritzen muß, bevor ich auch nur meine erste Cola intus habe. Und da denk ich mir, zum Teufel damit. Ich hab's satt. Das tu ich mir nicht mehr an. Also hab ich aufgehört. Das ist jetzt einunddreißig Stunden her.«

»Großartig, Vera. Ich bin richtig stolz auf dich.«

»Danke. Ich fühle mich wohl. Ich wünschte nur, ich könnte zur Feier des Tages eine rauchen. Bleib hier, du kannst mich alle sieben Minuten hechelnd nach Luft schnappen sehen, wenn die Gier mich überfällt. Was hast du vor?«

»Ich bin auf dem Weg nach Hause und nur vorbeigekommen, um tschüs zu sagen. Morgen bin ich nicht da, und wir wollten doch zusammen lunchen.«

»Schade. Ich habe mich darauf gefreut. Wollte dich mit jemandem zusammenbringen.«

»Mit jemandem zusammenbringen? Ein Rendezvous mit einem Unbekannten?« Die Aussicht war für mich ungefähr so verlockend wie ein Besuch beim Zahnarzt.

»Warum dieser Ton, Kindchen? Der Typ ist einfach perfekt für dich.«

»Ich mag gar nicht fragen, was das heißen soll«, sagte ich.

»Es soll heißen, daß er nicht verheiratet ist wie jemand, dessen Namen ich dir nennen könnte.« Sie bezog sich auf Jonah

Robb, der so etwas wie eine Rin-in-die-Kartoffeln-und-raus-aus-die-Kartoffeln-Ehe führte, was natürlich Konflikte mit sich brachte. Seit vergangenem Herbst war ich mit Unterbrechungen mit ihm liiert, aber das Hochgefühl war längst abgeflaut.

»Die Beziehung ist ganz in Ordnung«, sagte ich.

»Ist sie nicht«, fauchte sie. »Er ist nie da, wenn du ihn brauchst. Dauernd sitzt er mit dieser Wie-sie-auch-immer-heißt in irgendeiner Eheberatung.«

»Ja, das stimmt leider.« Jonah und Camilla zogen von einem Therapeuten zum anderen und wechselten ihn regelmäßig, wenn sich eine Lösung abzeichnete. Konfliktabhängig nennt man das, glaube ich. Sie waren seit der siebten Klasse zusammen und anscheinend süchtig nach der dunklen Seite der Liebe.

»Er wird sie nie verlassen«, sagte Vera.

»Damit hast du wahrscheinlich recht, aber wen kümmert's?«

»Dich – und das ist dir auch völlig klar.«

»Gar nicht wahr«, erwiderte ich. »Und ich will dir mal was sagen. In meinem Leben ist wirklich kein Platz für viel mehr Partnerschaft. Ich will keine große, hitzige Liebesaffäre. Jonah ist ein guter Freund, und für meine Begriffe kümmert er sich oft genug um mich...«

»O Mann, du bist aber weit weg vom Fenster.«

»Ich will deine abgelegten Liebhaber nicht, Vera, nur darum geht's.«

»Er ist kein abgelegter Liebhaber. Eher eine Empfehlung.«

»Willst du mit mir ein Verkaufsgespräch führen? Ich sehe dir doch an, daß du genau das willst. Los, informier mich. Ich kann es kaum erwarten.«

»Er ist perfekt.«

»›Perfekt‹. Gut«, sagte ich und tat so, als machte ich mir Notizen. »Sehr schön. Was noch.«

»Er hat nur einen Fehler.«

»Ah!«

»Ich bin ganz aufrichtig«, erklärte sie, von Rechtschaffenheit durchdrungen. »Wäre er absolut perfekt, würde ich ihn für mich behalten.«

»Wo ist der Haken?«

»Dräng mich nicht. Dazu komme ich schon noch. Zuerst möchte ich seine Pluspunkte aufzählen.«

Ich warf einen Blick auf meine Uhr. »Du hast dreißig Sekunden.«

»Er ist intelligent. Er hat Humor. Er ist rücksichtsvoll. Er ist tüchtig...«

»Womit verdient er seinen Lebensunterhalt?«

»Er ist praktischer Arzt, aber nicht arbeitssüchtig. Er nimmt sich Zeit für Gefühle. Ehrlich. Er ist ein lieber Kerl, läßt sich nichts gefallen.«

»Weiter.«

»Er ist fünfunddreißig, war nie verheiratet, ist aber an einer festen Bindung ernsthaft interessiert. Er ist körperlich fit, raucht nicht, nimmt keine Drogen, ist aber in dieser Beziehung nicht fanatisch, du verstehst schon, was ich meine. Fühlt sich nicht über andere erhaben.«

»Hm-hm-hhhm«, sagte ich monoton und forderte sie mit einer schwungvollen Handbewegung auf, zur Sache zu kommen.

»Er sieht auch gut aus. Das meine ich ernst. Auf einer Skala von eins bis zehn würde ich ihn auf achteinhalb setzen. Er fährt Schi, spielt Tennis, ist Gewichtheber...«

»Er kriegt ihn nicht hoch«, sagte ich.

»Er ist phantastisch im Bett.«

Ich fing an zu lachen. »Also, was stimmt nicht, Vera? Ist er ein Idiot? Erzählt er Witze? Du weißt, ich hasse Kerle, die Witze erzählen.«

Sie schüttelte den Kopf. »Er ist klein.«

»Wie klein?«

»Vielleicht einszweiundsechzig, und ich bin einsvierundsiebzig.«

Ich sah sie ungläubig an. »Na und? Du bist schon mit einem halben Dutzend Typen ausgegangen, die kleiner waren als du.«

»Ja, aber im Vertrauen – es hat mich immer gestört.«

Ich sah sie noch eindringlicher an. »Du wirst ihn doch nicht deshalb abblitzen lassen?«

»Hör mal, er ist wunderbar«, sagte sie trotzig. »Er ist nur nicht der Richtige für mich. Ich gebe kein Urteil über ihn ab. Das ist nur eine Marotte von mir.«

»Wie heißt er?«

»Neil Hess.«

Ich bückte mich und holte ein Stückchen Papier aus dem Papierkorb. Dann nahm ich einen Füller von ihrem Schreibtisch. »Gib mir seine Telefonnummer.«

Sie blinzelte mich an. »Du willst ihn wirklich anrufen?«

»He, ich bin nur einssiebenundsechzig. Was machen schon fünf Zentimeter unter Freunden?«

Sie gab mir seine Nummer, ich notierte sie mir pflichtgetreu und steckte den Zettel in meine Handtasche. »Ich fahre für einen Tag weg, aber ich ruf ihn an, sobald ich zurück bin.«

»Das ist großartig.«

Ich stand auf, um das Büro zu verlassen, blieb aber an der Tür stehen. »Wenn ich den Typen heirate, mußt du bei der Hochzeit Blumen streuen.«

3

Am nächsten Morgen verzichtete ich aufs Joggen, weil ich so früh wie möglich aufbrechen wollte. Ich verließ Santa Teresa um sechs Uhr, im Wagen eine Segeltuchtasche, meine tragbare Smith-Corona, die Informationen über Irene Gershs Mutter, meine Aktenmappe, verschiedenen Kram, eine Kühltasche mit einem Sechserpack Diät-Pepsi, ein Thunfischsandwich, ein paar Mandarinen und einen Beutel mit Henrys Schoko-Keksen.

Ich nahm den Highway 101 von Süden und fuhr bis hinter Ventura, wo die erste Straße ins Landesinnere abbiegt, an der Küste entlang. Mein kleiner VW keuchte und ächzte, als er sich die Camarillo-Steigung zum Kamm hinaufquälte. Bergab nach

Thousand Oaks ging's dann leichter. Als ich das San Fernando Valley erreichte, war es sieben, und der Berufsverkehr verstopfte die Straße in beide Richtungen. Fahrzeuge wechselten die Spuren mit jener Schnelligkeit und Gewandtheit, die ich »Straßen-Surfen« nenne; leider geht das Spiel manchmal tödlich aus. Smog hing über dem Talbecken und löschte die umliegenden Berge aus. Wer die Gegend nicht kannte, mußte glauben, das Land sei so flach wie ein Brett.

In North Hollywood zweigt die 134 nach Pasadena ab, während die 101 nach Süden und Downtown L. A. führt. Auf einer Landkarte dieses Gebiets sieht das Zentrum von Los Angeles wie ein kleines Loch in der Mitte eines weitmaschigen pinkfarbenen Häkeltuchs aus, das sich über Los Angeles County breitet und im Süden bis Orange County reicht. Zusammenlaufende Straßen sehen aus wie ein Knäuel, in dem sich Wolkenkratzer verfangen haben. Ich habe noch keinen Menschen gekannt, der wirklich etwas Berufliches in Downtown Los Angeles zu erledigen hatte. Wenn man nicht gerade unbedingt Union Station, Olvera Street oder die sündige Meile besichtigen will, gibt es nur einen einzigen Grund, sich in die Nähe um Sixth und Spring zu wagen – den Großhandelsmarkt für Gold und Schmuck oder das Cooper Building, in dem Markenkleidung zu Billigpreisen verkauft wird. Am besten tut man jedoch daran, einfach durchzufahren.

Sie werden bemerkt haben, daß ich die Ereignisse von Donnerstagabend übersprungen habe. Ich will nur sagen, daß ich tatsächlich zu Rosie hineinschaute, um mir den versprochenen Drink abzuholen. Dort mußte ich jedoch feststellen, daß sie und Henry eine Geburtstags-Überraschungsparty für mich arrangiert hatten. So eine peinliche Geschichte, bei der das Licht angeht und alle hinter den Möbeln hervorhüpfen. Ich konnte einfach nicht glauben, daß man mir das antat. Jonah war da und Vera (diese Ratte – sie hatte mir mit keinem Wort verraten, was mich erwartete), Darcy und Mac von der California Fidelity Insurance, Moza, die weiter unten in der Straße wohnt, einige Stammgäste und ein paar ehemalige Klienten von mir. Ich weiß nicht, warum ich mich so geniere, darüber zu reden, aber es gab eine Torte, und sie hatten Geschenke für mich, die ich auf der Stelle auspacken mußte. Ich lasse mich nicht gern überraschen. Ich stehe nicht gern im Mittelpunkt. Es waren lauter Leute, die ich mochte, aber soviel Nettigkeit nervt mich. Ich habe wohl alles gesagt, was sich so gehört. Ich habe mich nicht betrunken und nicht blamiert, aber ich hatte das Gefühl, von allem losgelöst zu sein – als stünde ich neben mir selbst. Als ich jetzt, allein im Wagen, darüber nachdachte, merkte ich, daß ich lächelte. Solche Ereignisse kommen mir in der Erinnerung immer schöner vor.

Die Party hatte sich um zehn Uhr aufgelöst. Henry und Jonah begleiteten mich nach Hause, und nachdem Henry sich verabschiedet hatte, zeigte ich Jonah das Apartment so schüchtern wie eine Braut.

Ich spürte, daß er über Nacht bleiben wollte, doch das packte ich einfach nicht. Ich weiß nicht, warum – vielleicht lag es an dem Gespräch, das ich mit Vera geführt hatte –, aber ich fühlte mich fremd, und als er auf mich zukam, um mich zu küssen, wich ich aus.

»Was ist los?«

»Nichts. Ich muß nur endlich allein sein.«

»Habe ich etwas getan, worüber du sauer bist?«

»Aber nein! Wirklich nicht. Ich bin nur völlig fertig, das ist alles. Die Party heut abend hat mich fast geschafft. Du kennst mich. Solche Situationen liegen mir nicht.«

Er lächelte mit weiß blitzenden Zähnen. »Du hättest deinen Gesichtsausdruck sehen sollen. Phantastisch. Ich finde es lustig, dich dabei zu beobachten, wenn du überrumpelt wirst.« Er lehnte an der Tür, die Hände auf dem Rücken, und das Licht aus der Küche tauchte eine Seite seines Gesichts in einen warmen gelben Schimmer. Ich betrachtete ihn eindringlich: blaue Augen, dunkles Haar. Er sah müde aus. Jonah ist bei der Polizei von Santa Teresa und arbeitet in der Abteilung für vermißte Personen, wo wir uns auch vor fast einem Jahr kennengelernt hatten. Ich wußte im Augenblick nicht so recht, was ich für ihn empfand. Er ist freundlich, ein bißchen konfus, ein guter Mann, der immer das Richtige tun möchte, egal was. Ich verstand das

Dilemma mit seiner Frau und nahm ihm die Rolle nicht übel, die er darin spielte. Natürlich war er ein Blatt im Wind. Er hat zwei kleine Töchter, und das kompliziert die Sache unendlich. Camilla hatte ihn zweimal verlassen und beide Male die Mädchen mitgenommen. Er kam gut ohne seine Frau aus, aber sie hatte nur mit dem kleinen Finger winken müssen, und schon war er zu ihr zurückgelaufen. Von da an ging es ständig hin und her. Im November beschloß sie, eine »offene Ehe« zu führen, was er für eine Umschreibung dafür hielt, daß sie in der Gegend herumbumste. Erst da hatte er sich frei genug gefühlt, um mit mir eine Affäre anzufangen, doch ich war ziemlich sicher, daß er ihr von mir nie etwas erzählt hatte. Wie »offen« konnte diese offene Ehe sein? Obwohl ich von der Beziehung nicht viel erwartete, fand ich es beunruhigend, nie zu wissen, wo ich stand. Manchmal spielte er den Familienvater und ging mit seinen Töchtern am Sonntagnachmittag in den Zoo. Manchmal benahm er sich wie ein unehelicher Vater und machte haargenau das gleiche. Er und die beiden Mädchen verbrachten viel Zeit vor dem Affenkäfig, während Camilla weiß Gott was tat. Ich selbst fühlte mich wie ein Statist in einem Theaterstück, das ich mir nie angesehen hätte, wenn ich dafür auch noch hätte bezahlen müssen. Um die Wahrheit zu sagen, ich mochte die Komplikationen nicht. Es stand mir jedoch nicht zu, mich zu beklagen, da ich von Anfang an gewußt hatte, daß er verheiratet war. Ach was, hatte ich damals gedacht, nur keine Aufregung. Ich bin schon groß. Ich werde damit fertig. Wie man deutlich sieht, hatte ich nicht die geringste Ahnung, worauf ich mich einließ.

»Was bedeutet diese Miene?« fragte er.

Ich lächelte. »Sie bedeutet gute Nacht. Ich bin völlig groggy.«

»Dann verschwinde ich auf der Stelle, damit du schlafen kannst. Die Wohnung ist super. Ich erwarte eine Einladung zum Dinner, sobald du wieder da bist.«

»Gut, du weißt ja, wie gern ich koche.«

»Rufst du mich an?«

»Aber klar doch.«

Der schönste Augenblick des Tages kam, als ich endlich allein war. Ich schloß die Haustür ab und sah nach, ob alle Fenster verriegelt waren. Dann schaltete ich unten das Licht aus und stieg über meine Wendeltreppe in den Schlafraum. Um meine erste Nacht in der Wohnung zu feiern, ließ ich mir ein Bad ein, schüttete ein bißchen von dem Badeschaum hinein, den Darcy mir zum Geburtstag geschenkt hatte. Es duftete nach Kiefernnadeln und erinnerte mich an die Putzmittel, die der Hausmeister in meiner Grundschule benutzt hatte. Als Achtjährige hatte ich mich oft gefragt, welcher neunmalkluge Raumpfleger auf die verrückte Idee gekommen war, Erbrochenes mit Sägespänen zu bestreuen.

Ich knipste das Licht im Bad aus, saß in der dampfenden Wanne und schaute aus dem Fenster auf den Ozean, der nur dort als schwarzes Band mit breitem Silberstreifen sichtbar war, wo der Mond die Dunkelheit durchbrach. Die Stämme der Sykomoren direkt vor dem Fenster waren kalkweiß, die blaßgrauen Blätter raschelten in der kühlen Frühlingsbrise wie Papier. Es war schwer zu glauben, daß irgend jemand da draußen mich für Geld töten sollte. Ich weiß sehr gut, daß Unsterblichkeit nur eine Illusion ist, die wir brauchen, um von einem Tag zum anderen funktionieren zu können, aber schon allein die Vorstellung eines Mordauftrags war mir unbegreiflich.

Das Badewasser hatte sich abgekühlt und war nur noch lauwarm, und ich ließ es durch den Abfluß gurgeln. Das Geräusch erinnerte mich an jedes Bad, in dem ich mich je geaalt hatte. Um Mitternacht glitt ich nackt zwischen die funkelnagelneuen Laken auf meinem funkelnagelneuen Bett und blickte durch das Oberlicht. Auf der Plexiglaskuppel lagen die Sterne wie Salzkrümel und bildeten Muster, denen die Griechen schon vor vielen Jahrhunderten Namen gegeben hatten. Ich erkannte den Großen und manchmal sogar den Kleinen Bären, hatte jedoch noch nie etwas gesehen, das auch nur entfernte Ähnlichkeit mit einem Bären, einem Löwen oder einem Krebs gehabt hätte. Vielleicht haben die Kerle damals Hasch geraucht, in der Nähe des Parthenon auf dem Rücken gelegen, sich gegenseitig die Sterne gezeigt und die ganze Nacht nur herumgeblödelt. Daß ich eingeschlafen war, merkte ich erst, als der Wecker mich in die Wirklichkeit zurückkatapultierte...

Ich konzentrierte mich auf die Straße und warf hin und wieder einen Blick auf die Straßenkarte, die ich auf dem Beifahrersitz ausgebreitet hatte. Das Joshua Tree National Monument und der Anza-Borrego Desert State Park waren als dunkelgrüne Kleckse eingezeichnet und sahen aus wie Teile eines riesigen Puzzles. Die Staatsforste waren in hellerem Grün, die Mojave-Wüste hellbeige und die Bergzüge mit ganz blassen Pinselstrichen angedeutet. Ein großer Teil der Wüste würde nie kultiviert werden, und das stimmte mich irgendwie fröhlich. Obwohl ich kein großer Naturfreak bin, amüsiert mich ihre Widersetzlichkeit ungemein.

Bei der Ausfahrt San Bernardino / Riverside schwingen sich die Bahnen des Autobahnkreuzes nach oben wie eine Zukunftsvision aus einem Lehrbuch der fünfziger Jahre. Jenseits der Straße gibt es zu beiden Seiten außer Telefonleitungen nichts zu sehen. Cañons von der Farbe braunen Zuckers und Drahtzäune mit vom Wind angewehten Ballen verdorrten Unkrauts. In der Ferne lag es wie gelber Dunst über der Ebene – das Büffelgras blühte wieder.

In der Nähe von Cabazon hielt ich auf einem Rastplatz, um mir die Beine zu vertreten. Auf einem Rasenstück im Schatten von Weiden und Pappeln standen acht bis zehn Picknicktische. Die Toiletten befanden sich in einem Spitzdachgebäude aus Schlackenstein. Ich nutzte die Gelegenheit und trocknete mir die Hände an der Luft, da die Papierhandtücher ausgegangen waren. Inzwischen war es zehn Uhr geworden, und ich hatte Hunger, also holte ich meine Kühltasche heraus und stellte sie etwa zehn Meter vom Parkplatz entfernt auf einen Tisch. Der große Vorteil des Singledaseins ist, daß man nur nach seinen eigenen Regeln lebt. Dinner um Mitternacht? Warum nicht, es geht ja nur um einen selbst. Lunch um zehn Uhr vormittags? Aber klar doch, du bist dein eigener Boß. Man kann essen, wann man will, und die Mahlzeit nennen, wie es einem Spaß macht. Ich saß mit dem Gesicht zur Straße, kaute mein Sandwich und beobachtete die Wagen, die ankamen und abfuhren.

Ein etwa fünfjähriges Kind spielte auf dem Gehweg mit Matchbox-Lastern, während sein Vater auf einer Bank schlief.

Pop hatte sich ein Exemplar der Zeitschrift *Sports Illustrated* aufgeschlagen übers Gesicht gebreitet. Sein ärmelloses T-Shirt ließ seine mächtigen Arme frei. Die Luft war mild und warm, der Himmel ein endloses Blau.

Als ich weiterfuhr, kam ich an den Windfarmen vorbei, einem Gelände, das sich über viele Morgen erstreckt; darauf stehen in Reih und Glied Turbinen, die wie Windräder aussehen und der Erzeugung von elektrischem Strom dienen. Heute gab es nur leichte Böen. Ich konnte den Wind beobachten, der launisch im Zickzack um die Turbinen wehte, sichtbar im sprunghaften Wirbeln der schlanken Flügel, die den Propellern von Ultraleicht-Flugzeugen so ähnlich waren. Vielleicht werden diese seltsamen Totems noch da sein, wenn die Menschheit längst dahin ist, werden sich munter der Elemente bedienen und Wind in Energie verwandeln, die uralte Maschinen antreibt.

Kommt man in die Nähe von Palm Springs, beginnt sich der Charakter der Straße wieder zu verändern. Reklametafeln werben für Schnellimbißrestaurants und Benzin. Country Clubs werden als ›gepflegte Freizeitparks für aktive Erwachsene‹ angepriesen. Hinter dem flachen Hügelland ragen die Berge auf, verkarstet bis auf die von der Sonne gebleichten Felsblöcke. Ich kam an einem Wohnwagenpark mit dem klingenden Namen ›Vista del Mar Estates‹ vorbei, aber weit und breit war kein *mar* zu sehen.

Ich nahm den Highway 111 nach Süden und passierte die Städte Coachella, Thermal und Mecca. Rechts kam der Salton Sea in Sicht, der einundsiebzig Meter unter dem Meeresspiegel liegt. Dann über weite Strecken nichts als die zweispurige Asphaltstraße mit pulveriger, lockerer Erde zu beiden Seiten; in der aufsteigenden Hitze der Wüste glich sie einer grau schimmernden Wasserfläche. Von Zeit zu Zeit kam ich an einem Zitrushain vorüber, einer schattigen Oase in einem Tal, das sonst völlig der unbarmherzigen Sonne ausgeliefert ist.

Ich fuhr durch Calipatria. Später hörte ich Einheimische über einen Ort reden, der, wie ich glaubte, Cow-pat hieß; nach einiger Zeit erst wurde mir klar, daß das eine Kurzform von

Calipatria war. Das einzige Wahrzeichen dort ist ein Gebäude im Zentrum mit einer Säule aus Ziegelsteinen, die aussieht, als sei sie von Ratten angenagt worden. Es sind jedoch Erdbebenschäden, die nie repariert wurden, vielleicht, um die Götter friedlich zu stimmen.

Eine Autoviertelstunde südlich von Calipatria liegt Brawley. Am Stadtrand entdeckte ich ein Motel mit dem Schild ZIMMER FREI. Das ›Vagabond‹ war ein einstöckiger U-förmiger Bau mit vielleicht vierzig Zimmern, die um einen asphaltierten Parkplatz herumgebaut worden waren. Ich mietete ein Einbettzimmer und bekam Nr. 20 am Ende des Gehwegs. Ich parkte den Wagen auf dem Stellplatz vor der Tür und lud meine Segeltuchtasche, die Schreibmaschine und die Kühltasche aus.

Das Zimmer war sauber, roch aber leicht nach ›Eau de Floh‹. Auf dem Fußboden ein Nylonteppich, hell- und dunkelgrün und so hochflorig, daß man ihn hätte mähen können. Tagesdecke und Übergardinen hatten ein grün-goldenes Blumenmuster – blühende Ranken, die an parallel verlaufenden Spalieren hochkletterten. Das Bild über dem Bett stellte einen Elch dar, der knietief in einem See stand. Die Berge auf dem Bild waren von dem gleichen Grün wie der Teppich – ein kleiner Wink für Ästheten. Ich rief Henry an und sagte ihm, wo ich war. Dann verstaute ich meine Habe, weihte die Toilette ein und fuhr wieder los, diesmal nach Norden bis in das kleine Dorf Niland.

Ich fuhr rechts heran und hielt da, wo der Bordstein gewesen wäre, wenn es einen Gehsteig gegeben hätte. Ich fragte einen ledergesichtigen Rancher im Overall nach dem Weg zu den Slabs. Er zeigte wortlos in eine Richtung. Ich bog an der nächsten Ecke ab und fuhr weitere anderthalb Meilen durch eine flache Landschaft, die nur von Telefon- und Hochleitungsmasten unterbrochen wurde. Hin und wieder überquerte ich einen Bewässerungskanal mit braunem Gras an den Uferrändern. Rechts sah ich in der Ferne einen Erdhügel, von einem felsigen Auswuchs gekrönt, der mit religiösen Sprüchen bemalt war. GOTT IST DIE LIEBE und BEREUE stand da in riesigen Lettern; den Text darunter konnte ich nicht lesen. Wahrscheinlich ein Bibelzitat. In der Nähe parkte ein vergammelter Laster mit einem Holzverschlag auf der Ladefläche, der ebenfalls mit irgendwelchen fundamentalistischen Ermahnungen bepinselt war.

Ich fuhr an etwas vorbei, das früher, als es hier noch den Militärstützpunkt gab, das Wachhaus gewesen sein mußte. Jetzt standen nur noch die Außenmauern aus Beton, neunzig mal neunzig im Geviert und nur ein bißchen größer als eine Telefonzelle. Ich fuhr auf das Gelände des ehemaligen Stützpunkts. Ein paar hundert Meter weiter unten an der Straße entdeckte ich ein zweites Wachhaus, das himmelblau gestrichen war. Die Vorderfront war mit immergrünen Pflanzen bemalt, wobei an der Dachkante mit schwarzen Buchstaben WILLKOMMEN stand und darunter, auf weißem Grund im Bogen angeordnet, IN SLAB CITY, verziert mit in alle Richtungen davonflatternden weißen Tauben. Noch zweimal entdeckte ich den Spruch GOTT IST DIE LIEBE; die Malereien stammten wahrscheinlich aus den Sechzigern, als die Hippies hier durchgekommen waren. In der Wüste geht nichts zugrunde, außer den Wildtieren und den wild wachsenden Pflanzen natürlich. Die Luft ist so trocken, daß es keine Fäulnis zu geben scheint, und die Hitze, die fast das ganze Jahr herrscht, konserviert mehr als sie vernichtet. Ich war an verlassenen Holzhütten vorbeigekommen, die wahrscheinlich seit sechzig Jahren leerstanden.

Jetzt sah ich auf einer endlosen Fläche aus Kies und Erde mehrere Wohnmobile, ein paar Autos, viele mit weit offenen Türen, damit die Hitze sich nicht stauen konnte; Wohnanhänger, Zelte und Kleinlaster mit Campingaufsatz standen in einer locker zusammengewürfelten Nachbarschaft kreuz und quer durcheinander. Die breiten Straßen waren durch Kreosotklumpen und Büschel von Büffelgras markiert. Nur eine Straße hatte eine Bezeichnung; *18th Street* stand auf dem Schild, das an einem Stein lehnte.

An der Hauptstraße wurde einer der längsten Flohmärkte der Welt abgehalten. Auf den Verkaufstischen lagen alle möglichen Gegenstände aus Glas, getragene Kleidung, alte Autoreifen, ausrangierte Autositze und kaputte Fernseher, lauter »Billigangebote«. Eine handgeschriebene Tafel verkündete: AUSSCHLACHTUNGEN UND GELEGENHEITSARBEITEN. Aber weit und breit war nicht ein einziger Kunde in Sicht. Ich bekam auch keinen Einwohner zu sehen. An einem Mast hing die Fahne der Vereinigten Staaten und an einem zweiten die Flagge des Staates Kalifornien. Beide knatterten im heißen Wind, der den Staub aufwirbelte. Hier gab es keine Fernsehantennen, keine Zäune, keine Telefonmasten, keine elektrischen Leitungen, kein Gebäude, das irgend etwas überdauern sollte. Der ganze Ort hatte etwas Provisorisches. Bunte Markisen boten Schutz gegen die Mittagssonne. Nur ab und zu unterbrach Hundegebell die Stille.

Ich fuhr an den Straßenrand, parkte den Wagen und stieg aus. Ich sah mich suchend um, schirmte dabei die Augen mit der Hand ab. Inzwischen an das grelle Licht gewöhnt, entdeckte ich in der Nähe ein paar Leute: ein Paar, das in der offenen Tür seines mobilen Heims saß, einen Mann, der von einer Wagenreihe zur anderen ging. Sie schienen mich nicht zu beachten. Daß Fremde kamen und gingen, war offenbar etwas so Alltägliches, daß mein Erscheinen nicht das geringste Interesse weckte.

Ungefähr fünfzig Meter von mir entfernt erblickte ich eine Frau, die im Schatten eines zwischen zwei Wohnwagen gespannten leuchtend orangeroten Fallschirms saß. Den Kopf leicht geneigt, stillte sie ein Kind. Ich ging näher und blieb etwa fünf Meter entfernt von ihr stehen. Ich war nicht sicher, wo hier der Privatgrund begann, und wollte keine Grenzen verletzen.

»Hallo«, sagte ich. »Ob Sie mir vielleicht helfen könnten?«

Sie blickte auf. Sie war etwa achtzehn und hatte sich das dunkle Haar auf dem Hinterkopf zu einem unordentlichen Knoten aufgesteckt. Sie trug Shorts und ein Baumwollhemd, das vorn aufgeknöpft war. Das Baby saugte so energisch, daß sogar ich es schmatzen hörte, obwohl ich so weit weg war. »Suchen Sie Eddie?«

Ich schüttelte den Kopf. »Ich suche eine Frau namens Agnes Grey. Kennen Sie sie zufällig?«

»Nee. Aber Eddie könnte sie kennen. Er ist schon viel länger hier als ich. Ist sie 'ne ›Ständige‹?«

»Soviel ich weiß, lebt sie seit vielen Jahren hier.«

»Dann sollten Sie sich im Christian Center gleich unten links erkundigen. Das ist der Wohnwagen mit der Tafel, auf der alle Veranstaltungen stehen. Eine Menge Leute sind für den Notfall dort gemeldet. Was wollen Sie von der Frau?«

»Ihre Tochter in Santa Teresa hat seit Monaten nichts mehr von ihr gehört. Sie hat mich gebeten festzustellen, warum ihre Mutter sich nicht mehr meldet.«

Sie blinzelte mich an. »Sind Sie so was wie eine Detektivin?«

»Na ja, mehr oder weniger. Ich bin mit der Familie befreundet und mußte ohnehin in die Gegend, also hab ich gesagt, ich seh mich mal um.« Ich holte die beiden Schnappschüsse heraus, die Irene Gersh mir gegeben hatte, ging auf die junge Frau zu und hielt die Bilder so, daß sie sie ansehen konnte. »Das ist ihr Wohnwagen. Ein Foto von ihr selber hab ich nicht. Sie ist eine alte Frau in den Achtzigern.«

Die junge Frau legte den Kopf schräg und betrachtete die Fotos. »O ja, die! Die kenn ich. Ich habe nur nie ihren richtigen Namen gehört. Alle hier nennen sie nur Old Mama.«

»Können Sie mir sagen, wo ich sie finde?«

»Nein, eigentlich nicht. Ich weiß, wo ihr Wohnwagen steht, aber sie selbst hab ich schon länger nicht gesehen.«

»Wissen Sie noch, wann das war?«

Sie verzog das Gesicht und überlegte eine Weile. »Ich hab sie nie besonders beachtet, kann's also wirklich nicht sagen. Wenn sie in den Ort mitgenommen werden will, stapft sie immer da vorn auf und ab. Die sind hier alle ganz großartig, wenn der eigene Wagen mal nicht funktioniert und man wohin muß. Aber sie ist irgendwie seltsam.«

»Wie äußert sich das?«

»Na ja, wissen Sie, ab und zu redet sie mit sich selbst. Man sieht immer wieder Leute, die so vor sich hin plappern und gestikulieren, als ob sie mit jemandem streiten. Eddie hat sie ein paarmal nach Brawley mitgenommen, und da war sie ganz in Ordnung, sagt er. Gestunken hat sie, aber sie hat nicht gesponnen oder so.«

»Und in letzter Zeit haben Sie sie nicht mehr gesehen?«

»Nein, aber wahrscheinlich ist sie noch hier irgendwo. Ich habe mit dem Baby so viel zu tun gehabt. Fragen Sie doch jemand anders. Ich hab selber nie mit ihr gesprochen.«

»Wie wär's mit Eddie? Wann erwarten Sie ihn?«

»Nicht vor fünf, hat er gesagt. Wenn Sie sich ihren Wohnwagen ansehen wollen, fahren Sie ungefähr eine Viertelmeile immer diese Straße lang. Dann sehen Sie einen alten durchgerosteten Chevy. So heißt auch die Straße: Rusted-Out-Chevy-Road. Biegen Sie rechts ein und fahren Sie weiter, bis Sie an den Betonbunkern vorbeikommen. Sehen wie 'n großes U aus. Keine Ahnung, wozu die gut sind, aber Old Mamas Wohnwagen steht auf der nächsten Parzelle. Sie müssen laut an die Tür hämmern. Ich glaub, sie hört nicht besonders gut, das hat Eddie jedenfalls gesagt.«

»Danke. Ich mach mich gleich auf die Socken.«

»Wenn Sie sie nicht finden, können Sie wiederkommen und auf Eddie warten, wenn Sie wollen. Er weiß vielleicht mehr.«

Ich schaute auf meine Uhr. Es war erst Viertel vor zwölf. »Durchaus möglich, daß ich wiederkomme«, sagte ich. »Danke für die Hilfe.«

4

Der Wohnwagen auf der Rusted-Out-Chevy-Road bot einen erbärmlichen Anblick und hatte wenig Ähnlichkeit mit dem Schnappschuß in meiner Tasche, der einen zwar alten, aber robust aussehenden blaulackierten Caravan auf vier Schwarzwandreifen zeigte. Nach diesem Bild hatte ich ihn auf gut dreißig Jahre geschätzt, damals waren solche Caravans, von Buick-Limousinen gezogen, durch das halbe Land gerumpelt. Jetzt waren die Flanken mit aufgesprühten Wörtern verziert, deren Gebrauch man, wie meine Tante mir erklärt hatte, auf ein Minimum beschränkten sollte. Aus einigen Fenstern waren die Belüftungsklappen herausgebrochen worden, und die Tür hing nur noch an einer Angel. Als ich vorüberfuhr, saß ein ungefähr zwölfjähriges Wesen unbestimmten Geschlechts mit Rastalocken und in zerlumpten, abgeschnittenen Jeans auf der Türschwelle, den Finger tief in der Nase, ganz offensichtlich zu dem Zweck, den Inhalt zutage zu fördern. Ich fuhr vorbei, wendete, fuhr zurück und hielt am Straßenrand. Als ich ausgestiegen war, war die Türschwelle leer. Ich klopfte.

»Hallo?« rief ich in singendem Tonfall. »Hal-lo-o!«

Ich spähte hinein. Im Wohnwagen war niemand, wenigstens soweit ich ihn überschauen konnte. Es war hier drinnen wahrscheinlich noch nie besonders sauber gewesen, doch jetzt war der Raum mit Unrat übersät. Wo eigentlich ein Klapptisch hingehörte, lagen leere Flaschen und Dosen auf einem Haufen. Alles war dick verstaubt. Die Überreste einer Bank auf der rechten Seite sahen aus, als sei sie zu Feuerholz zerhackt worden. Die Türen der Küchenschränkchen hatte man abgeschraubt. Die Schränke waren leer. Der winzige vierflammige Butangasherd schien seit Monaten nicht mehr benutzt worden zu sein.

Ich schaute nach links und ging durch einen kurzen Gang nach hinten in das kleine Schlafzimmer. Rechts führte eine Tür in ein Badezimmer mit einer kaputten chemischen Toilette und einem gezackten Loch in der Wand, wo einmal ein Waschbekken gewesen war; über der Duschwanne, in der jetzt Lumpen lagen, hing noch ein Stück Rohr. Das Schlafzimmer enthielt eine schäbige Matratze und einen zusammengerollten Doppelschlafsack mit Reißverschluß. Irgend jemand wohnte hier, aber ich glaubte nicht, daß es Irene Gershs Mutter war. Ich schaute aus dem Fenster, doch alles, was ich sah, war ein Stück brauner Wüste mit einer niedrigen Bergkette, zehn oder fünfzehn Meilen entfernt. Entfernungen täuschen hier draußen, weil es keine Markierungspunkte gibt.

Ich schlängelte mich zum Eingang zurück, ging hinaus und einmal um den Wohnwagen herum. Ein Eimer mit eingelegtem Plastiksack diente als Außenabort. Es lagen noch mehrere zugebundene Plastiksäcke herum, eine Brutstätte für schwarze Fliegen. Auf der gegenüberliegenden Straßenseite war auf einem zementierten Stellplatz ein Winnebago vertäut, so ein geräumiges Wohnmobil mit vier Schlafplätzen. Daneben stand ein Kleinlaster mit Campingaufsatz. Der Zementboden hatte Risse, in denen Unkraut wucherte. Ein Grill war im Freien aufgebaut, und der Geruch von Holzkohle und rauchenden Briketts wehte zu mir herüber. In der Nähe des Grills sah ich einen Klapptisch und drumherum ein paar nicht dazupassende Chromsessel.

Als ich die Straße überquerte, tauchte aus dem Wohnmobil eine Frau auf. Sie trug ein Tablett mit einem mit Folie zugedeckten Teller, Gewürzen und anderen Utensilien. Sie war in den Vierzigern, schlank, mit einem schmalen, wettergegerbten Gesicht. Kein Make-up, das graumelierte Haar ganz kurz. Sie trug Jeans und ein Flanellhemd, beides zu hellem Grau ausgebleicht. Ohne mich zu beachten, machte sie sich an ihre Arbeit. Ich sah zu, wie sie fünf dicke Buletten auf den Rost legte. Dann ging sie zum Tisch und fing an, ihn mit Gabeln und Papptellern zu decken.

»Entschuldigen Sie«, sagte ich. »Kennen Sie die Frau von gegenüber?«

»Sind Sie eine Verwandte?«

»Nein, eine Freundin der Familie.«

»Höchste Zeit, daß jemand sich kümmert«, sagte sie bissig. »Was dort drüben vorgeht, ist eine ganz üble Schande.«

»Was geht dort drüben vor?«

»Jugendliche sind eingezogen. Sie sehen ja, wie verwahrlost alles ist. Laute Partys, laute Streitereien, Prügeleien. Wir hier draußen lassen jeden nach seiner Fasson selig werden, aber es gibt Grenzen.«

»Was ist mit Agnes? Wo ist sie? Sie wohnt doch bestimmt nicht mehr hier.«

Die Frau hob den Kopf und schaute zum Wohnmobil hinüber. »Marcus? Kommst du bitte mal? Eine Frau fragt nach Old Mama.«

Die Tür des Winnebago ging auf, und ein Mann schaute heraus. Er war mittelgroß, feingliedrig, und seine Hautfarbe ließ auf eine romanische Abstammung schließen. Er hatte dunkles Haar, das er aus der Stirn zurückgekämmt trug, eine kurze, gerade Nase und sehr volle Lippen. Die Augen waren von schwarzen Wimpern umrahmt. Er sah aus wie ein männliches Model in einem Inserat für italienische Herrenbekleidung. Einen Augenblick lang musterte er mich unbeteiligt.

»Wer sind Sie?« fragte er. Ohne Akzent. Er trug eine gebügelte Hose und ein geripptes Altmännerunterhemd.

»Ich heiße Kinsey«, sagte ich. »Die Tochter von Agnes Grey hat mich gebeten, herzufahren und mich nach ihr zu erkundigen. Haben Sie eine Ahnung, wo sie steckt?«

Überraschenderweise streckte er mir die Hand entgegen, um sich vorzustellen. Ich nahm sie. Sein Handteller war weich und heiß, sein Händedruck fest.

»Ich bin Marcus. Das ist meine Frau Faye. Wir haben Old Mama schon lange nicht mehr gesehen. Das muß Monate her sein. Wir haben gehört, daß sie krank geworden ist, aber ich weiß es nicht sicher. Das Krankenhaus ist in Brawley. Fragen Sie dort nach ihr.«

»Hätte man dann nicht ihre Familie verständigt?«

Schulterzuckend schob Marcus die Hände in die Taschen. »Sie hat möglicherweise verschwiegen, daß sie Familie hat. Ich höre es jetzt auch zum erstenmal. Sie ist ein sehr zurückhaltender Mensch. Lebt fast wie eine Einsiedlerin. Kümmert sich um ihre eigenen Angelegenheiten, solange die anderen sich um die ihren kümmern und niemand ihre Kreise stört. Wo wohnt diese Tochter?«

»Santa Teresa. Sie macht sich Sorgen um ihre Mutter, hatte aber keine Möglichkeit, sich mit ihr in Verbindung zu setzen.«

Die beiden schienen von Irene Gershs Besorgnis nicht so recht überzeugt zu sein. Ich wechselte das Thema und warf einen Blick zurück zu dem Caravan auf der anderen Straßenseite. »Wer ist das kleine Monster, das vorhin auf der Türschwelle gesessen hat?«

»Es sind zwei«, antwortete Faye mürrisch. »Junge und Mädchen. Sie sind vor ein paar Monaten hier aufgetaucht und haben sich den Wohnwagen unter den Nagel gerissen. Müssen gehört haben, daß er leersteht, denn sie sind sehr rasch eingezogen. Es sind bestimmt Ausreißer. Wovon sie leben, ist mir schleierhaft. Wahrscheinlich stehlen sie oder gehen auf den Strich, was sich eben so bietet. Wir haben sie gebeten, die Kloake zu säubern, aber sie denken nicht daran.«

›Kloake‹ war eine freundliche Umschreibung für die Säcke voller Scheiße. »Das Kind, das ich gesehen habe, kann noch nicht einmal zwölf gewesen sein«, sagte ich.

»Sie sind fünfzehn«, antwortete Faye. »Der Junge jedenfalls ist fünfzehn. Sie benehmen sich wie wilde Tiere, und ich weiß, daß sie Drogen nehmen. Sie durchsuchen immer unseren Abfall nach etwas Eßbarem. Manchmal kommen andere Jugendliche und kampieren bei ihnen. Es hat sich rumgesprochen, daß sie hier eine sturmfreie Bude haben.«

»Können Sie sie nicht der Polizei melden?«

Marcus schüttelte den Kopf. »Haben wir schon versucht. Sie lösen sich sofort in Luft auf, wenn jemand kommt.«

»Könnte es zwischen Agnes' Verschwinden und ihrem Einzug einen Zusammenhang geben?«

»Das bezweifle ich«, sagte er. »Sie war schon zwei oder drei Monate weg, als die beiden hier ankamen. Jemand hat ihnen vielleicht gesagt, daß der Caravan unbewohnt ist. Sie schienen nie zu befürchten, daß Old Mama zurückkommen könnte. Ich weiß, daß sie den Wagen so ziemlich auseinandergenommen haben, aber wir können nicht viel dagegen tun.«

Ich gab ihm meine Karte. »Hier ist meine Nummer in Santa Teresa. Ich bleibe noch ein paar Tage hier und will versuchen, Agnes aufzuspüren. Danach können Sie mich unter der Vorwahl 805 erreichen. Würden Sie mich anrufen, wenn Sie von ihr hören? Bevor ich zurückfahre, komme ich noch mal vorbei. Zumindest will ich's versuchen, für den Fall, daß Sie inzwischen etwas gehört haben sollten. Vielleicht fällt Ihnen noch etwas ein, das mir helfen könnte.«

Faye schaute über seine Schulter auf die Karte, die ich ihm gegeben hatte. »Sie sind Privatdetektivin? Ich hab gedacht, Sie sind mit der Familie befreundet?«

»Ich bin beides – befreundet und angeheuert«, sagte ich. Ich ging schon zu meinem Wagen, als er meinen Namen rief. Ich drehte mich um und sah ihn an.

»In Niland gibt es ein Sheriffbüro, auf der First Street, gleich neben dem Gefängnis. Fragen Sie den Deputy. Es ist durchaus möglich, daß sie tot ist.«

»Daran habe ich natürlich auch schon gedacht«, sagte ich. Sein Blick hielt den meinen kurz fest, dann ging ich weiter.

Ich fuhr nach Niland zurück. Fünfundvierzig Meter unter dem Meeresspiegel, zwölfhundert Einwohner. Das alte Gefängnis ist ein winziges, weiß verputztes Gebäude mit verwittertem Schindeldach und einem nur als Dekoration dienenden eisernen Rad, das an der hölzernen Verandabrüstung befestigt ist. Im Haus nebenan, keine drei Meter entfernt, sind das neue Gefängnis und der Außenposten des Sheriffbüros untergebracht; es ist ebenfalls weiß verputzt und nicht viel breiter als eine Tür und zwei Fenster. Eine Klimaanlage ragt aus einem Seitenfenster.

Ich parkte vor dem Haus. An der Eingangstür hing ein Zettel. *Bin um vier zurück. In Notfällen oder anderen dienstlichen Angelegenheiten wenden Sie sich an das Sheriffbüro in Brawley.* Keinerlei Hinweis darauf, wie man sich mit dem Sheriffbüro in Brawley in Verbindung setzen konnte.

Ich fuhr zu einer Tankstelle und ging, während der Wagen aufgetankt wurde, zu einem Münztelefon, wo ich mir aus dem eselsohrigen Telefonbuch, das an die Wand gekettet war, die Nummer des Sheriffbüros heraussuchte. Nach der angegebenen Adresse zu schließen, war es von meinem Motel an der Main Street nicht weit entfernt. Ich rief an und erfuhr, daß Sergeant Pokrass, der Deputy, mit dem ich sprechen sollte, beim Lunch war und um ein Uhr zurückkommen würde. Ein Blick auf meine Uhr zeigte mir, daß es zehn vor eins war.

Die Dienststelle des Sheriffbüros in Brawley ist ein ebenerdiges Gebäude mit rotem Ziegeldach, direkt gegenüber dem Polizeirevier auf der anderen Straßenseite. Auf dem kleinen Parkplatz standen zwei weiße Sheriffwagen. Durch eine Glastür betrat ich das Haus.

Ein Pepsi-Automat beherrschte den Korridor. Links vom Eingang war eine geschlossene Tür, hinter der ein Gerichtssaal lag, wie das Türschild besagte. Auf der anderen Seite waren zwei kleine Büros mit einer offenstehenden Verbindungstür. Auf Hochglanz poliertes Linoleum auf dem Boden, die Tresenplatten aus Kunststoff, Schreibtische aus hellem Holz, metallene Aktenschränke und Drehsessel. Zwei Deputys und ein Zivilangestellter waren anwesend; letzterer telefonierte. Das leise Stimmengemurmel wurde untermalt vom stetigen, leisen Knacken und Krächzen des Polizeifunks.

Deputy Pokrass war eine Frau in den Dreißigern, hochgewachsen und straff, mit kurzen blonden Haaren und einer Brille mit Schildpattrahmen. Die braune Uniform saß wie maßgeschneidert: funktional, ohne Kinkerlitzchen. Ihr Gesicht hatte keinen besonders lebhaften Ausdruck. Ihre Augen waren von einem durchdringenden Braun und ziemlich kalt. Sie wirkte zwar nicht direkt unhöflich, aber auf eine eher schroffe Weise sachlich. Wir verschwendeten nicht viel Zeit mit Vorreden. Ich stand vor dem kurzen Tresen und erklärte ihr die Situation, wobei ich mich kurz und präzise faßte. Sie hörte aufmerksam und ohne Zwischenfrage zu und griff, als ich fertig war, zum Telefon. Sie rief das Ortskrankenhaus – Pioneers Memorial – an und ließ sich mit der Verwaltung verbinden. Ihre Stimme wurde ein ganz kleines bißchen wärmer, während sie mit einer Person namens Letty sprach. Sie zog einen gelben Dienstblock näher zu sich heran, nahm einen perfekt gespitzten Bleistift zur Hand und machte sich ein paar Notizen; ihre Schrift war voller Ecken und Kanten. Ich war sicher, daß sie nicht einmal im zarten Alter von zwölf Jahren ein fröhliches Gesicht gemacht hatte, wenn sie einem ı sein Tüpfelchen aufsetzte. Sie legte auf und benutzte ein Lineal, um den Papierstreifen abzutrennen, auf den sie die Adresse notiert hatte.

»Agnes Grey wurde am 5. Januar mit dem Krankenwagen ins Pioneers eingeliefert. Sie war vor einem Café in Downtown zusammengebrochen. Die Diagnose des Aufnahmearztes lautete auf Lungenentzündung, Unterernährung, akute Entwässerung und Altersschwachsinn. Am 2. März wurde sie ins Rio Vista Convalescent Hospital überführt. Das ist die Adresse. Geben Sie uns Bescheid, wenn Sie sie dort finden. Wenn nicht, können Sie wieder herkommen und eine Vermißtenmeldung ausfüllen. Wir werden tun, was wir können.«

Ich warf einen Blick auf das Papier, faltete es zusammen und steckte es in die Tasche meiner Jeans. »Ich danke Ihnen für Ihre Hilfe.« Als ich den Satz endlich herausbekam, hatte sie sich schon abgewandt und tippte wieder eifrig an ihrem Bericht. Ich benutzte die Hand, die ich ihr reichen wollte, um mich an der Nase zu kratzen, und kam mir vor wie jemand, der ein Winken erwidert und dann feststellen muß, daß der fröhliche Gruß jemand anderem gegolten hat.

Als ich zu meinem Wagen ging, kam mir der Gedanke, daß man mir in diesem Genesungsheim vielleicht gar keine Auskunft über Agnes Grey geben würde. Wenn sie noch Patientin war, bekam ich wahrscheinlich ihre Zimmernummer und durfte zu ihr hinein. Aber wenn sie schon entlassen worden war, würde es möglicherweise schwieriger werden. Das Krankenhauspersonal ist nicht mehr so geschwätzig wie früher. Es gab schon zu viele Prozesse wegen Verletzung des Persönlichkeitsrechts. Ich darf mir meine Chancen nicht verderben, dachte ich.

Ich fuhr ins ›Vagabond‹ zurück, zog den Reißverschluß meiner Segeltuchtasche auf, nahm mein ›Kleid für alle Gelegenheiten‹ heraus und schüttelte es kräftig. Dieses treue Stück ist das einzige Kleid, das ich besitze, aber ich bin darin immer richtig angezogen. Es ist schwarz, kragenlos, mit langen Ärmeln und einem Reißverschluß im Rücken, aus einem glatten Zauberstoff, dem man einfach alles antun kann, ohne daß er Schaden nimmt. Man kann darauf sitzen, kann es zerdrücken, zerknüllen, zu einem Strick drehen oder zu einem Knäuel zusammenrollen. In der Sekunde, in der man es auseinanderfaltet und ausschüttelt, nimmt es seine ursprüngliche Form wieder an. Ich wußte nicht einmal mehr so genau, warum ich es mitgebracht hatte – wahrscheinlich weil ich hoffte, in der Stadt eine heiße Nacht zu erleben. Ich warf das Kleid aufs Bett, zusammen mit meinen (ein bißchen abgestoßenen) flachen schwarzen Schuhen und einer schwarzen Strumpfhose. Ich gönnte mir eine Drei-Minuten-Dusche, saß dreizehn Minuten später wieder im

Wagen und sah wie eine ernst zu nehmende Erwachsene aus, hoffte ich wenigstens.

Das Rio Vista Convalescent Hospital lag mitten in einer Wohngegend – ein einstöckiges stuckverziertes Gebäude in einem trüb aussehenden Navajo-Weiß. Das Grundstück war von einem Maschendrahtzaun umgeben, das breite Tor zum Parkplatz stand offen. Ein solches Krankenhaus hatte ich noch nie gesehen. Das Gelände drumherum war flach, nicht bepflanzt und bestand hauptsächlich aus gesprungenem Asphalt, auf dem die Wagen parkten. Als ich mich dem Eingang näherte, sah ich, daß der brüchige Asphalt mit merkwürdigen verblaßten Kreisen und Vierecken bemalt war. Erst als ich in der Halle stand, ging mir auf, was ich gesehen hatte. Ein Spielfeld. Das war einmal eine Grundschule gewesen. Hier hatte man einst Ball gespielt. Im Innern des Gebäudes sah es fast genauso aus wie in der Grundschule, die ich besucht hatte. Hohe Räume, Holzfußböden, Lampen, die wie kleine runde Monde aussahen. An der Wand mir gegenüber stand noch immer ein Trinkbrunnen, weißes Porzellan mit chromglänzenden Armaturen, so niedrig angebracht, daß auch kleinere Kinder sie erreichten. Es roch sogar genauso – nach Gemüsesuppe. Für einen Moment war die Vergangenheit greifbar nah, legte sich wie ein Stück Cellophan über die Wirklichkeit und löschte sie aus. Die gleiche Angst, die mich an jedem Tag meiner Jugend gepeinigt hatte, überfiel mich hier. Ich hatte die Schule verabscheut. Immer wieder wurde ich von den Gefahren überwältigt, die ich in allen Ecken lauern sah. Die Schule war gefährlich. Es gab unendlich viele Hürden: Prüfungen in Rechtschreiben, Geographie und Mathe, Hausaufgaben, unangesagte mündliche Tests und Arbeitshefte. Alles, was man tat, wurde beurteilt, kritisiert, benotet, besprochen. Musik war das einzige Fach, das ich mochte, weil man ins Buch schauen durfte, obwohl man manchmal auch aufstehen und ganz allein vorsingen mußte, und das war die Hölle. Die anderen Kinder waren noch schlimmer als der Unterricht. Ich war klein für mein Alter und immer Zielscheibe von Angriffen. Meine Mitschüler waren schlau und hinterhältig und heckten alle möglichen bösartigen Streiche aus, die sie dem Fernsehen abschauten. Und wer sollte mich vor ihren Gemeinheiten schützen? Die Lehrer halfen nicht. Wenn ich die Fassung verlor, bückten sie sich, bis sie mit mir auf gleicher Höhe waren, und ihre Gesichter füllten mein Gesichtsfeld aus wie stürzende Planeten, die sich gleich in die Erde bohren würden. Wenn ich heute zurückblicke, begreife ich, wie sehr ich sie beunruhigt haben muß. Ich war eines jener Kinder, die anscheinend ganz ohne Grund ständig jämmerlich weinten oder kotzten. An Tagen, an denen ich besonders verängstigt war, tat ich manchmal beides. In der fünften Klasse war ich fast ununterbrochen in Schwierigkeiten. Ich war nicht rebellisch – dazu war ich zu schüchtern –, aber ich gehorchte nicht, mißachtete die Vorschriften. Nach dem Lunch, zum Beispiel, versteckte ich mich auf dem Mädchenklo, anstatt zum Unterricht zu gehen. Ich sehnte mich danach, hinausgeworfen zu werden, bildete mir irgendwie ein, ich wäre für immer von der Schule befreit, wenn sie mich rauswarfen. Ich erreichte mit meinem Verhalten jedoch nur, daß ich immer wieder zum Rektor zitiert wurde oder endlose Stunden mitten in der Halle auf einem kleinen Stuhl sitzen mußte. Öffentlich angeprangert, gewissermaßen. Meine Tante stürzte sich wie ein Racheengel auf den Rektor und machte ihm einen höllischen Krach, weil er mich einer so unmenschlichen Prozedur aussetzte. Tatsächlich fühlte ich mich nur das erstemal gedemütigt. Später gefiel es mir recht gut, in der Halle zu sitzen. Es war still. Ich war allein. Niemand stellte mir Fragen oder zwang mich, etwas an die Tafel zu schreiben. In den Pausen sahen die anderen Kinder mich kaum an, sie schämten sich für mich.

»Miss?«

Ich blickte auf. Eine Frau in Schwesterntracht stand vor mir. Ich konzentrierte mich auf meine Umgebung. Jetzt sah ich, daß im Korridor mehrere Rollstühle geparkt waren. Die Insassen waren alt und gebeugt. Einige starrten stumpf auf den Boden, andere wimmerten vor sich hin. Eine Frau wiederholte nörgelnd und endlos: »Jemand soll mich hier rausholen. Jemand soll mich rauslassen. Jemand soll mich hier rausholen...«

»Ich suche Agnes Grey.«

»Patientin oder Angestellte?«

»Eine Patientin. Zumindest war sie es vor etwa zwei Monaten.«

»Versuchen Sie es in der Verwaltung.« Die Schwester zeigte auf die Büros zu meiner Rechten. Ich riß mich zusammen und wandte den Blick von den Schwachen und Gebrechlichen ab. Vielleicht führt das Leben in einer schnurgeraden Linie von den Schrecken der Schule zu den Schrecken eines Pflegeheims.

Die Verwaltung war provisorisch in Räumen untergebracht, in denen früher vermutlich der Schulleiter residiert hatte. Ein Teil der weitläufigen Eingangshalle war durch Glaswände abgeteilt worden; in dem so entstandenen kleinen Raum befand sich jetzt die Aufnahme. Ich wartete vor dem Schalterfenster, bis eine Frau mit einem Arm voll Akten aus dem Büro kam, das hinter dem Glaskäfig lag. Sie erblickte mich und steuerte mit einem unpersönlichen Lächeln auf mich zu. »Kann ich Ihnen helfen?«

»Hoffentlich«, sagte ich. »Ich suche eine Frau namens Agnes Grey. Soviel ich weiß, war sie vor ein paar Monaten hier Patientin.«

Die Frau zögerte kurz und sagte dann: »Darf ich fragen, warum Sie sich für sie interessieren?«

Ich entschloß mich, es mit der Wahrheit zu versuchen, ohne zu ahnen, wie beliebt ich mich dadurch machen sollte. Ich gab ihr meine Karte und erzählte meine Geschichte von Irene Gersh, die mich gebeten hatte, ihre Mutter zu finden; ich schloß mit der Frage, die ich schon so oft gestellt hatte: »Wissen Sie zufällig, wo sie jetzt ist?«

Sie sah mich einen Moment blinzelnd an. Irgendein innerer Prozeß bewirkte eine Veränderung in ihren Zügen, mir war jedoch nicht klar, wie das mit meiner Bitte zusammenhing. »Entschuldigen Sie mich.«

»Aber gern.«

Sie verschwand wieder im hinteren Büro und erschien einen Augenblick später mit einer zweiten Frau, die sich als »Elsie Haynes, Leiterin dieses Hauses« vorstellte. Sie war vermutlich in den Sechzigern, rundlich, und sie hatte eine Frisur, die, schnurrbartkurz im Nacken, durch ein Haarteil rötlichbrauner Locken ergänzt wurde. Dadurch wirkte ihr Gesicht zu groß für ihren Kopf. Sie lächelte mir jedoch überaus liebenswürdig zu. »Miss Millhone, wie ganz, ganz reizend!« sagte sie, beide Hände ausstreckend. Der Händedruck gestaltete sich zu einer Art Sandwich, von ihren Händen gebildet, mit meiner Hand als Lunchfleisch dazwischen. »Ich bin Mrs. Haynes, aber Sie müssen mich Elsie nennen. So – was kann ich für sie tun?«

Das war beunruhigend. Einen solchen Empfang bin ich in meinem Beruf nicht gewöhnt. »Freut mich, Sie kennenzulernen«, sagte ich. »Ich versuche den Aufenthaltsort einer gewissen Agnes Grey festzustellen. Man hat mir gesagt, sie sei aus dem Pioneers hierher verlegt worden.«

»Das ist richtig. Mrs. Grey ist seit Anfang März bei uns. Sie werden sie bestimmt sehen wollen, daher habe ich die Etagenaufsicht zu uns gebeten. Sie wird Sie zu Mrs. Greys Zimmer begleiten.«

»Wunderbar. Ich bin Ihnen sehr verbunden. Offen gesagt, habe ich nicht erwartet, sie hier zu finden. Ich dachte, sie sei längst wieder draußen. Geht es ihr gut?«

»O Gott, ja. Es geht ihr viel besser – recht gut –, aber sie müßte ständig jemanden um sich haben, der sie versorgt. Wir können Patienten nicht entlassen, die nicht wissen, wohin. Soweit uns bekannt ist, hat Mrs. Grey keine feste Adresse, und sie hat uns nie anvertraut, daß es Verwandte gibt. Wir sind überglücklich zu hören, daß sie eine Tochter in diesem Staat hat. Ich bin überzeugt, Sie werden Mrs. Gersh bald Bericht erstatten und alles in die Wege leiten, damit Mrs. Grey in ein Pflegeheim nach Santa Teresa verlegt wird.«

Ah. Ich merkte, daß ich nickte. Das Mäntelchen selbstloser Fürsorge wurde fadenscheinig. Ich versuchte es jetzt selbst mit einem Reklamelächeln, um mich nicht in Irene Gershs Namen zu irgend etwas zu verpflichten. »Ich weiß nicht, was Mrs. Gersh tun will und wird. Ich habe versprochen, sie anzurufen, sobald ich festgestellt habe, was los ist. Sie wird wahrscheinlich mit Ihnen sprechen wollen, bevor sie eine Entscheidung trifft, aber ich nehme an, daß sie mich bitten wird, Agnes nach Santa Teresa mitzubringen.«

Elsie und ihre Assistentin wechselten einen Blick.

»Gibt es da ein Problem?«

»Nun, nein«, sagte sie. Ihr Blick schweifte zur Tür. »Das ist Mrs. Renquist, die zuständige Aufsicht. Ich glaube, sie ist diejenige, mit der Sie die Sache gründlich besprechen sollten.«

Eine neue Vorstellungsrunde, neue Erklärungen. Mrs. Renquist war etwa fünfundvierzig, dünn und sonnengebräunt mit einem großen, freundlichen Mund und der fahlen, faltigen Haut der starken Raucherin. Das kastanienbraune Haar hatte sie im Nacken zu einem straffen Knoten geschlungen, der wie ein Krapfen aussah, wahrscheinlich mit Unterstützung eines jener leicht verformbaren Nylondinger, die man bei Woolworth kaufen kann. Die drei Frauen standen um mich herum wie drei weltliche Nonnen, die unaufhörlich auf mich einmurmelten und irgend etwas beteuerten. Ein paar Minuten später eilten Mrs. Renquist und ich durch den Korridor zu ihrer Abteilung.

5

Bevor ich Agnes Grey sah, hörte ich sie bereits. Mrs. Renquist und ich waren die breite, geschwungene Treppe in den ersten Stock hinaufgestiegen. Wir sprachen kaum miteinander, als wir durch den oberen Korridor gingen. Der Charakter einer Grundschule war auch hier noch auf seltsame Weise erhalten geblieben, trotz der umfangreichen Umbauten, die notwendig gewesen waren, um die Räumlichkeiten ihrer derzeitigen Nutzung anzupassen. Die ehemaligen Klassenzimmer waren sehr groß gewesen, mit breiten Doppelfenstern, die vom Boden bis fast zur Decke reichten. Licht strömte durch die Scheiben hinter dünnmaschigem Drahtgeflecht. Das Holzwerk war noch original, polierte Eiche, zu einem schimmernden Rostbraun gealtert. Hier oben hatte man die abgetretenen Holzfußböden mit marmorierten weißen PVC-Fliesen belegt, und die früher weitläufigen Räume waren in kleine Zweibettzellen unterteilt worden. Die Wände waren hellgrün und hellblau gestrichen. Alles war sehr sauber, wenn auch unpersönlich, die Luft geschwängert mit den säuerlichen Ausdünstungen intimer Körperfunktionen. Überall sah man alte Menschen, in den Betten, in Rollstühlen, auf Krankentragen, in dem breiten Korridor auf harten Holzbänken kauernd; untätig, von ihrer Umgebung isoliert, da ihre Sinne mit den Jahren immer schwächer geworden waren. Sie schienen so reglos wie Pflanzen, die sich damit abgefunden hatten, daß sie nur unregelmäßig gegossen wurden. Bei einer solchen Lebensweise mußte jeder schrumpfen und eingehen: keine Bewegung, keine Luft, keine Sonne. Sie hatten nicht nur Freunde und Familie, sondern auch die meisten Krankheiten überlebt, so daß sie mit achtzig und neunzig unangreifbar schienen, dazu ausersehen, ohne Erlösung ein Leben zu ertragen, das sich bis in gähnende Ewigkeiten dehnte.

Wir kamen an einem Bastelzimmer vorüber, wo sechs Frauen an einem Tisch saßen und aus Nylonschlingen auf roten Metallrahmen Topfuntersetzer herstellten. Ihre Bemühungen fielen genauso unglücklich aus wie die meinen, als ich mich mit fünf Jahren in derselben Fertigkeit versuchte. Ich hatte den Scheiß schon damals verabscheut und freute mich nicht gerade darauf, mich am Ende meiner Tage wieder damit beschäftigen zu müssen. Vielleicht hatte ich Glück und wurde von einem Bierlaster überfahren, bevor man mich zu etwas so Entwürdigendem zwang.

Der Aufenthaltsraum lag offenbar direkt vor uns, denn mir schlug das Geplärr eines Fernsehers entgegen, laut genug, daß auch in ihrer Hörfähigkeit beeinträchtigte Ohren der Dokumentarsendung folgen konnten, die allem Anschein nach gerade gezeigt wurde. Das Trommeln und Kreischen ließ auf Stammesriten einer Kultur schließen, die von Stille nichts hielt. Wir bogen nach links ab und betraten ein Sechsbettzimmer, in dem die Patientinnen nur durch Vorhänge voneinander getrennt waren. Am Ende des Raums entdeckte ich die Quelle des Aufruhrs. Es war gar nicht der Fernseher. Ohne zu fragen, wußte ich, daß es Agnes war, die splitterfasernackt auf dem

Bett einen unanständigen Boogie tanzte und sich dazu begleitete, indem sie mit einem Löffel auf eine Bettpfanne trommelte. Sie war groß, dünn, ganz unbehaart, bis auf den knochigen Kopf, der von einem Heiligenschein aus büscheligem weißen Flaum eingerahmt wurde. Unterernährung hatte ihr den Bauch aufgetrieben, und ihre langen Glieder waren zum Skelett abgemagert.

Ihre untere Gesichtshälfte war in sich zusammengefallen, das Kinn dicht unter die Nase gerutscht, da keine Zähne mehr vorhanden waren, die den nötigen Abstand gewährleisteten. Ihre Lippen waren so geschrumpft, daß man sie nicht sah, und da ihr Schädel ganz flach war, hatte sie große Ähnlichkeit mit einem langbeinigen, hochaufgeschossenen Vogel mit klaffendem Schnabel. Sie kreischte wie ein Strauß, und ihre glänzenden schwarzen Augen schnellten von einem Punkt zum anderen. Als sie uns erblickte, schleuderte sie die Bettpfanne wie eine Rakete in unsere Richtung. Sie schien sich großartig zu amüsieren. Eine etwa zwanzigjährige Schwesternhelferin stand hilflos dabei. Offenbar war sie während ihrer Ausbildung auf einen solchen Pflegling nicht vorbereitet worden.

Mrs. Renquist näherte sich Agnes völlig gleichmütig, blieb nur einmal kurz stehen, um der Frau im nächsten Bett, die Jesus leidenschaftlich um Erlösung anflehte, beruhigend die Hand zu tätscheln. Nachdem sie sich behauptet hatte, gab sich Agnes jetzt damit zufrieden, auf den Bettdecken herumzumarschieren und den anderen Patientinnen zu salutieren. Mir schien das eine wundervolle Art häuslichen Körpertrainings. Ihr Benehmen kam mir viel gesünder vor als die Passivität ihrer Zimmergenossinnen, die in ihrem jammernden Elend dalagen. Agnes hatte wahrscheinlich ihr Leben lang immer alles auf den Kopf gestellt, und daran hatte sich auch im Alter nichts geändert.

»Sie haben Besuch, Mrs. Grey.«

»Was?«

»Sie haben Besuch.«

Agnes blieb stehen und sah mich an. Ihre Zunge wurde sichtbar und verschwand wieder. »Wer is 'n das?« Ihre Stimme klang heiser, weil sie so laut gekreischt hatte. Mrs. Renquist reichte ihr die Hand und half ihr vom Bett herunter. Die Schwesternhelferin nahm ein sauberes Nachthemd aus dem Nachttisch. Mrs. Renquist schüttelte es aus, hängte es Agnes um die knochigen Schultern und schob einen Arm nach dem anderen in die Ärmel. Agnes ließ es mit der Gefügigkeit eines Babys über sich ergehen, die triefenden Augen noch immer aufmerksam auf mich gerichtet. Ihre Haut war voller Farbtupfer: hellbraune Altersflecken, rosafarbene und weiße Stellen, knotige blaue Adern, Schorf, wo heilende Risse grellrote Streifen zurückgelassen hatten. Die Epidermis war so dünn, daß ich fast die blaßgrauen Umrisse innerer Organe zu sehen erwartete wie bei einem frisch ausgebrüteten Vogel. Was hat das Alter nur an sich, daß es uns direkt zur Geburt zurückführt? Sie roch fischig und scharf nach einer Mischung aus getrocknetem Urin und alten Turnsocken. Auf der Stelle begann ich die Idee zu verdrängen, sie in meinem winzigen Auto nach Santa Teresa mitzunehmen. Die Schwesternhelferin entschuldigte sich mit einem Gemurmel und machte schnell, daß sie davonkam.

Ich streckte höflich die Hand aus. »Hallo, Agnes. Ich bin Kinsey Millhone.«

»Ha?«

Mrs. Renquist beugte sich zu Agnes vor und brüllte meinen Namen so laut, daß die beiden anderen alten Frauen im Zimmer wach wurden und zu quäken begannen. *»Kinsey Millhone. Eine Freundin Ihrer Tochter!«*

Agnes wich zurück und warf mir einen mißtrauischen Blick zu. »Von wem?«

»Irene!« brüllte ich.

»Wer hat dich gefragt?« entgegnete Agnes bockig. Mechanisch begann sie mit den Lippen zu schmatzen, als schmecke sie etwas, das sie vor fünfzig Jahren gegessen hatte.

Mrs. Renquist wiederholte die Mitteilung, wobei sie sehr deutlich sprach. Ich sah, wie Agnes sich in sich selbst zurückzog. Einfältigkeit schien sich wie ein Schleier über ihren lebhaften Blick zu legen, und gleich darauf begann sie einen völlig sinnlosen Dialog mit sich selbst. »Sei still. Sag ja kein Wort. Nun, wenn ich will, kann ich auch. Nein, du kannst nicht. Gefahr, Gefahr, oooh – still, ganz, ganz still. Nicht mal eine Andeutung…« Dann gab sie eine geträllerte Variation von *Good Night, Irene* zum Besten.

Mrs. Renquist verdrehte die Augen nach oben und seufzte kurz und ungeduldig auf. »Das zieht sie ab, wenn man etwas von ihr will und sie keine Lust dazu hat«, sagte sie. »Sie kriegt sich schon wieder ein.«

Wir warteten einen Moment. Agnes gestikulierte jetzt auch, und ihre Stimme klang streitlustig. Sie nörgelte vor sich hin wie jemand, der in einem Supermarkt in der Schlange wartet, und der Kunde an der Kasse bezahlt nicht bar, sondern füllt umständlich einen Scheck aus. In welches Universum sie auch entwichen sein mochte, wir gehörten nicht dazu.

Ich zog Mrs. Renquist beiseite und senkte die Stimme. »Warum lassen wir sie nicht eine Weile in Ruhe?« sagte ich. »Ich muß ohnehin Mrs. Gersh anrufen und sie fragen, was sie tun will. Es ist doch sinnlos, ihre Mutter mehr aufzuregen als unbedingt nötig.«

»Nun, da richte ich mich ganz nach Ihnen«, antwortete Mrs. Renquist. »Sie ist nur störrisch. Wollen Sie unser Bürotelefon benutzen?«

»Ich telefoniere von meinem Motel aus.«

»Vergessen Sie bitte nicht, Ihre Nummer zu hinterlassen, damit wir uns mit Ihnen in Verbindung setzen können.« Ihre Stimme verriet einen Anflug von Unbehagen, und in ihrem Blick entdeckte ich leichte Panik, weil sie offenbar befürchtete, ich könnte aus der Stadt verschwinden, ohne die nötigen Vorbereitungen für Agnes' Umzug in die Wege zu leiten.

»Ich gebe Mrs. Haynes die Nummer meines Motels.«

Ich fuhr zum ›Vagabond‹ zurück, wo ich zuerst Sergeant Pokrass im Büro des Sheriffs anrief und ihr berichtete, daß ich Agnes Grey gefunden hatte.

Dann telefonierte ich mit Irene Gersh und sagte ihr, was ich mit Agnes erlebt hatte. Totenstille am anderen Ende der Leitung. Ich wartete, hörte ihren Atem an meinem Ohr.

»Ich glaube, da muß ich vorher doch mit Clyde sprechen«, sagte sie endlich. Sie schien nicht besonders glücklich darüber, daß sie dazu gezwungen war, und ich hatte nur eine vage Vorstellung davon, wie er reagieren würde.

»Was soll ich inzwischen tun?« fragte ich.

»Wenn es geht, bleiben Sie bitte, wo Sie sind. Ich rufe Clyde im Büro an, und Sie hören so schnell wie möglich von mir, aber bis zum Abendessen wird es wahrscheinlich dauern. Ich wäre Ihnen sehr dankbar, wenn Sie noch einmal in die Slabs hinausfahren und Mutters Wohnwagen mit einem Vorhängeschloß sichern würden.«

»Wozu?« fragte ich. »Sobald ich den Rücken kehre, kommen die kleinen Monster wieder. Die Lüftungsklappe eines Fensters ist schon herausgebrochen. Wenn man diese Kids verärgert, werden sie wahrscheinlich alles kurz und klein schlagen.«

»Ich habe den Eindruck, daß das schon passiert ist.«

»Das stimmt allerdings. Aber es hat doch keinen Sinn, das Leben noch mehr zu komplizieren.«

»Es ist mir egal. Ich finde die Vorstellung unerträglich, daß sich Eindringlinge dort herumtreiben, und ich will den Wagen auch nicht ganz aufgeben. Vielleicht sind noch Sachen drin, an denen sie hängt. Vielleicht will sie auch zurück, wenn sie wieder sie selbst ist. Haben Sie mit dem Sheriff gesprochen? Es muß doch eine Möglichkeit geben, dort draußen hin und wieder nach dem Rechten zu sehen.«

»Ich wüßte nicht wie. Sie kennen die Situation besser als ich. Es wäre ein bewaffneter Wächter nötig, um Eindringlinge fernzuhalten – und wozu überhaupt? Der Wohnwagen ist total verrottet und die reinste Müllkippe.«

»Ich will aber, daß er abgeschlossen wird«, sagte sie scharf.

»Ich tu, was ich kann«, sagte ich, wobei ich mir meine Skepsis deutlich anmerken ließ.

»Danke.«

Ich gab ihr die Telefonnummer des ›Vagabond‹, und sie sagte noch einmal, sie werde mich anrufen. Ich schlüpfte wieder in Jeans und Tennisschuhe, sprang in den Wagen und fuhr in einen Eisenwarenladen, wo ich ein Vorhängeschloß von der Größe einer Schuhschachtel kaufte; es wog mindestens drei Pfund. Der Verkäufer versicherte mir, daß man schon mit einer

Sprengpatrone rangehen müßte, um es aus der Haspe zu reißen. Aus was für einer Haspe? fragte ich mich. Da ich einmal dabei war, kaufte ich auch das übrige Zubehör, einen metallenen Vorleger mit Scharnieren und das Werkzeug, das ich brauchte, um das verdammte Ding anzubringen. Nichts würde diese Kids daran hindern, wieder einzubrechen. Ich hatte in der Verkleidung des Wohnwagens mindestens zwei Löcher gesehen, sie brauchten nur eins zu erweitern und konnten hinein- und herauskriechen wie Ratten. Andererseits wurde ich dafür bezahlt, daß ich tat, was Irene wollte, also konnte es mir egal sein. Ich nahm noch ein paar Nägel und zwei kleine Bretter mit und ging zu meinem Wagen zurück.

Noch einmal fuhr ich auf der 111 in nördlicher Richtung die achtzehn Meilen zu den Slabs. Da ich mich nicht sofort erinnerte, wie die Abzweigung hieß, die ich suchte, ging ich's langsam an und verbrachte viel Zeit damit, nach rechts zu schauen. Auf der linken Seite huschte ein Dattelpalmenhain vorüber. Dahinter, noch sehr weit weg, schimmerte das lebhafte Grün bebauter Felder. Irgendwie sah die Gegend anders aus, aber erst als ich das Schild mit der Aufschrift ERHOLUNGSGEBIET SALTON SEA entdeckte, wurde mir klar, wie weit ich über mein Ziel hinausgeschossen war. Die Straße, die zu den Slabs führte, lag etwa zehn Meilen hinter mir. Vor mir entdeckte ich auf der linken Seite einen geschotterten Seitenweg und dachte, daß ich dort genausogut wenden könnte wie woanders. Ein alter Laster mit hohen Bordwänden kam näher und wirbelte eine Staubspur hinter sich auf, obwohl er höchstens zehn Meilen drauf hatte.

Ich fuhr langsamer, um zu wenden, und warf einen Blick in den Rückspiegel. Ein kleiner roter Lieferwagen raste von hinten heran, aber der Fahrer mußte bemerkt haben, daß ich meine Geschwindigkeit herabgesetzt hatte. Er zog den Wagen nach rechts, überholte und schnitt mich, als er dicht vor mir auf meine Fahrspur schwenkte, während ich auf die Tube drückte und das Steuer herumriß, um nicht auf ihn aufzufahren. Ich hörte den leisen Knall, mit dem ein Stein unter meinem Rad zermalmt wurde, aber erst nachdem ich gewendet hatte und wieder auf der 111 fuhr, spürte ich, daß mein Wagen holpernd seitlich ausbrechen wollte. Das klatschende Geräusch verriet mir, daß einer meiner Hinterreifen platt war.

»Na phantastisch!« sagte ich. Offensichtlich hatte ich etwas Heimtückischeres als nur einen Stein überrollt. Ich hielt am Straßenrand und stieg aus. Ich ging um den Wagen herum. Die Felge meines rechten Hinterrades saß auf dem Asphalt auf, der Reifen war nur noch ein lasches Stück Gummi. Es mußte fünf oder sechs Jahre her sein, daß ich zum letztenmal einen Reifen gewechselt hatte, doch war das Prinzip vermutlich immer noch das gleiche. Hol den Wagenheber aus dem Kofferraum, kurbel ihn so weit hinauf, bis das Rad Bodenfreiheit hat und nicht mehr belastet ist, nimm die Radkappe ab, schraub die Radbolzen ab – hoffentlich schaffst du das! –, zieh das kaputte Rad ab, stell es zur Seite, schieb das neue Rad auf die Nabe, schraub die Radbolzen wieder gut fest und laß den Wagen herunter.

Ich öffnete den Kofferraum und sah mir mein Reserverad an, das auch einen ziemlich schlaffen Eindruck machte. Mühsam holte ich es heraus und ließ es auf dem Asphalt aufspringen. Nicht großartig, aber die paar Meilen bis zur nächsten Tankstelle hielt es bestimmt; ich konnte mich erinnern, daß ich an einer vorbeigefahren war. Schließlich jogge ich und schinde mich mit den Gewichten, um mit den kleinen Übeln der Welt selbst fertig zu werden. Wenigstens hatte ich weder hohe Absätze noch Strumpfhosen an, und da meine Fingernägel weder lackiert noch besonders lang sind, konnten sie während der Prozedur auch nicht leiden.

Inzwischen war der Laster auf den Highway eingebogen und hatte ungefähr hundert Meter hinter mir angehalten. Zehn oder zwölf Farmarbeiter sprangen von der Ladefläche und standen grinsend herum. Sie schienen sich auf meine Kosten prächtig zu amüsieren und riefen mir in einer fremden Sprache alle möglichen Vorschläge zu. Zwar konnte ich nicht übersetzen, was sie sagten, aber den Tonfall kapierte ich. Ich glaube nicht, daß sie mir Tips gaben, wie man ein Rad richtig wechselt. Sie schienen ein gutmütiger Haufen zu sein, zu müde von der Arbeit mit der Kurzhacke, um mir etwas anzutun. Ich verdrehte die Augen und winkte ihnen, sie sollten weiterfahren. Das brachte mir ein anzügliches Pfeifen von einem der Kerle ein, der sich dabei an die Hoden faßte.

Ich beachtete sie nicht mehr, machte mich an die Arbeit und fluchte wie ein Schauermann, als der Laster weiterfuhr. In solchen Augenblicken neige ich dazu, mit mir selbst zu reden und mich anzutreiben. Es war mitten am Nachmittag, und die Sonne brannte unbarmherzig auf mich herunter. Die Luft war trocken, die Stille ungebrochen. Ich kenne die Wüste nicht gut. Für meine ungeschulten Augen schien die Landschaft ohne Leben. Vom Boden, auf dem ich saß und mit meinem Schraubenausdreher arbeitete, sah ich nur ganz in der Nähe einen völlig vertrockneten Mesquitebaum. Man hat mir erzählt, daß man, wenn man ganz genau aufpaßt, das Scharren der Käfer hören kann, die sich einen Tunnel durch das tote Holz bohren, um ihre Eier abzulegen.

Eingehüllt in diese Abgeschiedenheit, konzentrierte ich mich auf meine Arbeit. Nach und nach gewöhnte ich mich an die Stille, wie die Augen sich an Dunkelheit gewöhnen. Ich hörte das Summen der Insekten und bemerkte jetzt erst die Grasmücken, die sich Käfer, Fliegen und Mücken im Flug schnappten. Die eigentlichen Bewohner der Mojave verlassen erst nachts ihre Lager: Klapperschlangen und Eidechsen, Eselhasen, Wachteln, die Eule und der Harris-Falke, der Wüstenfuchs und das Backenhörnchen, alle nach Beute suchend, darauf aus, sich gegenseitig zu fressen in einer gnadenlosen, raubgierigen Sequenz, die bei den Termiten beginnt und mit den Kojoten endet. Das ist kein Ort, an dem ich meinen Schlafsack ausrollen und mein kleines Haupt zur Ruhe legen möchte. Allein schon die Riesenspinnen lehren einen das Fürchten.

Zwanzig nach drei beendete ich erfolgreich meine Arbeit. Ich brachte das Rad mit dem Platten nach vorn, damit ich es im Kofferraum verstauen konnte. Etwas, das nicht hineingehörte, rollte klappernd darin herum, es klang wie ein Nagel oder ein Stein. Auf der Suche nach dem Schaden fuhr ich mit dem Finger am Reifen entlang. Das Loch war in der Seitenwand – eine zackige Perforierung, nicht ganz so groß wie die Spitze meines kleinen Fingers. Ich kniff die Augen zusammen, starrte es an, und mir wurde eiskalt. Ich traute meinen Augen nicht. Es sah wie ein Einschuß aus. Unwillkürlich stöhnte ich laut, als ich von einem wellenförmigen Schaudern gepackt wurde, wie man es oft als Kind erlebt, wenn man einen dunklen Raum verläßt. Ich hob den Kopf. Sah mich um. Nichts. Kein anderer Wagen in Sicht. Ich wollte hier weg.

Ich hievte das Rad hoch, legte es in den Kofferraum, holte schnell den Wagenheber und den Schraubenschlüssel, ging zur Fahrerseite und stieg ein. Ich startete den Motor, rammte den Gang hinein und machte, daß ich fortkam. Ich fuhr sehr schnell, ohne Rücksicht auf meinen Reservereifen, aber mir gefiel die Vorstellung nicht, hier draußen ganz allein zu sein. Es mußte der Kerl in dem Lieferwagen gewesen sein. Mein Reifen war genau in dem Augenblick geplatzt, in dem er mich überholt hatte. Selbstverständlich hätte auch ein Stein den Schaden verursachen können, aber ich glaube nicht, daß er die Seitenwand des Reifens durchschlagen und ein so hübsches, sauberes Loch zurückgelassen hätte.

Die erste Tankstelle, zu der ich kam, war aufgegeben worden. Zwar standen noch die Zapfsäulen, aber die Fenster waren zerbrochen, und eine Graffiti-Girlande zierte den Sockel. Einheimische Inserenten benutzten die Stützpfeiler für ihre kunstvollen Plakate, und eine Immobilienfirma verkündete in großen Lettern, daß die Tankstelle zu verpachten sei. Eine tolle Chance, Leute.

Am Ortsrand von Niland, an der Kreuzung Main Street und Salton Highway, fand ich eine kleine Tankstelle, die eine jener seltsamen Spritmarken verkaufte, die den Motor zum Rülpsen bringt. Ich pumpte etwas Luft in den Reservereifen und nahm den Platten aus dem Kofferraum.

»Ich habe in den Slabs zu tun«, sagte ich. »Können Sie den in anderthalb Stunden reparieren?«

Er sah sich den Reifen genau an. Der Blick, den er mir dann zuwarf, verriet mir, daß er zu demselben Schluß gekommen war wie ich, aber er sagte nichts. Er meinte nur, er werde den Reifen von der Felge abmontieren und bis zu meiner Rückkehr flicken.

Ich könne mich darauf verlassen. Ich schätzte, daß ich gegen fünf zurück sein würde, denn ich konnte mir nicht vorstellen, nach Sonnenuntergang noch draußen in der Wüste zu sein – nicht einmal daran denken wollte ich. Ich gab ihm einen Zehner für seine Mühe und sagte ihm, die Reparatur würde ich bezahlen, wenn ich zurückkam. Ich stieg in den Wagen und steckte dann den Kopf aus dem Fenster. »Wo ist die Straße zu den Slabs?«

»Sie sind schon drauf«, sagte er.

Ich nahm die Hauptstraße bis zu dem Punkt, wo sie zur Beal Road wird, und näherte mich Slab City diesmal mit einem Gefühl der Vertrautheit. Hier draußen fühlte ich mich sicherer. Um diese Zeit schienen auch mehr Leute unterwegs. Ein Wohnmobil bog auf einen Stellplatz ein, ein stumpfnasiger gelber Schulbus brachte Kinder nach Hause. Jetzt stürmten die Hunde heran und gebärdeten sich wie närrisch vor Freude, weil die Kinder aus der Schule zurück waren. Als ich Rusted-Out-Chevy-Road erreichte, bog ich rechts ab, und bald tauchte Agnes Greys blauer Wohnwagen vor mir auf. Ich parkte ganz in der Nähe und holte das Werkzeug vom Rücksitz. Vom Verfolgungswahn befallen, nahm ich meine kleine Davis-Halbautomatic und schob sie im Rücken unter den Bund meiner Jeans. Dann packte ich ein altes Baumwollhemd, zog es mir über das T-Shirt, sammelte die Bretter, das Schloß und den Vorleger ein und ging das letzte Stück zum Wohnwagen zu Fuß.

Die kleinen Monster waren zu Hause. Deutlich war Stimmengemurmel zu hören. Ich kam zur Tür, hatte jedoch nicht vermeiden können, daß meine Schritte auf dem Kies knirschten. Die Stimmen verstummten sofort. Ich lehnte mich an den Türrahmen und spähte um die Ecke in den Wagen. Schließlich wollte ich es nicht riskieren, eins über den Schädel zu kriegen. Unvermittelt sah ich mich dem rastalockigen Wesen gegenüber, das am Vormittag auf den Stufen gesessen hatte. Ein zweites schmutziges Gesicht tauchte neben dem ersten auf. Die Nachbarn hatten mich darüber aufgeklärt, daß eins dieser Wesen ein Junge und eins ein Mädchen war. Ich hielt Rastalocke für die männliche Hälfte des Pärchens, konnte jedoch keine äußeren Geschlechtsmerkmale feststellen. Keines der beiden hatte Bartwuchs. Beide waren jung mit den noch unfertigen Gesichtern von Cherubinen, schmuddelige Haarwülste oben, zerlumpte Kleider unten. Und beide rochen nicht besser als Agnes.

Der Junge und ich beäugten einander und blähten uns auf wie Affen. Wie läppisch! Wir waren gleich groß – eins siebenundsechzigeinhalb – und wogen beide nicht mehr als hundertacht Pfund. Kleine Bantamgewichtler, die sich als Rauhbeine aufspielten. Einen Unterschied gab es möglicherweise zwischen uns: Ich war entschlossen, ihn windelweich zu prügeln, glaubte aber nicht, daß er darauf vorbereitet war, mir mit gleicher Münze heimzuzahlen. Mit einem Blick auf seine Gefährtin wippte er auf den Fersen, die Hände in den Taschen, als habe er den ganzen Tag Zeit. »He, Trulla, was zum Teufel suchst du hier?«

Ich war sofort auf achtzig. Meine Nerven waren ohnehin überreizt, und ich brauchte mich von einem kleinen Punk wie ihm nicht dumm anreden zu lassen. »Mir gehört der Wohnwagen, Arschgesicht«, fauchte ich.

»Ach ja? Und wie wär's mit Beweisen?«

»Kein Problem, Dummkopf. Hier hab ich die Eigentumsurkunde.« Ich zog die Pistole aus dem Hosenbund und hielt ihm die Mündung unter die Nase. Die Waffe war nicht geladen, aber sie machte sich gut. Hätte ich meinen alten Colt gehabt, hätte ich um der dramatischeren Wirkung willen den Hahn spannen können. Kleine Jungs kann ich einschüchtern, nur muß ich gestehen, daß es mir bei den erwachsenen leider nicht so gut gelingt. »Haut ab«, sagte ich.

Die beiden fielen fast übereinander, so eilig hatten sie es, nach hinten hinaus zu verschwinden. Der Wohnwagen wakkelte unter ihren trampelnden Füßen, dann waren sie fort. Ich ging gemächlich durch den Korridor und warf einen Blick ins Bad. Wie vermutet, benutzten sie ein Loch in der Wand als Notausgang.

Zuallererst vernagelte ich ihren Fluchtweg mit den beiden Brettern, hämmerte Nagel um Nagel in die dünne Badezimmerwand. Dann bohrte ich mit dem Handbohrer die Löcher für den Vorleger vor und schraubte ihn fest. Ich kann nicht behaupten, daß ich mich besonders geschickt anstellte, aber ich schaffte es, und die körperliche Arbeit hatte meiner Stimmung gutgetan. Es tat gut, einen Hammer zu schwingen. Es tat gut, zu schwitzen. Es tat gut, ein winziges Stück des Universums zu beherrschen. Da ich einmal hier war, durchsuchte ich rasch den Wohnwagen, ob noch ein paar von Old Mamas Sachen hier waren. Ich fand nichts. Die Schränke waren leer, die Schränkchen ausgeräumt, die verschiedenen Nischen und Winkel ebenfalls. Das meiste war wahrscheinlich auf dem Flohmarkt an der Straße verhökert worden.

Ich ging zum VW und schnappte mir die Fünfunddreißig-Millimeter-Kamera von der hinteren Ablage. Der Film war noch nicht ganz voll, und ich knipste den Wohnwagen von allen Seiten. Anders würde Irene Gersh nicht kapieren, was hier los war, davon war ich überzeugt. Sie hatte geredet, als würde ihre Mutter in Slab-City einen goldenen Lebensabend genießen.

Bevor ich das Vorhängeschloß einrasten ließ, rollte ich die Schlafsäcke und die übrige Habe der Monster zu einem Bündel zusammen und legte es draußen auf die Stufen. Dann ging ich über die Straße und erklärte Marcus, was ich getan hatte. Als ich zurückkam, entdeckte ich unter dem Wohnwagen einen schmalen Spalt, in den man hineinkriechen konnte, einen behelfsmäßigen Lagerraum mit ein paar Sachen, die hineingezwängt worden waren. Ich kniete nieder, griff ungeachtet der Käfer und Spinnen nach hinten und holte zwei vergammelte Kartons heraus. Einer war offen und enthielt eine kunterbunte Sammlung verrosteter Gartengeräte: eine Kelle, einen Spaten, eine kurze Hacke. Die oberen Laschen des zweiten Kartons waren über Kreuz geschlossen, damit der Inhalt nicht beschädigt wurde. Ich klappte die Laschen auf und warf einen Blick in den Karton. Er enthielt in Seidenpapier eingepacktes Porzellangeschirr, das Teeservice eines Kindes. Es schien nicht vollständig zu sein, aber ich dachte, Irene oder ihre Mutter würden es wahrscheinlich gern sehen. Auf keinen Fall wollte ich das Geschirr hier zurücklassen, damit die kleinen Monster es sich unter den Nagel rissen. Ich machte die Schachtel wieder zu. Dann ließ ich das Vorhängeschloß an der Tür des Wohnwagens zuschnappen. Zwar hatte ich keine Hoffnung, die kleinen Scheusale dadurch fernzuhalten, aber ich hatte das Nötige getan. Ich trug den Karton zu meinem Wagen und schob ihn auf den Rücksitz. Es war noch hell, als ich die Slabs verließ, aber als ich den Reifen abholte und nach Brawley aufbrach, war es völlig dunkel geworden.

In meiner Tasche steckte die Kugel aus dem Achtunddreißiger, die der Mechaniker aus dem Reifen geholt hatte. Ich konnte nicht mit Gewißheit sagen, was sie zu bedeuten hatte, doch da ich mir des Naheliegenden stets deutlich bewußt bin, hatte ich eine ziemlich genaue Vorstellung davon.

6

Ich fuhr zurück ins ›Vagabond‹ und säuberte mich gründlich. Das Hemd knüllte ich zusammen, steckte es in die Segeltuchtasche, zog ein frisches T-Shirt an und schnallte das Schulterhalfter um. Ich legte meine Aktenmappe neben mich aufs Bett, nahm eine Schachtel PMC-Patronen heraus, lud meine Zweiunddreißiger und schob sie mir unter den linken Arm, wo sie überhaupt nicht auffiel. Eine Todesdrohung ist eine seltsame Sache. Sie kommt einem gleichzeitig abstrakt und absurd vor. Ich hatte keinen Grund, die Fakten anzuzweifeln. Ich stand auf Tyrone Pattys Abschußliste. Ein Kerl in einem Lieferwagen hatte mir auf einer einsamen Straße einen Reifen zerschossen. Das konnte natürlich ein idiotischer Streich gewesen sein, der nichts mit Pattys Drohung zu tun hatte, doch ich vermutete, der Kerl in dem Lieferwagen wäre zurückgekommen und hätte mir noch eine Kugel verpaßt, wenn der Laster mit den Farmarbeitern nicht hinter mir angehalten hätte. Guter Gott. Gerettet von einer Wagenladung mexikanischer Landarbeiter, die mich mit obszönen Worten und Gesten beglückt hatten. Ich hätte entführt oder auf der Stelle umgebracht werden können. Ein gnädiges Schicksal hatte bewirkt, daß ich noch heil herumlief. Schwierigkeiten machte mir nur die Überlegung, was ich als nächstes tun sollte. Mich an die hiesige Polizei zu wenden, hatte keinen Sinn. Ich wußte weder Marke noch Modell, noch Zulassungsnummer des Lieferwagens, und ich hatte auch den Fahrer nicht genau gesehen. Unter diesen Umständen würden die Polizisten mir vielleicht mitfühlend zuhören, aber konkrete Hilfe konnten sie mir nicht anbieten. Wie die Polizei in Santa Teresa wären sie sehr verständnisvoll, aber nicht sonderlich entschlußfreudig.

Was dann? Eine Alternative war, meine Sachen in den Wagen zu werfen und auf der Stelle nach Santa Teresa zurückzugurken. Andererseits schien es mir nicht besonders klug zu sein, mich nachts auf die Straße zu wagen, besonders in einer Gegend wie dieser, wo man zehn Meilen weit fahren konnte, ohne ein einziges Licht zu sehen. Mein Freund im Lieferwagen hatte es schon einmal versucht. Besser, man gab ihm keine zweite Gelegenheit. Eine andere Möglichkeit war, einen hiesigen Privatdetektiv anzurufen und um Hilfe zu bitten. Die Gemeinschaft der Privatdetektive ist ziemlich klein, und wir beschützen uns gegenseitig. Wenn mir jemand helfen konnte, dann war das ein Kollege, der das gleiche Spiel spielte und die gleichen Risiken einging wie ich. Zwar bin ich stolz auf meine Unabhängigkeit, aber eine Närrin bin ich nicht und habe auch keine Angst davor, um Rükkendeckung zu bitten, wenn die Situation es erfordert. Das ist eines der ersten Dinge, die man bei der Polizei lernt.

Seltsamerweise hatte ich noch immer nicht das Gefühl einer ernsten Bedrohung. Es gab sie zweifellos, doch ich war nicht in der Lage, sie mit meiner persönlichen Sicherheit in Zusammenhang zu bringen. Mein Verstand sagte mir, daß dort draußen Gefahr lauerte, aber sie kam mir ungefährlich vor – eine Spitzfindigkeit, die tödlich sein konnte, wenn ich nicht aufpaßte. Ich wußte, es wäre klug, die Situation ernst zu nehmen, aber ich brachte es einfach nicht fertig, Angstschweiß zu produzieren. Menschen im Anfangsstadium einer unheilbaren Krankheit reagieren wahrscheinlich genauso. »Du machst Witze... Wer? Ich?«

Nach dem Telefonat mit Irene Gersh mußte ich mir einen Schlachtplan einfallen lassen. Aber da ich am Verhungern war, wollte ich vorher etwas essen. Ich schlüpfte in einen weiten Anorak, der Schulterhalfter und Pistole erfolgreich verbarg.

Am Ende der Straße war ein Café mit blinkender Neonleuchtschrift: ESSEN UND TANKEN. Genau das, was ich brauchte. Vorsichtig überquerte ich den Highway, wobei ich wie ein Kind zuerst nach beiden Seiten schaute. Jedes Fahrzeug, das ich sah, schien ein roter Kleinlieferwagen zu sein.

Das Café war winzig, das Licht grell, aber irgendwie tröstlich. Durch Horrorfilme gründlich geschult, neige ich zu der Ansicht, daß Böses sich nur im Finstern ereignet. Albern wie immer. Ich suchte mir einen Platz mit einer Wand im Rücken und so weit wie möglich vom Fenster entfernt. Außer mir waren nur noch sechs Gäste da, die sich untereinander zu kennen schienen. Keiner kam mir bedrohlich vor. Ich studierte die Speisekarte, die aus einer Klarsichthülle und einem vervielfältigten Blatt bestand, mit verschmierter purpurfarbener Tinte geschrieben. Man hatte die Wahl zwischen cholesterinreich und fett. Ein Lokal, wie ich es liebe. Ich bestellte einen Deluxe Cheeseburger-Teller, zu dem es Pommes frites, ein lasches Salatblatt und eine Scheibe künstlich gereifter Tomate gab. Ich trank eine große Cola und krönte das Mahl mit einem Stück Kirschkuchen, das mich laut aufstöhnen ließ. Das war der Kirschkuchen meiner Kindheit – sauer, glitschig und mit einer Gitterkruste, die von klebrigem geschwärzten Zucker zusammengehalten wurde. Der Kuchen sah aus, als sei er über einem Acetylen-Schneidbrenner gebacken worden. Die in diesem Essen enthaltenen Chemikalien machten mich völlig benommen. Ich schätzte, daß ich chemische Zusätze und Konservierungsmittel in einer Dosis zu mir genommen hatte, die ausreichte, mein Leben zwei Jahre zu verlängern – wenn man mich nicht vorher umbrachte.

Auf dem Rückweg in mein Zimmer schaute ich kurz in die Rezeption hinein, um zu fragen, ob Nachrichten für mich da waren. Zwei Anrufe vom Pflegeheim waren notiert, ein dritter von Irene; sie hatte vor etwa zehn Minuten angerufen. Alle drei trugen den Vermerk *dringend*. O Mann! Ich schob die Zettel in die Tasche und marschierte hinaus. Nachdem ich ein Stück den Gehweg entlanggegangen war, blieb ich wie erstarrt stehen, weil ich das unheimliche Gefühl hatte, beobachtet zu werden. Es überrieselte mich vom Kopf bis zu den Zehen so eisig, als liefe mir schmelzender Schnee den Rücken hinunter. Ich dachte sofort an die hell erleuchteten Fenster hinter mir, verzog mich auch aus dem Lichtkreis der Außenbeleuchtung und verharrte im Dunkeln. Auf dem Parkplatz war es ziemlich finster, und mein Zimmer lag auf der gegenüberliegenden Seite. Ich lauschte, hörte aber nur den Verkehrslärm auf dem Highway, das Dröhnen der Laster, die warnende Hupe eines Rasers, der andere Fahrzeuge von seiner Fahrspur scheuchte. Ich wußte nicht, was mich aufgeschreckt hatte – falls ich überhaupt etwas gehört hatte. Ich spähte in die Dunkelheit und drehte den Kopf hin und her, während ich mich bemühte, aus der Kulisse der alles übertönenden lauten Geräusche die leisen, unaufdringlichen auszusondern und zu lokalisieren. Ich wartete, und mein Herzschlag hämmerte mir in den Ohren. Was diese Geschichte meinem Kopf antat! Von irgendwoher kam schwach das helle, melodische Kichern eines kleinen Kindes. Der Ton, koboldhaft, überschlug sich, wurde zum hilflosen Quietschen, als würde jemand unbarmherzig gekitzelt. Ich hockte mich neben einer Wand aus dichtem Strauchwerk auf die Fersen.

Am anderen Ende des Parkplatzes tauchte ein Mann auf und bewegte sich mit einem Kind auf den Schultern durch das Dunkel auf mich zu. Er hatte die Arme nach oben gestreckt, um den Jungen festzuhalten, und stupste ihn, um ihn zu necken, immer wieder in die Rippen. Lachend klammerte sich der Kleine mit beiden Händen an die Haare seines Vaters, und sein Körper schwankte wie bei einem Kamelritt im Rhythmus der väterlichen Schritte. Der Mann bückte sich, als sie in den erleuchteten Durchgang einbogen, wo ich in einer Nische die Automaten für alkoholfreie Getränke und Speiseeis gesehen hatte. Einen Augenblick später hörte ich das vertraute Geräusch, mit dem eine Dose durch den Schacht rasselte. Die beiden erschienen wieder, diesmal Hand in Hand, und schwatzten vergnügt miteinander. Ich atmete ganz langsam aus und sah sie um die Ecke herum zur Außentreppe gehen. Im ersten Stock tauchten sie wieder auf und betraten das dritte Zimmer von hinten. Ende der Episode. Ich hatte nicht einmal gemerkt, daß ich meine Pistole gezogen hatte, aber der Reißverschluß meiner Jacke war offen, und ich hielt die Waffe in der Hand. Ich verstaute sie wieder. Mein Herz schlug langsamer, und wie ein Läufer nach einer anstrengenden Strecke schüttelte ich die innere Anspannung aus Armen und Beinen.

Über den schmalen Fahrweg hinter dem Motel kehrte ich in mein Zimmer zurück. Er war sehr dunkel, aber ich fühlte mich hier sicherer als beim Überqueren des offenen Parkplatzes. Um in mein Zimmer zu gelangen, drückte ich mich um das Ende des Gebäudes herum, sperrte die Tür auf, griff nach innen und knipste das Licht an, bevor ich hineinschlüpfte. Das Zimmer war unberührt, alles sah noch genauso aus, wie ich es verlassen hatte. Ich schloß die Tür hinter mir ab und zog die Vorhänge zu. Als ich mich neben den Nachttisch setzte, merkte ich, daß ich unter den Armen schweißgebadet war – die Angst kam über mich wie ein Nachbeben. Es dauerte eine Weile, ehe ich meine zitternden Hände wieder in der Gewalt hatte.

Als erstes rief ich bei Irene an. Sie nahm sofort ab, als habe sie am Telefon gelauert. »O Kinsey, Gott sei Dank!« sagte sie, nachdem ich mich gemeldet hatte.

»Das klingt ja so aufgeregt. Was ist los?«

»Vor ungefähr einer Stunde hat mich das Pflegeheim angerufen. Ich hatte heute nachmittag lange mit Mrs. Haynes telefoniert, und wir waren übereingekommen, Mutter mit einer Luftambulanz nach Santa Teresa zu transportieren. Clyde hat es mit viel, viel Mühe geschafft, einen Platz in einem hiesigen Pflegeheim zu bekommen. Es ist wirklich hübsch und gar nicht weit weg von uns. Ich dachte, sie werde vor Freude außer sich sein, aber als Mrs. Haynes es ihr sagte, hat sie einen Tobsuchtsanfall bekommen. Sie mußten ihr ein Beruhigungsmittel geben, und trotzdem hat sie noch einen Riesenkrach geschlagen. Jemand muß zu ihr und dafür sorgen, daß sie sich beruhigt. Ich hoffe, es macht Ihnen nichts aus?«

O Scheiße! dachte ich. »Ich will mich nicht mit Ihnen streiten, Irene, aber ich glaube nicht, daß ich sehr hilfreich sein kann. Ihre Mutter hat keine blasse Ahnung, wer ich bin, und es ist ihr auch völlig egal. Als sie mich heute nachmittag sah, hat sie eine Bettpfanne quer durchs Zimmer nach mir geschleudert.«

»Das tut mir leid. Ich weiß, es ist eine Zumutung, aber ich bin mit meiner Weisheit am Ende. Ich habe selbst versucht, mit ihr zu telefonieren, aber sie redet nur wirres Zeug. Mrs. Haynes sagt, daß das Medikament manchmal diese Wirkung hat; anstatt die alten Patienten zu beruhigen, scheint es sie noch auf Touren zu bringen. Sie lassen für die Morgenschicht eine Privatschwester aus El Centro kommen, aber die ganze Abteilung ist in Aufruhr, und sie bitten dringend um Hilfe.«

»Gut. In Ordnung. Ich will tun, was ich kann, aber ich habe mit diesen Dingen überhaupt keine Erfahrung.«

»Das verstehe ich ja«, sagte Irene. »Ich weiß nur nicht, an wen ich mich sonst wenden könnte.«

Ich sagte ihr, ich würde ins Pflegeheim hinüberfahren, dann legte ich auf. Ich konnte nicht fassen, daß ich mich darauf eingelassen hatte. Meine Anwesenheit in der geriatrischen Abteilung würde sich ungefähr als genauso zweckmäßig erweisen wie das Vorhängeschloß am Wohnwagen von Agnes Grey. Alles äußerlich, ohne Sinn. Was mich besonders sauer machte, war der Verdacht, daß man einem männlichen Kollegen so etwas ganz bestimmt nicht einmal vorgeschlagen, geschweige denn von ihm verlangt hätte. Ich wollte diese alte Frau nicht wiedersehen. Zwar bewunderte ich sie, weil sie Mumm hatte, aber ihre Hüterin wollte ich nicht sein. Ich hatte genug damit zu tun, mich selbst in Sicherheit zu bringen. Warum bildet alle Welt sich nur ein, Frauen seien die geborenen Samariterinnen? Meine Mutterinstinkte hatte mir schon meine Puppe Betsy ausgetrieben, die aus dem Fläschchen trinken und in die Windeln machen konnte. Jedesmal wenn sie in ihre kleinen Flanellwindelchen gepinkelt hatte, fühlte ich, wie es in mir kochte. Ich hörte auf, ihr das Fläschchen zu geben, und damit hatte der Spuk ein Ende; doch diese Erfahrung hatte mich dazu gebracht, mich schon im Alter von sechs Jahren zu fragen, ob ich mich zur Mutter eignete.

In so mildtätiger Stimmung brach ich zum Rio Vista auf. Um zu sehen, ob mir jemand folgte, behielt ich ständig den Rückspiegel im Auge. Ich hielt nach Lieferwagen in allen Größen und Farben Ausschau. Zwar glaubte ich, der, den ich gesehen hatte, sei ein Dodge gewesen, aber ich hatte ja nicht sonderlich darauf geachtet und hätte es nicht beschwören können.

Es passierte gar nichts. Ungeschoren erreichte ich das Pflegeheim, stellte den Wagen auf dem Besucherparkplatz ab, betrat das Haus durch den Haupteingang und stieg die Treppe hinauf. Es war unheimlich still. Niemand konnte wissen, was Agnes ausheckte. Es war erst acht Uhr, aber im Flur brannte nur noch die Nachtbeleuchtung, und im ganzen Haus hörte man nichts als die gedämpften Nachtgeräusche, die allen Krankenhäusern eigen sind. Die Alten schlafen unruhig, die schmerzenden Glieder peinigen sie. Die Nächte müssen lang sein, erfüllt von unruhigen Träumen, der Angst vor dem Tod oder, vielleicht noch schlimmer, der Gewißheit, wieder zu einem endlosen Tag zu erwachen. Was hatten sie noch zu erhoffen? Was gab es noch Erstrebenswertes für sie in diesem Niemandsland künstlichen Lichts? Ich glaubte das Zischen des Sauerstoffs durch die Wände zu hören, ahnte, wie viele pharmazeutische Produkte in ihre Körper infundiert wurden. Herzen schlugen weiter, Lungen arbeiteten, Nieren filterten das Gift aus dem Blut. Aber wer diagnostizierte ihre Ängste, und wie konnte man ihnen Erleichterung von dem unterschwelligen Leiden verschaffen, das Hoffnungslosigkeit heißt?

Als ich das Sechsbettzimmer betrat, sah ich, daß nur noch über Agnes' Bett ein Licht brannte. Ein Pfleger, ein junger Schwarzer, legte seine Zeitschrift beiseite und kam, einen Finger auf den Lippen, auf Zehenspitzen auf mich zu. Wir sprachen kurz und sehr leise miteinander. Das Medikament habe endlich gewirkt, und sie sei eingenickt, sagte er. Da ich nun hier sei, müsse er zu seiner regulären Arbeit zurück. Falls ich etwas brauchte, fände ich ihn im Schwesternzimmer in der Halle. Er ging hinaus.

Leise bewegte ich mich auf den hellen Lichtkreis zu, in dem Agnes schlief. Die Decke auf ihrem Bett war von schwerer Baumwollqualität, grellweiß und kaum ausgebeult, auch da nicht, wo sie die abgezehrte Gestalt bedeckte. Agnes schnarchte leise. Ihre Augen schienen leicht offenzustehen, die Lider zuckten, während sie irgendein Erlebnis innerlich verarbeitete. Ihre rechte Hand umklammerte das Laken, die arthritischen Knöchel traten so stark hervor wie die Knoten im roten Holz der Küstensequoia. Ihre Brust war flach. Aus ihrem Kinn sproß ein derber Bart, als habe das Alter bei ihr zu einer Geschlechtsumwandlung geführt. Ich merkte, daß ich meinerseits den Atem anhielt, während ich sie beobachtete und in Gedanken beschwor zu atmen, und ich fragte mich, ob sie vielleicht vor meinen Augen davonsegeln würde. Heute nachmittag war sie mir aufsässig und energisch vorgekommen. Jetzt erinnerte sie mich an so manche alte Katze, die ich kannte – fast feenähnliche Wesen, mit Knochen, die hohl und so zart zu sein scheinen, daß man meint, die Tiere müßten schweben können.

Ich schaute auf die Uhr. Zwölf Minuten waren vergangen. Als ich Agnes wieder ansah, hefteten sich ihre schwarzen Augen mit erstaunlicher Lebhaftigkeit auf mein Gesicht. Diese plötzliche Wachheit war irgendwie erschreckend, wie ein Besuch aus der Geisterwelt.

»Verschlepp mich nicht dorthin«, flüsterte sie.

»Es ist bestimmt nicht so schlimm. Das Pflegeheim ist sehr hübsch, habe ich gehört. Wirklich. Viel besser als dieses.«

Ihr Blick wurde noch eindringlicher. »Du verstehst nicht. Ich will hierbleiben.«

»Ich verstehe schon, Agnes, aber es ist nicht möglich. Sie brauchen Hilfe. Irene möchte Sie in ihrer Nähe haben, damit sie sich um Sie kümmern kann.«

Traurig schüttelte sie den Kopf. »Ich werde sterben. Ich werde sterben. Es ist zu gefährlich. Hilf mir, damit ich fliehen kann.«

Ich fühlte, wie sich mir die Haare sträubten. »Es wird Ihnen gutgehen«, sagte ich. »Alles ist in Ordnung.« Meine Stimme war zu laut, ich sprach leiser, beugte mich zu ihr vor. »Erinnern Sie sich an Irene?«

Sie blinzelte, und ich hätte schwören können, daß sie mit sich selbst im Streit lag, ob sie es zugeben sollte oder nicht. Sie nickte, ihre Stimme bebte. »Mein kleines Mädchen«, sagte sie und streckte die zitternde Hand aus. Ich nahm sie und hielt sie fest. Sie war knochig und heiß und überraschend kräftig.

»Vor einer Weile habe ich mit Irene gesprochen«, sagte ich. »Clyde hat ein Heim ganz in ihrer Nähe gefunden. Sie sagt, es sei sehr hübsch.«

Sie schüttelte den Kopf. Tränen schossen ihr in die Augen und liefen ihr über die Wangen, den tiefen, zerklüfteten Falten folgend. Ihr Mund begann zu arbeiten, in ihrem Gesicht stand eine Bitte, die sie anscheinend nicht artikulieren konnte.

»Können Sie mir sagen, wovor Sie solche Angst haben?«

Ich sah, wie sie mit sich kämpfte, und als die Stimme ihr endlich gehorchte, war sie so schwach, daß ich mich leicht vom Stuhl erheben mußte, um zu verstehen, was sie sagte.

»Emily ist gestorben. Ich habe versucht, sie zu warnen. Der Schornstein ist beim Erdbeben eingestürzt. Die Erde bewegte sich. Oh, ich konnte es sehen – es war wie Wellen in der Erde. Ein Ziegelstein hat ihr den Schädel eingeschlagen. Sie wollte nicht auf mich hören. Ich habe ihr gesagt, daß es gefährlich ist. Laß es, sagte ich, aber sie mußte ihren Willen durchsetzen. Verkauf das Haus, verkauf das Haus. Sie wollte keine Wurzeln, aber so mußte sie enden – tief in der Erde.«

»Wann war das?« fragte ich, um das Gespräch in Gang zu halten.

Agnes schüttelte stumm den Kopf.

»Sind Sie deshalb besorgt? Wegen Emily?«

»Ich habe gehört, die Nichte des Besitzers von diesem alten Haus auf der anderen Seite der Straße ist vor ein paar Jahren gestorben. Sie war eine Harpster.«

O Mann! Jetzt ging es aber los. »Was ist eine Harpster?« fragte ich.

Sie schüttelte ungeduldig den Kopf. Ihre Stimme wurde kräftiger. »Harpster war ihr Mädchenname. Sie war was Hohes in der Citizen Bank und hat nie geheiratet. Helen war eine Exfreundin von ihm. Sie ist gegangen, weil er jähzornig war, aber dann kam Sheila daher. Sie war so jung. Sie hatte keine Ahnung. Das andere Harpster-Mädchen war Tänzerin und heiratete Arthur James, einen Berufsmusiker – Akkordeonspieler, der eine Musikalienhandlung hatte. Ich kannte ihn, weil wir Mädchen immer zu ihm gegangen sind und er für uns gespielt hat, nachdem er die Tür zugesperrt hatte. Die Welt ist klein. Die Mädchen haben gesagt, das Haus ihres Onkels sei ihr zweites Heim. Sie ist vielleicht noch da, wenn er es ihr vermacht hat. Sie würde helfen.«

Ich beobachtete die alte Frau aufmerksam, bemühte mich zu verstehen, was vorging. Gab es wirklich etwas, vor dem sie sich zu sehr fürchtete, um darüber zu sprechen? »War es Emily, die Arthur James geheiratet hat?«

»Es gab immer irgendeine Geschichte – irgendeine Erklärung.« Sie machte eine ziellose Handbewegung.

»War das in Santa Teresa? Vielleicht könnte ich Ihnen helfen, wenn ich es verstünde.«

»Der Weihnachtsmann ist eigens zu uns gekommen und hat uns allen einen Strumpf voller Süßigkeiten gebracht. Ich hab ihr meinen gegeben.«

»Wem? Emily?«

»Sprich nicht über Emily. Sag nichts weiter. Es war das Erdbeben. Alle haben es gesagt.« Sie entzog mir die Hand, und ein listiger Ausdruck trat in ihre Augen. »Ich habe Arthritis in der Schulter und im Knie. Meine Schulter war zweimal gebrochen. Der Doktor hat sie nicht angefaßt, nur geröntgt. Ich habe den grauen Star gehabt, bin mindestens zweimal operiert worden, aber ich habe noch nie eine Zahnfüllung gebraucht. Schau selbst mal.« Sie öffnete den Mund.

Klar, keine einzige Zahnfüllung, was keine große Kunst ist, wenn man keine Zähne hat.

»Sie scheinen für Ihr Alter noch ziemlich gut in Form«, sagte ich, um mich auf das Spiel einzulassen. Was wir da betrieben, war gewissermaßen Flippern mit Worten, wobei das eigentliche Thema die Kugel war, die wild herumsauste.

»Lotti war die andere. Sie war einfältig, lächelte aber immer strahlend. Der liebe Gott hat ihr nicht mal soviel Verstand gegeben wie einem Ziegenbock. Sie ging zur Hintertür raus und wußte nicht mehr, wie sie wieder ins Haus kommen sollte. Saß dann auf den Verandastufen und heulte wie ein junger Hund, bis jemand sie reinließ. Dann heulte sie, weil sie wieder raus wollte. Sie war die erste. Ist an Grippe gestorben. Ich vergesse immer, wann Mutter starb. Sie hatte nach Vaters Tod einen Schlaganfall, weiß du. Er wollte das Haus behalten, aber davon wollte Emily nichts wissen. Ich war die letzte und hab nicht widersprochen. Vor Sheila war ich auch nicht richtig sicher, aber dann hab ich's gewußt. Damals bin ich gegangen.«

Ich sagte: »Hmm-hm« und versuchte es dann anders herum. »Haben Sie Angst vor der Reise?«

Sie schüttelte den Kopf. »Der Geruch nach Feuchtigkeit«, sagte sie. »Schien die anderen überhaupt nicht zu stören.«

»Wäre es Ihnen lieber, wenn Irene herkommen und mit Ihnen zurückfliegen würde?«

»Ich bin putzen gegangen. So habe ich Irene all die Jahre durchgebracht. Ich habe Tilda beobachtet und wußte, wie man es macht. Sie wurde natürlich entlassen. Dafür hat er gesorgt. Keine finanziellen Unterlagen. Keine Banken. Sie war der einzige Unfall. Es war das einzige Mal, daß ihr Name in der Zeitung stand.«

»Wessen Name?«

»Du weißt schon«, sagte sie. Ihr Gesicht war jetzt verschlossen.

»Emily?« fragte ich.

»Zeit verwundet alles Heile, weißt du.«

»Ist es Ihr Vater, über den Sie reden?«

»Ach du meine Güte, nein. Er war schon lange tot. Es wäre im Sockel, wenn du wüßtest, wo du suchen solltest.«

»In was für einem Sockel?«

Ihr Gesicht wurde ausdruckslos. »Sprichst du mit mir?«

»Nun, ja«, sagte ich. »Wir haben über Emily gesprochen, die gestorben ist, als der Kamin einstürzte.«

Sie machte eine Bewegung, als schließe sie ihren Mund ab

und werfe den Schlüssel weg. »Ich habe alles getan, um sie zu retten. Meine Lippen sind versiegelt. Wegen Irene.«

»Warum, Agnes? Was ist es, über das Sie nicht sprechen dürfen?«

Sie sah mich fragend an. Ich merkte plötzlich, daß jetzt die richtige Agnes Grey da war. Sie sprach völlig vernünftig. »Also, Sie sind ja gewiß sehr nett, meine Liebe, aber ich weiß nicht, wer Sie sind.«

»Ich bin Kinsey«, sagte ich, »eine Freundin Ihrer Tochter. Sie hat sich große Sorgen gemacht, als sie nichts mehr von Ihnen hörte, und hat mich gebeten, herzufahren und nach dem Rechten zu sehen.«

Ich sah, wie ihr Gesichtsausdruck sich veränderte, und weg war sie wieder. »Tja, das wußte niemand. Niemand hat es auch nur vermutet.«

»Hallo, Agnes! Haben Sie eine Ahnung, wo Sie sind?«

»Nein. Weißt du, wo du bist?«

Ich lachte. Ich konnte nicht anders. Gleich darauf begann auch sie zu lachen, es klang wie das Niesen einer zarten Katze. Im nächsten Moment war sie wieder eingeschlafen.

7

Ich konnte nicht schlafen. Ich mußte an Agnes denken, deren Ängste offenbar ansteckend waren und eigene Ängste in mir weckten. Die Erkenntnis, daß ich tatsächlich in Lebensgefahr schwebte, war endlich zu mir durchgedrungen und begann sich zu verselbständigen. Überempfindlich geworden, achtete ich auf jedes Geräusch, auf die Raumtemperatur, die sich im Lauf der Nacht änderte, auf die wechselnden Lichtmuster an den Jalousien. Um ein Uhr morgens fuhr in der Nähe meines Zimmers ein Wagen auf einen Parkplatz. Ich war sofort auf den Beinen und spähte durch die Jalousie. Ein Pärchen stieg aus einem Cadillac neuerer Bauart. Trotz der tiefen Dunkelheit sah ich, daß die beiden betrunken waren und sich in Hüfthöhe so fest aneinanderklammerten, als wollten sie sich gegenseitig zerquetschen. Ich trat vom Fenster zurück, die Sinne durch Angst geschärft, als die beiden schwankend ins Nachbarzimmer stolperten. Wenn es Killer waren, hätten sie meinen Abgang gewiß nicht durch das lärmende Gefummel hinausgezögert, das in dem Moment anfing, in dem sie den Riegel vorschoben. Der Bettkasten begann unbarmherzig gegen die Zwischenwand zu schlagen, wie ein zorniges Kind, das mit den Absätzen auf den Fußboden trommelt. Gelegentlich traten Pausen ein, in denen die Frau ihrem glücklosen Gefährten Vorschläge unterbreitete. »Spring hier drauf wie ein junger Hund«, sagte sie. Oder: »Tu das alte kahlköpfige Ding hier rüber.«

Auf meiner Seite der Wand fing der Elch einen munteren Steptanz an. Ich mußte hinaufgreifen und ihn festhalten, damit der Rahmen nicht vom Haken sprang und mir aufs Gesicht knallte. Sie schrie. Für mich klang es mehr nach einer Frau in den Wehen als nach einer Frau beim Liebesakt. Das Tempo steigerte sich. Schließlich jaulte sie erstaunt auf, doch ich konnte nicht sagen, ob sie kam oder aus dem Bett gefallen war. Ein Augenblick später drang der Geruch von Zigarettenrauch durch die Wand, und ich hörte ihre gemurmelte Manöverkritik. Zwölf Minuten später ging es schon wieder los. Ich stand auf, nahm das Bild von der Wand, stopfte die Körbchen meines BHs mit je einer Socke aus, setzte ihn wie einen Ohrenschützer auf und band die Enden unter dem Kinn zusammen. Es half nicht viel. Ich lag da, wie ein Außerirdischer mit einem Wulst auf jedem Ohr, und wunderte mich über die Seltsamkeiten menschlicher Sexpraktiken. Ich würde eine Menge zu berichten haben, wenn ich auf meinen Planeten zurückkehrte.

Um Viertel vor fünf gab ich jede Hoffnung auf, noch einmal einschlafen zu können. Ich duschte, wusch mir das Haar und ging, in ein Motelbadetuch von der Größe eines Platzdeckchens gewickelt, in mein Zimmer zurück. Während ich mich anzog, fing sie an zu jodeln, und er heulte wie ein Fuchs. Ich hatte das Wörtchen »oh!« noch nie in so vielen Variationen gehört. Ich sperrte das Zimmer ab und lief zu Fuß über den Parkplatz.

Die Wüstenluft duftete intensiv; frisch und kalt. Der Himmel war noch schwarz wie Tinte, dazwischen dunkelrote Streifen, die sich durch die tiefhängenden Wolken am Horizont zogen. Mir war fast schwindlig vor Müdigkeit, aber ich hatte nicht das Gefühl, in Gefahr zu sein. Sollte jemand mit einer Uzi im Gebüsch auf mich lauern, würde ich diese Welt in einem erhabenen Zustand der Ahnungslosigkeit verlassen.

Im Café ging eben das Licht an, zitternde grüne Neon-Lettern, die das Wort CAFÉ mit einem einzigen Schwung hinzauberten, als werde Zahngel aus einer Tube gedrückt. Die Kellnerin in hellrosa Uniform gähnte und kratzte sich mit weit aufgerissenem Mund am Hintern. Der Highway war leer, und ich überquerte ihn ohne Eile. Ich brauchte Kaffee, Speck, Pfannkuchen, Saft und noch etwas, ich wußte nicht was, aber es sollte mich irgendwie an die Kindheit erinnern. Ich setzte mich, mit der Wand im Rücken, ganz hinten an den Tresen, weitab von der großen Fensterscheibe und dem grauen Dämmerlicht draußen. Die Kellnerin hieß Francis und war ungefähr so alt wie ich; ihr Akzent verriet, daß sie vom Land kam, und sie erzählte mir eine unendlich lange Geschichte über einen Typen namens Arliss, der sie planmäßig betrog – ganz zuletzt mit ihrer Freundin Charlene.

»Aber diesmal ist es endgültig aus«, sagte sie, als sie eine Schüssel mit dampfender Hafergrütze vor mich hinknallte.

Als ich mit dem Essen fertig war, wußte ich über Arliss alles, was es zu wissen gab, und sie wußte eine Menge über Jonah Robb.

»Ich an Ihrer Stelle würde an ihm dranbleiben«, sagte sie, »aber nicht auf Kosten dieses Doktors, mit dem Ihre Freundin Vera Sie verkuppeln will. Auf den würde ich mich stürzen, klingt richtig süß, was Sie so von ihm erzählt haben, obwohl ich persönlich es mir zur Regel gemacht habe, mit keinem Mann auszugehen, der über meine Innereien mehr weiß als ich. Ich bin ja mal mit einem Doktor gegangen, na ja, eigentlich war er Medizinstudent, um bei der Wahrheit zu bleiben. Als wir uns das erste Mal küßten, nannte er mir den Namen des Zustands, den man kriegt, wenn sich ein Schamhaar im Hals verfängt. Unverschämt! Guter Gott! Wofür hat er mich eigentlich gehalten?« Sie beugte sich über den Tresen, auf dem sie oberflächlich herumwischte. Falls der Chef auftauchte, sollte es so aussehen, als arbeitete sie fleißig.

»Ich habe noch nie von einem Arzt gehört, der sich für eine Privatdetektivin interessiert, Sie?«

»Schätzchen, Sie sind die einzige Privatdetektivin, die ich kenne. Vielleicht hat er Krankenschwestern, MTAs, Anwältinnen und so weiter satt. Er ist doch mit Vera gegangen, oder? Was ist sie noch mal? So was wie eine Schadensberechnerin bei einer Versicherung...«

»Leiterin der Schadensabteilung«, sagte ich. »Ihr Boß wurde gefeuert.«

»Genau darauf will ich hinaus. Ich wette, die haben nicht herumgesessen und sich über ärztliche Kunstfehler unterhalten, um Gottes willen. Das hängt ihm zum Hals heraus. Er sucht etwas Neues, Frisches. Und überlegen Sie doch mal – er hat wahrscheinlich keine ansteckende Krankheit.«

»Nun, das spricht natürlich sehr für ihn.«

»Aber das ist ungeheuer wichtig. Heutzutage und in unserer Zeit! Ich würde vor dem ersten Kuß auf einem Bluttest bestehen.«

Die Tür ging auf, und zwei Gäste kamen herein. »Sie dürfen mir ruhig glauben«, sagte sie im Weggehen. »Der Typ könnte der Richtige sein. Vielleicht sind Sie Ende des Jahres schon Frau Doktor Sowieso.«

Ich bezahlte, zog mir eine Zeitung aus dem Automaten vorn im Café und ging in mein Zimmer zurück. Nebenan war alles still. Ich legte mich ins Bett, stopfte mir die Kissen in den Rükken und las in der *Brawley News* einen langen Artikel über die »Palmengärten«, was, wie ich erfuhr, die richtige Bezeichnung für die Dattelpalmenhaine an beiden Ufern des Salton Sea war. Die Bäume, exotische Transplantate, vor hundert Jahren aus Nordafrika herübergebracht, schwitzen täglich über vierhundertfünfzig Liter Wasser aus und müssen von Hand bestäubt werden. Die Namen der verschiedenen Datteln – der Zahid, Kasib, Deglet Noor und Medjool – klangen alle wie Teile eines durch einen Schlaganfall schwer geschädigten Gehirns.

Zu einer einigermaßen schicklichen Zeit rief ich das Pflegeheim an und sprach mit Mrs. Haynes über Agnes Grey. Allem Anschein nach war sie während der restlichen Nacht gefügig wie ein Lämmchen gewesen. Die Vorbereitungen für ihren Abtransport nach Santa Teresa waren abgeschlossen, und sie nahm es gelassen hin. Sie behauptete, sie könne sich nicht einmal erinnern, warum sie sich am Tag vorher so aufgeregt hatte.

Als nächstes rief ich Irene an und berichtete ihr, was ich erfahren hatte. Agnes' Ausbruch schien mir immer noch sehr beunruhigend, doch welchen Sinn es haben sollte, wenn ich ihr von meinen Befürchtungen erzählte, wußte ich nicht.

»Oh, so ist Mutter nun einmal«, erwiderte Irene, als ich meine Besorgnis erwähnte. »Wenn sie kein Riesentheater macht, hat sie das Gefühl, etwas versäumt zu haben.«

»Nun ja, ich hab mir nur gedacht, Sie sollten wissen, wie groß ihre Angst ist. Sie hat es geschafft, daß sich mir die Haare sträubten.«

»Jetzt geht es ihr bestimmt gut. Machen Sie sich keine Sorgen. Sie haben großartige Arbeit geleistet.«

»Danke«, sagte ich. Da es für mich keinen Grund zu geben schien, noch länger in der Gegend zu bleiben, sagte ich ihr, daß ich bald aufbrechen wollte und sie anrufen würde, sobald ich wieder in Santa Teresa war.

Ich packte meine Segeltuchtasche, sammelte Aktenmappe, Reiseschreibmaschine und die verschiedenen Kleinigkeiten ein, legte die Sachen in den Wagen und schloß ihn ab. Dann ging ich ins Büro, um die Rechnung zu bezahlen.

Als ich zurückkam, erschien eben das Liebespaar aus dem Zimmer nebenan. Sie waren beide in den Fünfzigern, hatten hundert Pfund Übergewicht und trugen die gleichen Hemden im Westernstil und Jeans in Übergröße. Sie unterhielten sich über die Höhe der Zinsen bei Schatzbriefen mit einer Laufzeit bis zu sechs Monaten oder einem Jahr. Der auf das Heckfenster des Cadillac gepinselte Slogan lautete: *frisch fusioniert*. Ich sah ihnen nach, als sie, den Arm um die nicht vorhandene Taille des Partners geschlungen, den Parkplatz überquerten. Während mein Motor warmlief, holte ich meine kleine .32er aus der Aktenmappe, wo ich sie am Abend vorher verstaut hatte, und deponierte sie in meiner Handtasche auf dem Beifahrersitz.

Ich fuhr über Westmorland und nahm den Highway 86 nach Norden. Auf den ersten zehn Meilen kontrollierte ich ständig den Rückspiegel. Der Tag war sonnig, und die Zahl der Wagen, die unterwegs waren, wirkte beruhigend, obwohl der Verkehr, als ich Salton City erreichte, schon erheblich nachgelassen hatte. Ich fummelte am Autoradio und versuchte einen Sender zu finden, der mehr von sich gab als Störgeräusche oder die Preise von Sojabohnen, Luzernen und Zuckerrüben. Ich erwischte ein paar Takte der Beatles und konzentrierte mich kurz darauf, den Sender genauer einzustellen.

Als ich aufblickte und ganz automatisch in den Rückspiegel schaute, entdeckte ich den roten Dodge-Lieferwagen, der von hinten heranraste. Er konnte nicht mehr als fünfzig Meter hinter mir sein und fuhr bestimmt seine achtzig Meilen, während ich nur fünfundfünfzig drauf hatte. Ich schrie vor Überraschung laut auf und trat das Gaspedal bis zum Anschlag durch, um ihm zu entkommen. Es war natürlich vergebliche Liebesmüh. Der Motor starb mir um ein Haar ab, als er sich so mißhandelt fühlte; er stotterte, der Wagen hoppelte, schlitterte und machte einen Sprung, bevor er vorwärtsstürmte. Der Kühlergrill des Lieferwagens tauchte in meiner Heckscheibe auf und füllte sie ganz aus. Es war klar, daß der Kerl sich an meinen Auspuff hängen und mich rammen wollte. Ich riß das Steuer nach rechts, aber nicht schnell genug. Der Dodge erwischte mich an der hinteren Stoßstange, und zwar mit solcher Wucht, daß mein Wagen sich um hundertachtzig Grad drehte und ich statt in nördliche in südliche Richtung blickte. Ich knallte den Fuß auf die Bremse, und der VW rutschte am Seitenstreifen entlang. Ein Sprühregen aus Kieselsteinen flog in die Luft. Meine Handtasche schien mir von selbst auf den Schoß zu hüpfen. Der Motor starb ab. Ich drehte den Zündschlüssel herum und beschwor den Wagen, anzuspringen. Der Highway war leer, wie ich beiläufig feststellte. Weit und breit keine Hilfe in Sicht. Wo waren sie nur alle? Ein Stück vor mir folgte auf der linken Seite eine unbefestigte Straße der Kurve eines Bewässerungskanals, der an ein Brachfeld grenzte, aber weit und breit kein Farmhaus oder ein anderes Zeichen von Leben.

Hinter mir hatte der Dodge gewendet und fuhr mit hoher Geschwindigkeit direkt auf mich zu. Ich bearbeitete den Anlasser, fast heulend vor Angst; voller Entsetzen sah ich im Rückspiegel, wie der Dodge immer schneller wurde. Diesmal rammte er mich mit einer Wucht, die den VW ungefähr zehn Meter weiterschleuderte. Es krachte ohrenbetäubend. Ich prallte mit der Stirn so heftig gegen die Windschutzscheibe, daß mir schwarz vor den Augen wurde. Das Sicherheitsglas zersprang in ein feines Krakelee, das wie Zuckerguß aussah. Der Sitz brach entzwei, und da der Sicherheitsgurt mich nicht mehr hielt, prallte ich gegen das Steuer. Was mich vor ein paar gebrochenen Rippen bewahrte, war einzig und allein die Handtasche auf meinem Schoß, die wie ein Airbag den Aufprall milderte.

Der andere Fahrer schaltete in den Rückwärtsgang und gab Gas. Der Lieferwagen schnellte zurück, wieder kreischte das Getriebe, und der Wagen preschte vorwärts, rammte mich wie ein Autoscooter. Ich fühlte, wie mein VW den Boden unter den Rädern verlor und nach einem kurzen Flug im Abwasserkanal landete. Um mich herum spritzte das Wasser nach allen Richtungen hoch auf wie Gischt. Mein Kopf flog gegen die Kopfstütze, knallte dann nach vorn auf das Armaturenbrett, und ich zerbiß mir fast die Zunge. Ich preßte die Hand auf den Mund und betastete automatisch meine Zähne, um mich zu überzeugen, daß noch alle heil waren. Mein VW schien kurz zu schwimmen und sank dann in den schlammigen Kanalboden ein.

Das Abflußwasser war nur etwa neunzig Zentimeter tief, aber beide Autotüren waren aufgesprungen, und die schlammige Brühe drang in den VW. Auf dem Randstreifen über mir stieg der Angreifer aus dem Lieferwagen und kam mit einem Montiereisen in der Hand nach hinten. Vielleicht glaubte er, daß es besser zu einem Autounfall paßte, wenn er mich erschlug, statt mir eine Kugel durch den Kopf zu jagen. Er war ein großer, kräftiger Mann, ein Weißer mit Sonnenbrille und Baseballmütze. Wimmernd vor Angst, fummelte ich in der Handtasche nach meiner Waffe, ließ mich aus dem VW rollen, kauerte in seinem Schutz im Schlamm und schob eine Patrone ins Magazin. Ich legte den Pistolenlauf auf das Autodach und stützte ihn seitlich mit beiden Händen ab, damit er nicht zitterte.

Wie durch ein Wunder kam der Typ aber nicht näher, sondern warf das Montiereisen in den Lieferwagen, stieg ein, schob sich hinter das Steuer und schlug die Tür zu. An dem geschlossenen Fenster auf der Fahrerseite hing ein Pappschild. Wie bei einem Sehtest las ich die oberste Zeile; sie lautete; WIE BESICHTIGT, und darunter waren noch ein paar Druckzeilen. Der Aushang einer Gebrauchtwagenfirma, vermutlich mit Baujahr, Kilometerstand und Preis. Als der Motor aufheulte und der Lieferwagen anfuhr, glaubte ich, ein Gesicht kurz zu mir herüberspähen zu sehen. Es traf mich wie ein Schlag. Ich hatte das Gefühl, das Gesicht zu kennen, aber mir blieb nicht genug Zeit, mich mit der flüchtigen Erinnerung zu befassen. Schmerz überfiel mich, und die Schwärze kam immer näher, engte mein Blickfeld ein, bis es nur noch ein langes, dunkles Rohr war, mit einer kleinen runden Öffnung am anderen Ende, durch die glimmendes Tageslicht fiel. Ich atmete tief, um einen klaren Kopf zu bekommen, und erhaschte, als ich aufblickte, gerade noch einen letzten Blick auf den Lieferwagen, der nach Norden in Richtung Mecca raste. Das Kennzeichen war mit Schlamm beschmiert, Zahlen waren nicht zu erkennen.

Auf der Straße fuhren zwei Wagen vorbei, die nach Süden wollten. Der Fahrer im zweiten Wagen – einem älteren Ford Sedan – schaute ungläubig zweimal hin, als er meinen halb im Kanal versunkenen VW erblickte. Er hielt an, schaltete in den Rückwärtsgang und kam zurück, wobei sein Oldtimer jämmerlich quietschte. Das Adrenalin, das durch meinen Körper raste, bäumte sich zu einer hohen Welle auf, und ich begann zu zittern. Es war vorbei. Ich hörte mich laut weinen – vor Schmerz, vor Angst, vor Erleichterung.

»Brauchen Sie Hilfe?« Der alte Mann hatte seinen Wagen auf den Randstreifen gesetzt und kurbelte das Fenster herunter. Verschwommen kam mir zu Bewußtsein, daß er vermutlich die Reifenspuren zerstörte, die der Dodge vielleicht hinterlassen hatte, aber der gekieste Randstreifen schien mir für brauchbare Abdrücke ohnehin zu hart. Zur Hölle damit! Ich hatte es halbwegs heil überstanden, nur das war mir wichtig. Ich schob die Pistole in die Handtasche, stand taumelnd auf und watete durch den Kanal zur Straße. Als ich die Böschung hinaufkletterte, rutschte ich mit meinen Tennisschuhen auf dem glitschigen Boden immer wieder aus. Der alte Mann musterte die Beule an meiner Stirn, mein wild zerzaustes Haar, mein blutverschmiertes Gesicht, die triefend nassen Jeans. Ich wischte mir die Nase am Ärmel ab und stellte fest, daß Blut war, was ich für Tränen gehalten hatte. Ich stand unsicher auf den Beinen, schwankte und fühlte, wie die ohnehin schon gänseeigroße Beule in der Mitte meiner Stirn immer größer wurde, als wachse mir ein Horn. Schmerz donnerte durch meinen Kopf, und zum erstenmal spürte ich Übelkeit. Ich ging auf den Wagen des alten Mannes zu und merkte, daß seine Besorgnis wuchs, als er sah, wie wacklig ich war. »Schwester, Sie hat's erwischt.«

»Gibt es eine Möglichkeit, die Autobahnstreife zu rufen? Jemand hat mich eben von der Straße abgedrängt.«

»Klar gibt es die. Aber soll ich Sie nicht zuerst irgendwohin mitnehmen? Am dringendsten scheinen Sie mir einen Arzt zu brauchen. Ich wohne ein Stück weiter oben an der Straße.«

»Ich bin in Ordnung, brauche nur ein Fahrzeug, das mein Auto aus dem Graben zieht...«

»Jetzt hören Sie mir einmal zu, junge Dame. Ich rufe den Sheriff an und schicke einen Abschleppwagen her, aber ich lasse Sie nicht hier an der Straße stehen.«

»Und ich lasse mein Auto nicht allein.«

»Ihr Auto wird sich nicht von der Stelle rühren, und ich auch nicht, wenn Sie nicht tun, was ich sage.«

Ich zögerte. Der VW hatte Totalschaden. Das ganze Heck schien kürzer geworden, der rechte hintere Kotflügel war eingedrückt. Der Wagen hatte ohnehin schon unzählige Beulen und Dellen gehabt, die beigefarbene Lackierung war zu Pastellblau oxidiert und hatte unzählige Roststellen. Ich hatte den Wagen fast fünfzehn Jahre lang gefahren. Mit tiefem Bedauern wandte ich mich von ihm ab und hinkte zur Beifahrerseite des Sedan. Mir war, als ließe ich ein vielgeliebtes Haustier zurück. Allem Anschein nach hatte ich mir das linke Bein verletzt, denn es wurde vom Knie aufwärts bis hinauf zum Oberschenkel langsam steif. Als ich mich später endlich traute, die Jeans herunterzuziehen, entdeckte ich eine Quetschung, groß und dunkel wie eine Aubergine. Der alte Mann beugte sich zur Beifahrertür herüber und öffnete sie.

»Ich bin Carl LaRue«, sagte er.

»Kinsey Millhone«, antwortete ich. Ich schob mich auf den Sitz und rutschte ganz weit hinunter, damit ich den Kopf auf die Lehne legen konnte. Als ich die Augen zumachte, ließ die Übelkeit ein wenig nach.

Der Sedan fuhr auf den Highway zurück, dann etwa eine Viertelmeile weiter nach Süden und bog schließlich nach links in eine Nebenstraße ein. Ich hoffte sehr, daß das keine Falle war und der alte Mann nicht mit dem Kerl im Lieferwagen unter einer Decke steckte. Ich rief mir das Stück Pappe mit der Aufschrift WIE BESICHTIGT im Fenster des Lieferwagens in Erinnerung, den flüchtigen Eindruck, daß jemand zu mir herüberschaute. Vorsichtig richtete ich mich auf, denn mir war eingefallen, wo ich den Mann schon gesehen hatte. Auf dem Rastplatz, wo ich auf der Herfahrt gegessen hatte. Ein Kind, ein etwa fünfjähriger Junge, hatte dort mit einem Matchboxauto gespielt, sein Vater mit einer Illustrierten über dem Gesicht auf einer nahen Bank geschlafen – ein Weißer in einem ärmellosen T-Shirt, das seine mächtigen Arme sehen ließ. Nachdem ich die Verbindung hergestellt hatte, wurde mir plötzlich klar, daß ich den beiden zweimal begegnet war. Derselbe Mann hatte mit dem Kind auf den Schultern den dunklen Motelparkplatz überquert und war zum Cola-Automaten gegangen. Mich fröstelte, als ich mich daran erinnerte, wie er den Kleinen gekitzelt hatte. Wieder hörte ich das koboldhafte Gelächter, das mir jetzt so böse wie das eines Dämons in den Ohren klang. Welcher Killer nahm denn sein Kind mit?

8

Während Mr. LaRue mit dem Department des County Sheriffs telefonierte, klappte ich, von Schläfrigkeit überwältigt, auf seiner höckrigen Wohnzimmercouch zusammen wie ein Taschenmesser. In meinem Kopf hämmerte es. Mein Nacken war steif – zweifellos litt ich an einem Schleudertrauma, mein Brustkorb war geprellt. Mir war kalt, und ich fühlte mich ganz klein – wie nach dem Unfall, bei dem meine Eltern getötet worden waren. In einem mir unerklärlichen Singsang begann mein Gehirn den Text abzuspulen, den ich in der Morgenzeitung gelesen hatte. »Palmen werden bis zu zweiundzwanzig Meter hoch und können bis zu dreihundert Pfund Datteln tragen. Von einer erwachsenen Palme können fünfzehn bis achtzehn Bushel geerntet werden. Sobald die Früchte erbsengroß sind, muß jedes Bushel mit braunem Papier vor Vögeln und Regen geschützt werden...« Ich konnte mich jedoch nicht mehr erinnern, wo ich war oder warum ich solche Schmerzen hatte.

Carl schüttelte mich hartnäckig. Offenbar hatte er mit der Notaufnahme des Krankenhauses telefoniert, und man hatte ihm gesagt, er solle mich hinbringen. Seine Frau, deren Name mir immer wieder entglitt, hatte einen Waschlappen in Eiswasser getaucht, damit er mir Schmutz und vertrocknetes Blut vom Gesicht tupfen konnte. Meine Beine hatten sie auf die Couch gehoben und mich in eine Daunensteppdecke gepackt. Da beide LaRues so sehr drängten, rappelte ich mich auf und schlurfte, noch immer wie ein zweifüßiger Wurm in die Steppdecke gepackt, hinaus zum Wagen.

Als wir in der Notaufnahme ankamen, hatte ich meine Betäubung soweit abgeschüttelt, daß ich ihnen sagen konnte, wer ich war, und auf Quizfragen wie: »Wie viele Finger halte ich in die Höhe?« und ähnliche neurologische Rätsel korrekt antworten konnte. Man stellte sie mir übrigens, während ich flach auf dem Rücken lag. Die Zimmerdecke war beige, die Schränke königsblau. Ein mobiles Röntgengerät wurde hereingefahren. Sie röntgten zuerst meinen Nacken, aus zwei verschiedenen Perspektiven, um sicherzugehen, daß kein Wirbel gebrochen war, und nahmen dann meinen Kopf auf, doch anscheinend war auch da alles heil.

Ich durfte mich aufsetzen, während ein junger Arzt, Aug in Aug mit mir, meine Hornhautreflexe, die Größe meiner Pupillen und meine Lichtempfindlichkeit prüfte. Wir waren uns so nah, daß sein und mein Atem sich auf seltsam intime Weise vermischten. Er war so um die Dreißig, aber sein lockiges braunes Haar wich schon von der mit feinen horizontalen Falten durchzogenen Stirn zurück. Unter dem weißen Kittel trug er ein lederfarbenes Frackhemd und eine Fliege mit braunen Punkten. Er war glatt rasiert, und sein Rasierwasser duftete nach frisch gemähtem Gras, aber sein elektrischer Rasenmäher hatte direkt unter dem Kinn ein paar Haare stehenlassen. Ob er wohl merkte, daß ich ihn genauso kritisch und gründlich erforschte wie er mich? Mein Blutdruck war hundertzehn zu sechzig, meine Temperatur, Puls und Atmung waren normal. Das weiß ich, weil ich jedesmal auf die Karteikarte schielte, wenn er etwas notierte. In ein umrandetes Feld ganz unten schrieb er *Symptomenkomplex nach Gehirnerschütterung*. Ich war glücklich, als ich feststellte, daß ich durch den Unfall nicht die Fähigkeit verloren hatte, verkehrt herum zu lesen. Ich wurde verschiedenen Behandlungsprozeduren unterzogen, und die meisten waren ziemlich schmerzhaft – unter anderem bekam ich eine Tetanusspritze, bei der ich fast ohnmächtig geworden wäre.

»Ich denke, wir sollten Sie über Nacht hierbehalten«, sagte er. »Es sieht zwar so aus, als seien Sie nicht schwer verletzt, aber Ihr Kopf mußte allerhand aushalten. Mir wäre wohler, wenn wir Sie auf jeden Fall noch während der nächsten zwölf Stunden zur Beobachtung hier hätten. Sollen wir jemanden verständigen?«

»Ist nicht nötig«, murmelte ich. Ich war zu zerschlagen, um zu protestieren, und außerdem fürchtete ich mich vor der Welt da draußen viel zu sehr. Er ging ins Schwesternzimmer, das ich durch ein mit halb geschlossenen Jalousetten versehenes Innenfenster überschauen konnte. Im Korridor war ein Deputy des Sheriffs aufgetaucht. Aus meiner Sicht in horizontale

Streifen zerschnitten, unterhielt er sich mit einer jungen Angestellten und zeigte über ihre Schulter auf das Zimmer, in dem ich saß. Die anderen Kabinen in der Notaufnahme waren leer, die ganze Abteilung ruhig. Der Deputy konferierte mit dem Doktor, der offensichtlich zu dem Schluß kam, daß ich fit genug war, um Fragen zu beantworten; es interessierte ihn natürlich, wie mein Auto in den Abwassergraben geraten war.

Der Deputy hieß Richie Windsor, ein Polizist mit einem Babygesicht, Stupsnase und von Sonnenbrand geröteten Pausbacken. Er mußte ein Anfänger sein, kaum einundzwanzig, knapp über der untersten Altersgrenze für einen Deputy. Er hatte haselnußbraune Augen und hellbraune Haare, die er seitlich und im Nacken sehr kurz trug. Noch war er nicht lange genug dabei, um mir mit dem unverbindlichen, paranoiden Gesichtsausdruck gegenüberzutreten, dessen sich seine älteren Kollegen befleißigen. Ich schilderte ihm den Zwischenfall methodisch, ließ keine Einzelheit aus. Er machte sich Notizen und unterbrach mich hin und wieder mit einer begeisterten Bemerkung in einem aufgesetzten mexikanischen Akzent. »*Whoa*!« sagte er oder: »Also, das gibt's doch nicht, *kemosabe*!« Er schien fast neidisch, daß jemand versucht hatte, mich umzubringen.

Als ich mit meiner Rede fertig war, sagte er, er werde über Funk eine Fahndung hinausgehen lassen, falls der Dodge noch irgendwo in der Gegend sei. Wir wußten beide, wie schlecht die Chancen standen, den Mann noch abzufangen. Wenn er schlau war, ließ er das Fahrzeug bei der ersten Gelegenheit stehen. Als der Deputy gehen wollte, grapschte ich impulsiv nach dem Ärmel seiner Uniformjacke.

»Nur noch eins«, sagte ich. »Der Doktor möchte mich über Nacht hierbehalten. Läßt es sich vielleicht geheimhalten, daß ich hier liege? Das ist das einzige Krankenhaus weit und breit. Der Kerl braucht also nur in der Aufnahme anzurufen und erfährt sofort, wo ich bin.«

»Ein guter Punkt, *amigo*«, sagte er und steckte seinen Kugelschreiber ein. »Will sehen, was sich da tun läßt.«

Schon nach ein paar Minuten schickte mir die Aufnahme eine

junge Angestellte; sie brachte einen Rollstuhl mit, ein Klemmbrett voller Formulare, die ausgefüllt werden mußten, und ein Plastikarmband mit einem Papierstreifen darin, der zu meiner Identifizierung diente und das sie mir mit einer Art Locher am Handgelenk befestigte.

Carl LaRue und seine Frau hatten die ganze Zeit geduldig im Korridor gesessen. Während gewissermaßen noch letzte Hand an mein Bett gelegt wurde, ließ man die beiden zu mir. Der Deputy hatte den beiden alten Leutchen offensichtlich erklärt, wie die Dinge lagen.

»Wir verraten keinem, wo Sie sind, da können Sie ganz sicher sein«, sagte Carl.

Seine Frau tätschelte mir die Hand. »Sie dürfen sich keine Sorgen machen. Ruhen Sie sich einfach aus.«

»Ich bin Ihnen so dankbar für alles, was Sie getan haben«, sagte ich. »Ich kann Ihnen gar nicht genug danken. Wahrscheinlich wäre ich schon tot, wenn Sie nicht vorbeigekommen wären.«

Carl trat unruhig von einem Fuß auf den anderen. »Ach was! Das war doch nichts Besonderes. Ich bin froh, wenn ich helfen kann. Wir haben auch Kinder und wären glücklich, wenn ihnen in einer ähnlichen Situation auch geholfen würde.«

Seine Frau hängte sich bei ihm ein. »Wir gehen jetzt wohl am besten. Man wird Sie ins Bett bringen wollen.«

Als sie weg waren, wurde ich mit dem Lastenaufzug in den zweiten Stock befördert und in ein Privatzimmer gebracht, vermutlich in der Isolierabteilung, wo keine Besucher erlaubt waren. Es war erst drei Uhr nachmittags, und der Tag schien sich schon endlos hingezogen zu haben. Wegen der Kopfverletzung bekam ich keine Schmerzmittel, und einschlafen durfte ich auch nicht, damit ich nicht in ein Koma fiel, aus dem ich vielleicht nie wieder aufwachen würde. Meine wichtigsten Funktionen wurden jede Stunde kontrolliert. Die Essenszeit war zwar längst vorüber, aber eine freundliche Schwesternhelferin brachte mir ein Schüsselchen Götterspeise mit Kirschgeschmack und ein Paket Salzgebäck. Ich stellte mir vor, wie in der Verwaltung mein Konto mit sechsundzwanzig Dollar belastet wurde. Wahrscheinlich konnte ich meine Krankenhausrechnung so niedrig halten, daß sie sich höchstens auf sieben- bis achthundert Dollar belief; vorausgesetzt, ich brauchte kein Heftplaster und keine Sicherheitsnadel. Selbstverständlich war ich versichert, doch ich ärgerte mich, daß das bißchen Krankenhaus soviel kostete wie die Anzahlung eines neuen Wagens.

Dann entdeckte ich das Telefon. Im untersten Fach des Nachttischs lag auch ein Telefonbuch. Ich suchte mir die Vorwahl für Carson City, Nevada, heraus, rief die Auskunft an und bekam die Nummer von Decker/Dietz Investigations. Ich wählte, und der Apparat klingelte fünfmal. So halb und halb erwartete ich, mit einem Telefonservice oder dem Anrufbeantworter verbunden zu werden, aber nach dem sechsten Klingeln wurde mit einem Ruck abgehoben; die Stimme klang schroff und so, als sei der Sprecher nicht ganz auf dem Damm. »Ja?«

»Kann ich mit Robert Dietz sprechen?«

»Am Apparat. Was kann ich für Sie tun?«

»Ich weiß nicht, ob Sie sich an mich erinnern«, sagte ich. »Mein Name ist Kinsey Millhone. Ich bin mit Lee Galishoff befreundet, und er hat mir geraten, mich an Sie zu wenden. Ich habe Sie vor etwa einem Jahr aus Santa Teresa angerufen. Sie haben mir damals geholfen, eine gewisse Sharon Napier zu finden...«

»Schon gut, jetzt erinnere ich mich. Lee hat mir gesagt, daß Sie vielleicht anrufen werden.«

»Tja, es sieht ganz so aus, als könnte ich Hilfe brauchen. Im Augenblick liege ich in Brawley, Kalifornien, im Krankenhaus. Ein Kerl hat mich von der Straße abgedrängt...«

»Sind Sie schwer verletzt?« fiel er mir ins Wort.

»Nein, ich glaub nicht. Ein paar Prellungen und ein paar Quetschungen, nichts gebrochen. Sie haben mich nur zur Beobachtung hierbehalten. Mein Wagen hat Totalschaden, aber ein Autofahrer ist vorbeigekommen, ehe der Kerl mich ganz erledigen konnte...«

Wieder unterbrach mich Dietz: »Wo ist Brawley? Geben Sie mir ein bißchen Nachhilfe.«

»Südlich vom Salton Sea, ungefähr neunzig Minuten östlich von San Diego.«

»Ich komm runter.«

Ich blinzelte und war nicht imstande, eine überraschte Bemerkung zu unterdrücken. »Sie wollen wirklich kommen?«

»Sagen Sie mir nur, wo ich Sie finden kann. Ich habe einen Freund mit Flugzeug. Er kann mich nach San Diego fliegen, dort miete ich mir auf dem Flugplatz einen Wagen und bin gegen Mitternacht da.«

»O Gott, das ist ja großartig! Ich meine, ich bin natürlich froh, daß Sie so prompt sind, aber wenn Sie morgen früh hier sind, genügt es. Vor neun lassen Sie mich hier wahrscheinlich sowieso nicht raus.«

»Sie wissen noch nicht, was mit dem Richter passiert ist?«

»Mit dem Richter?«

»Jarvison. Sie haben ihn erwischt. Sein Name war der erste auf der Liste. Er wurde heute morgen auf der Zufahrt seines Hauses erschossen.«

»Ich hab gedacht, er hätte Polizeischutz.«

»Den hatte er. Wenn ich es richtig verstanden habe, sollte er mit den beiden anderen versteckt werden, aber er wollte zu Hause bleiben. Seine Frau hat eben erst ein Baby bekommen, und er wollte sie nicht allein lassen.«

»Wo ist es passiert? In Carson City?«

»In Tahoe, vierzehn Meilen außerhalb.«

Jesus, dachte ich, das muß zur gleichen Zeit gewesen sein, als der Kerl hier hinter mir her war. »Wie viele Leute hat Tyrone Patty angeheuert?«

»Mehrere, wie es aussieht.«

»Wie geht es Lee? Ist er okay?«

»Weiß ich nicht. Seit dem Mord an Richter Jarvis hab ich nicht mehr mit ihm gesprochen. Ich bin sicher, sie haben den Schutz für ihn verstärkt.«

»Was ist mit dem Killer? Ist er geflohen?«

»Sie. Eine Frau, als Politesse verkleidet, die in einem Kleinlaster auf der gegenüberliegenden Straßenseite wartete.«

Empörung stieg in mir auf wie Fieberhitze. »Dietz , das ist

widerlich. Was, zum Teufel, geht eigentlich vor? Der Kerl, der mich umbringen wollte, hat sein Kind mitgebracht.«

Ich brauchte ein paar Minuten, um ihm die Einzelheiten zu schildern. Er hörte aufmerksam zu und stellte hin und wieder eine Frage, um den einen oder anderen Punkt zu klären. Als ich fertig war, verriet mir eine kurze Gesprächspause, daß er sich eine Zigarette angezündet hatte. »Haben Sie eine Waffe?« fragte er. Fast konnte ich den Rauch riechen, der durch die Leitung kam.

»In meiner Handtasche. Eine kleine .32er. Es ist keine großartige Waffe, aber ich treffe immer das, worauf ich ziele.«

»Und man hat sie Ihnen gelassen?«

»Klar. Wieso denn nicht? Wenn man in ein Krankenhaus eingeliefert wird, wird man nur nach Medikamenten gefragt. Keiner denkt daran, sich nach Feuerwaffen zu erkundigen.«

»Wer weiß, daß Sie dort sind?«

»Keine Ahnung. Die Stadt ist klein. Ich habe den Deputy gebeten, es geheimzuhalten, aber so was spricht sich rum. Eigentlich habe ich mich bis zu der Unterhaltung mit Ihnen sicher gefühlt.«

»Gut. Bleiben Sie nervös. Ich komme, so schnell ich kann.«

»Wie werden Sie mich finden? Man wird Sie um Mitternacht kaum durchs Haus geistern lassen?«

»Nur keine Sorge, ich habe meine Methoden«, sagte er.

»Woran kann ich erkennen, daß Sie es sind und nicht ein weiterer von Pattys kleinen Freunden?«

»Bestimmen Sie ein Codewort.«

»Dillgurke.«

Er lachte. »Was soll denn das heißen?«

»Nichts. Ist mir eben so eingefallen.«

»Dillgurke. Gegen Mitternacht. Passen Sie gut auf sich auf!«

Nachdem ich aufgelegt hatte, stieg ich vorsichtig aus dem Bett und schlich zum Schwesternzimmer. Mit einer Hand hielt ich mir das am Rücken offene Krankenhausnachthemd zu. Hinter dem Tresen saßen drei Schwestern, ein Stationsmädchen und eine Hilfsschwester. Alle fünf schauten auf, und ihre Blicke schweiften zu einem Punkt hinter mir. Ich drehte mich um. Auf einer Wandbank hatte es sich der Deputy-Lehrjunge bequem gemacht. Verlegen hob er die Hand, und ganz langsam stieg ihm das Blut ins Gesicht.

»Sie haben mich ertappt«, sagte er. »Ich hab mir gedacht, daß jemand Sie vielleicht im Auge behalten sollte, für den Fall, daß der Typ wieder auftaucht. Hoffentlich haben Sie nichts dagegen?«

»Dagegen? Machen Sie Witze? Ich bin Ihnen dankbar, daß Sie sich um mich kümmern.«

»Das ist meine Freundin Joy...«

Die Hilfsschwester lächelte mir zu und stellte mir dann die vier anderen Frauen vor. »Wir haben die Sicherheitsleute alarmiert«, sagte eine Schwester. »Wenn Sie wollen, dürfen Sie jetzt ein bißchen schlafen.«

»Danke. Das hab ich dringend nötig. Ein Privatdetektiv namens Robert Dietz will heute noch hier aufkreuzen. Geben Sie mir Bescheid, wenn er auftaucht, und überzeugen Sie sich, ob er allein ist.« Ich nannte ihnen das Codewort und die von ihm errechnete ungefähre Ankunftszeit.

»Wie sieht er aus?«

»Weiß ich nicht. Ich bin dem Mann nie begegnet.«

»Nur keine Sorge, wir kümmern uns um ihn«, sagte Richie.

Ich schlief bis zum Abendessen und war dann lange genug wach, um einen Teller Krankenhauskost zu verzehren, die mir unter einer Aluminiumglocke serviert wurde. Meine lebenswichtigen Funktionen wurden wieder geprüft, und anschließend schlief ich noch einmal bis Viertel nach elf. Zwischendurch merkte ich wie durch einen Nebel, daß jemand mir in Abständen den Puls maß, Finger, so kühl wie Engelsfinger, preßten sich auf mein Handgelenk. Als ich aufwachte, hatte jemand ein paar von meinen Sachen aus dem Auto gebracht. Die Reiseschreibmaschine und die Segeltuchtasche standen an der Wand. Ich biß die Zähne zusammen und rutschte aus dem Bett. Als ich mich bückte, um den Reißverschluß der Tasche zu öffnen, hämmerte mein Kopf, als hätte ich einen Kater. Ich zog frische Jeans und einen Rollkragenpullover heraus und legte beides aufs Bett. In der Nachttischschublade fand ich Seife,

Zahnbürste, Zahnpasta und eine kleine Plastikflasche mit Körperlotion. Ich ging ins Bad, putzte mir die Zähne, dankbar dafür, daß sie noch vorhanden waren. Ich nahm ein langes, heißes Bad in einer Wanne mit mehreren Haltegriffen an der Wand; sie waren an jedem erreichbaren Punkt befestigt, und ich brauchte sie alle. Erst als ich in die Wanne und dann wieder hinausstieg, merkte ich, wie viele willkürlich verteilte schmerzende Stellen ich am ganzen Körper hatte.

Während ich mich abtrocknete, betrachtete ich mich im Spiegel, und mein Anblick entmutigte mich zutiefst. Zusätzlich zu der Riesenbeule auf der Stirn waren meine Augen dunkel umrandet und blutunterlaufen – eine perfekte Maske für Halloween, von dem uns nur noch sechs Monate trennten. Mein linkes Knie war purpurrot bis violett, mein Oberkörper so voller blauer Flecken, daß er aussah wie in Tinte getaucht. Als ich mir das Haar kämmte, zuckte ich vor Schmerz zusammen und sog Luft durch die Zähne. Ich ging ins andere Zimmer und ließ mir beim Anziehen viel Zeit, ruhte mich jeweils zwischen zwei Kleidungsstücken immer gründlich aus. Die Prozedur strengte mich unglaublich an, doch ich machte hartnäckig weiter. Welchen Schaden ich bei dem Unfall auch davongetragen haben mochte, er forderte jetzt seinen Tribut.

Ich streckte mich auf dem Bett aus und warf einen Blick auf die Uhr. Mitternacht. Jetzt würde Dietz jeden Moment eintreffen. Ganz selbstverständlich ging ich davon aus, daß er sofort losgefahren war, was mir nur recht sein konnte. Falls ich eine Gehirnerschütterung hatte, konnte es nur eine leichte sein. Ich wußte nicht einmal sicher, ob ich bewußtlos gewesen war, und ich litt auch nicht an posttraumatischer Amnesie. Obwohl – woher sollte ich wissen, daß ich nicht doch irgend etwas total vergessen hatte? Der Kopf tat mir noch weh, aber was soll's? Das konnte noch Wochen dauern, und ich wollte vorher raus. Ich wollte, daß jemand die Sache in die Hand nahm, vorzugsweise jemand mit einem großen Revolver, jemand, der keine Skrupel hatte, ihn zu benutzen. Ich merkte, daß ich es tunlichst vermied, an Richter Jarvison zu denken.

Als ich das nächste Mal wach wurde, hörte ich das leise Piepsen des Krankenhaus-Funkrufs und das Rattern der Frühstückswagen im Korridor. Es war Morgen, und ein weibliches Wesen sprach mit mir. Ich brauchte eine Minute, um mich zu erinnern, wo ich war.

»Miss Millhone? Zeit zum Fiebermessen...« Ich sperrte automatisch den Mund auf, und sie schob mir ein kaltes, nasses Thermometer unter die Zunge. Ich schmeckte Laboralkohol, der nicht richtig abgespült worden war. Sie maß mir den Blutdruck, drückte meinen rechten Arm an ihren Körper, während sie mir die Manschette anlegte. Dann preßte sie mir die Membrankapsel des Stethoskops in die Armbeuge und begann zu pumpen. Ich schlug die Augen auf. Es war nicht die Schwester, die ich kannte; eine schlanke Mexikanerin mit leuchtend rotem Lippenstift auf wulstigen Lippen, das lange braune Haar zu einem Pferdeschwanz gebunden. Ihr Blick war auf die Skala gerichtet, während die Nadel entgegen dem Uhrzeigersinn nach unten wanderte. Ich nahm an, daß mein Blutdruck normal war, da sie nicht laut nach Luft schnappte. Es wäre recht hilfreich, wenn sie einem hin und wieder etwas über die ermittelten Meßwerte sagen würden.

Ich wandte das Gesicht zum Fenster. Ein Mann lehnte an der Wand, die Arme vor der Brust verschränkt. Dietz. Ende Vierzig. Einssiebenundsiebzig groß, vielleicht hundertfünfzig Pfund schwer, Jeans, Cowboystiefel und Tweedjackett. In der rechten Brusttasche steckte wie ein Kugelschreiber eine blaue Zahnbürste. Er war glattrasiert, sein Haar halblang und über den Ohren leicht angegraut. Er musterte mich mit ausdrucklosen grauen Augen. »Ich bin Dietz.« Rauhe Stimme in Mittellage.

Es knisterte laut, als die Schwester mir die Manschette abriß und etwas auf mein Krankenblatt notierte. Mit der freien Hand nahm ich mir das Thermometer aus dem Mund. »Wann sind Sie gekommen?«

»Viertel nach eins. Sie haben fest geschlafen, also ließ ich es dabei.«

Die Schwester nahm mir das Thermometer ab und studierte es stirnrunzelnd. »Sie haben es nicht lange genug drinbehalten.«

»Ich habe kein Fieber«, sagte ich. »Ich hatte einen Unfall.«

»Die Stationsschwester wird mir die Hölle heiß machen, wenn ich Ihre Temperatur nicht habe.«

Ich schob mir das Thermometer seitlich zwischen die Lippen wie eine Zigarette und setzte, das hüpfende Instrument im Mund, meine Unterhaltung mit Dietz fort. »Konnten Sie ein bißchen schlafen?«

»Hier?«

»Sobald der Arzt hier war, können wir abhauen«, sagte ich. »Der Kerl mit dem Kind war im selben Motel. Ich denke, wir sollten hinfahren und sehen, was uns der Mann an der Rezeption über ihn sagen kann. Vielleicht kriegen wir das amtliche Kennzeichen seines Lieferwagens.«

»Sir, ich muß Sie bitten, auf dem Korridor zu warten.«

»Sie haben den Lieferwagen gefunden. Ich habe nach meiner Ankunft von einem Münztelefon aus mit dem County Sheriff telefoniert. Das Fahrzeug stand verlassen in der Nähe von San Bernardino. Sie wollen nach Fingerabdrücken suchen, aber er ist vermutlich zu gerissen, um solche Spuren zu hinterlassen.«

»Was ist mit den öffentlichen Parkplätzen?«

»Wir können sie abgrasen, aber ich denke, Sie werden feststellen, daß der Lieferwagen nichts hergibt.«

Die Schwester wurde unruhig. »Sir...«

Er warf ihr einen kurzen Blick zu. Ich begann zu protestieren, aber Dietz löste sich bereits von der Wand. »Ich geh in den Aufenthaltsraum hinunter und stecke mir eine Zigarette an.«

9

Um zehn Uhr fünfundreißig half er mir, meine geschundenen Knochen auf dem Beifahrersitz eines leuchtend roten Porsche zu verstauen. Ich beobachtete ihn, als er um die Motorhaube des Wagens herumging und sich hinters Steuer klemmte.

»Den haben Sie gemietet?«

»Er gehört mir. Ich bin selber runtergefahren. Wollte nicht

auf meinen Kumpel mit dem Flugzeug warten. Er konnte nicht so bald starten, wie ich wollte.«

Ich ließ den Sicherheitsgurt einschnappen und machte es mir auf dem tiefen schwarzen Ledersitz bequem. Er ließ den Motor an, fuhr aus dem Parkplatz hinaus und stellte dabei die Klimaanlage neu ein.

»Wohin wollen wir?«

»In die Werkstatt, in die man Ihr Auto abgeschleppt hat.«

»Hat sie denn sonntags geöffnet?«

»Jetzt ja.«

»Wie haben Sie das hingekriegt?«

»Über den Notruf. Der Besitzer erwartet uns schon.«

Wir fuhren nach Brawley, wo die Werkstatt ein wenig abseits der Hauptstraße in einer aufgelassenen Tankstelle untergebracht war. Hinter einem Gitterzaun stand auf einem seitlichen Stellplatz mein VW. Als wir vorfuhren, kam der Besitzer mit einem Schlüsselbund aus dem Büro. Er sperrte das Vorhangeschloß des Gitters auf und rollte das Einfahrtstor zurück. Dietz bog auf den Parkplatz ein und stellte den Wagen ab. Als ich die Tür öffnen wollte, hielt er mich zurück.

»Warten Sie, bis ich herumkomme.« Seinem Ton nach zu schließen, waren gute Manieren nicht gefragt. Ich gehorchte. Als er mir die Tür öffnete, stellte er sich so, daß er mich völlig verdeckte, während ich ausstieg. Der Besitzer der Werkstatt schien unser Verhalten nicht befremdlich zu finden. Dietz reichte ihm einen gefalteten Geldschein. Er war anscheinend groß genug, um den Mann an einem Tag hierherzulotsen, an dem der Laden sonst geschlossen war.

Wir gingen um meinen Wagen herum und sahen uns die Schäden an. Kaum ein Teil war unbeschädigt geblieben.

»Sieht ganz schön verbeult aus«, sagte der Werkstattbesitzer zu Dietz. Mir war nicht klar, ob er mich meinte oder mein Fahrzeug. Ich riß die gestauchte Fahrertür auf, leerte das Handschuhfach, steckte den KFZ-Schein in meine Handtasche und warf die unzähligen Tankquittungen weg, die sich angesammelt hatten. Ein paar Sachen lagen noch auf dem Rücksitz: Gesetzbücher, mehrere Werkzeuge, meine Kameraausrüstung, dieses und jenes Kleidungsstück, ein Paar Schuhe. Verschiedenes war bei dem mehrfachen Zusammenprall mit dem Lieferwagen auf den Boden gerutscht und jetzt vom Schlammwasser durchweicht. Ich warf einen Blick in die stark mitgenommene Schachtel mit altem Porzellan und war überaus dankbar, daß nichts zerbrochen war. Soviel hineinging, lud ich in den Kofferraum des Porsche. Was ich nicht mitnehmen konnte, packte ich in eine große Schachtel, die der Besitzer der Werkstatt mir freundlicherweise im Büro hervorkramte. Ich verstaute die Schachtel mit dem Geschirr in der größeren, schrieb einen Scheck fürs Abschleppen aus und besprach mit ihm, daß er mir die Sachen als Frachtgut nach Santa Teresa schicken sollte. Wenn ich wieder zu Hause war, würde ich bei meiner Versicherung eine Schadens- und Verlustmeldung einreichen, glaubte jedoch nicht, daß ich für den Wagen noch viel herausholen konnte.

Zehn Minuten später fuhren wir auf dem Highway 86 nach Norden. Kaum waren wir unterwegs, steckte Dietz sich eine Zigarette zwischen die Lippen und knipste ein Feuerzeug an. Er zögerte, warf mir einen Blick zu. »Stört es Sie, wenn ich rauche?«

Zuerst wollte ich höflich sein, aber dann schien es mir ziemlich sinnlos. Wozu dient die Sprache, wenn nicht dazu, die Wahrheit zu sagen. »Wahrscheinlich ja«, antwortete ich.

Er machte das Fenster auf der Fahrerseite auf, warf das Feuerzeug hinaus und schnippte die Zigarette hinterher; als letztes kam die Packung Zigaretten dran, die in der Brusttasche seines Hemdes gesteckt hatte.

Ich sah ihn an, lachte verlegen. »Was tun Sie denn da?«

»Ich gebe das Rauchen auf.«

»Einfach so?«

»Ich kann alles«, sagte er.

Das klang nach Angeberei, doch ich merkte, daß es ihm ernst war. Wir fuhren etwa zehn Meilen, bevor einer von uns wieder ein Wort sagte. Als wir uns Salton City näherten, bat ich ihn, langsamer zu fahren. Ich wollte, daß er die Stelle sah, wo der Kerl in dem Dodge mich eingeholt hatte. Wir hielten nicht an –

das hätte keinen Sinn gehabt –, doch ich hatte das Gefühl, daß ich hier nicht vorüberfahren durfte, ohne den Zwischenfall zumindest zu erwähnen.

In Indio fuhren wir auf den Parkplatz eines kleinen Einkaufszentrums, wo sich ein mexikanisches Restaurant zwischen eine Reparaturwerkstatt für Videorecorder und einen Tierarzt zwängte.

»Hoffentlich haben Sie Hunger«, sagte Dietz. »Wenn wir erst mal in den Außenbezirken von Los Angeles sind, möchte ich nicht mehr anhalten. Der Sonntagsverkehr ist das letzte.«

»Ist mir sehr recht«, sagte ich. In Wirklichkeit war ich nervös und angespannt und brauchte eine Pause. Dietz hatte den Wagen gut in der Hand, fuhr jedoch aggressiv und wurde ungeduldig, wenn er hinter einem anderen herfahren mußte. Die Autobahn hatte nur zwei Fahrspuren, und bei seinen Überholmanövern klammerte ich mich an den Haltegriff. Dietz' Aufmerksamkeit galt ausschließlich der Straße vor und hinter uns, damit ihm (wie ich vermutete) keine verdächtigen Fahrzeuge entgingen. Er schaltete das Radio nicht ein, und die Totenstille im Wagen wurde nur von dem rhythmischen Trommelwirbel durchbrochen, den er mit den Fingern auf das Steuer schlug. Er strahlte jene Art von Energie aus, die mir auf die Nerven geht. Im Freien wäre nichts dagegen einzuwenden gewesen, aber hier im Wagen fühlte ich mich eingeengt bis an die Grenze der Klaustrophobie. Der Gedanke, ihn für unbestimmte Zeit tagtäglich vierundzwanzig Stunden um mich zu haben, machte mir Kummer.

Durch eine Glastür gelangten wir in einen länglichen rechteckigen Raum, der ganz offensichtlich für Kleinhändler entworfen worden war. Ein unförmiger Raumteiler trennte Küche und Speiselokal, in dem ein paar Tische standen. Durch die offene Tür konnte ich einen Herd und einen zerbeulten Kühlschrank sehen, der aus einer Haushaltsauflösung zu stammen schien. Dietz wies mich an zu warten und schlenderte lässig nach hinten, wo er den Hintereingang kontrollierte. Das Lokal war unangenehm kühl, und als wir die Stühle zurückschoben, löste das Scharren ein Echo aus. Dietz setzte sich schräg, damit er durch die Fenster seinen Wagen im Auge behalten konnte.

Aus der Küche schielte jemand unsicher zu uns herüber. Vielleicht hielt man uns für Inspektoren des Gesundheitsministeriums, die nach Rattenscheiße Ausschau hielten. Man konferierte flüsternd miteinander, und dann erschien eine Kellnerin. Sie war klein und untersetzt, eine Mexikanerin mittleren Alters in einer weißen, mit Flecken verzierten Kittelschürze. Schüchtern brachte sie ihre Sprachkenntnisse an. Mein Spanisch beschränkt sich auf (ungefähr) drei Worte, aber ich könnte schwören, daß sie uns Eichhörnchensuppe anbot. Dietz kniff immer wieder die Augen zu und schüttelte den Kopf. Schließlich redeten die beiden auf spanisch aufeinander ein. Er schien es nicht fließend zu sprechen, konnte sich jedoch verständlich machen.

Ich musterte ihn, während er sich mit seinem Vokabular abmühte. Er sah auch ziemlich zerbeult aus: seine Nase war etwas platt und hatte einen Höcker auf dem Sattel, sein Mund war breit und gerade, verzog sich jedoch schief nach unten, wenn er lächelte. Er hatte gute Zähne, aber ich vermutete, daß ein paar nicht seine eigenen waren. Sie sahen für meine Begriffe zu regelmäßig aus und waren zu weiß. Er wandte sich wieder mir zu.

»Das Restaurant hat erst gestern eröffnet. Sie empfiehlt uns das Geflügelklein oder den gemischten Teller.«

»Ich esse kein Geflügelklein. Das wird mit Därmen gemacht. Haben Sie das Zeug schon mal gesehen? Es ist weiß und schaut schwammig aus – lauter Löcher und Knorpel. Wahrscheinlich handelt es sich dabei um ein inneres Organ, das beim Menschen gar nicht vorkommt.«

»Sie nimmt den gemischten Teller«, sagte er zu der Kellnerin und hielt zwei Finger hoch, bestellte das gleiche für sich.

Sie schlurfte davon, in *huaraches*, mexikanischen Riemchensandalen mit flachen Absätzen, zu denen sie weiße Socken trug. Ein paar Minuten später kam sie mit einem Tablett wieder, auf dem Gläser, zwei Flaschen Bier, eine kleine Schüssel mit Soße und ein Korb mit Tortillachips standen, die eben erst aus dem heißen Schweineschmalz genommen worden waren und noch zischelten.

Während wir auf unseren Lunch warteten, naschten wir Chips, die wir in die Soße tauchten.

»Woher kennen Sie Lee Galishoff?« fragte ich. Auf der Flasche lag eine Zitronenscheibe, und ich träufelte ein bißchen Saft ins Bier. Die Gläser, die vom Spülen noch heiß waren, ließen wir beide stehen.

Dietz wollte nach seinen Zigaretten greifen und erinnerte sich erst dann, daß er sie weggeworfen hatte. Lächelnd schüttelte er den Kopf. »Ich habe mal für ihn gearbeitet. Für einen seiner ersten Prozesse hab ich einen Zeugen ermittelt. Seither spielen wir zusammen Racquetball und sind gute Freunde geworden. Wie steht's mit Ihnen?«

Ich schilderte ihm kurz, wie ich Tyrone Patty für Galishoff aufgespürt hatte. »Ich nehme an, Sie haben schon früher als Leibwächter gearbeitet.«

Er nickte. »Es ist ein lukrativer Nebenjob, besonders heutzutage. Schränkt natürlich in gewisser Weise das eigene Privatleben ein, ist aber eine angenehme Abwechslung von der reinen Arbeit als Privatdetektiv, die stinklangweilig ist, wie Sie ja aus eigener Erfahrung wissen. Vorige Woche habe ich sechs Stunden in einem Büro der Finanzbehörde gesessen und Mikrofilmkarten angesehen. So was geht mir schrecklich auf den Geist.«

»Lee hat mir gesagt, Sie fühlen sich ausgelaugt.«

»Nicht ausgelaugt. Ich langweile mich. Bin jetzt seit zehn Jahren dabei und finde, daß sich etwas ändern muß.«

»Und was, wenn ich fragen darf?« Das Bier war sehr kalt, ein angenehmer Kontrast zu der Soße, die so scharf war, daß mir die Nase lief. Ich tupfte ständig mit einer Papierserviette daran herum wie ein Junkie, der einen Schuß braucht.

»Weiß ich noch nicht«, sagte er. »Bin eigentlich eher versehentlich in die Branche reingerutscht. Hab damit angefangen, die Autos von Leuten einzuziehen, die mit ihren Raten im Rückstand waren, und Mahnbescheide zuzustellen. Ray hat mich schließlich fest angestellt, weil er die Arbeit vor Ort haßte – viel zu rauh für seinen Geschmack. Also hat er den Papierkram erledigt, und ich habe mir die faulen Kunden vorgenommen. Er war eine Intelligenzbestie, hatte hier oben wirklich was auf dem Kasten.« Er tippte sich an die Schläfe.

»Er *hatte*? Warum die Vergangenheitsform? Was ist mit ihm passiert?«

»Er ist vor zehn Monaten nach einem Herzanfall tot umgefallen. Er joggte, stemmte Gewichte. Nach der Heirat gab er Alkohol, Zigaretten und Drogen auf und schlug sich nicht mehr die Nächte um die Ohren. Er hat ein Haus gekauft, sie haben ein Baby bekommen, und er war so glücklich wie ein Schwein, das sich im Schlamm suhlt. Und dann ist er gestorben. Mit sechsundvierzig. Vor einem Monat hat seine Witwe mit Andeutungen angefangen, daß ich die Lücke füllen sollte, die er hinterlassen hat. Das ist Quatsch. Nein, danke. Ich habe mich von ihr auszahlen lassen.«

»Sie haben in Kalifornien gelebt?«

Er winkte ab. »Ich habe überall gelebt. Geboren bin ich in einem Wohnwagen in einem Randbezirk von Detroit. Meine Mutter lag in den Wehen, und mein Vater wollte nicht anhalten. Als Kind bin ich weit rumgekommen. Vater arbeitete auf den Ölfeldern, und wir haben uns lange in L. A. aufgehalten – das war Ende der vierziger, Anfang der fünfziger Jahre während des großen Booms. Texas. Oklahoma. Die Arbeit war verdammt gefährlich, aber man konnte eine Menge Geld verdienen. Vater war ein Schläger und ein Tyrann und sehr fürsorglich, solange ich mich selber wie ein Rüpel aufführte. Er gehörte zu den Typen, die in einer Bar eine Schlägerei anfangen und das ganze Lokal auseinandernehmen – einfach so zum Spaß.

Wenn er mit seinem Boß aneinandergeriet oder ihm etwas nicht paßte, packten wir unsere Siebensachen und zogen weiter.«

»Wie haben Sie's da geschafft, in die Schule zu gehen?«

»Wenn ich mich drücken konnte, habe ich mich gedrückt. Ich habe die Schule gehaßt. Ist mir irgendwie sinnlos vorgekommen. Wie eine Vorbereitung auf etwas, das ich ohnehin nicht tun wollte. Ich wollte nie in einem Lebensmittelgeschäft arbeiten, wozu mußte ich also wissen, wie viele Bushel ein Viertelscheffel sind? Haben Sie jemals damit zu tun gehabt? Zwei Züge, die aus zwei Städten mit einer Geschwindigkeit von sechzig Meilen pro Stunde abfahren. Ich hatte kein Sitzfleisch, wenn es um solchen Mist ging. Heutzutage nennt man Kinder wie mich hyperaktiv. So viele Regeln und Vorschriften – ohne Sinn, nur um ihrer selbst willen. Ich habe nie einen Abschluß gemacht. Mußte eine schriftliche Prüfung ablegen, ohne je in ein Buch hineingeschaut zu haben, und kriegte dann irgendeinen Wisch in die Hand gedrückt. Das System ist für Nomaden nicht geeignet. Ich mochte Sport, Holzarbeiten, Automechanik – solches Zeug. Aber nichts Wissenschaftliches. Da kapiert man nie was, wenn man nicht ganz von vorn anfängt und sich systematisch durchwühlt. Ich tauchte immer in der Mitte auf und mußte weg, bevor wir am Ende angelangt waren. Die tragische Geschichte meines Lebens.«

Der Lunch kam, und wir hörten auf zu reden und begutachteten die Speisen, versuchten festzustellen, was es war. Reis auf einem Püree aus aufgewärmten roten Bohnen, irgend etwas Zusammengeklapptes, aus dem eine Ecke Käse herausschaute. Ich erkannte ein Tamale – ein mexikanisches Gericht aus Hackfleisch, püriertem Mais und Gemüse, in einer Maishülse gedämpft. Das war gute Hausmannskost, ohne Petersiliengarnierung und ohne die übliche halbierte Orangenscheibe. Mein Teller war sehr heiß, ich hätte glatt ein Hemd damit bügeln können. Die Köchin tauchte schüchtern aus der Küche auf und brachte einen Berg heißer, in ein Tuch eingeschlagener Tortillas. Nach den beiden Mahlzeiten im Krankenhaus sehnten sich meine Geschmacksnerven nach etwas Herzhaftem. Ich schlang das Essen hinunter und hielt nur einmal inne, um noch ein kaltes Bier zu bestellen. Alles war ausgezeichnet und schmeckte so köstlich, daß man ab und zu vor Wonne stöhnte. Ich war ein bißchen früher fertig als Dietz und wischte mir den Mund mit einer Papierserviette ab. »Was war mit Ihrer Mutter? Wo war sie die ganze Zeit?«

Er hatte den Mund voll, zuckte mit den Schultern, wartete, bis er sprechen konnte. »Sie war da. Meine Oma auch. Wir fuhren zu viert in einem alten Kombi mit unserem ganzen Zeug im Fond. Alles, was ich weiß, haben mir meine Mam und meine Oma in einem fahrenden Auto beigebracht. Geographie, Geologie. Wir kauften alte Lehrbücher und haben uns durchgearbeitet. Gewöhnlich tranken sie Bier und lachten wie verrückt. Ich fand das super. Lernen war für mich dummes Zeug. In einem Klassenzimmer ging ich ein wie eine Primel, weil's so still war.«

Ich lächelte. »Sie waren wahrscheinlich eins von jenen Kindern, vor denen ich mich in der Schule so fürchtete. Jungs schüchterten mich ein, verwirrten mich. Ich verstand nie, was es mit ihnen auf sich hatte. Als ich in die fünfte Klasse ging, gaben wir jeden Freitagnachmittag eine Vorstellung. Improvisierte Stücke, die wir in der Garderobe probten. Die Mädchen spielten immer tragische Liebesgeschichten, in denen sie sich selbst opferten. Die Jungs hatten Schwertkämpfe – viel Geschrei und Getöse. Sie taumelten gegen die Wand und fielen tot um. Ich kam nie dahinter, was daran vergnüglich sein sollte. Was die Mädchen spielten, gefiel mir auch nicht besonders gut, doch da wurden die Leute wenigstens nicht von imaginären Rapieren durchbohrt.«

»Sind Sie in Santa Teresa aufgewachsen?«

»Ich habe mein ganzes Leben dort verbracht.«

Mit spöttischer Verwunderung schüttelte er den Kopf. »Ich könnte die Orte, an denen ich gewesen bin, nicht einmal mehr aufzählen.«

»Waren Sie bei der Armee?«

»Davon bin ich verschont geblieben, Gott sei Dank. Für Korea war ich zu jung und zu alt für Vietnam. Außerdem wäre ich wahrscheinlich ohnehin nicht tauglich gewesen. Hatte als Kind akuten Gelenkrheumatismus...«

Die Kellnerin kam wieder und begann unsere Teller abzuräumen.

»Können Sie mir sagen, wo die Damentoilette ist?« fragte ich sie.

»*Gracias*«, antwortete sie und lächelte mich selig an, während sie ihr Tablett belud.

»*El cuarto des damas*?« sagte Dietz.

»Oh, si, si!« Sie mußte über sich selbst lachen, als ihr das Mißverständnis bewußt wurde. Sie zeigte zur Küche. Ich schob meinen Stuhl zurück. Dietz machte eine Bewegung, als wolle er mich begleiten, aber ich hielt ihn auf. »Du lieber Gott, Dietz, es gibt Grenzen.«

Er beließ es dabei, doch ich merkte, daß er mich genau beobachtete, als ich auf die Hintertür zuging. Die *damas* verrichteten ihre Notdurft in einer Besenkammer. Als ich mir die Hände wusch, erhaschte ich in einer Spiegelscherbe auf dem Becken einen Blick auf mein Gesicht. Ich sah schlimmer aus als am Abend zuvor. Meine Stirn war schwarzblau, meine Augenhöhlen violett. Die roten Streifen darunter wirkten, als hätte ich Bindehautentzündung. Das trockene Wüstenklima hatte mein Haar angegriffen, so daß es jetzt aussah wie unterm Bett vorgekehrt. Ich konnte kaum glauben, daß ich mich in der Öffentlichkeit sehen lassen konnte, ohne daß die Leute bei meinem Anblick kreischten und mit den Fingern auf mich zeigten. Mein Kopf begann wieder zu hämmern.

Dietz hatte die Rechnung bezahlt, während ich draußen gewesen war. »Sind Sie okay?« fragte er, als ich wiederkam.

»Sie haben nicht zufällig ein paar Schmerztabletten bei sich?«

»Doch, aber im Wagen.«

Er kaufte eine Dose Cola zum Mitnehmen. Während er den ganzen Wagen aufschloß, suchte er mit den Augen den Parkplatz ab. Er öffnete mir die Tür, wartete, bis ich saß, und ging dann erst zur Fahrerseite hinüber. Nachdem er den Sicherheitsgurt angelegt hatte, suchte er im Handschuhfach nach dem Fläschchen mit den Tabletten.

»Sagen Sie mir Bescheid, wenn das Zeug nicht hilft. Ich habe Rezepte für alles.« Er warf einen Blick auf ein oder zwei Etiketts, fand, was er suchte, und schüttelte mir eine Tablette auf den Handteller. Ich murmelte einen Dank. Er zog die Lasche von der Coladose, und ich spülte das Medikament hinunter. Nach ein paar Minuten ließ der Schmerz nach, und bald darauf schlief ich ein.

Ich wachte auf, als wir die Grenze von Ventura County passierten. Ich roch das Meer schon mit geschlossenen Augen. Die Luft war feucht und salzig, die Landschaft um uns herum saftig grün, ein kurioses Nebeneinander von Zederzypressen und Palmen. Nach der flachen Eintönigkeit der Wüste kam einem die Vegetation an der Küste üppig und fremd vor. Ich fühlte, wie jede einzelne Zelle in meinem Körper darauf reagierte und die Feuchtigkeit einsog. Dietz warf mir einen Blick zu. »Besser?«

»Viel besser.« Ich richtete mich auf und fuhr mir mit den Händen durchs Haar, lockerte die plattgedrückten Strähnen. Das Medikament hatte mich schmerzfrei gemacht, aber ich hatte auch ein bißchen das Gefühl, neben mir zu stehen. Ich lehnte den Kopf wieder zurück und rutschte auf dem Sitz ganz tief hinunter. »Wie war der Verkehr?«

»Das Schlimmste haben wir hinter uns.«

»Wenn ich nicht bald unter die Dusche kann, bleibt mir nur noch der Selbstmord übrig.«

»Es sind noch fünfundzwanzig Meilen.«

»Kein Verfolger?«

Er warf einen Blick in den Rückspiegel. »Warum sollte er hinter uns herfahren? Er weiß wahrscheinlich, wo Sie wohnen.«

»Was für ein tröstlicher Gedanke«, sagte ich. »Wie lange wird die ganze Sache wohl dauern?«

»Schwer zu sagen. Bis er aufgibt oder gefaßt wird.«

»Und wer wird ihn fassen?«

Er lächelte. »Nicht ich. Mein Job ist es, Sie zu bewachen, nicht böse Buben zu fangen. Das überlassen wir der Polizei.«

»Und was habe ich zu tun?«

»Darüber reden wir morgen. Was ich vor allem verlange, ist Gehorsam ohne zu nörgeln und zu jammern. Das bringen die wenigsten Frauen fertig.«

»Sie kennen mich nicht sehr gut.«

Er schaute mir von der Seite her ins Gesicht. »Ich kenne Sie überhaupt nicht.«

»Nun, hier ein kleiner Hinweis«, erwiderte ich trocken. »Meine Eltern sind bei einem Unfall ums Leben gekommen, als ich fünf war. Ich bin bei der Schwester meiner Mutter aufgewachsen. Das erste, das meine Tante zu mir sagte, war: ›Regel Nummer eins, Kinsey – Regel Nummer eins‹ – und sie fuchtelte mir mit dem Finger dicht vorm Gesicht herum – ›keine Heulerei.‹«

»Himmel!«

Ich schüttelte den Kopf. »So schlimm war es gar nicht. Ich bin nur ein bißchen verschroben. Außerdem habe ich mich selbst entschädigt. Als sie vor zehn Jahren starb, habe ich monatelang geheult. Da ist alles rausgekommen. Ich war zwei Jahre bei der Polizei, habe aber den Dienst quittiert. Hab meine Uniform zurückgegeben, den Schlagstock zurückgegeben...«

»Eine symbolische Geste«, warf er ein.

Ich lachte. »Genau. Sechs Wochen später war ich mit einem Tagedieb verheiratet.«

»Na, wenigstens hat die Geschichte ein Happy-End. Haben Sie Kinder?«

Wieder schüttelte ich den Kopf. »Kein einziges.«

»Bei mir ist es das Gegenteil. Ich hatte nie eine Ehefrau, aber ich habe zwei Kinder.«

»Wie geht denn das?«

»Ich habe mit einer Frau zusammengelebt, die sich weigerte, mich zu heiraten. Sie schwor, daß ich sie eines Tages verlassen würde, und genau das habe ich getan.«

Ich sah ihn eine Weile abwartend an, doch er sagte nichts mehr. Bald darauf erreichten wir die Außenbezirke von Santa Teresa, und in mir stieg eine geradezu lächerliche Freude auf bei dem Gedanken, bald wieder daheim zu sein.

10

Zwei Häuser vor meinem Domizil fanden wir einen Parkplatz für den Porsche und räumten den Kofferraum aus. Als wir ums Haus herum nach hinten kamen, war Henry schon aus seiner Hintertür geschlüpft, um mich willkommen zu heißen. Er blieb wie angewurzelt stehen, und sein Lächeln wurde unsicher, als er zuerst mich und dann Dietz ansah. Ich stellte die beiden einander vor, und sie schüttelten sich die Hand. Ein bißchen zu spät fiel mir ein, wie mein zerschundenes Gesicht auf Henry wirken mußte.

»Ich war in einen Unfall verwickelt«, sagte ich. »Irgendein Kerl hat mich von der Straße abgedrängt. Ich mußte den Wagen in Brawley lassen, und Dietz hat mich hergefahren.«

Henry war sichtlich bestürzt, vor allem, weil er nur die halbe Geschichte kannte. »Wer war der Kerl? Ich verstehe das nicht. Hast du denn dort unten keine Anzeige erstattet?«

Ich zögerte, weil ich nicht wußte, wie weit ich jetzt schon ins Detail gehen sollte. Dietz nahm mir die Entscheidung ab. »Gehen wir rein, dann erzählen wir Ihnen alles.« Er schien sich, hier im Freien und für jeden deutlich sichtbar, sehr unbehaglich zu fühlen.

Ich schloß auf und betrat mit Henry im Gefolge und Dietz als Nachhut das Apartment; Dietz trieb uns vor sich her wie ein Schäferhund seine Herde.

»Entschuldige mich bitte einen Augenblick, ich möchte gern die Sachen wegräumen«, sagte ich zu Henry; und dann zu Dietz: »Henry hat die Wohnung entworfen. Sie ist erst vor zwei Tagen fertig geworden. Ich habe bisher nur ein einziges Mal hier geschlafen.«

Ich setzte meine Tasche ab und öffnete ein Fenster, um frische Luft hereinzulassen. In der Wohnung roch es noch immer nach Sägespänen und neuem Teppichboden. Man kam sich vor wie in einem Penthaus für Barbiepuppen: maßstabgerechte Möbel, Einbauschränke, Wendeltreppe zum Obergeschoß, das von unten einzusehen war.

»Ich habe deine Post mitgebracht«, sagte Henry, ohne meinen Gast aus den Augen zu lassen. Erstaunt über die Freiheiten, die Dietz sich herausnahm, ließ er sich auf der Couch nieder. Der Gegensatz zwischen den beiden Männern war interessant. Henry war groß und schlank, und die blauen Augen im schmalen gebräunten Gesicht gaben ihm das Aussehen eines Asketen – dieser Welt entrückt, alt und weise. Dietz war kompakt, muskulöser, ein Bulle von einem Mann mit einer gewaltigen Brust und ziemlich unverfrorenem Benehmen, das Gesicht vom Leben gezeichnet, als seien ihm seit seiner Geburt zahlreiche Lektionen hineingemeißelt worden. Henry strahlte Ruhe aus, Dietz hingegen war rastlos und voller Energie.

Wortlos lief Dietz durch die Wohnung, überprüfte automatisch die Sicherungen, sofern es welche gab. Ich hatte Riegel an den Fenstern, aber sonst nicht viel. Er ließ die Jalousien herunter, schaute in Schränke, warf einen Blick in das untere Bad. Dabei schnippte er mit den Fingern gegen seine Handteller, eine Geste, die auf innere Erregung schließen ließ. Er benahm sich sehr autoritär, und Henry warf mir einen Blick zu, fragte sich, wie ich es aufnahm. Ich machte ein Gesicht, das ihm sagte: Ich bin auch nicht schlauer als du, Freund. Natürlich gefiel es mir nicht, daß jemand so über mich und meine Habe verfügte, aber ich war auch nicht so dämlich, dagegen zu protestieren, denn schließlich ging's um mein Leben.

Ich begann mich mit meiner Post zu beschäftigen. Das meiste schien in den Papierkorb zu gehören, doch bevor ich die Briefe richtig sortieren konnte, nahm Dietz sie mir aus der Hand und legte sie auf den Tisch.

»Lassen Sie das, bis ich mir alles angesehen habe«, sagte er.

Henry hielt es nicht mehr aus. »Was geht hier vor? Ich verstehe nicht, was hier los ist.«

»Man hat jemanden auf sie angesetzt, der sie umbringen soll«, sagte Dietz ohne Umschweife. Ich glaube, ich wäre nicht so schonungslos gewesen, aber Henry fiel nicht in Ohnmacht. Offenbar verliert er also doch nicht so leicht die Fassung, wie ich annahm. Dietz erklärte ihm die Situation und setzte ihm auseinander, wie das Büro des Staatsanwalts in Carson City von Tyrone Pattys Mordplänen erfahren hatte. »Die Polizei von Carson City tut, was sie kann, um die Sache dort oben unter Kontrolle zu halten. Kinseys Lage ist ein bißchen prekärer...«

»Warum ist sie dann überhaupt hier?« platzte Henry heraus. »Warum bringen Sie sie nicht irgendwohin, wo keiner sie findet – weg aus der Stadt?«

»Ich war weg«, sagte ich, »und was hat es genützt? Drei Leute haben gewußt, wohin ich wollte, und der Kerl war prompt zur Stelle. Verdammt, er hat es sogar geschafft, vor mir auf dem ersten Rastplatz zu sein.« Ich schilderte ihm kurz, wie ich meinen Angreifer auf dem Rastplatz in der Nähe von Cabazon angetroffen hatte.

»Irgendeinen Ort muß es geben«, sagte Henry eigensinnig.

»Offen gesagt, ich denke, daß wir hier besser aufgehoben sind, wenn wir ein paar einfache Sicherheitsmaßnahmen beachten«, sagte Dietz. »Ich habe eine tragbare Alarmanlage dabei – Empfänger, Sirene, ›Panikknopf‹ –, für den Fall, daß jemand in meiner Abwesenheit einzubrechen versucht. Wir können natürlich die einzelnen Türen noch zusätzlich sichern, hier und bei Ihnen drüben. Dann möchte ich, daß wir uns alle Fremden sehr genau ansehen, die hier auftauchen. Und dazu gehören der Postbote, der Gasmann, Lieferanten, Politessen – einfach alle.« Er wandte sich zu mir um und sah mich an.

»Wir werden Ihren Stundenplan soviel wie möglich variieren. Nehmen Sie jeden Tag eine andere Route ins Büro und nach Hause. Ich werde Sie zwar meistens begleiten, möchte jedoch, daß Sie unsere grundsätzliche Strategie begreifen. Halten Sie sich von öffentlichen Plätzen und öffentlichen Veranstaltungen fern. Meiden Sie aber auch einsame oder entlegene Orte.«

»Und wie steht es mit dem Jogging oder dem Fitness-Center?«

»Beides lassen Sie vorläufig schön bleiben. Zum Fitness-Center hat wahrscheinlich jeder mit einer Sporttasche Zutritt.«

»Soll ich mir eine Pistole besorgen?« fragte Henry in schönster Räuber-und-Gendarm-Manier.

»Henry, du verabscheust Feuerwaffen!«

»Es könnte notwendig werden, doch das bezweifle ich«, sagte Dietz zu Henry, ohne mich auch nur im geringsten zu beachten. »Wir reden über Vorbeugung. Wenn wir Glück haben, brauchen wir niemanden zu erschießen.«

»He, Verzeihung! Habt ihr Typen was dagegen, wenn ich ebenfalls meine Meinung äußere?«

Dietz drehte sich zu mir um.

Ich sagte: »Wenn der Kerl in dem Lieferwagen mich töten will, wird er es tun. Ich bin natürlich bereit, vorsichtig zu sein, aber wir wollen doch nicht gleich hysterisch werden.«

Dietz schüttelte den Kopf. »Da kann ich Ihnen nicht zustimmen. Er wird Sie töten, wenn Sie unvorsichtig genug sind, ihm die Gelegenheit zu geben. Aber er bekommt nicht genug bezahlt, um sich besonders anzustrengen.«

»Er tötet zu herabgesetzten Preisen«, erklärte ich Henry. »Für fünfzehnhundert Dollar pro Mann und Nase.«

»Für diese Summe wird er sich nicht lange hier herumtreiben«, ergänzte Dietz. »Wenn er den Auftrag schnell erledigen kann, lohnt es sich vielleicht trotzdem für ihn. Wenn es länger dauert, können Sie ihn vergessen. Dann ist die Sache nicht mehr kosteneffektiv.«

»O ja«, sagte ich. »Wir wollen doch nicht, daß sein Steuerberater ihm Vorhaltungen macht.«

»Passen Sie auf«, entgegnete Dietz. »Der Kerl will Profit machen. Jeder Tag, den er hier in Santa Teresa verbringt, kostet ihn was. Essen, Unterkunft, Benzin. Wenn er ein Kind bei sich hat, werden die Spesen noch höher.« Er rasselte mit seinen Wagenschlüsseln. »Ich fahre jetzt zum Polizeirevier und unterhalte mich ein bißchen mit den Beamten. Haben Sie heute abend etwas vor?«

Ich wollte antworten, doch dann wurde mir klar, daß Dietz mit Henry sprach, und ich meldete mich wie ein Schulkind. »Ich will ja nicht dreinreden, aber würden Sie mir das Wort erteilen?« Ich wollte mich nicht unbeliebt machen, doch die Kerle trieben mich zum Wahnsinn. Sie übergingen mich völlig.

Dietz lächelte mir kurz zu. »Tut mir leid. Sie haben recht. Mein Fehler – ich überorganisiere immer.«

Ich murmelte etwas vor mich hin, gab natürlich klein bei. Die Wahrheit war, daß ich keine Ahnung hatte, was zu tun war. Ich wollte mich nur nicht herumschubsen lassen.

Dietz steckte die Schlüssel ein. »Wie steht es mit Lebensmitteln? Sagen Sie mir, was wir brauchen, dann kann ich's auf dem Rückweg in einem Supermarkt besorgen.«

Ich brauchte nicht nachzudenken. Der Kühlschrank und die Vorratsschränke waren leer.

»Irgendwelche besonderen Wünsche?«

»Suchen Sie sich aus, was Sie wollen. Ich kann nicht kochen.«

»Ich auch nicht. Dann müssen wir so tun, als ob. Ich möchte, daß wir so oft wie möglich zu Hause essen. Während ich weg bin, bleiben Sie bitte hier und schließen die Tür ab. Morgen früh installieren wir zuallererst die Alarmanlage. Ich will nicht, daß Sie ausgehen. Und das Telefon lassen Sie klingeln. Haben Sie einen Anrufbeantworter?«

Ich nickte.

»Dann lassen Sie ihn die Gespräche aufnehmen.«

»Ich kann hierbleiben, wenn Sie wollen«, sagte Henry.

Dietz sah mich an, um festzustellen, ob es mir recht war. Der Mann war sehr hellhörig, das mußte man ihm lassen.

»Ich möchte ein bißchen für mich sein«, sagte ich. Wer weiß, wann ich je wieder allein sein konnte.

Dietz war offensichtlich bereit, auf meine Bitte einzugehen. Henry erbot sich, für uns zu kochen, aber danach war mir ganz und gar nicht zumute. Ich war müde. Mir tat alles weh. Ich war gereizt. Ich wollte nur schnell ein paar Bissen essen und dann ins Bett. Mein kulinarisches Repertoire beschränkte sich auf Sandwichs mit Erdnußmus, Gewürzgurken und hartgekochte Eier mit Unmengen von Mayonnaise und Salz. Ich wollte Dietz später nach seinen Spezialitäten fragen. Irgend etwas würde er doch wohl zustande bringen.

Ich duschte, während Dietz unterwegs war, und zu spät fielen mir alle möglichen Dinge ein, die zu besorgen waren. Wein zum Beispiel. Rasch wusch ich mir das Haar, war kribbelig und zerstreut. Das Geräusch fließenden Wassers übertönte alle anderen Geräusche in der Wohnung. Jemand konnte ohne weiteres ein Fenster herausbrechen, ohne daß ich es hörte. Ich hätte Henry als Babysitter bei mir behalten sollen. Ich drehte die Dusche ab, wickelte mich in ein Badetuch und spähte über das Treppengeländer nach unten.

Alles sah noch so aus wie vorher – kein Fenster war eingeschlagen, keine blutige Hand griff durch das Loch in der Scheibe, um den Riegel zurückzuschieben.

Ich zog Jeans und ein sauberes Hemd an, nahm frische Bettwäsche aus dem Schrank und machte das Sofabett fertig. Es war ein seltsames Gefühl, einen Hausgast zu haben, selbst wenn es sich dabei um einen Leibwächter handelte. War ich doch noch nicht einmal daran gewöhnt, allein hier zu wohnen, geschweige denn mit einem Mann, den ich kaum vierundzwanzig Stunden kannte.

Ich packte die Segeltuchtasche aus und räumte das Wohnzimmer auf. Dietz hatte zwar gesagt, ich solle mich nicht am Telefon melden, doch er hatte mir nicht verboten, selbst zu telefonieren. Es war erst Viertel nach sechs. Wie gewöhnlich brauche ich meinen Beruf, um mich wohl zu fühlen.

Ich wählte die Nummer von Mrs. Gersh. »Irene? Kinsey Millhone hier. Ich wollte mich nur zurückmelden und fragen, ob Ihre Mutter schon eingetroffen ist?«

»Wie reizend von Ihnen«, sagte sie. »Ja, Mutter ist hier. Sie ist heute nachmittag gegen drei angekommen. Wir haben sie von einer Ambulanz vom Flugplatz abholen und direkt ins Pflegeheim bringen lassen. Ich habe sie besucht – bin eben erst zurückgekommen, und es scheint ihr gutzugehen. Natürlich ist sie müde.«

»Die Reise muß für sie sehr beschwerlich gewesen sein.«

»Ich glaube, sie haben sie ruhiggestellt«, sagte Irene etwas leiser, »obwohl niemand ein Wort darüber verloren hat. Ich habe erwartet, daß sie allen die Hölle heißmachen würde, aber sie war sehr still – niedergeschlagen. Ich kann Ihnen gar nicht sagen, wie dankbar ich Ihnen bin, daß Sie sie aufgespürt haben – und das so schnell. Sogar Clyde war deutlich erleichtert.«

»Gut. Das freut mich. Ich hoffe, alles wird gut.«

»Und wie steht's mit Ihnen, meine Liebe? Ich habe von Ihrem Unfall gehört. Sind Sie in Ordnung?«

Verblüfft starrte ich den Telefonhörer an. »Sie haben davon gehört?«

»Aber ja. Von Ihrem Mitarbeiter. Er hat heute nachmittag hier angerufen und gefragt, wann Sie zurückkommen.«

Ich schien innerlich völlig zu erstarren. »Welcher Mitarbeiter?«

»Keine Ahnung, Kinsey. Ich habe gedacht, Sie wüßten Bescheid. Er hat gesagt, er sei Partner in Ihrer Agentur. Den Namen habe ich nicht verstanden.« Ein leiser Zweifel hatte sich in ihre Stimme geschlichen, vermutlich weil ich so eisig reagiert hatte.

»Um wieviel Uhr war das?«

»Vor einer Stunde ungefähr. Ich habe ihm gesagt, ich hätte nichts von Ihnen gehört, sei aber sicher, daß Sie heute nachmittag zurückfahren würden. Da erwähnte er, daß Sie einen Unfall hatten. Stimmt etwas nicht?«

»Irene, es gibt in meiner Agentur keinen Partner. Was es jedoch gibt, ist ein Kerl, der angeheuert wurde, mich umzubringen...«

Ich konnte geradezu hören, wie sie die Augen aufriß. »Ich verstehe nicht, meine Liebe. Was bedeutet das?«

»Genau das, was ich gesagt habe. Ein Killer ist auf mich angesetzt. Jemand, der mich für Geld töten will.«

Es folgte eine Pause, als müsse sie das, was ich gesagt hatte, aus einer fremden Sprache übersetzen.

»Sie scherzen wohl, Kinsey.«

»Ich wünschte, es wäre so.«

»Nun, er schien alles über Sie zu wissen und war richtig nett. Ich hätte doch nie etwas gesagt, wenn er nicht so vertraut getan hätte.«

»Ich hoffe nur, Sie haben ihm weder meine Privatadresse noch meine Telefonnummer gegeben«, sagte ich.

»Selbstverständlich nicht. Wenn er danach gefragt hätte, wäre mir sofort aufgefallen, daß etwas nicht stimmt. Das ist schrecklich. Es macht mich ganz krank.«

»Keine Sorge, Irene. Es ist nicht Ihre Schuld. Wenn der Kerl sich wieder meldet – oder sonst irgend jemand –, dann geben Sie mir bitte Bescheid.«

»Bestimmt. Es tut mir so leid. Ich hatte ja keine Ahnung...«

»Ich verstehe schon. Woher hätten Sie es auch wissen sollen? Setzen Sie sich nur mit mir in Verbindung, wenn Sie wieder von ihm hören.«

Ich legte auf, ging ins untere Bad, stellte mich in die Wanne und schaute aus dem Fenster auf die Straße. Es war noch nicht ganz dunkel, und es herrschte jenes dunstige Zwielicht, das entsteht, wenn Licht und Schatten allmählich ineinander übergehen. In der Nachbarschaft begann es hinter den Fenstern hell zu werden. Ein Wagen fuhr langsam die Straße entlang, und ich zuckte zurück. Ich wimmerte zwar nicht, aber mir war ganz danach zumute. Erstaunlich, wie schnell ich die Nerven verlor. Ich halte mich für eine tüchtige Person (draufgängerisch ist das Wort, das mir einfällt), aber mir paßte die Vorstellung nicht, daß der Kerl mir praktisch im Nacken saß. Ich ging ins Wohnzimmer und marschierte rastlos im Kreis, auf einer Fläche, die nicht größer war als ein Teppich, der zweieinhalb mal dreieinhalb Meter maß.

Viertel vor sieben klopfte es leise an der Tür. Mein Herz legte freiwillig einen Zwischenspurt ein, um das Adrenalin schneller durch die Adern zu jagen. Ich spähte durch das Bullauge. Auf der Schwelle stand Dietz, die Arme mit Tüten voller Lebensmittel beladen. Ich schloß auf und ließ ihn ein. Dann nahm ich ihm eine Tüte ab, und er stellte die zweite auf die Küchentheke. Ich weiß nicht, was für einen Ausdruck mein Gesicht hatte, doch er entging ihm nicht. »Was ist passiert?«

Meine Stimme klang sogar für meine eigenen Ohren nicht ganz normal. »Irgendein Typ hat die Frau angerufen, für die ich gearbeitet habe, und hat nach mir gefragt. Er hat ihr von dem Unfall erzählt und wollte wissen, ob ich schon wieder in der Stadt bin.«

Dietz griff in die Tasche, in der er die Zigaretten gehabt hatte. Ärger blitzte in seinen Augen auf, doch dieser Ärger galt anscheinend ihm selbst. »Wieso hat er von ihr gewußt?«

»Keine Ahnung.«

»Scheiße!«

»Was hatte die Polizei zu sagen?«

»Nicht viel. Wenigstens wissen sie jetzt, was los ist. Sie schikken von Zeit zu Zeit den Streifenwagen hier vorbei.«

»Heureka! Das ist doch phantastisch.«

»Ersparen Sie sich Ihren Sarkasmus«, sagte er gereizt.

»Tut mir leid. Ich habe nicht gewußt, daß es sich so anhören würde.«

Er begann in einer der beiden Lebensmitteltüten zu kramen und zog ein Kleidungsstück heraus, das wie die blauen Westen aussah, die wir in der High-School beim Sport getragen hatten, damit sich ein Team vom anderen unterschied. »Lieutenant Dolan hat vorgeschlagen, daß Sie das anziehen. Es ist eine kugelsichere Weste – für einen Mann zwar, aber sie müßte ihren Zweck erfüllen. Ein junger Kerl hat sie dagelassen, als er den Polizeidienst quittierte.«

Ich nahm das Ding, hielt es an einem der Gurte in die Höhe. Es war schwerer, als es aussah, und hatte den Sex-appeal einer Zwangsjacke. »Und was ist mit Ihnen? Brauchen Sie nicht auch so was?«

Dietz zog sein Jackett aus. »Ich habe eine im Wagen. Jetzt muß ich mich waschen. Reden können wir nachher beim Essen.«

Ich verstaute die Lebensmittel, während er im unteren Bad duschte. Wie es aussah, hatte er aus jedem Regal zwei Packungen mitgenommen. Ich war noch nicht lange genug in der Wohnung, um für die einzelnen Dinge schon einen festen Platz zu haben, also amüsierte ich mich mit Schachteln, Dosen, Gewürzen, Kräutern und Putzmitteln. Zum Glück war er so schlau gewesen, eine Flasche Jack Daniels, zwei Flaschen Weißwein und eine Sechserpackung Bier zu kaufen. Ich muß beschämt zugeben, daß ihr Anblick meine Stimmung beträchtlich verbesserte. Bei dem Grad, den meine Angst inzwischen erreicht hatte, brauchte ich dringend einen Schluck Alkohol. Ich stellte das Bier weg und holte den Korkenzieher heraus.

Dietz kam aus dem Bad, in Jeans und Hemd, barfuß und von einer Rasierwasserwolke umweht. Mit dem Handtuch rieb er sich die Haare trocken, die ihm wie Stroh vom Kopf abstanden. Das Grau seiner Augen war so rein wie Eis. Er entdeckte das Radio auf der Küchentheke, schaltete es ein und suchte sich einen Westernsong mit einer Unmenge von Dur-Akkorden im Schaukelpferd-Rhythmus, der mich wahrscheinlich zum Wahnsinn treiben würde. Mein Problem mit der Westernmusik ist, daß ich genau die Situationen zu vermeiden trachte, die in ihren Texten beklagt werden. Doch nachdem ich schon gegen seine Zigaretten Einspruch erhoben hatte, war mir nicht wohl bei dem Gedanken, auch seinen Musikgeschmack zu kritisieren. Er war über unser enges Zusammenleben vermutlich auch nicht glücklicher als ich.

Ich schenkte mir Wein ein. »Wollen Sie auch welchen?«

»Aber immer.«

Ich reichte ihm das Glas und füllte ein zweites. Dabei hatte ich das Gefühl, wir sollten anstoßen und auf etwas trinken, aber mir fiel nicht ein, worauf. »Haben Sie Hunger? Ich habe gemerkt, daß Sie Speck und Eier mitgebracht haben. Die kann ich schnell in die Pfanne schlagen, wenn Sie wollen.«

»Fein. Ich wußte nicht so recht, was ich sonst noch besorgen sollte. Hoffentlich sind Sie keine Vegetarierin. Ich hätte fragen sollen.«

»Ich esse alles – außer Kutteln«, sagte ich und stellte das Weinglas ab, damit ich die Eier herausnehmen konnte.

»Rührei, wenn's recht ist. Wenn ich sie brate, geht immer was schief.«

»Ich kann sie zubereiten.«

»Ich tu's gern.«

»Sie sollten sich nicht für mich verantwortlich fühlen. Ich bin nicht Ihr Gast.«

Ich hasse es, mich darum zu zanken, wer der Nettere ist. Deshalb holte ich kurzerhand die Bratpfanne aus dem Schrank und wechselte das Thema. »Wir haben noch gar nicht über Geld gesprochen. Lee hat nicht erwähnt, was Sie für eine Stunde nehmen.«

»Zerbrechen wir uns darüber nicht den Kopf. Wir werden uns schon einigen.«

»Ich würde mich wohler fühlen, wenn wir jetzt zu einer Übereinkunft kämen.«

»Wozu?«

Ich zuckte mit den Schultern. »Weiß ich nicht. Es ist einfach professioneller.«

»Von Ihnen will ich nichts, tu's nur zu meinem Vergnügen.«

Ich drehte mich um und starrte ihn an. »Sie halten das für ein Vergnügen?«

»Sie wissen schon, was ich meine. Ich hab das Geschäft sowieso schon aufgegeben, also geht das, was ich für Sie tue, auf meine Rechnung.«

»Das gefällt mir nicht«, sagte ich. »Ich weiß, Sie meinen es gut, und glauben Sie mir, ich bin sehr dankbar für Ihre Hilfe, aber ich bin nicht gern jemandem etwas schuldig.«

»Sie sind mir nichts schuldig.«

»Ich werde Sie bezahlen«, sagte ich.

»Großartig. Tun Sie das. Ich bin gerade teurer geworden – fünfhundert Dollar die Stunde.«

Ich sah ihn, und er sah mich an. »Das ist Quatsch.«

»Hab ich doch gesagt. Es ist Quatsch. Wir werden uns etwas überlegen. Jetzt habe ich Hunger, also hören wir auf zu streiten.«

Kopfschüttelnd wandte ich mich wieder der Pfanne zu. Das Leben als Single hat ungeheuer viel für sich – man kann immer tun, was man will.

Um neun ging ich erschöpft zu Bett. Ich schlief unruhig, denn ich merkte, daß Dietz bis tief in die Nacht wach blieb und rastlos hin und her ging.

11

Um sechs Uhr morgens wachte ich automatisch auf und ließ mich aus dem Bett rollen, um meinen Morgenlauf zu absolvieren. Oh, Mist, tat das weh! Auf allen vieren liegend, sog ich Luft durch die Zähne und starrte den Fußboden an, weil mir einfiel, was Dietz angeordnet hatte. Kein Jogging, kein Fitnesstraining. Über das Aufstehen hatte er kein Wort gesagt. Ich war aber ohnehin zu keiner körperlichen Ertüchtigung fähig. Der zweite Tag ist – egal, um was es sich handelt – immer der schlimmste. Ich rappelte mich mühsam auf die Beine, hinkte zum Geländer hinüber und schaute hinunter ins Wohnzimmer. Es duftete nach frischem Kaffee. Dietz war schon aufgestanden, das Sofabett bereits gemacht, und ich erhaschte einen Blick auf ihn. Er saß an der Küchentheke, und vor ihm lag aufgeschlagen die *L. A. Times*. Wahrscheinlich sehnte er sich jetzt nach der ersten Zigarette. Aus meiner verkürzten Vogelperspektive schien sein Gesicht ganz von der zerfurchten Stirn und dem vorspringenden Kinn beherrscht zu werden. Er hatte einen breiten Brustkorb, mächtige Schultern und kräftige Muskeln. Er blätterte die Seiten von rückwärts nach vorn um, bis er zu den Stadtnachrichten von Los Angeles kam, in dem man alle aufregenden Einzelheiten über in L. A. verübte Verbrechen erfährt. Ich zog mich zurück, stieg wieder ins Bett und verbrachte die nächsten Minuten damit, durch das Oberlicht zu starren. Eine Schicht Dunkelblau, von weißen Wolken überlagert, hing über der Plexiglaskuppel. Unmöglich zu sagen, wie der Tag werden würde. Im Mai regnet es hier nur selten. Wahrscheinlich würden sich die Wolken auflösen, die Sonne würde scheinen, eine sanfte Brise wehen und alles so üppig grün sein wie immer. Vollkommenheit ist manchmal gar nicht leicht zu ertragen. Inzwischen konnte ich aber nicht den ganzen Tag hier liegenbleiben, auch wenn, wie ich zugeben muß, die Versuchung groß war.

Wenn ich hinunterging, mußte ich höflich sein, mich mit Dietz abgeben, mich auf Konversation über bis jetzt noch unbekannte Themen einlassen. Neue Beziehungen sind anstrengend, selbst solche, die nur von kurzer Dauer sind. Die Menschen glauben sich verpflichtet, alle langweiligen Einzelheiten ihres bisherigen Lebens auszutauschen. Schon der Gedanke daran belastete mich. Wir hatten das Thema auf der Fahrt hierher schon flüchtig berührt, aber keineswegs erschöpfend behandelt. Doch Scherz beiseite, vielleicht schaltete Dietz wieder das Radio ein – noch mehr Roy Orbison. Das hielt ich morgens fünf Minuten nach sechs nicht aus.

Andererseits war dies mein Haus, und ich hatte Hunger. Warum also sollte ich nicht hinuntergehen und essen? Ich mußte nicht mit ihm reden. Ich warf die Decke zurück und stand auf, hinkte ins Bad und putzte mir die Zähne. Mein Gesicht war noch immer eine Studie in Bunt, ein Regenbogen aus Verletzungen nach einem Schauer von Schlägen. Ich runzelte die Brauen und betrachtete mich eingehend. Die dunkelblaue

Quetschung auf meiner Stirn spielte allmählich ins Graue, das Violett um meine Augen wurde heller, ging in ein unheimlich wirkendes Grün über. Ich habe Lidschatten im gleichen Farbton gesehen und frage mich immer wieder verblüfft, warum Frauen sich freiwillig so entstellen. Es heißt nichts anderes als »gestern abend hab ich ein Veilchen verpaßt bekommen«. Mein Haar war wie üblich vom Schlaf plattgedrückt. Ich hatte zwar am Abend geduscht, stellte mich aber jetzt noch einmal unter die Dusche, nicht wegen der Sauberkeit, sondern weil ich hoffte, meine Stimmung aufzuheitern. Bei der Vorstellung, mit Dietz unter einem Dach leben zu müssen, bekam ich einen Juckreiz auf der Haut.

Nachdem ich Jeans und ein altes Sweatshirt angezogen hatte, warf ich meine schmutzigen Klamotten in den Wäschekorb, verstaute die leere Reisetasche im Schrank und machte das Bett. Dann ging ich hinunter. Dietz murmelte »guten Morgen«, ohne von der Sportseite aufzusehen. Ich schenkte mir Kaffee ein, schüttete Frühstücksflocken und Milch in eine Schüssel, schnappte mir die Witzseite und trug alles ins Wohnzimmer. Ich setzte mich, behielt die Schüssel in der Hand, löffelte zerstreut den Frühstücksbrei und las die Comics. Sie bringen mich zwar nie zum Lachen, doch ich lese sie trotzdem weiter, weil ich die Hoffnung nicht aufgeben will. Es ist tröstlich, wie gemächlich das Leben in einem Comic strip dahinfließt. Ich hatte die Zeitung vier Tage nicht zu Gesicht bekommen, aber es war kaum etwas passiert.

Halb im Unterbewußtsein nahm ich wahr, daß Dietz die Haustür geöffnet hatte und ins Freie trat. Als ich gegessen hatte, spülte ich Schüssel und Löffel ab und legte beides aufs Abtropfbrett. Zögernd ging ich zur Haustür und schaute hinaus, fühlte mich wie eine ins Haus verbannte Katze, die entdeckt, daß die Tür versehentlich offengeblieben ist. Durfte ich hinaus?

Das Dunkelblau des Himmels begann sich aufzulösen, aber der Hinterhof wirkte irgendwie ausgebleicht, wie nebelverhangen. Von Zeit zu Zeit blökte das Nebelhorn in der stillen Morgenluft wie ein Kalb, das seine Mutter verloren hatte. Der herbe

Geruch von Meerwasser erfüllte den Hof. Manchmal erwarte ich beinahe, die Brandung draußen an der Straße gegen den Bordstein schlagen zu sehen.

Dietz hockte bei den Blumenbeeten. Henry hatte im Vorjahr Rosen gepflanzt, die jetzt in voller Blüte standen: Sonia, Park Place, Lady X; Namen, die keine Rückschlüsse auf das zuließen, was daraus werden würde. »Blattläuse«, sagte Dietz. »Er sollte sich ein paar Marienkäfer besorgen.«

Ich lehnte mich an den Türrahmen, zu verängstigt, um mich bis hinunter in den Hof zu wagen. »Werden wir jetzt wieder über Sicherheitsmaßnahmen sprechen, oder haben wir das schon gestern abend abgehakt?«

Er stand auf und wandte seine Aufmerksamkeit mir zu. »Wir sollten wahrscheinlich über Ihren Stundenplan reden. Irgendwelche regelmäßigen Termine? Massage, Schönheitssalon?«

»Sehe ich aus wie jemand, der regelmäßig Termine in einem Schönheitssalon hat?«

Er musterte mein Gesicht zwar eingehend, verkniff sich aber jeden Kommentar. »Es geht darum, daß Ihre Unternehmungen nicht vorhersehbar sein dürfen.«

Ich rieb mir die Stirn, die mir noch immer weh tat, wenn ich sie berührte. »Das habe ich begriffen. Okay, also sage ich meine Masseuse, den Hula-Hula-Tanzkurs und die wöchentliche Pediküre ab. Was jetzt?«

Er lächelte. »Ich freue mich, daß Sie so kooperativ sind. Das erleichtert mir meinen Job.«

»Glauben Sie mir, ich bin nicht daran interessiert, mich umbringen zu lassen«, sagte ich. »Ich muß aber ins Büro.«

»Wann?«

»Das ist egal. Ich möchte meine Post holen und ein paar Rechnungen bezahlen. Eigentlich nichts Wichtiges, aber hinausschieben möchte ich es auch nicht.«

»Kein Problem. Ich möchte Ihr Büro ohnehin sehen.«

»Gut«, sagte ich und wollte hineingehen.

»Kinsey, vergessen Sie nicht, Ihren Panzer anzuziehen.«

»In Ordnung. Aber sie müssen den Ihren ebenfalls tragen.«

Oben zog ich gehorsam das Sweatshirt aus, schlüpfte in die

kugelsichere Weste und zog die Klettverschlüsse fest. Dietz hatte gesagt, diese bestimmte Weste biete höchste Sicherheit, was bedeutet, daß sie einer .38er Special oder einer leichteren Waffe standhält. Offensichtlich setzte er voraus, daß ein Killer keine 9-Millimeter-Automatic benutzen würde. Ich bemühte mich, nicht an Erdrosseln, Kopfverletzungen oder zertrümmerte Kniescheiben zu denken und auch nicht an die Durchschlagskraft von Eispickeln – oder irgendeine der unzähligen Tötungsarten, vor denen mich das überdimensionale Lätzchen, das ich trug, nicht schützen konnte.

»Sorgen Sie dafür, daß sie fest genug sitzt!« rief Dietz von unten.

»Schon kapiert«, sagte ich. Ich hatte das Sweatshirt über die Weste gezogen und betrachtete mich im Spiegel. Ich sah aus, als wäre ich wieder elf Jahre alt.

Viertel vor neun passierten wir die vordere Gartentür. Dietz war als erster hinausgegangen, um den Wagen zu überprüfen und die Straße zu beobachten. Er kam zurück und winkte mir. Auf den rund fünfzig Metern zu seinem Porsche ging er vor mir her, mit energischen Schritten, wachsam um sich blickend. Ich kam mir so bedeutend vor wie ein Rockstar. »Ich habe gedacht, daß ein Leibwächter unauffällig bleiben soll«, sagte ich.

»Das ist eine Theorie.«

»Muß nicht jedem Beobachter klar sein, was Sie sind?«

Er schaute zu mir herüber. »Sagen wir so: Ich bin nicht daran interessiert, öffentlich bekanntzumachen, was ich tue. Aber wenn der Kerl uns beobachtet, soll er begreifen, wie schwer sein Job sein wird. Die meisten Angriffe kommen ganz plötzlich und aus nächster Nähe. Ich will nicht aufdringlich sein, aber ich bleibe wie Leim an Ihnen kleben.«

Nun, da hatte ich meine Antwort.

Dietz fuhr rücksichtslos wie immer. Er war ein echter A-Typ, eine jener Personen, die so leben, als kämen sie zu jedem Termin zu spät, wütend auf jeden, der sie zum Bremsen zwingt. Schlechte Fahrer waren eine Überraschung für ihn, als seien sie die Ausnahme und nicht die Regel. Ich lotste ihn in die Innenstadt, die glücklicherweise nur zehn Minuten entfernt ist. Ich stemmte mich gegen Türrahmen und Armaturenbrett, aber falls es ihm überhaupt auffiel, verlor er kein Wort darüber.

An der Einfahrt zum Parkplatz bremste er den Porsche ab und sah sich den Grundriß genau an. »Parken Sie sonst auch hier?«

»Klar. Das Büro ist gleich da oben.«

Er überlegte, und ich beobachtete ihn dabei. Offensichtlich hoffte er, eine Abweichung von meiner Routine zu finden, doch wenn er weiter weg parkte, mußten wir länger laufen, und dadurch wurde die Gefahr nur größer. Er fuhr auf den Platz, reichte mir das Ticket und fand eine freie Lücke. »Wenn Ihnen irgend etwas merkwürdig vorkommt, sagen Sie es auf der Stelle. Das geringste Anzeichen bevorstehender Schwierigkeiten, und wir hauen ab.«

»In Ordnung.« Es war erstaunlich, was sein ständiges »Wir« meinem Kopf antat. Ich war nicht gerade bekannt dafür, daß ich mir von Männern sagen ließ, was ich tun sollte. Hoffentlich gewöhnte ich mich nicht daran.

Wieder kam er auf die Beifahrerseite, öffnete die Tür und ließ, während ich ausstieg, die Blicke schweifen. Er nahm meinen Ellenbogen und ging rasch mit mir über den Parkplatz zur Hintertreppe. Am liebsten hätte ich gelacht. Es war, als würde ich von Vater oder Mutter mit Nachdruck in mein Zimmer verfrachtet. Er betrat das Gebäude als erster. Der Flur in der zweiten Etage lag verlassen da. Die Büros der California Fidelity waren noch geschlossen. Ich sperrte meine Bürotür auf. Dietz trat vor mir ein, sah sich schnell um und überzeugte sich, daß hinter den Möbeln keine Ganoven lauerten.

Er hob die Post auf, die unter dem Briefschlitz auf dem Boden lag, und sortierte sie rasch. »Ich sage Ihnen jetzt, wonach wir suchen – für den Fall, daß ich einmal nicht hier bin. Nach einem unbekannten Absender oder einer handschriftlichen Adresse. Nach allem, das den Vermerk ›Persönlich‹ trägt, Nachgebühr kostet, weil es zu schwer ist, Ölflecke hat...«

»Oder nach einem sperrigen Paket, aus dem eine Zündschnur heraushängt«, sagte ich.

Mit ausdrucksloser Miene reichte er mir den Briefstapel. Es

ist schwer, sich für jemanden zu erwärmen, der einen so ansieht. Offenbar fand ich mich selbst witziger als er. Ich nahm die Briefe und sah sie durch, wie er es getan hatte. Das meiste war jetzt schon Altpapier, aber ich hatte auch ein paar Schecks bekommen – alle von Absendern, die ich auf den ersten Blick identifizieren konnte. Gemeinsam hörten wir den Anrufbeantworter ab; es waren nicht viele Anrufe eingegangen. Keiner klang drohend. Dietz wollte sich mit dem Gebäude und der näheren Umgebung vertraut machen. Während ich eine Kanne Kaffee kochte, brach er zu einem Rundgang auf.

Ich öffnete die Balkontür und blieb stehen, hatte plötzlich Angst, ins Freie zu gehen. Ich konnte die Decks des Parkhauses gegenüber einsehen, und mir kam der Gedanke, daß jeder in die zweite Etage herauffahren, parken und mir eins vor den Latz knallen konnte. Dazu brauchte er vermutlich nicht einmal ein Hochleistungsgewehr. Fast konnte man mir von dort drüben einen Stein an den Schädel schmeißen. Ich trat von der Tür zurück und brachte mich in meinem schattigen Büro in Sicherheit. Wie verhaßt mir das alles war!

Fünf Minuten nach neun rief ich meine Versicherungsagentin an und meldete ihr den Unfall. Sie sagte, der VW stehe wegen seines ehrwürdigen Alters auf keiner Liste mehr. Es sah so aus, als müßte ich froh sein, zweihundert Dollar für ihn zu kassieren; es habe also keinen Sinn, ihn nach Santa Teresa bringen zu lassen. Einen Sachverständigen in Brawley zu suchen, der den Wert des VW schätzen sollte, lohne sich auch nicht mehr. Sie sagte, sie werde die Angelegenheit prüfen und sich mit mir in Verbindung setzen. Das Gespräch war nicht dazu angetan, meine Stimmung zu verbessern. Ich habe zwar ein Sparkonto, doch der Kauf eines Wagens würde ein großes Loch in meine Rücklagen reißen.

Dietz kam noch rechtzeitig genug zurück, um mit Vera zusammenzutreffen, die auf dem Weg in ihr Büro nebenan hereingeschaut hatte, um mir guten Tag zu sagen.

»Mein Gott, was ist denn mit dir passiert?« fragte sie, als sie mein Gesicht sah.

»Mein Auto ist unten in Brawley in einem Abwasserkanal gelandet«, sagte ich. »Das ist Robert Dietz. Er war so nett, mich zurückzufahren. Vera Lipton aus dem Nachbarbüro.«

Sie gaben sich kurz die Hand. Vera trug einen Minirock aus schwarzem Leder, der so eng saß wie die Polsterüberzüge eines Autos, und als sie sich in einem meiner Klientensessel niederließ, knarrte das Leder. Dietz kam herüber und lehnte sich mit der Hüfte an die Schreibtischkante. Es war amüsant zu beobachten, wie die beiden sich gegenseitig abschätzten. Dietz sah in der ahnungslosen Vera eine potentielle Mörderin, während sie ihn, wie ich vermutete, auf seine Tauglichkeit für ein kleines Abenteuer im Heu taxierte – ob in meinem oder in ihrem konnte ich allerdings nicht sagen. Ihrer Miene nach zu schließen, nahm sie an, daß er mich als Anhalterin auf der Straße aufgelesen hatte, und da sie mich für hoffnungslos konservativ hält, dachte ich, daß mich das in ihren Augen vielleicht aufwerten würde. Ich bemühte mich, wie eine Frau auszusehen, die sich auf der Straße einfach einen Fremden aufreißt, aber sie war nicht an mir interessiert, sondern musterte nur ihn. Ich würde ihren Arztfreund anrufen müssen, damit wir zu viert ausgehen konnten.

Sie griff automatisch in ihre Handtasche und holte aus einer Packung Virginia Slims eine Zigarette heraus. »Ich rauche nicht, ich halte mich nur daran fest«, sagte sie, als sie meinen Blick auffing. »Ich hab's vorige Woche aufgegeben«, fügte sie, für ihn bestimmt, hinzu.

Ich sah Dietz an, weil ich wissen wollte, wie er reagierte. Er hatte seit mehr als vierundzwanzig Stunden nicht mehr geraucht, vielleicht eine persönliche Bestleistung. Zum Glück schien er durch Veras hormonelle Wirkstoffe abgelenkt, die wie Parfüm durch die Luft wehten. Zwar drapierte sie ihre langen Beine nicht malerisch über die Armlehne des Sessels, aber wie sie saß, das hatte schon etwas Herausforderndes an sich. Sooft ich sie auch beobachtet habe – ich habe noch immer nicht herausgefunden, was sie eigentlich tut. Sie kann sich verhalten, wie sie will: Prompt fangen die meisten Männer an, »Sitz!« und »Platz!« vorzuführen und zu apportieren wie gut dressierte junge Hunde.

»Ich hoffe, du hast das Dinner morgen abend nicht vergessen«, sagte sie. Sie merkte meinem Gesicht an, daß ich nicht die leiseste Ahnung hatte, wovon sie sprach. »Für Jewel. Sie geht in den Ruhestand«, erklärte sie mit so einfachen Worten, daß auch Gehirngeschädigte wie ich es kapieren mußten.

»O ja, natürlich! Das hatte ich völlig vergessen. Es tut mir wirklich leid, aber ich schaffe es nicht.« Ich warf einen bedeutsamen Blick zu Dietz hinüber. Er würde mir nie erlauben, an einer öffentlichen Veranstaltung teilzunehmen. Vera fing den Blick auf und sagte zu ihm: »Sie sind natürlich auch eingeladen. Jewel verläßt die Firma nach fünfundzwanzig Jahren. Erscheinen ist ganz einfach Pflicht, da gibt es kein Wenn und Aber.«

»Wo findet das Dinner statt?« fragte er.

»Im Edgewater Hotel. In einem privaten Speisesaal. Müßte sehr elegant werden, kostet eine Menge.«

»Von wie vielen Leuten ist die Rede?«

Vera zuckte mit den Schultern. »Von ungefähr fünfunddreißig.«

»Nur geladene Gäste?«

»Klar. Die Angestellten der California Fidelity und ihre Gäste. Warum?«

»Ich kann nicht«, sagte ich.

»Ich denke schon, daß es möglich ist«, sagte Dietz gleichzeitig. »Es wäre eine Hilfe, wenn vorher nichts darüber bekannt würde.«

Vera sah zuerst mich und dann ihn an. »Was ist los?«

Dietz klärte sie auf.

Ich wartete und war merkwürdig gereizt, während wir die übliche Litanei aus Ungläubigkeit und Beteuerungen herunterbeteten. Vera lieferte alle vorgeschriebenen Reaktionen dazu. »Gott, ist das schrecklich! Ich kann einfach nicht glauben, daß es so etwas tatsächlich gibt. Hört zu, wenn euch das Risiko zu groß ist, dann habe ich Verständnis dafür.«

»Ich werde es überprüfen, aber wir wollen mal sehen«, sagte Dietz. »Dürfen wir Ihnen morgen früh Bescheid geben?«

»Selbstverständlich. Wenn ich es bis Mittag weiß, bekomme ich keine Probleme.«

»Wann beginnt das Dinner?«

»Cocktails um sieben. Das Dinner ist um acht.« Vera sah auf ihre Uhr. »Au weia! Ich muß rennen. War nett, Sie kennenzulernen.«

»Ganz meinerseits.«

Sie ging zur Tür.

»Oh, noch etwas, Vera«, sagte er. »Wir möchten, daß die Sache unter uns bleibt.«

Sie schob die Brille auf ihre Nasenspitze und musterte ihn über den Brillenrand hinweg. Es folgte eine elegante Pause, während sie langsam eine Braue hochzog. »Selbstverständlich«, sagte sie, und das Wort ›Arschloch‹ konnte man sich dazudenken. Allein die Art, wie sie den Raum verließ, hatte etwas aufreizend Kokettes an sich. Himmel, sie strengte sich wegen dieses Burschen wirklich an.

Dietz schien rot zu werden. Zum erstenmal sah ich ihn verwirrt. Immer lassen sich die Männer, von denen man es am wenigsten erwartet, voller Begeisterung mit Füßen treten.

Als sich die Tür hinter ihr geschlossen hatte, wandte ich mich empört an Dietz. »Ich dachte, Sie hätten ›keine öffentlichen Veranstaltungen‹ gesagt.«

»Das habe ich. Tut mir leid. Ich sehe, daß ich Sie überrumpelt habe. Doch ich möchte mich nicht mehr einmischen, als ich unbedingt muß. Wenn Sie gern hingehen wollen, müssen wir einen Weg finden.«

»Ich werde doch wegen so was mein Leben nicht aufs Spiel setzen.«

»Hören Sie!« sagte er. »Ein Überfall läßt sich nicht völlig ausschließen. Ich bin hier, um die Wahrscheinlichkeit zu verringern, das ist alles. Sogar der Präsident geht an die Öffentlichkeit, um Himmels willen!« Sein Tonfall veränderte sich. »Außerdem glaube ich nicht, daß der Kerl, mit dem wir es zu tun haben, ein Profi ist...«

»Wie tröstlich. Er könnte statt dessen ja auch ein Irrer sein.«

Dietz zuckte gelassen mit den Schultern. »Wenn wir unsere Karten richtig ausspielen, sind Sie dort ziemlich sicher. Die Anzahl der Gäste ist beschränkt, und Sie kennen diese Leute.

Am Ende läuft es nur darauf hinaus, ob Sie hingehen wollen oder nicht. Sagen Sie es mir. Ich bin nicht hier, um Ihnen vorzuschreiben, wie Sie leben sollen.«

»Ich weiß es noch nicht«, antwortete ich ein bißchen besänftigt. »Das Dinner ist keine große Sache, aber es wäre vielleicht ganz nett, wieder einmal auszugehen.«

»Dann sehen wir's uns mal an und entscheiden danach, ob wir bleiben wollen.«

Gegen Mittag hatte ich alles Berufliche erledigt und schloß meine Akten wieder ein. Das Telefon klingelte in dem Moment, in dem Dietz und ich zur Tür gingen. Ich wollte abnehmen, aber er hielt mich mit erhobener Hand zurück und meldete sich selbst. »Detektei Millhone.« Er hörte kurz zu und reichte mir dann den Hörer.

»Hallo.«

»Kinsey, hier ist Irene Gersh. Tut mir leid, Sie schon wieder zu behelligen. Sie haben zu tun, ich weiß...«

»Kein Problem. Was gibt's?«

»Mutter ist verschwunden. Sie hat sich wohl nicht bei Ihnen gemeldet?«

»Nein, und selbst wenn sie das wollte, wüßte sie wahrscheinlich gar nicht, wen sie anrufen sollte. Ich habe sie nur zweimal gesehen. Wie lange ist sie schon weg?«

»Das weiß keiner so recht. Die Leiterin des Pflegeheims schwört, daß Mutter beim Frühstück noch da war. Eine Helferin hat sie im Rollstuhl in den Speisesaal gefahren, mußte sich dann aber um jemand anderen kümmern. Sie sagte meiner Mutter Bescheid und bat um einen Augenblick Geduld, doch als sie sich wieder umdrehte, war Mutter aus dem Rollstuhl aufgestanden und zu Fuß weggegangen. Alle haben gedacht, daß sie nicht sehr weit kommen kann. Ich glaube, sie haben Haus und Garten abgesucht und jetzt begonnen, in der Nachbarschaft herumzufragen. Ich bin unterwegs dorthin, wollte nur vorher von Ihnen erfahren, ob Sie vielleicht etwas wissen.«

»Tut mir leid, ich habe nichts von ihr gehört. Brauchen Sie Hilfe?«

»Nein, nein, das ist im Augenblick wirklich nicht nötig. Die

Polizei ist verständigt, ein Streifenwagen fährt das Viertel ab. Bisher noch keine Spur von ihr, aber ich bin überzeugt, daß sie wieder auftaucht. Ich wollte nur nicht die Möglichkeit außer acht lassen, daß sie bei Ihnen sein könnte.«

»Ich wünschte, ich könnte Ihnen mehr helfen. Wir haben jetzt etwas vor, aber ich kann Sie später noch einmal anrufen, um den Stand der Dinge zu besprechen. Geben Sie mir Adresse und Telefonnummer des Pflegeheims?« Den Hörer zwischen Kinn und Schulter geklemmt, notierte ich mir beides auf einen Zettel. »Ich rufe Sie an, sobald wir zurück sind.«

»Danke. Ich weiß Ihre Anteilnahme zu schätzen.«

»Machen Sie sich vorläufig noch keine allzugroßen Sorgen. Ich bin sicher, daß sie irgendwo in der Nähe ist.«

»Hoffentlich!«

Als wir die Hintertreppe hinuntergingen, setzte ich Dietz ins Bild. Am liebsten hätte ich ihn gebeten, mich ins Pflegeheim zu fahren, aber andererseits handelte es sich wohl kaum um einen echten Notfall. Er wollte sich das Edgewater Hotel ansehen und die Arrangements für das Bankett überprüfen. Er schlug mir vor, Irene vom Hotel aus anzurufen, nachdem er alles erledigt hatte. Das klang vernünftig, und ich war einverstanden, obwohl ich genau wußte, daß ich's anders herum gemacht hätte, wenn ich allein gewesen wäre. Ich war zerstreut und achtete ausnahmsweise nicht auf seinen Fahrstil. Wohin konnte Agnes nur verschwunden sein? Sie war zwar imstande, einen Riesenrabbatz zu machen, wenn es ihr paßte, aber bei meinem letzten Gespräch mit Irene hatte ich den Eindruck gewonnen, daß Agnes sich mit dem Umzug abgefunden hatte. Ich beruhigte mich selbst mit einem Schulterzucken. Gewiß tauchte sie bald wieder auf.

12

Ich lehnte den Kopf zurück und schaute aus dem Wagenfenster, während Dietz ein paarmal das Hotel umrundete. Ich sah, daß er sich verschiedene Routen einprägte und besonders auf die

Stellen achtete, wo sich ein Überfall am leichtesten bewerkstelligen ließ und wir verwundbar waren. Mein Interesse an diesem Dinner hielt sich in Grenzen. Und wenn ich's mir genauer überlegte, was, zum Teufel, ging es mich überhaupt an? Jewel war eine reizende Frau, aber ich kannte sie wirklich nicht besonders gut. Außerdem fühlte ich mich nicht wohl, und – um der Sache auf den Grund zu gehen – ich hatte nichts anzuziehen. Das Kleid-für-alle-Gelegenheiten, mein einziges, war beim Unfall im Wagen gewesen. Mir fiel ein, daß ich in der Werkstatt in Brawley ein paar durchnäßte Sachen in einen Karton gepackt hatte, der bisher noch nicht in Santa Teresa eingetroffen war. Wenn das Kleid hier ankam, würde es wahrscheinlich wie ein Sumpf riechen und zur Brutstätte urtümlicher Lebewesen geworden sein, die aus der Feuchtigkeit gekrochen kamen. Ich konnte natürlich Vera bitten, mir ein paar Klamotten zu leihen. Sie war zwar viel größer als ich und hatte gut zwanzig Pfund mehr auf den Rippen, doch ich hatte sie eine mit Ziermünzen besetzte Tunika tragen sehen, die so kurz war, daß sie gerade ihren Po bedeckte. Mir würde sie wahrscheinlich bis an die Knie reichen. Allerdings konnte ich in meinem derzeitigen Zustand sowieso keinen Rock anziehen. Mein verletztes Bein sah aus wie eine verfaulte Frucht. Und – optimistischer gedacht – sobald ich mich mit meinem Panzer gewappnet hatte, würde es nicht mehr ins Gewicht fallen, daß ihr Busen doppelt so groß war wie meiner.

Dietz war mit der näheren Umgebung des Hotels offenbar zufrieden; als nächstes kamen wir zu den Einzelheiten. Wir bogen in den Hotelparkplatz ein, und er übergab den Porsche zusammen mit einem zusammengefalteten Geldschein dem Parkwärter. »Stellen Sie den Wagen gleich hier vorn ab, und sagen Sie mir Bescheid, wenn sich jemand dafür interessiert.«

Der Mann warf einen Blick auf den Schein. »Jawoll, Sir! Aber klar doch.«

Dietz und ich gingen auf den Hoteleingang zu.

»Warum so still?« fragte er und steuerte mich am Ellenbogen durch die Halle, als bediente er ein Ruder.

Automatisch entzog ich ihm den Arm. »Tut mir leid«, sagte

ich. »Ich habe über das Bankett nachgedacht, und das hat mir die Laune verdorben.«

»Kann ich was für Sie tun?«

Ich schüttelte den Kopf. »Wie ist Ihnen dabei zumute?«

»Wobei? Bei diesem Job?«

»Ja. Überall mit mir rumzutrotten. Geht Ihnen das nicht auf die Nerven?«

»Ich habe keine«, sagte er.

Ich drehte mich um und sah ihn forschend an, denn ich fragte mich, ob das stimmte.

Er machte sich auf die Suche nach dem Hotel-Manager und redete lange mit ihm über den Bankettsaal, die nächste medizinische Versorgungsmöglichkeit und Ähnliches. Ich hätte den ganzen Plan gern fallenlassen, doch inzwischen hatten wir so viel Zeit und Energie investiert, daß ich mich verpflichtet fühlte, ihn durchzuziehen. Inzwischen rief Dietz alle unerfreulichen Aspekte meines Charakters in mir wach. Mir fielen allerlei Eigenschaften ein, die vermutlich zu meinen Scheidungen beigetragen hatten. Natürlich rede ich mir am liebsten ein, daß die Schuld allein bei meinen Exmännern lag, doch wem wollen wir hier was vormachen...

Ich ließ Dietz im Büro des Managers und schlenderte den Korridor entlang. Direkt hinter der Eingangshalle gab es eine Menge kleiner Läden, bevölkert von reichen Leuten, die ihr Geld loswerden wollten, ohne das Gebäude verlassen zu müssen. Ich betrat eine Boutique und sah mich darin um. Die Waren kamen mir unwirklich vor, Klamotten mit farblich perfekt aufeinander abgestimmten Accessoires. Meine Vorstellung von Accessoires beschränkte sich auf Sportsocken mit gleichfarbigem Rand. Die Luft duftete nach einem Parfüm, das hundertzwanzig Dollar pro Unze kostet und nur von Filmstars benutzt wird. Nur zum Spaß sah ich mir ein paar Preise im Ausverkaufsregal an. Sogar heruntergesetzt kosteten die meisten Stücke mehr als meine Monatsmiete. Ich ging in die Abteilung, in der die Abendsachen ausgestellt waren: lange Brokatröcke, Tops, über und über mit Ziermünzen besetzt, alles bestickt, handgenäht, handbemalt, mit Spitzen, Perlen oder

Edelsteinen verziert. Die Verkäuferin sah mit geübtem Lächeln zu mir her. Dann merkte ich, wie ihre Miene sich leicht veränderte. Das erinnerte mich wieder daran, wie bestürzend mein Anblick auf jemanden wirken mußte, der nicht darauf vorbereitet war. Ich konnte nur hoffen, daß ich aussah wie jemand, der eben eine kosmetische Operation hinter sich hatte. Eine kleine Nasenkorrektur, eine Lidstraffung. Schließlich konnte ich mich hier mit einem lieben Gönner verkrochen haben und darauf warten, bis alles abgeheilt war.

Dietz tauchte in der Tür auf, und ich ging auf ihn zu. Wie immer schnappte er sich kurzerhand meinen Ellenbogen und marschierte mit mir durch die Halle. Er war schroff, zerstreut, im Geist wahrscheinlich schon ein paar Schritte voraus. »Zeit für den Lunch«, sagte er.

»Sie wollen hier essen?« fragte ich verblüfft. Ich bin eigentlich mehr der Burger-King-Typ.

»Klar. Wieso nicht? Es wird Sie aufheitern.«

Wir kamen zum Eingang des Hotelrestaurants, einem riesigen, auf allen Seiten verglasten Raum mit einem Fußboden aus roten polierten Fliesen und weißen Korbmöbeln. Unzählige Grünpflanzen, Palmen und Gummibäume in Kübeln, gaben dem Ganzen ein tropisches Flair. Die Gäste waren recht lässig gekleidet, trugen Tennissachen, Golfhemden und Designer-Sweatshirts. Dietz hatte dieselben Jeans und dieselbe Tweedjacke an wie seit zwei Tagen, ich Jeans und billige Tennisschuhe. Niemand beachtete uns, abgesehen von gelegentlichen neugierigen Blicken, die meinem bunten Gesicht galten.

Dietz entdeckte einen geschützten Tisch in der Nähe des Notausgangs mit dem auffallenden Schild: DIESE TÜR MUSS WÄHREND DER GESCHÄFTSSTUNDEN IMMER UNVERSCHLOSSEN BLEIBEN. Perfekt, wenn man sich schnell aus dem Staub machen mußte. Der Anrichteraum dort in der Nähe wurde als Wäsche- und Besteckkammer benutzt. Eine Kellnerin war dazu verurteilt worden, Servietten zu Schiffchen zu falten.

»Wie wär's mit dem?« sagte er. Die Hosteß nickte und führte

uns zu unseren Plätzen, ohne ein Wort über seine Wahl zu verlieren.

Sie reichte uns zwei ledergebundene Speisekarten in Übergröße. »Ihr Ober kommt sofort«, sagte sie und entfernte sich. Ich gebe zu, daß ich die Speisekarte mit einer gewissen Neugier las. Ich bin an Schnellimbiß-Ketten gewöhnt, wo die Speisekarten aus Hochglanzfotos der einzelnen Gerichte bestehen, als könnten die echten Speisen sowieso nur enttäuschen.

Hier hatte ein Küchen-Schriftgelehrter die Speisenfolgen kalligraphisch auf Pergament gemalt – in der Pfanne geräucherte Filets von freilaufenden Kälbern mit heller Soße in einem Körbchen aus frischem Blattspinat, bestreut mit Preiselbeeren; als Beilage handgeformte Waffeln aus Ziegenkäse, Waldpilze, süße Kartoffeln und frische Kräuter... $21.95. Ich sah Dietz an, der keineswegs verblüfft schien. Wie gewöhnlich war es mir sehr bewußt, daß ich ganz und gar nicht in meinem Element war. Ich esse kaum einmal Preiselbeeren und süße Kartoffeln.

Ich musterte die anderen Gäste, meine Sicht wurde jedoch durch eine Farnpflanze stark eingeschränkt. Neben der Pflanze stand eine zylindrische Voliere mit zwitschernden Finken. Am Drahtgeflecht des Käfigs waren Bambuskörbchen befestigt, und die kleinen Vögel hüpften mit Zeitungspapierfetzen hinein und heraus und bauten Nester. Ihre glänzenden Augen und die eilfertige Geschäftigkeit waren bezaubernd. Dietz und ich beobachteten sie mit Muße, während wir auf unseren Ober warteten.

»Wissen Sie etwas über Krähen?« fragte er.

»Mit Vögeln kenne ich mich nicht besonders gut aus.«

»Mir ging's genauso, bis ich mich mit einem anfreundete. Ich hatte eine Krähe namens Albert. Bertie, als ich ihn besser kannte. Ich bekam ihn, als ich noch ein kleiner Junge war, und behielt ihn jahrelang. Eine junge Krähe ist kein guter Navigator, und manchmal machen sie eine Bruchlandung. In diesem Alter werden sie Ästlinge genannt, weil sie unbeholfen von Ast zu Ast hüpfen – das ist ungefähr alles, wozu sie imstande sind. Manche bleiben stecken und jammern wie Babys, bis man sie herunterholt. Bertie hatte sich wohl ein bißchen überschätzt, denn er war auf dem Boden gelandet. Ich hatte eine Katze – sie hieß Little John und brachte mir den Zeter und Mordio schreienden Bertie. LJ und ich balgten uns um den kleinen Vogel. Bertie hatte Glück, denn ich gewann den Wettstreit. Er und die Katze wurden später Freunde, aber eine Zeitlang stand die Sache auf der Kippe. LJ war sauer, weil ich mich einmischte. Er hatte Bertie für einen Festschmaus zum Erntedankfest gehalten…«

Dietz blickte auf. Der Ober kam. Er sah aus wie der Zeremonienmeister bei einer Hochzeit, streng korrekt mit weißen Handschuhen.

»Guten Tag. Wünschen Sie vor dem Lunch etwas zu trinken?« Der Ober übte vornehme Zurückhaltung und vermied jeden Blickkontakt.

Dietz wandte sich an mich. »Wollen Sie etwas trinken?«

»Weißwein«, sagte ich.

»Chardonnay, Sauvignon blanc?« fragte der Ober.

»Chardonnay.«

»Und Sie, Sir?«

»Ich nehme ein Bier. Was für Importe führen Sie?«

»Amstel, Heineken, Beck dunkel und hell, Dos Equis, Pilsener, Corona…«

»Beck hell«, sagte Dietz.

»Möchten Sie gleich bestellen?«

»Nein.«

Der Ober sah Dietz an, nickte und zog sich zurück.

»Wahrscheinlich kriegen wir ihn jetzt eine halbe Stunde lang nicht zu sehen«, sagte Dietz, »aber ich hasse es, wenn man mich drängen will.«

Er fuhr mit seiner Geschichte über die Krähe Bertie fort, die gern lange Spaziergänge zu Fuß unternahm und sich von Süßigkeiten, hartgekochten Eiern und Katzentrockenfutter ernährte. Während Dietz sprach, ließ er die Augen rastlos durch den Raum schweifen. Er sah sich selten Gesichter an, immer nur Hände, suchte nach versteckten Waffen, achtete auf hastige Bewegungen, vielleicht auf geheime Signale. Ein untergeordneter Kellner brachte unsere Drinks, aber der vornehme Ober kam nicht wieder. Dietz schaute sich im Speisesaal nach ihm um, entdeckte ihn jedoch nirgends. Zwanzig Minuten verstrichen. Dietz wurde unruhig, schien sich immer unbehaglicher zu fühlen, warf plötzlich einen Geldschein auf den Tisch und stand auf. »Gehen wir, das gefällt mir nicht.«

»Vermuten Sie überall ein Komplott?« fragte ich, hinter ihm hertrottend.

»Das hält uns vielleicht beide am Leben.«

Ich zuckte mit den Schultern und ließ es dabei. Als wir ins Freie traten, stand der Porsche direkt bei den Sträuchern. Dietz schnappte sich selbst die Schlüssel vom Brett und half mir in den Wagen. Dann stieg er ein und ließ den Motor an.

Wir fuhren am Strand entlang nach Hause. Ich war erschöpft, und mein Kopf begann zu hämmern. Vor meiner Wohnung angekommen, nahm Dietz sein tragbares Alarmsystem aus dem Kofferraum, brachte es an der Tür an und zeigte mir, wie man es ein- und ausschaltete.

»Ich werde Henry sagen, er soll seine Ohren auf Ihre Frequenz einstellen, während ich weg bin.«

»Sie gehen weg?« Ich fühlte ein leichtes Prickeln, Angst stieg in mir auf, der Beweis dafür, wie schnell ich von ihm abhängig geworden war, wenn es um meine Sicherheit ging.

»Ich möchte mich noch einmal mit Lieutenant Dolan unterhalten. Er hat mir versprochen, sich mit dem Bezirksstaatsanwalt von Carson City in Verbindung zu setzen, um den Kerl mit dem Kind identifizieren zu lassen. Jemand muß von ihm gehört haben. Vielleicht kriegen wir ein Phantombild von ihm zusammen, damit wir wenigstens eine Vorstellung davon haben, wie er aussieht. Ich bin in einer halben Stunde zurück. Sie sind hier sicher. Legen Sie sich ein bißchen hin. Sie sehen ganz erschlagen aus.«

Er ging, während ich eine Schmerztablette nahm und dann hinauf in den Schlafraum eilte. Ich hatte versprochen, Irene anzurufen, und ganz leise meldete sich tief in meinem Innern vorwurfsvoll die leise Stimme meines Gewissens. Das Telefon klingelte, als ich mir eben die Schuhe von den Füßen streifte.

Dietz hatte zwar gesagt, ich sollte nicht rangehen, wenn er nicht da war, doch ich konnte nicht anders. Ich beugte mich übers Bett und griff nach dem Hörer.

Es war Irene Gersh. »Oh, gut, Sie sind da! Ich rufe aus dem Pflegeheim an und bin so froh, daß Sie zu Hause sind. Ich habe schon befürchtet, Sie wären noch unterwegs.«

»Wir sind gerade eingetrudelt. Ich habe schon daran gedacht, Sie anzurufen, konnte bisher aber noch nicht die nötige Energie dazu aufbringen.«

»Kommt mein Anruf ungelegen?«

»Nein, nein, nur keine Sorge. Was ist passiert?«

»Nichts. Das ist ja gerade das Schlimme. Tut mir leid, daß ich so lästig bin, aber ich bin außer mir vor Angst. Mutter ist jetzt seit acht Stunden verschwunden, und wir finden einfach nicht die geringste Spur von ihr. Clyde meint, wir sollten vielleicht selbst die Nachbarn befragen.«

»Hört sich nach einer guten Idee an«, sagte ich. »Brauchen Sie Hilfe beim Klinkenputzen?« In dieser Sekunde gingen meine eigenen Ängste völlig in der Sorge um Agnes unter.

»Danke. Wir wären Ihnen sehr dankbar. Je länger Mutter allein unterwegs ist, um so größer wird meine Angst. Jemand muß sie doch gesehen haben.«

»Sollte man meinen«, sagte ich. »Wann brauchen Sie mich?«

»Sehr bald, wenn es geht. Clyde hat von zu Hause angerufen und ist unterwegs hierher. Wenn es Ihnen nicht zu viel Mühe macht...« Sie nannte mir eine Adresse im elfhunderter Block auf der Concorde Avenue.

»Bin schon unterwegs«, sagte ich, legte auf, rief rasch in Lieutenant Dolans Büro an und hinterließ Dietz die Nachricht, daß er mir ins Pflegeheim nachkommen sollte. Der Diensthabende notierte sich die Adresse. Als das getan war, humpelte ich vorsichtig die Treppe hinunter. Ich brauchte dringend Bewegung. An meinem ganzen Körper bekam ich die Unfallfolgen zu spüren, und meine Gelenke waren so steif, als wären sie verrostet. Bei bestimmten Stellungen und Bewegungen schoß mir ein so quälender Schmerz durch den Nacken, daß ich leise stöhnte. Hoffentlich wirkte die Schmerztablette bald.

Ich fand eine Jacke und meine Handtasche, überzeugte mich, daß meine kleine .32er da war und lief zur Tür, während ich in der Tasche nach meinem Autoschlüssel kramte. Wo, zum Teufel, war er nur? Verblüfft blieb ich stehen, doch dann dämmerte es mir. Ich hatte kein Auto mehr. Der VW stand noch immer in Brawley in der Karosseriewerkstatt. Ach, verdammt! dachte ich.

Ich machte auf dem Absatz kehrt und bestellte telefonisch ein Taxi. Inzwischen hatte ich schon angefangen, mir Dietz' Vorsichtsmaßnahmen zu eigen zu machen. Ich hatte nicht die Absicht, mich für alle Welt deutlich sichtbar draußen am Gehsteigrand zu präsentieren. Gefügig wartete ich und stellte mich dazu im unteren Bad in die Wanne, weil ich von dort Ausschau nach dem Taxi halten konnte. Als es vorfuhr, schnappte ich mir zum zweitenmal Jacke und Handtasche. Gedankenlos öffnete ich die Haustür und löste den Alarm aus. Das Geheul erschreckte mich so, daß ich mir fast in die Hose gemacht hätte.

Henrys Hintertür flog auf, und er stürzte mit einem Hackmesser in der Hand in den Hof. Außer einer türkisfarbenen Unterhose hatte er keinen Faden am Leib, und sein Gesicht war so bleich wie Brotteig. »Mein Gott, was ist passiert? Geht es dir gut?«

»Es geht mir gut, Henry. Der Alarm ist versehentlich losgegangen.«

»Dann wieder hinein mit dir! Ich bin zu Tode erschrocken. Wollte gerade unter die Dusche, als das verdammte Ding zu jaulen anfing. Warum bist du hier draußen? Dietz hat gesagt, daß du schläfst. Du siehst schrecklich aus. Geh ins Bett.« Er ist ganz konfus vor Angst, dachte ich.

»Hörst du wohl auf, dir Sorgen zu machen, Henry? Es gibt keinen Grund, hysterisch zu werden. Irene Gersh hat angerufen, und ich bin unterwegs ins Pflegeheim, um ihr bei der Suche nach ihrer Mutter zu helfen. Draußen wartet ein Taxi auf mich.«

Henry hielt mich an der Jacke fest. »Du bist nirgendwohin unterwegs«, sagte er zänkisch. »Du wirst hübsch warten, bis Dietz wieder da ist. Dann kannst du mit ihm fahren.«

Ich verlor allmählich die Geduld und zerrte ihm die Jacke aus der Hand. Wir benahmen uns wie Kinder, die auf dem Schulhof stritten. Das Hackmesser in seiner Hand machte es für mich ein bißchen schwierig.

Als er das zweite Mal nach meiner Jacke griff, hielt ich sie in die Höhe und von ihm weg. »Henry«, sagte ich warnend, »ich bin ein freier Mensch. Dietz weiß, daß ich ins Pflegeheim will. Ich habe Dolans Büro angerufen und mit ihm gesprochen. Er ist schon unterwegs.«

»Du hast überhaupt nicht angerufen, ich kenn dich doch«, sagte Henry. »Du lügst wie gedruckt.«

»Ich habe angerufen.«

»Aber nicht mit ihm selbst gesprochen.«

»Aber ich habe eine Nachricht für ihn hinterlassen, das ist genausogut.«

»Und wenn er sie nicht bekommt?«

»Dann kannst du ihm sagen, wo ich bin. Ich gehe.«

»Nein, das tust du nicht.«

Ich mußte mich noch gut fünf Minuten lang streiten, bevor ich das Grundstück verlassen konnte. Der Taxifahrer hatte inzwischen zweimal gehupt und dann einen Blick ums Hauseck geworfen, weil er um sein Fahrgeld fürchtete. Ich weiß nicht, was er sich gedacht haben mochte, als er uns erblickte – mich mit meinem zerbeulten Gesicht und Henry in seinen Calvin-Klein-Unterhosen mit dem Hackmesser in der Hand. Glücklicherweise kannte Henry den Mann, und nach zahlreichen Beteuerungen von allen Seiten, war er endlich damit einverstanden, daß ich fuhr. Ihm gefiel es zwar nicht, doch er konnte nicht viel dagegen tun.

Der Taxifahrer schüttelte mit spöttischer Empörung den Kopf. »Ziehen Sie sich eine Hose an, Pitts. So könnten Sie verhaftet werden.«

Kurz vor zwei erreichte ich das Pflegeheim an der Upper East Side. Als das Taxi anhielt, merkte ich, daß ich die Gegend kannte. Rosie und ich hatten hier überall nach einer Unterkunft mit Verpflegung für ihre Schwester Klotilde gesucht. Die meisten Häuser waren ziemlich pompös: weitläufig, mit hohen Decken, übergroßen Fenstern und breiten Veranden, von massiven Eichen und alten zerzausten Palmen umgeben.

Im Gegensatz dazu war das Pflegeheim, aus dem Agnes verschwunden war, ein zweistöckiger viktorianischer Bau mit einem Kutschenhaus dahinter. Die Seitenwandung war hellgrau, das Fachwerk erstrahlte in frischem Weiß. Das steile Spitzdach bestand aus Schieferplatten, die sich wie Fischschuppen überlappten. Im zweiten Stockwerk waren eine grob gezimmerte Plattform und eine Holztreppe als Feuertreppe angebaut worden. Das Haus stand im Schatten unzähliger Bäume auf einem großen Eckgrundstück mit Blumenbeeten und wurde von Hecken umsäumt, die von den hohen Bogen eines kunstvollen schmiedeeisernen Zauns überragt wurden. Auf dem kleinen Parkplatz am Ende des Grundstücks sah ich mehrere Autos.

Irene hatte ganz offensichtlich nach mir Ausschau gehalten. Ich bezahlte den Taxifahrer, und als ich ausstieg, kam sie auf dem Gehsteig auf mich zu. Ihr folgte ein Mann, den ich für Clyde Gersh hielt. Wieder war ich betroffen, wie kränklich sie wirkte. Sie war spindeldürr und schien nicht ganz sicher auf den Beinen zu sein. Sie trug ein Hemdblusenkleid aus jadegrüner Seide, das für die geisterhafte Blässe ihrer Haut wenig vorteilhaft war. Zwar hatte sie sich mit ihrem Aussehen große Mühe gegeben, doch die Wirkung war erschreckend. Die Grundierung ihres Make-ups war viel zu pfirsichrosa, und die falschen Wimpern betonten ihre Augen so, daß sie geradezu hervorquollen. Die Rougeflecken auf jeder Wange sahen aus, als habe sie hohes Fieber. »O Kinsey! Gott segne Sie.« Mit zitternden, eiskalten Händen griff sie nach mir.

»Wie geht es Ihnen, Irene? Haben Sie eine Spur von ihr gefunden?«

»Leider nein. Die Polizei hat die Vermißtenanzeige aufgenommen und sie zur – zur... Oh, wie nennt man das?«

»Zur Fahndung ausgeschrieben«, meldete sich Clyde zu Wort.

»Ja, das war's. Außerdem sucht ein Streifenwagen die Gegend ab. Mehr können sie vorläufig nicht tun. Aber ich bin ganz einfach krank vor Sorge.«

Clyde streckte die Hand aus und stellte sich vor.

»Oh, ich bitte um Entschuldigung«, sagte Irene nervös. »Das ist Miss Millhone. Wo habe ich nur meine Gedanken?«

Clyde Gersh war etwa Ende Fünfzig, so um die zehn Jahre älter als seine Frau. Er war groß und ging gebeugt, der teuer aussehende Anzug schlotterte um seine Gestalt. Sein graues Haar wurde allmählich dünn, er hatte ein faltiges Gesicht, und seine Stirn war sorgenvoll gerunzelt. Seine Gesichtszüge waren die eines Mannes, der sich mit seinem Schicksal abgefunden und resigniert hatte. Der Gesundheitszustand seiner Frau, ob tatsächlich so schlecht oder nur eingebildet, mußte ihn sehr belasten. Er strahlte müde Geduld aus. Plötzlich fiel mir ein, daß ich keine Ahnung hatte, was er beruflich machte. Irgend etwas, das es ihm erlaubte, sich seine Zeit selbst einzuteilen und italienische Schuhe zu tragen. Anwalt? Steuerberater?

Wir schüttelten uns die Hand. »Freut mich, Sie kennenzulernen, Miss Millhone«, sagte er. »Schade, daß es unter so traurigen Umständen geschieht.«

»Ganz meinerseits. Aber sagen Sie bitte ›Kinsey‹, das ist mir lieber. Was kann ich tun, um Ihnen zu helfen?«

Er warf seiner Frau einen um Entschuldigung bittenden Blick zu. »Darüber haben wir eben gesprochen. Ich halte es für das beste, wenn Irene hierbleibt. Sie kann eine Weile die Festung halten, während wir beide von Haus zu Haus gehen. Ich habe dem Leiter dieser miesen Institution schon erklärt, daß wir ihn verklagen werden, wenn Agnes etwas passiert...«

Irene warf ihm einen hastigen Blick zu. »Darüber können wir später reden«, sagte sie zu ihm. Und zu mir. »Das Heim hat sich großartig verhalten. Sie meinen, daß Mutter wahrscheinlich verwirrt war. Sie wissen, wie eigenwillig sie ist, aber ich bin sicher, es geht ihr gut.«

»Natürlich geht es ihr gut«, antwortete ich, obwohl ich meine Zweifel hatte.

Clydes Miene verriet mir, daß er ungefähr so zuversichtlich war wie ich. »Ich will gerade aufbrechen«, sagte er. »Wollen sie mitkommen? Ich denke, wir sollten die Häuser in der Concorde Avenue bis hinunter zur Molina Street kontrollieren und uns dann nach Norden wenden.«

»Ich will mitgehen, Clyde«, sagte Irene. »Ich bleibe nicht allein hier.«

Ein ärgerlicher Ausdruck flog über sein Gesicht, doch er nickte. Er ließ alle Einwände beiseite, die er gehabt haben mochte, vielleicht aus Rücksicht auf mich. Er erinnerte mich an einen Vater, der sein Kind nicht in Anwesenheit Dritter tadeln wollte. Der Mann wollte einen guten Eindruck machen. Ich suchte mit den Blicken die Straße ab, ob schon etwas von Dietz zu sehen war.

Irene fühlte mein Zögern. »Stimmt etwas nicht, meine Liebe? Sie scheinen besorgt zu sein.«

»Ich bin hier mit jemandem verabredet und möchte nicht gehen, ohne ihm eine Nachricht zu hinterlassen.«

»Wir können warten, wenn Sie wollen.«

Clyde machte eine ungeduldige Geste. »Tu, was du für richtig hältst. Und Sie auch«, sagte er. »Ich gehe jedenfalls. Ich nehme diese Seite, und Sie können die andere nehmen. Wir treffen uns in einer Stunde und tauschen aus, was wir erfahren haben.« Er drückte Irene einen flüchtigen Kuß auf die Wange und ging. Sie sah ihm ängstlich nach. Ich dachte, sie wollte mir etwas sagen, doch sie ließ den Augenblick ungenutzt verstreichen.

»Wollen Sie im Pflegeheim eine Nachricht hinterlassen, wo wir sind?«

»Nicht nötig«, sagte ich. »Dietz wird es sich schon denken können.«

13

Wir begannen mit dem Haus schräg gegenüber vom Pflegeheim. Wie viele andere in der Gegend, war es solide gebaut und stammte vermutlich vom Anfang dieses Jahrhunderts. Es hatte eine breite Vorderfront, war zweistöckig, mit Schindeln aus Zedernholz verkleidet und hellgrün gestrichen. In der Mitte war eine vorstehende Veranda mit einem giebelförmigen Aufsatz, und in den großen Erkerfenstern spiegelten sich die weit ausladenden Äste einer überhängenden Eiche. Als wir auf das Haus zugingen, glaubte ich hinter einem der oberen Fenster eine Bewegung zu sehen. Irene stützte sich auf meinen Arm. Mir war jetzt schon klar, daß sie mich behindern würde, doch ich brachte es nicht übers Herz, ihr das zu sagen. Ich hoffte, ihre Angst würde geringer werden, wenn sie bei der Suche helfen konnte.

Ich drückte auf die Klingel, die heiser rasselte. Gleich darauf öffnete sich die Tür einen Spalt, und ein Gesicht tauchte auf, eine ältere Frau. Die Sicherheitskette blieb eingehakt. Wäre ich ein Ganove gewesen, hätte ich die Tür mit einem gut plazierten Fußtritt ganz aufmachen können.

»Ja?«

»Entschuldigen Sie die Störung«, sagte ich, »aber wir sprechen mit allen Leuten in der Nachbarschaft. Aus dem Pflegeheim gegenüber ist eine alte Frau verschwunden, und wir wollen nur fragen, ob Sie sie gesehen haben. Heute morgen gegen sieben Uhr. Wir denken, daß sie das Heim ungefähr um diese Zeit verlassen hat.«

»Ich stehe nicht vor acht auf. Das hat mir mein Arzt verordnet. Früher bin ich um fünf Uhr aufgestanden, aber er sagt, das ist lächerlich. Ich bin sechsundsiebzig. Er meint, um diese Zeit passiert noch nichts, über das ich Bescheid wissen müßte.«

»Und Ihre Nachbarn? Hat vielleicht jemand erwähnt...«

Sie winkte ungeduldig ab. Ihre Knöchel waren fleckig und geschwollen. »Mit denen spreche ich nicht. Sie haben seit fünfzehn Jahren die Hecke nicht mehr beschnitten. Ich bezahle den Zeitungsjungen, damit er einmal im Monat kommt und sie trimmt. Sonst würde sie bis zu den Telefondrähten hinaufwachsen – oder noch darüber hinaus. Sie haben auch einen Hund, der in meinen Garten kommt und überall sein Geschäft erledigt. Ich kann keinen Schritt in den Garten machen, ohne Hundekot an die Schuhe zu kriegen. Mein Mann sagt immer: ›Pfui, Ethel, hast schon wieder so ein Hundedingsbums am Schuh.‹«

Ich nahm eine meiner Geschäftskarten heraus und notierte die Nummer des Pflegeheims auf die Rückseite. »Darf ich Ihnen meine Karte hierlassen? Dann können Sie mich anrufen, wenn Sie etwas hören. Wir wären Ihnen für Ihre Hilfe sehr dankbar.«

Die Frau nahm die Karte nur widerstrebend. Es war klar, daß sich ihr Interesse für geriatrische Ausreißer in Grenzen hielt. »Wie heißt die Frau?«

»Agnes Grey.«

»Wie sieht sie aus? Ich kann doch niemanden erkennen, den ich noch nie zu Gesicht bekommen habe.«

Ich beschrieb ihr Agnes kurz. Da Irene dabeistand, konnte ich nicht gut sagen, daß Agnes wie ein Vogel Strauß aussah.

»Ich werde die Augen offenhalten«, erklärte die Frau. Dann schloß sie die Tür.

Wir versuchten es im nächsten Haus und im übernächsten, immer mit dem gleichen Resultat. Als wir an der Ecke ankamen, waren fünfundvierzig Minuten vergangen. Es war eine langwierige und bisher unproduktive Arbeit. Niemand hatte Agnes gesehen. Wir wandten uns auf der Concorde Avenue nach Osten. Ein Wagen des United Parcel Service brauste heran, und wir warteten am Gehsteigrand, bis er vorüber war. Als wir die Straße überquerten, schob ich die Hand unter Irenes Arm und stützte sie, wie Dietz mich stützte.

Die dunkelgrüne Seide ihres Kleides schien leicht zu vibrieren. Ich musterte sie unsicher. Ihr Haar war durch das jahrelange Bleichen weißblond geworden und sehr dünn, als sei es ihr endlich gelungen, den glanzlosen und brüchigen Strähnen die letzte Spur von Farbe zu entziehen. Sie hatte fast keine Brauen, nur zwei braune Linien, die sie mit dem Stift nachgezogen hatte, hohe Bögen, so wie sie ein Kind einem glücklichen Gesicht gezeichnet hätte. Man sah ihr noch an, daß sie früher eine Schönheit gewesen war. Sie hatte feine Züge, und die blauen Augen waren ungewöhnlich klar. Eine falsche Wimper hatte sich gelöst und ragte aus dem Wimpernkranz heraus wie eine winzige Feder. Ihre Haut war zu blaß, um gesund zu sein, hatte jedoch eine bemerkenswerte Glätte. Sie erinnerte mich an eine obskure Schauspielerin aus den vierziger Jahren, die nur eine einzige Rolle gespielt hatte, an jemanden, bei dessen Anblick man sich erstaunt fragt: Was, die lebt auch noch? Sie legte die zitternde Hand auf die meine, und ihre Finger waren so eiskalt, daß ich erschrocken zurückzuckte. Ihr Atem ging schnell und flach.

»Irene, mein Gott, Sie haben Hände wie Eis. Geht es Ihnen nicht gut?«

»Das passiert mir hin und wieder. Es ist gleich vorbei.«

»Suchen wir uns einen Platz, wo wir uns hinsetzen können«, sagte ich. Wir näherten uns einem dreistöckigen Schindelhaus, hoch und schmal, auf drei Seiten von einer Veranda umgeben. Der Garten war sonnig, das Gras frisch gemäht, die Blumenbeete ein bißchen verwildert. Ich wußte, daß es eine Pension war, denn man hatte Rosie und mir seinerzeit die Adresse gegeben. Im Haus selbst war ich nie gewesen, denn sobald Rosie festgestellt hatte, daß es keine Rampe für einen Rollstuhl gab, hatten wir es von unserer Liste gestrichen. Ich erinnerte mich an den Besitzer, einen energischen Kerl in den Siebzigern, freundlich zwar, jedoch offensichtlich nicht bereit, jemanden aufzunehmen, der nicht gehfähig war. Als ich die quietschende Gartentür öffnete, merkte ich, daß ein Vorhang sich bewegte und jemand aus dem Fenster sah. Den Leuten hier schien nicht viel zu entgehen. Ich konnte einfach nicht glauben, daß Agnes auch nur einen halben Block weit gekommen sein konnte, ohne von jemandem entdeckt worden zu sein.

Auf der vorderen Veranda ließ Irene sich auf die unterste Stufe sinken. Sie legte den Kopf zwischen die Knie. Ich preßte ihr die Hand auf den Nacken und beobachtete sie aufmerksam. Sie atmete keuchend.

»Wollen Sie sich hinlegen?«

»Nein, bitte nicht. Es geht mir gleich wieder gut. Es ist nur mein Asthma, das sich wieder einmal meldet. Nur kein Aufhebens, bitte! Lassen Sie mich nur ein bißchen hier sitzen.«

»Versuchen Sie langsamer zu atmen, ja? Sie fangen an zu hyperventilieren. Ich will nicht, daß Sie mir ohnmächtig werden.«

Ich sah mich auf der Straße nach Clyde um, entdeckte ihn aber nirgends. Dann stieg ich die Stufen zur Haustür hinauf. Der Pensionsinhaber kam in dem Moment heraus, in dem ich auf die Klingel drücken wollte.

Er war ein Mann, der in seiner Jugend sehr kräftig gewesen sein mochte. Die früher muskulösen Schultern waren im Alter schlaff geworden und hingen unter dem Hemd leicht nach unten. Er war glattrasiert und fast kahl. Mit der weit nach hinten reichenden Stirn hatte er etwas Babyhaftes an sich. Er hatte Tränensäcke unter den Augen und auf der linken Wange einen Leberfleck, der aussah wie eine Rosine. »Kann ich etwas für Sie tun?« Er sah zu Irene hinüber, und ich folgte seiner Blickrichtung. Wenn sie ohnmächtig wurde, dann hatte ich ein echtes Problem.

»Sie wird schon wieder. Ihr ist nur ein bißchen schwindlig, und sie muß sich ausruhen. Aber es geht um etwas anderes. Aus dem Pflegeheim ein Stück weiter oben an der Straße ist eine Frau verschwunden. Wir befragen jetzt die Nachbarn, weil wir hoffen, daß jemand sie gesehen hat.«

Sein Blick war jetzt auf mich gerichtet, und er musterte mich forschend. »Sie kommen mir bekannt vor. Kenne ich Sie?«

»Kinsey Millhone«, sagte ich. »Ich war vor ein paar Wochen mit einer Freundin bei Ihnen...«

»Stimmt, stimmt, stimmt. Ich erinnere mich jetzt. Lebhafter kleiner Rotschopf mit einer Schwester, die im Rollstuhl sitzt. Es hat mir leid getan, daß ich sie nicht aufnehmen konnte. Ist sie diejenige, die Sie suchen?«

»Nein, nein, es ist jemand anders«, sagte ich. Ich hob die Hand über meinen Kopf und beschrieb Agnes noch einmal. »Groß, sehr dünn. Sie wird seit dem frühen Morgen vermißt, und wir können keine Spur von ihr entdecken. Ich kann nicht glauben, daß sie weit gekommen ist.«

»Manche alten Leute sind schnell wie die Wiesel«, sagte er. »Wenn man nicht aufpaßt, können sie einen ganz schön zum Narren halten. Ich hätte Ihnen ja gern geholfen, aber ich habe hinten gearbeitet. Haben Sie die Polizei verständigt?«

»Das zuallererst. Soviel ich weiß, wurde die ganze Umgebung abgesucht. Wir dachten nur, wir sollten es noch einmal versuchen.«

»Das passiert ab und zu, besonders in unserer Gegend. Gewöhnlich tauchen sie wieder auf.«

»Hoffen wir's. Vielen Dank jedenfalls.«

Sein Blick schweifte ab zu Irene, die noch immer auf der Stufe saß. »Wie wäre es mit einem Glas Wasser für Ihre Freundin?«

»Es geht ihr gleich wieder gut. Trotzdem – vielen Dank.« Ich beendete die Unterhaltung mit der üblichen Bitte, uns zu helfen. »Hier, nehmen Sie meine Karte. Könnten Sie's mich wissen lassen, falls Sie die Frau sehen oder mit jemandem sprechen, dem sie aufgefallen ist? Wenn Sie mich nicht erreichen, verständigen Sie bitte das Pflegeheim.«

Er nahm die Karte. »Aber gern«, sagte er. Im Haus rief jemand etwas, eine schwache Stimme, leicht gereizt. Er entschuldigte sich und ging hinein.

Ich half Irene auf. Wir gingen durch die Gartentür hinaus. Irene war nicht ganz sicher auf den Beinen, sah erschöpft und abgespannt aus.

»Ich glaube wirklich, ich sollte Sie zurückbringen«, sagte ich.

Sie schüttelte heftig den Kopf. »Noch nicht. Es geht mir besser.« Um ihre Behauptung zu unterstreichen, straffte sie den Rücken.

Auf ihrer Stirn bildete sich ein feiner Schweißfilm, doch sie schien entschlossen weiterzumachen. Ich hatte meine Zweifel, konnte aber kaum etwas tun. »Gut, noch ein Haus, und dann treffen wir uns mit Clyde.«

Das Nachbarhaus war ein kastenförmiger Bungalow mit einem ziemlich flachen Dach, anderthalb Stockwerke mit rehbraunen Schindeln verkleidet. Es hatte eine breite, offene Veranda, und der Vorbau ruhte auf kräftigen Ziegelpfosten mit einem Holzgeländer. Wir gingen den Weg hinauf, als plötzlich ein Teil des Holzgeländers splitterte. Das rohe Holz öffnete sich wie eine Blüte. Ich hörte einen dumpfen Knall, und Glas klirrte. Ich machte einen Sprung, weil ich dachte, ein Erdstoß lasse das Gebäude auseinanderbrechen. Zur Linken hörte ich Dietz' Porsche um die Ecke röhren. Ich drehte mich nach ihm um und stellte beiläufig fest, daß der Kombi des United Parcel Service noch draußen parkte. Der UPS-Mann kam hinter uns den Weg entlang. Er lächelte mich an, und ich lächelte automatisch zurück. Es war ein großer Mann, muskulös, glattrasiert, mit lockigem, blondem Haar, leuchtend blauen Augen im gebräunten Gesicht, vollen Lippen und Grübchen in den Wangen. Ich dachte, ich müsse ihn kennen, denn er freute sich offenbar, als er mich sah. Sein Blick war weich, der Ausdruck seines Gesichts sinnlich und warm. Er kam näher und beugte sich mir entgegen, fast als wolle er mich küssen. Er war so nah, daß ich seinen erregenden Körpergeruch wahrnahm, ein Gemisch aus Schießpulver, Aqua-Velva-Rasierwasser und einen Hauch von Fruchtkaugummi. Verblüfft wich ich zurück. Hinter mir knackte Holz, es klang, als habe der Blitz einen Baum getroffen. Das Gesicht vor mir wurde heiß und rot wie das eines Liebhabers im Augenblick höchster Ekstase. Der Mann sagte etwas. Ich schaute auf seine Hände. In der Rechten hielt er etwas Ähnliches wie eine Schlauchtülle. Aber warum trug ein UPS-Mann eigentlich Gartenhandschuhe? Die Tülle blinkte im Licht. Ich blinzelte verständnislos, und dann begriff ich. Ich packte Irene beim Arm, hob sie fast in die Höhe und bugsierte sie die zwei flachen Stufen zur Haustür hinauf.

Über den Lärm erstaunt, öffnete der Bewohner des Hauses, ein Mann mittleren Alters, die vordere Fliegengittertür. Nach seiner Miene zu schließen, erwartete er keinen Besuch. Ich schnappte ihn an der Hemdbrust und schob ihn ins Haus, stieß ihn aus der Feuerlinie, während ich uns seitlich durch die Tür drängte. Ein Fenster ging zu Bruch, Scherben und Splitter flogen uns um die Ohren. Irene und ich stürzten gemeinsam zu Boden. Sie war zu überrascht, um zu schreien, aber ich merkte, daß ihr die Luft wegblieb, als sie auf den kahlen Hartholzdielen aufprallte. Die Tür ging zu und gab die Sicht auf Flur und Treppe frei. Der Hausherr hatte sich ins Wohnzimmer geflüchtet, kauerte neben dem Sofa und schützte seinen Kopf mit den Händen. Er erinnerte mich an einen kleinen Jungen, der sich für unsichtbar hält, weil er die Augen fest zukneift. Eine Kugel riß ein Loch in die Wand. Mörtelstaub flog herein wie eine explodierende Bombe, dahinter stieg eine dünne Wolke auf.

Stille. Ich hörte jemanden rennen, schwere Schritte entfernten sich durch das Gras, und ich wußte instinktiv, daß Dietz die

Verfolgung aufnehmen würde. Geduckt watschelte ich wie eine Ente ins Eßzimmer und spähte vorsichtig aus dem Seitenfenster, die Augen kaum höher als das Fensterbrett. Dietz lief ums Hauseck herum und verschwand. Hinter mir fing Irene an zu jammern, vor Angst, vor Schmerz, im Schock und völlig verwirrt. Erst jetzt, mit Verzögerung, fühlte ich einen Adrenalinstoß, und mein Herz begann hoch oben in meiner Kehle zu dröhnen. Mein Mund wurde strohtrocken. Ich klammerte mich ans Fensterbrett und legte die Wange an die kalte Wand; die Tapete hatte ein Rosenmuster, braun und rosa auf grauem Grund. Ich schloß die Augen. Im Geist erlebte ich die Szene noch einmal. Zuerst der Mann – das warme Licht in seinen Augen, der Mund zu einem vertrauten Lächeln verzogen. Das Gefühl, daß er mich küssen wollte, die angenehm heisere Stimme, die etwas sagte, dann der Blitz aus der Mündung. Dem Geräusch nach wußte ich, daß er einen Schalldämpfer benutzt hatte, doch ich hatte das Mündungsfeuer gesehen. Das war bei hellem Tageslicht eigentlich nicht möglich, es sei denn, mein Gedächtnis hatte irgendwie das Bild eines früheren Erlebnisses heraufbeschworen. Wie viele Schüsse hatte er abgefeuert? Fünf? Sechs?

Dietz betrat das Haus und kam quer durchs Zimmer auf mich zu. Er war außer Atem, aber sehr beherrscht; er schwitzte, und seine Miene war grimmig. Mit versteintem Gesicht zog er mich in die Höhe. Dabei bohrte er die Finger in die Oberarme, daß es schmerzte, aber ich brachte keinen Protest über die Lippen.

»Sind Sie in Ordnung?«

Er schüttelte mich, und ich nickte benommen. Er schob mich weg wie eine Lumpenpuppe und ging zu Irene, die vor sich hin greinte wie ein dreijähriges Kind. Sie saß mit gespreizten Beinen auf dem Boden, ihr Rock war verrutscht, ihre Unterarme lagen schlaff in ihrem Schoß. Dietz legte den Arm um sie und zog sie an sich. Mit leiser Stimme beruhigte er sie, beugte sich zu ihr, damit sie ihn hörte. Er fragte sie etwas. Sie schüttelte den Kopf. Sie keuchte, nicht imstande, mehr als ein paar Worte zu sagen, ohne um Atem zu ringen.

Der Hausherr stand im Flur. Seine Angst war heller Empörung gewichen. »Was ist hier los? Was war das eben? Ein Gangsterkrieg? Ich mach meine Haustür auf und werde um ein Haar umgebracht! Sehen Sie sich den Schaden an! Wer bezahlt mir das?«

»Halten Sie den Mund, und rufen Sie die Polizei«, sagte Dietz.

»Wer sind Sie? So dürfen Sie mit mir nicht sprechen. Das ist ein Privathaus.«

Ich sank im Eßzimmer auf einen Stuhl. Durch das Vorderfenster sah ich, daß die Nachbarn sich versammelten, ängstlich aufeinander einredeten – kleine Gruppen, jeweils zwei oder drei. Ein paar hatten sich sogar bis in den Garten vorgewagt.

Was hatte der Mann zu mir gesagt? Noch einmal ließ ich die Szene vor mir ablaufen. Ich hatte mich umgedreht, weil ich den Porsche von Dietz auf der Straße hörte, und als ich mich umdrehte, erwiderte ich automatisch das Lächeln des Mannes hinter mir. Jetzt hörte ich auch seine Worte, verstand endlich, was er im Näherkommen gesagt hatte: »Du gehörst mir, Baby.« Besitzergreifend und vertraulich – und dann diese unglaubliche Hitze in seinem Gesicht, die von sexueller Erregung kam. Tränen stiegen mir in die Augen, trübten mir den Blick. Das Fenster flimmerte. Meine Hände begannen zu zittern.

Dietz tätschelte Irenes Arm und kam zu mir. Er ging neben meinem Stuhl in die Hocke, so daß sein Gesicht mit meinem Kopf auf gleicher Höhe war. »Sie haben sich großartig gehalten. Haben es gut gemacht. Sie konnten absolut nicht wissen, was passieren würde, okay?«

Ich mußte die Hände zwischen meine festzusammengepreßten Knie schieben, damit das Zittern sich nicht in meine Arme fortsetzte. Ich sah Dietz ins Gesicht, sah die grauen Augen, die stumpfe Nase. »Er wollte mich umbringen.«

»Nein, das wollte er nicht. Er wollte Sie erschrecken. Umbringen hätte er Sie schon das erste Mal können, in Brawley, auf der Straße. Und auch jetzt, mit dem ersten Schuß, den er abgefeuert hat. Wenn Sie tot sind, ist das Spiel zu Ende. Das will er nicht. Er ist kein Profi. Er ist krank. Das können wir uns zunutze machen, um ihn zu fassen. Verstehen Sie, was ich sage? Wir kennen jetzt seine Schwäche.«

»Ja, die bin ich«, sagte ich, ein loses Mundwerk bis zum letzten Moment. Tatsächlich begriff ich fast gar nichts. Ich hatte dem Tod in die Augen gesehen und ihn irrtümlicherweise für einen Freund gehalten. Schon andere Leute hatten mich töten wollen, aus Rache, aus Haß. Nie war mir das als gegen mich persönlich gerichtet erschienen, bis dieser Mann aufgetaucht war. Nie war mir jemand so nahe gekommen.

Ich sah zu Irene hinüber. Ihre Atemnot wurde nicht besser, sondern immer schlimmer. Sie atmete hastig, flach und wirkungslos, das Pfeifen in ihrer Kehle hörte sich an wie zwei sehr hohe Töne eines Dudelsacks. Ihre Fingerspitzen verfärbten sich bläulich. Sie drohte an Ort und Stelle zu ersticken. »Sie braucht Hilfe«, sagte ich.

Dietz drehte sich zu ihr um. »O verdammt!«

Er sprang sofort auf und ging zu ihr. Der Hausherr war am Telefon und wiederholte für die Telefonzentrale der Polizei Namen und Adresse.

»Wir brauchen auch einen Krankenwagen«, sagte Dietz und dann zu Irene: »Ganz ruhig. Sie schaffen es. Bald kommt Hilfe für Sie. Nur keine Panik…«

Irene nickte. Sprechen konnte sie nicht.

Mitten in das Durcheinander platzte Clyde Gersh, angelockt von den Nachbarn, die immer noch draußen herumstanden. Später sagte er mir, als er die Schäden am Haus sah, habe er nur gedacht, wir hätten Agnes gefunden, und sie habe sich gewehrt und getobt. Irene auf dem Boden sitzend und von einem starken Asthmaanfall geschüttelt vorzufinden, hatte er ganz bestimmt nicht erwartet. Nach ein paar Minuten traf die Polizei mit den Sanitätern ein, die Irene Sauerstoff gaben und Erste Hilfe leisteten, sie auf eine Trage luden und mit ihr hinauseilten. Ich hatte inzwischen das merkwürdige Gefühl, irgendwo außerhalb zu stehen. Ich wußte, was man von mir erwartete und tat, was man mir sagte. Monoton leierte ich herunter, was passiert war und überließ es Dietz, den Hintergrund der Geschichte beizusteuern. Ich weiß nicht, wieviel Zeit verstrichen war, ehe man ihm erlaubte, mich nach Hause zu bringen. Die Minuten schleppten sich dahin, mir kamen sie wie Stunden vor. Ich hörte nicht einmal den Namen des Mannes, dem das Haus gehörte. Als ich mich zum letztenmal umschaute, stand er auf der Veranda und sah aus wie der einzig Überlebende eines Erdbebens mit Stärke 8.8 auf der nach oben offenen Richter-Skala.

14

Zu Hause angekommen, tastete ich mich mühsam in meinen Schlafraum hinauf, streifte die Schuhe ab und streckte mich auf dem Bett aus. Während ich mir die Kissen hinter den Rükken stopfte, dachte ich über mich nach. All die lästigen Schmerzen, die meinen Körper gepeinigt hatten, waren verschwunden, weggespült von der Adrenalinwelle, die während des Überfalls über mir zusammengeschlagen war. Ich fühlte mich leer, apathisch, mein Gehirn knisterte noch, doch mein Körper war wie gelähmt. Unten hörte ich Dietz telefonieren.

Ich muß im Sitzen eingedöst sein. Dietz kam. Er saß auf meiner Bettkante, als ich die Augen aufschlug. In einer Hand hielt er ein paar Papiere und eine Tasse Tee in der anderen. »Trinken Sie«, sagte er.

Ich nahm die Tasse und konzentrierte mich auf die Wärme. Tee hatte schon immer besser geduftet, als er schmeckte. Ich weiß noch, wie ich als Kind erschrak, als man mir das erste Mal erlaubt hatte, einen Schluck zu probieren. Ich blickte zum Oberlicht hinauf, in dem jetzt ein lavendel- und rauchfarbener Kreis zu sehen war. »Wie spät ist es?«

»Zehn nach sieben.«

»Hat Clyde sich gemeldet?«

»Er hat vor einer Weile angerufen. Es geht ihr gut. Sie haben sie behandelt und nach Hause geschickt. Wie geht es Ihnen?«

»Besser.«

»Fein. Wir essen bald Abendbrot. Henry bringt uns was rüber.«

»Ich hasse es, verhätschelt zu werden.«

»Ich auch, aber das ist Quatsch. Henry macht sich gern nützlich, ich verhungere langsam, und von uns beiden kann keiner kochen. Wollen Sie reden?«

Ich schüttelte den Kopf. »Meine Seele ist noch nicht in meinen Körper zurückgekehrt.«

»Sie kommt wieder. Ich habe etwas über den Burschen, von der Polizei in L. A. Wollen Sie einen Blick darauf werfen?«

»Na schön.«

Es waren mehrere Berichte des Police Departments von Los Angeles, vielleicht sechs. Ich las den ersten. Gesucht wegen Fahrerflucht. Es waren zehn Fotos aus der Verbrecherkartei – wie Klassenfotos –, eins davon mit Kugelschreiber umrandet. Er war es. Er sah jünger aus. War blaß. Wirkte mürrisch – ein späterer Gewohnheitstäter am Anfang seiner Laufbahn. Sein Name war Mark Darian Messinger, alias Mark Darian, alias Darian Marker, alias Buddy Messer, alias Darian Davidson. Männlich, weiß, achtunddreißig Jahre alt, blondes Haar, blaue Augen, tätowierter Schmetterling auf dem rechten Handrükken (konnte ich nicht sehen, da er Gartenhandschuhe getragen hatte). Geboren war er am 7. Juli, Sternzeichen Krebs, ein richtiger Familienmensch. Die Nummer seines Führerscheins, seine FBI-Nummer, die Nummer, unter der er bei der Polizei registriert war, und die Nummer seines Haftbefehls waren ebenfalls angegeben. Im Sommer 1981 hatten ein Verstoß gegen die Straßenverkehrsordnung, § 20 001 (Fahrerflucht in Tateinheit mit fahrlässiger Tötung), und ein Vergehen gegen § 192 (3) (a), Strafgesetzbuch (Trunkenheit am Steuer in Tateinheit mit Totschlag), zu seiner Verhaftung geführt. Das Foto, dreieinhalb Zentimeter im Quadrat, war direkt von vorn aufgenommen. Es half mir, ihn zum Liliputaner geschrumpft zu sehen. Nicht größer als eine Briefmarke. Er sah zwielichtig aus, doch die Schwarzweiß-Aufnahme war nicht annähernd so unheimlich wie seine Erscheinung aus Fleisch und Blut.

Der zweite Polizeibericht lautete: Verhaftung wegen Mordes

an einem Polizeibeamten, Steckbrief Los Angeles, Kalifornien, mit einer langen Zahlenreihe, § 187 (a), Strafgesetzbuch (Mord) und § 664 / 187 (Mordversuch) mit anschließendem Text: *Am 9. Oktober 1981 wurden zwei Beamte der Polizei von Los Angeles zu einer häuslichen Auseinandersetzung gerufen, in deren Verlauf der Beschuldigte aus einer unbekannten halbautomatischen Waffe auf seine Lebensgefährtin feuerte. Als die Beamten ihn beruhigen wollten, schoß der Beschuldigte einem von ihnen ins Gesicht und tötete ihn. Dann flüchtete der Beschuldigte zu Fuß.*

Unter diesem Bericht standen die Namen der beiden Kriminalbeamten, die mit dem Fall befaßt gewesen waren, zusammen mit mehreren Telefonnummern, über die Informationen entgegengenommen wurden. Ganz unten auf der Seite noch etwas Fettgedrucktes: **VERSTÄNDIGEN SIE BITTE DEN POLIZEICHEF VON LOS ANGELES, KALIFORNIEN**, hieß es da. **BITTE TÖTEN SIE DEN MANN, SOBALD SIE IHN ZU GESICHT BEKOMMEN**, dachte ich.

Der letzte Bericht war noch keine zwei Monate alt. Er lautete: *Informationen über den Millionenraub erbeten.* Und da war er wieder, als Phantombild eines Polizeizeichners, diesmal mit Schnurrbart, den er in der Zwischenzeit abgenommen hatte. Laut Aussage des Opfers war der Tatverdächtige einem Goldgroßhändler am 25. März in eine Goldbörse in Downtown Los Angeles gefolgt, wo er das Opfer ausraubte, das Gold im Wert von 625 000 $ bei sich trug. Der Tatverdächtige hatte außerdem das Opfer und einen Angestellten mit gezogener Waffe um Goldkörnchen im Wert von 346 000 $ beraubt und darüber hinaus noch 46 000 $ in bar erbeutet. Mark Messinger war anhand von Fingerabdrücken identifiziert worden, die man am Tatort gefunden hatte.

Ich überflog auch die restlichen Berichte. Anscheinend gab es kein Verbrechen, zu dem Mark Messinger nicht fähig war – der Allround-Verbrecher mit einer Eins in Mord und etwas schlechteren Noten in bewaffneten Raubüberfällen und Angriff mit einer tödlichen Waffe. Er schien immer impulsiv und brutal vorzugehen. Von intellektuellen Methoden hielt er nichts, von Finessen ebensowenig. Der Millionenraub war vermutlich das raffinierteste Ding, das er je gedreht hatte.

»Jetzt wissen wir, wieso er es sich leisten kann, einen Mordauftrag zum Niedrigstpreis zu übernehmen«, sagte ich.

Dietz tippte auf das Papier und zeigte auf eine der letzten Druckzeilen. Eine kurze Notiz besagte, man habe erfahren, daß der Verdächtige Verwandte in Santa Teresa habe. »Daher kennt er also Tyrone Patty. Von hier. Sie haben vor vier Jahren im Bezirksgefängnis in einer Zelle gesessen. Wahrscheinlich sind sie seither immer in Verbindung geblieben.«

»Hat die Polizei mit seiner Familie gesprochen?«

Dietz nickte. »Pech auf der ganzen Linie. Sein Vater behauptet, er habe schon jahrelang nicht mehr mit seinem Sohn gesprochen. Wahrscheinlich lügt er, aber dagegen kann man nicht viel tun. Dolan sagt, daß sie ihm eine strenge Predigt über Vorschubleistung und Mittäterschaft gehalten haben. Der alte Mann gab sein Pfadfinderehrenwort, er werde die Polizei verständigen, wenn sein Sohn hier auftauchen sollte.«

Ich fühlte, wie sich mein ganzes Inneres zu verkrampfen begann. »Reden wir über etwas anderes.«

»Reden wir übers Zurückschlagen.«

»Morgen«, sagte ich. »Im Moment bin ich nicht in der richtigen Stimmung.«

»Trinken Sie Ihren Tee, und machen Sie sich frisch. Ich warte unten auf Sie.«

Henry hatte ein schmackhaftes Essen zusammengestellt: saftigen Hackbraten, Pilzsoße, Kartoffelbrei, frische grüne Bohnen, selbstgebackene Brötchen, eine Zitronenbaisertorte und Kaffee. Er aß mit uns, sprach nicht viel, beobachtete mich mit sorgenvollen Augen. Dietz mußte ihm gesagt haben, er dürfe mir keine Vorwürfe machen, weil ich das Haus verlassen hatte. Es war klar, daß Henry mir gern eine Szene gemacht hätte, doch er war vernünftig genug, den Mund zu halten. Ich hatte ohnehin ein schlechtes Gewissen, als sei der Anschlag auf mein Leben meine persönliche Untat. Henry studierte die Polizeiberichte, prägte sich Mark Messingers Gesicht und die Einzelheiten der ihm zugeschriebenen Straftaten ein. »Ein übler Kunde«, sagte er zu Dietz. »Sie haben einen kleinen Jungen erwähnt. Wie paßt er ins Bild?«

»Messinger hat das Kind seiner Lebensgefährtin gekidnappt. Ihr Name ist Rochelle. Arbeitet in einem Massagesalon in Hollywood. Ich habe vor einer Weile mit ihr gesprochen, die Frau ist total fertig. Der Junge heißt Eric. Er ist fünf und war in einer Kindertagesstätte in der Nähe ihres Arbeitsplatzes untergebracht. Messinger hat ihn vor ungefähr acht Monaten dort abgeholt, und seither hat sie den Kleinen nicht mehr gesehen. Ich habe auch Söhne. Ich würde jeden umbringen, der ihnen etwas täte.« Dietz aß, wie er alles tat, mit unglaublicher Konzentration. Als er den letzten Bissen weggeputzt hatte, lehnte er sich zurück und klopfte automatisch gegen die Hemdtasche, in der früher seine Zigaretten gewesen waren. Dann schüttelte er kurz den Kopf, als mache er sich über sich selbst lustig.

Die beiden wandten sich anderen Themen zu, sprachen über Sport, den Aktienmarkt, politische Ereignisse. Während sie sich unterhielten, sammelte ich die Teller und die übrigen Utensilien ein und trug sie in die Küche. Ich ließ Wasser ins Becken und stellte das Geschirr hinein. Wenn man sich von den anderen ein bißchen absetzen will, gibt es nichts Beruhigenderes als den Abwasch. Man stellt sich pflichtbewußt und fleißig dar, und dabei ist das Spülen so entspannend wie ein Schaumbad. Im Moment fühlte ich mich sicher. Ich wäre damit zufrieden gewesen, die Wohnung nie wieder zu verlassen. Wäre es denn so falsch, für immer hierzubleiben? dachte ich. Ich konnte kochen und putzen lernen. Ich konnte Kleider bügeln (falls ich welche hatte). Vielleicht konnte ich nähen lernen und kunstgewerbliche Gegenstände aus Eiscremestielen anfertigen. Ich wollte nur nicht wieder hinaus. Die reale Welt weckte allmählich in mir die gleichen Gefühle wie Schwimmen im Ozean.

Vor der Küste bei Santa Teresa ist das Wasser des Pazifiks trüb und kalt und voll unbekannter, beängstigender Dinge, an denen man sich verletzen oder infizieren kann: Organismen aus Gallerte und Schleim, Krustentieren mit Stacheln und hornigen Zangen, die einem die Kehle herausreißen können. Mark Messinger war so: bösartig, unnachgiebig, tot im Herzen.

Henry ging um zehn. Dietz schaltete den Fernseher ein und wartete auf die Nachrichten, während ich wieder ins Bett kroch. Ich wurde nachts zweimal wach und sah auf die Uhr; einmal Viertel nach eins und dann wieder fünf nach halb drei. Unten brannte Licht, und ich wußte, daß Dietz noch wach war. Schlafmangel schien für ihn ein Lebenselixier zu sein, ich hingegen kann nie genug Schlaf kriegen. Das Licht, das zu mir heraufdrang, war von einem heiteren Gelb. Jeder, der es auf mich abgesehen hatte, bekam es zuerst mit ihm zu tun. Beruhigt schlief ich wieder ein.

Trotz meiner Angst schlief ich verhältnismäßig gut und erwachte mit einer Spur meiner alten Energie, die fast so lange anhielt, bis ich hinunterging. Dietz war noch unter der Dusche. Ich überzeugte mich, daß die Haustür abgeschlossen war und überlegte, ob ich vor dem Badezimmer herumlungern und ihm beim Singen zuhören sollte, befürchtete jedoch, er könnte mich dabei ertappen und es vielleicht übelnehmen. Ich brühte eine Kanne Kaffee auf, stellte die Milch, die Packung mit den Frühstücksflocken und die Schüsseln auf den Tisch. Dann öffnete ich einen der hölzernen Fensterläden einen winzigen Spalt und schaute hinaus. Doch mehr als einen Streifen von einem Blumenbeet sah ich nicht. Ich stellte mir vor, daß Messinger auf der anderen Seite der Straße mit einem Spezialgewehr mit Infrarotvisier lauerte und mir in dem Moment den Kopf wegpusten würde, in dem ich mich rührte. Deshalb zog ich mich in die Küche zurück und schenkte mir ein Glas Orangensaft ein. So bedroht wie jetzt hatte ich mich seit meinem ersten Schultag nicht mehr gefühlt.

Als er aus dem Bad kam, schien Dietz überrascht, daß ich aufgestanden war. Er trug khakifarbene Hosen aus Baumwollköper und ein körperbetonendes weißes T-Shirt. Er sah kräftig und muskulös aus und hatte kein Gramm Fett zuviel. Er schaltete die tragbare Alarmanlage aus, öffnete die Tür und holte die Zeitung herein. Ich hielt mich vorsichtig aus der Feuerlinie. Bei bestimmten Geisteskrankheiten mußte man sich so fühlen, wie ich mich jetzt fühlte. Ich zog mir einen Hocker heraus und setzte mich.

Er warf die Zeitung auf die Frühstückstheke und machte einen kleinen Umweg durch das Wohnzimmer. Als er wiederkam, brachte er die Davis mit, die er aus meiner Tasche genommen haben mußte. Er legte sie vor mich auf die Theke. Dann schenkte er sich Kaffee ein und setzte sich mir gegenüber.

»Guten Morgen«, sagte ich.

Mit einem Nicken wies er auf die Davis. »Ich möchte, daß Sie sie wegräumen.«

»Warum?«

»Es ist eine Taschenpistole. Nutzlos unter den gegebenen Umständen.«

Ich verkniff mir eine flapsige Antwort. »Ich habe keine andere Waffe.«

»Besorgen Sie sich eine andere.«

»Aber warum?«

»Sie ist billig und unzuverlässig. Es ist nicht sicher, sie mit den Patronen in der Kammer herumzutragen, was bedeutet, daß Sie das Magazin immer voll, die Kammer leer und die Waffe gesichert haben müssen. Wenn Sie in Schwierigkeiten sind, möchte ich nicht, daß Sie erst lange durchladen müssen, damit Sie eine Patrone im Lauf haben, um schießen zu können. Sie können sich auch gleich ein neues Halfter besorgen.«

Ich sah ihn starr an, doch mein Blick schien ihn wenig zu beeindrucken.

»Wo ist hier das nächste Waffengeschäft?« fragte er.

»Ich habe kein Geld für so was. Sie sprechen über fünf- bis sechshundert Dollar.«

»Eher über elfhundert für die Pistole, die Sie haben müßten.«

»Und die wäre?«

»Eine von Heckler & Koch, eine P7, neun Millimeter. Sie können Sie irgendwo gebraucht kaufen. Es ist die neueste Handfeuerwaffe der Yuppies. Im Handschuhfach eines BMW macht sie sich einfach großartig, aber sie ist trotzdem das richtige für Sie.«

»Vergessen Sie's«, sagte ich.

Diesmal starrte er mich an.

Ich wurde unsicher. »Selbst wenn ich heute eine Pistole kaufte, müßte ich zwei Wochen warten, bis ich sie bekomme.«

»Bis dahin können Sie die Davis nehmen, aber nicht mit diesen Patronen. Sie sollten welche mit hoher Mündungsgeschwindigkeit wie die Winchester Silvertip benutzen oder Patronen mit Splitterwirkung wie die Glaser Safety Slug. Ich empfehle Ihnen die Winchester Silvertip.«

»Warum die?« Im Grunde war es mir egal, ich war nur aufsässig und wollte streiten.

Er zählte die Gründe an den Fingern ab, damit ich sie mir besser merkte. »Sie ist nicht so teuer und wird sehr häufig von der Polizei benutzt. Bei der schwachen .32er-Patrone ist die Durchschlagskraft...«

»Schon gut, ich hab's kapiert«, sagte ich gereizt. »War das Ihre Hauptsorge, als Sie gestern nacht hier unten saßen?«

»Genau das«, sagte er. Er schlug die Zeitung auf und überflog die Titelseite. »Im Wagen habe ich übrigens eine Colt .45. Auf dem Schießstand können Sie dann mit beiden Waffen üben.«

»Und wann wird das sein?«

»Die Waffenhandlung macht um zehn auf, dann fahren wir.«

»Ich will nicht hinaus.«

»Wir wollen doch nicht zulassen, daß der Kerl Ihr Leben derart beeinflußt.« Er hob die grauen Augen zu mir auf. »Okay?«

»Ich hab Angst«, sagte ich.

»Warum tun wir das alles, Ihrer Meinung nach?«

»Was ist mit dem Bankett?«

»Ich denke, wir sollten hingehen. Sie werden jetzt ein paar Tage Ruhe haben. Er will, daß Sie über Ihre Sterblichkeit nachdenken. Er will, daß Ihre Angst immer größer wird, bis Sie bei jedem Klingeln des Telefons zusammenzucken.«

»So weit bin ich schon.«

»Essen Sie was, dann geht es Ihnen gleich besser.«

Ich schüttete Frühstücksflocken und etwas Milch in die Schüssel und brütete auch beim Essen vor mich hin.

Dietz brach das Schweigen und sah mich über die Zeitung hinweg an. »Etwas möchte ich Ihnen gern noch einmal sagen, also hören Sie bitte gut zu. Ein echter Berufskiller tötet entweder aus nächster Nähe oder aus sehr weiter Entfernung. Aus der Nähe würde er wahrscheinlich ein .22er-Gewehr mit Unterschallmunition benutzen. Aus der Entfernung eins mit Kaliber .308. Messinger ist ein übler Kunde, aber er ist auch ein Amateur. Ich kriege ihn.«

»Und wenn er Ihnen zuvorkommt?«

»Das wird er nicht.« Er widmete sich wieder seiner Sportseite.

Von da an ging's mir besser, das schwöre ich.

15

Dietz und ich fuhren zuerst ins Büro. Ich hörte den Anrufbeantworter ab (keine Nachricht), während er sich mit der Post vom Vortag beschäftigte (keine Briefbombe). Ich schloß wieder ab und ging nach nebenan zur California Fidelity. Vera war eben gekommen. Sie trug einen Zweiteiler aus roter Fallschirmseide – langer, fließender Rock, Bluse mit langen Ärmeln und roter Gürtel. Seit gestern war ihr Haar stark erblondet, mit Strähnchen, und sie hatte auch ihre Brille durch eine Pilotenbrille mit blauen Gläsern ersetzt. Wie gewöhnlich sah sie aus wie eine jener Frauen, mit denen jeder Mann ohne weitere Überlegungen aus einem Flugzeug springen würde, eine Wirkung, die an Dietz nicht spurlos vorüberging. In der Hand hatte sie einen Kleiderbügel mit einem Kleidungsstück, das im Plastiksack einer Reinigung steckte. »Oh, hallo! Kommt ihr heut abend?«

»Wir sind hier, um dir Bescheid zu geben«, sagte ich. »Sollte ich im Hotel anrufen?«

»Das hab ich schon getan«, sagte sie. »Ich bin davon ausgegangen, daß du kommen würdest. Das ist für dich.« Sie zeigte auf den Plastiksack. »Gehen wir in mein Büro, dort kannst du dir's ansehen. Das ist Weiberkram«, wandte sie sich an Dietz. »Rauchen Sie noch immer nicht?«

»Heut ist der dritte Tag«, sagte er.

Mir war nicht bewußt gewesen, daß er die Tage zählte.

»Und der siebente Tag für mich«, sagte sie.

»Wie fühlen Sie sich?«

»Ach, ganz gut. Ich habe eine geradezu manische Energie, stehe unter Strom. Offenbar habe ich mich immer darauf verlassen, daß das Nikotin mich sanfter stimmt. Wie steht's mit Ihnen?«

»Ich bin okay«, sagte er mild. »Ich tu so was ganz gern, um mich selbst zu testen.«

»Darauf könnte ich wetten«, sagte sie und lachte kehlig. »Wir sind gleich wieder da.« Schwungvoll fegte sie nach hinten.

»War das, was du zu ihm gesagt hast, gehässig gemeint?« fragte ich und beeilte mich, um mit ihr Schritt zu halten. »Es hat gehässig geklungen.«

Sie blickte über die Schulter. »Hör zu, Babyschätzchen, wenn ich erst mal anfange, gehässig zu werden, ist das nicht mehr mißzuverstehen.«

Sie hängte den Kleiderbügel an ihren Schrank, steckte eine nicht angezündete Virginia Slim in den Mund und rauchte kalt. Dann schloß sie die Augen wie zum Gebet. »O Gott, nur ein Streichholz – für eine Zigarette – für den ersten Zug, der den Kopf leicht macht...« Sie öffnete die Augen wieder und schüttelte den Kopf. »Ich hasse es, Dinge zu tun, die gut für mich sind. Warum nur habe ich mich dazu entschlossen?«

»Du hast Blut gehustet.«

»O ja. Das hatte ich ganz vergessen. Na ja. Sieh dir das mal an.« Sie zog den Plastiksack über den Kleiderbügel. Zum Vorschein kam ein schwarzseidener Overall mit Spaghettiträgern und einem sehr schmalen Gürtel. Die passende Jacke hatte einen Mandarinkragen und lange Ärmel. »Wie findest du das?«

»Sieht perfekt aus.«

»Gut. Probier's zu Hause, ob es paßt. Wenn nicht, ruf mich an, und ich treibe was anderes auf. Du kannst es um sechs mitbringen und dich in meinem Zimmer umziehen. Ich logiere im Edgewater, damit ich hinterher nicht nach Hause fahren muß. Ich will nicht ständig kontrollieren, wieviel ich trinke.«

»Hast du keine Verabredung? Ich dachte, du kommst mit Neil.«

»Ich treffe mich dort mit ihm. So kann er tun, was er will, hat keinerlei Verpflichtung mir gegenüber. Den Schmuck bringe ich heut abend mit und helfe dir vielleicht auch mit deinen Haaren. Ich sehe schon, daß ich dich von Kopf bis Fuß anziehen muß.«

»Ich bin nicht hilflos, Vera.«

»Natürlich bist du nicht hilflos. Aber total ahnungslos, wenn es um Kleider geht. Ich wette, du hast noch nie einen Farbtest gemacht – ich meine, feststellen lassen, welche Farben am besten zu dir passen.«

Ich zuckte leicht und unverbindlich mit den Schultern und bemühte mich, so auszusehen, als ginge ich zweimal wöchentlich zum Farbtest.

»Laß es bleiben. Du bist ein Sommer-Typ. Ich kann dir die fünfzig Dollar ersparen. Schwarz dürftest du eigentlich nicht tragen, aber zur Hölle damit. Du wirst phantastisch aussehen.« Sie unterbrach sich und betrachtete mein Gesicht. »Diese blauen Flecke kleiden ungemein – besonders der eine, der ins Grüne spielt.« Die nicht angezündete Zigarette schräg im Mundwinkel, zog sie langsam die Plastikhülle über den Anzug. »Wie fühlt man sich, wenn man vierundzwanzig Stunden am Tag einen Kerl am Hals hat?«

»Meinst du Dietz?«

Sie seufzte und rollte mit den Augen. »Nein, Donald Duck. Ach, egal. Du magst ihn wahrscheinlich, weil er seinen Kram versteht?«

»Nun ja, darauf kommt's schließlich an, oder? Weißt du, worüber ich mir den Kopf zerbreche? Wieso hab ausgerechnet ich lauter herrschsüchtige Leute um mich, die mich rumschubsen wollen? Rosie, Dietz, Henry – und jetzt auch du.«

»Du bist süß, weißt du das? Hältst dich für richtig hartgesotten.«

»Ich *bin* hartgesotten«, sagte ich.

»Neil wird ganz verrückt nach dir sein. Hast du ihn schon angerufen?«

»Ich hatte noch keine Gelegenheit. Wir sind eben erst zurückgekommen.«

»Er kommt heut abend nur, um dich kennenzulernen. Vergiß das nicht. Iß nichts.«

Ich kniff die Augen zusammen. »Wieso denn das? Ich hab gedacht, das sei ein festliches Abschiedsessen?«

»Angenommen, du willst mit ihm ins Bett?«

»Will ich nicht«, sagte ich.

»Aber angenommen, du willst doch.«

»Was hat das mit dem Dinner zu tun?«

Sie verlor allmählich die Geduld mit mir, nahm sich jedoch die Zeit, mich aufzuklären. »Geh nie nach einem großen Essen mit einem Typen ins Bett. Weil du dann nämlich einen aufgequollenen Magen hast.«

»Und warum sollte ich mit einem Typen ins Bett gehen, mit dem ich vorher nicht toll gegessen habe?«

»Essen kannst du später noch genug – wenn du verheiratet bist.«

Ich mußte lachen. »Ich habe nicht die Absicht, später zu heiraten, aber danke für den Tip.«

»Gern geschehen. Tschüs, bis heut abend.«

Dietz saß draußen an Darcys Schreibtisch und blätterte in einer Schrift über Verluste, die einem entstehen konnten, wenn man nicht versichert war. Wir gingen hinunter, und ich verstaute meine Abendgarderobe vorsichtig im Kofferraum seines Wagens. »Ausgeschlossen, daß ich darunter die kugelsichere Weste trage«, sagte ich.

Dietz gab keine Antwort, und das nahm ich als Zustimmung.

Auf dem Weg zum Schießstand hielten wir bei der Waffenhandlung und stritten uns dort eine Stunde lang herum. Er wußte viel besser Bescheid als ich, und ich mußte mich geschlagen geben. Ich leistete eine Anzahlung für eine 9-Millimeter H&K P 7, füllte alle erforderlichen Formulare aus und blätterte schließlich fünfundzwanzig Dollar für fünfzig Winchester Silvertip-Patronen auf den Ladentisch. Dietz hatte darauf bestanden, daß ich sie kaufte. Zum Lohn für meine Gefügigkeit war er so taktvoll, nicht zu erwähnen, daß alles seine Idee war. Ich hatte erwartet, daß es mich mißmutig machen würde, seinen Rat anzunehmen, aber ich fühlte mich wohl dabei. Was mußte ich denn beweisen? Er war länger in dem Geschäft als ich und schien eine Menge davon zu verstehen.

Dietz raste in seinem kleinen roten Porsche den Paß hinauf, als sei jemand hinter ihm her. Vielleicht übten wir für eine spätere Verfolgungsjagd. Beifahrerbremsen gehörten nicht zur Ausstattung des Porsche, aber ich stemmte trotzdem den rechten Fuß hoffnungsvoll gegen den Boden. Ich wünschte mir, ich könnte an ein Leben nach dem Tod glauben, da ich mich kurz davor wähnte. Dietz schien mein Unbehagen nicht einmal zu merken. Da er seine Aufmerksamkeit ungeteilt auf die Straße richtete, wollte ich seine Konzentration nicht durch den durchdringenden Angstschrei stören, der mir immer wieder über die Lippen zu kommen drohte und den ich unterdrücken mußte.

Im Club war niemand außer dem Platzwart, an den wir unseren Obolus entrichteten. Die Maisonne war heiß, der leichte Wind trocken, und die Luft duftete nach Lorbeer und Salbei. Regnen würde es erst wieder um Weihnachten herum. Im August würden die Berge versengt, die Vegetation verdorrt und das Holz so leicht brennbar wie Zunder sein. Schon jetzt hing Dunst über dem Tal, geisterhaftes Omen bevorstehender Brände.

Dietz stellte in einer Entfernung von sieben Metern einen Pappmenschen – offiziell B-27, menschliche Silhouette – als Zielscheibe auf. Ich hatte mit der Davis über eine Entfernung von fünfundzwanzig Metern geübt, aber Dietz schüttelte nur den Kopf. »Eine .32er ist für Selbstverteidigung in einem Umkreis von fünfzehn – besser noch von zehn Metern angelegt. Die Patrone muß tief genug eindringen, um an lebenswichtige Organe und Blutgefäße zu kommen, und zwar acht bis zehn Zoll. Die Silvertip hat da eine bessere Chance als alle anderen.«

»Hübscher Beruf, den wir haben«, sagte ich.

»Was glauben Sie denn, warum ich aussteige?«

Ich lud meine kleine Davis, während er mir eine Technik erklärte, die er Mosambik-Drill nannte: Pistole geladen, Patrone in der Kammer, Waffe gesichert, Finger nicht am Abzug, Mündung in einem Winkel von fünfundvierzig Grad nach unten gerichtet. »Reißen Sie die Pistole hoch in Schußposition, und feuern Sie zweimal schnell hintereinander in der Höhe des Brustbeins in die Brust. Dann kurze Blickkontrolle, wohin Sie getroffen haben, und dann feuern Sie ein drittes Mal – und diesmal sorgfältiger gezielt – auf den Kopf. Genau hierher.« Er zeigte auf die Augenhöhlen.

Ich setzte die Ohrenschützer auf und tat wie geheißen, anfangs ziemlich gehemmt, weil er mich beobachtete. Es war klar, daß ich nicht mehr so gut war wie vor Jahren in der Polizeiakademie. Ich war oft hier heraufgekommen, im Durchschnitt einmal monatlich, hatte meine Besuche mit der Zeit jedoch weniger als Training in Selbstverteidigung, sondern mehr als Meditationsübung betrachtet. Mir selbst überlassen, war ich weder streng mit mir selbst noch exakt gewesen. Dietz war ein guter Lehrer, geduldig, methodisch, und er machte seine Verbesserungsvorschläge stets so, daß ich mich nicht kritisiert fühlte.

»Versuchen wir's jetzt mal, wenn Sie die Pistole noch in der Handtasche haben«, sagte er, als er zufrieden war.

»Woher wissen Sie das alles?«

Er lächelte leicht. »Meine erste richtige Ausbildung an Handfeuerwaffen habe ich in einem Kurs für Sicherheitsleute bekommen, die einen Waffenschein brauchten, um im Dienst Pistole oder Revolver tragen zu dürfen. Die praktischen Schießübungen waren minimal, aber ich habe mir damals hervorragende Grundkenntnisse in den Waffengesetzen erworben. Danach ging ich ans American Pistol Institute.« Er unterbrach sich. »Sind wir eigentlich zum Arbeiten hier oder zum Schwatzen?«

»Darf ich's mir aussuchen?« sagte ich.

Das war offenbar nicht der Fall. Er ließ mich die .45er ausprobieren, aber nach der .32er war die Waffe einfach zu schwer für mich. Er gab in diesem Punkt nach und erlaubte mir, mit der Davis weiterzuschießen. Wir gingen wieder an die Arbeit, und ich konzentrierte mich auf meine Aufgabe. Der Geruch von Schießpulver hing beißend in der Luft. Ich hörte auf, Mark Messinger als reale Person zu sehen. Er war zu etwas Abstraktem geworden – zu einer flachen schwarzen Silhouette sieben Meter entfernt –, mit einem papiernen Herzen und einem papiernen Hirn. Auf ihn zu feuern und zu sehen, wie sein Brustkorb zerfetzt wurde, wirkte therapeutisch auf mich. Die Furcht fiel von mir ab, und meine Zuversicht kehrte zurück. Ich schoß auf seinen Papierhals und traf eine tintenblaue Arterie. Und dann tat ich so, als tätowierte ich ihm mein Monogramm in den Oberleib. Als wir mittags einpackten und den Schießstand verließen, war ich wieder ganz die alte.

Wir lunchten in der State Coach Tavern, die sich wie schutzsuchend an den Berg lehnte; ganz in der Nähe rieselte zwischen den Felsblöcken ein kleiner Wasserlauf zu Tal. Immergrüne Eichen und Lorbeerbäume hüllten die Taverne in kühle Schatten. Nur das Geschwätz der Vögel störte die Stille. Hin und wieder tauchte auf der Steigung vor dem Lokal ein Wagen auf und hielt auf die Hauptstraße zu. Dietz war noch immer wachsam und behielt die Umgebung im Auge. Er kam mir aber irgendwie entspannter vor; er trank sein Bier, einen Fuß auf die Fußleiste der groben Holzbank aufgestützt, auf der er saß. Ich saß links von ihm, mit dem Rücken zur Wand, und hielt ebenfalls Ausschau, obwohl es nicht viel zu sehen gab. Nur drei andere Gäste, Radfahrer, saßen an einem der roh behauenen Tische im Freien.

Wir bestellten Chili verde. Die Kellnerin brachte uns zwei große Teller duftenden Schweinefleischs in grünem Chili-Stew mit einem Schuß Koriander-Ketchup obendrauf und darin eingetaucht zwei zusammengefaltete Tortillas. Näher konnte ein Sünder dem Himmel nicht kommen, ohne vorher tätige Reue geübt zu haben.

»Wie sieht Ihr Vertrag mit der California Fidelity aus?« fragte Dietz zwischen zwei Bissen.

»Sie stellen mir die Büroräume zur Verfügung und ich ihnen meine Dienste – ungefähr zwei-, dreimal im Monat. Das ist unterschiedlich. Gewöhnlich untersuche ich Brände und falsche Versicherungsansprüche nach Todesfällen, doch es kann sich auch um andere Dinge handeln.«

»Ein gutes Arrangement. Wie sind Sie dazu gekommen?«

»Meine Tante hat jahrelang für sie gearbeitet, daher wußte ich eine Menge über die Jungs. Als ich noch in der High-School war, hat sie mir im Sommer auch hin und wieder Ferienjobs dort verschafft. Ich habe die Polizeiakademie mit neunzehn absolviert, konnte aber erst mit einundzwanzig in den Polizeidienst eintreten und habe daher zwei Jahre bei der California Fidelity als Empfangsdame gearbeitet. Nachdem ich den Polizeidienst quittiert hatte, ging ich zu einer privaten Agentur, bis ich selbst eine Lizenz bekam, und dann habe ich mich selbständig gemacht. Eine der ersten wirklich großen Untersuchungen, die ich führen durfte, war für die CF.«

»Viele Frauen drängen jetzt in den Beruf«, sagte er.

»Warum auch nicht? Auf eine verdrehte Art macht er sogar Spaß. Manchmal kommt man sich am Ende ziemlich abgebrüht vor, aber man ist wenigstens sein eigener Herr. Das liegt mir. Ich bin unglaublich neugierig und stecke meine Nase gern dahin, wohin sie nicht gehört. Wie steht's mit Ihnen? Was wollen Sie tun, wenn Sie aus der Branche aussteigen?«

»Schwer zu sagen. Ich verhandle mit einem Typen draußen in Colgate, der bei den Militärstützpunkten in Übersee Schulungskurse für Terroristenbekämpfung abhält.«

»Mit simulierten Überfällen?«

»Das ist richtig. Mitten in der Nacht trommelt er eine Mannschaft zusammen, knackt Umzäunungen, dringt in das Gelände ein und filmt das ganze Manöver, damit er ihnen hinterher sagen kann, wie sie sich selbst besser schützen können.«

»Räuber und Gendarm ohne Feuerzauber.«

»Genau. Viel Spaß und keine Gefahr.« Er unterbrach sich und tunkte seinen Teller mit einer Tortilla aus. »Sie machen ein Gesicht, als wären Sie jetzt mit sich im reinen.«

»So fühle ich mich jedenfalls«, sagte ich. »Vera wäre zwar anderer Meinung, sie findet mich hoffnungslos. Zu unabhängig, nicht raffiniert genug…«

»Was können Sie mir über sie erzählen?«

»Nicht sehr viel, um ehrlich zu sein. Sie kommt für mich dem am nächsten, was ich unter einer Freundin verstehe, aber ich könnte nicht behaupten, daß wir uns sehr gut kennen. Ich bin viel unterwegs und nicht besonders gesellig. Sie ist gewissermaßen in der Single-Szene zu Hause, in die ich noch nie besonders gut gepaßt habe. Ich bewundere sie wirklich. Sie ist gescheit. Hat Stil. Läßt sich nichts gefallen...«

»Was ist los? Wollen Sie sie mir verkaufen?«

Ich lachte, zuckte mit den Schultern. »Sie haben mich nach ihr gefragt.«

»Ja, sie gehört zu den Frauen, die ich nie durchschaut habe.«

»Wie meinen Sie das?«

»Keine Ahnung. Auch dahinter bin ich noch nicht gekommen. Aber irgend etwas an ihr beunruhigt mich.«

»Sie ist eine gute Seele.«

»Das glaube ich Ihnen gern.« Er putzte den Teller weiter mit der Tortilla aus, ohne über das Thema noch ein einziges Wort zu verlieren. Manchmal war es schwer zu ergründen, was er wirklich dachte, und ich kannte ihn noch nicht gut genug, um ihn zu drängen.

16

Um sechs Uhr brachen wir ins Hotel auf. Dietz hatte geduscht und sich für den Abend schick gemacht. Er trug eine sportliche Hose, ein Hemd mit gemusterter Krawatte und ein dunkles Sportjackett im Westernstil mit überbreiten Schultern und ganz enger Taille. Dazu auf Hochglanz polierte schwarze Stiefel und unter dem Jackett selbstverständlich eine kugelsichere Weste – eine Kevlar, die eine aus drei Meter Entfernung abgeschossene .357er Magnum aufhielt. Ich hatte auch beobachtet, daß er sich ein Halfter mit seiner .45er umgeschnallt und hinter die rechte Hüfte geschoben hatte.

Ich duschte und schlüpfte wieder in Jeans, Rollkragenpullover und Tennisschuhe. Den Seidenanzug wollte ich erst in Veras Hotelzimmer anziehen. Kurz bevor wir das Haus verließen, hatte ich ihn anprobiert. Die Hosen waren etwas zu lang, aber ich hatte sie an der Taille hochgerollt und damit das Problem gelöst. Schwarze Pumps, Strumpfhosen, schwarze Schlüpfer und noch ein paar Kleinigkeiten hatte ich in ein Köfferchen gepackt. Dietz hatte mir die kugelsichere Weste erlassen, sie hätte zu Spaghettiträgern nur lächerlich ausgesehen. Die Davis lag in einer Außentasche meiner großen Lederhandtasche, die einem Diplomatenkoffer ähnlicher sah als einem Abendtäschchen. Dietz bat mich, sein Nachtglas mitzunehmen, und nachdem ich es hineingestopft hatte, war die Tasche noch unförmiger als vorher. Das Glas wog nur etwa ein Pfund, aber es hatte die Größe eines Zooms für eine 35-Millimeter-Kamera, so daß ich Schlagseite bekam. »Wozu nehmen wir denn dieses Monstrum mit?« fragte ich.

»Das ist mein neuestes Spielzeug. Gewöhnlich lasse ich's im Wagen, aber der Hotel-Parkplatz ist mir zu unsicher. Das gute Stück hat mich mehr als dreitausend Dollar gekostet.«

»Oh!«

Dietz fuhr auf einem Umweg ins Hotel. Er sprach wenig. Obwohl er mir versichert hatte, Mark Messinger werde mich ein, zwei Tage in Ruhe lassen, schien er nervös, und mein Magen reagierte empfindlich darauf. Dietz war konzentriert, angespannt und wachsam. Er drückte den Zigarettenanzünder hinein und griff dann mit einer Reflexbewegung nach seinen Zigaretten. »Scheiße!« sagte er und schüttelte den Kopf, als ärgerte er sich über sich selbst.

Er schaltete herunter und bog um eine Ecke. »In solchen Zeiten beneide ich die Typen, die für die Regierung tätig sind«, sagte er. »Dann hätten Sie nämlich eine ganze Kompanie Leibwächter. Der Regierung stehen unbegrenzt Leute zur Verfügung, sie hat Zugang zu Geheimdienstquellen und ist gesetzlich befugt, jemandem in den Hintern zu treten...«

Ich wußte nicht, was ich dazu sagen sollte, daher hielt ich den Mund.

Wir bogen in die breite Hotelzufahrt ein, Dietz stieg aus, schob dem Parkwärter den üblichen Obolus in die Hand und gab ihm die Anweisung, den Wagen im Auge zu behalten. Es war noch hell, und die Landschaft badete in Spätnachmittagssonne. Das Gras war kurz geschnitten, dicht und grün, der Rasen gesäumt von pinkfarbenen und weißen Gartenbalsaminen und büscheligen Lobelien in leuchtendem Blau. Auf der anderen Straßenseite warf sich die Brandung gegen den Damm und erfüllte die Luft mit dem salzigen Geruch des donnernden Pazifiks.

Außer dem weitläufigen Hauptgebäude des Edgewater gab es am Ende des Grundstücks noch eine Reihe einzeln stehender Bungalows, alle ungefähr so groß wie die Einfamilienhäuser in meiner Nachbarschaft. Sie waren in spanischem Stil erbaut, die Außenmauern weiß verputzt, hatten schweres Balkenwerk, altersblasse rote Schindeldächer und Innenhöfe. Unter einem Torbogen, der in den architektonisch angelegten Garten führte, versammelte sich eine Hochzeitsgesellschaft: fünf Brautjungfern in Hellrosa und ein lebhaftes Blumenkind, das mit einem Körbchen voller Rosenblätter aufgeregt herumhüpfte. Zwei junge Männer im Smoking, vermutlich Zeremonienmeister, standen dabei und meditierten über die Wirksamkeit der Geburtenkontrolle.

Dietz umfaßte wie üblich meinen Ellenbogen und ging auf dem Weg zum Hoteleingang schräg vor mir her. Ich ertappte mich dabei, daß ich, genau wie er, die Gäste in unserer unmittelbaren Umgebung beobachtete. Er war nervös, sein Blick wachsam, als wir die überdimensionale Halle betraten, die von zwei überdimensionalen Empfangspulten aus importiertem rosafarbenen Marmor flankiert wurde. Wir gingen auf den Portier zu und unterhielten uns kurz mit ihm. Dietz hatte offensichtlich vorher ein zweites Gespräch mit dem Management geführt, denn bald darauf erschien der Sicherheitschef Charles Abbott. Wir machten uns alle miteinander bekannt. Abbott war Ende Sechzig und sah aus wie ein Generaldirektor im Ruhestand, komplett mit dreiteiligem Anzug, manikürten Fingernägeln und Rolex-Uhr. Das war kein Mann, den man hemdsärmelig »Charlie« oder »Chuck« nennen konnte. Sein silbernes Haar hatte den gleichen Farbton wie sein hellgrauer Anzug, und an seiner Krawatte blitzte eine Diamantnadel. Ich hatte das Gefühl, daß ihm das, was er jetzt tat, viel mehr Spaß machte als seine frühere Tätigkeit. Er führte uns in eine Ecke der Halle, wo im Schutz eines drei Meter hohen Gummibaums drei gemütliche lederbezogene Clubsessel standen.

Dietz zeigte Abbott die Kopien von Mark Messingers Fotos aus dem Verbrecheralbum. »Das ist der Kerl, der uns Sorgen macht«, sagte er. »Ich möchte, daß diese Bilder an das Personal verteilt werden, das heute abend für das Bankett eingeteilt wurde.«

Abbott betrachtete die Fotos flüchtig und reichte sie dann zurück. Er hatte leuchtende blaue Augen, die häufig Blickkontakt suchten. »Mr. Dietz, ich muß Sie daran erinnern, daß wir nicht darauf eingerichtet sind, komplizierte Sicherheitsvorkehrungen zum Schutz von Privatpersonen zu treffen. Wir arbeiten von Fall zu Fall mit dem Secret Service zusammen, doch das Hotel kann keinerlei Verantwortung übernehmen, falls es zu einem unglücklichen Zwischenfall kommen sollte. Wir sind an erster Stelle hier, um die Sicherheit unserer Hausgäste zu gewährleisten. Wenn ich ausreichend Informationen erhalte, werden wir gern tun, was wir können, doch viel mehr kann ich nicht versprechen.«

Dietz lächelte. »Das verstehe ich«, sagte er freundlich. »Es ist eine reine Vorsichtsmaßnahme von uns. Wir erwarten keine Probleme, aber es ist immer nützlich, sich ein wenig Rückhalt zu verschaffen, damit alles glattgeht.«

»Selbstverständlich«, sagte Abbott.

Dietz zeigte vorbildliches Benehmen, gab sich verbindlich, entspannt. Er mußte die Hilfe dieses Mannes wirklich dringend brauchen.

Abbotts Miene verriet, daß er verwirrt war. Er sah aus wie ein Mann, der eine Zigarettenspitze und ein kleines goldenes Dunhill-Feuerzug benutzt. »Was kann ich sonst noch für Sie tun? Ich könnte Ihnen ein paar meiner Sicherheitsleute zur Verfügung stellen.«

»Ich glaube nicht, daß das nötig sein wird, aber dennoch besten Dank. Vera Lipton, eine Angestellte der California Fidelity, hat sich für heute nacht hier ein Zimmer genommen. Ich wüßte gern ihre Zimmernummer und die Namen der Gäste, die in den benachbarten Räumen wohnen. Können Sie mir diese Informationen beschaffen?«

Abbott dachte über die Bitte nach. Unter dem glatten, liebenswürdigen Äußeren verbargen sich Eis und Feuerstein. »Nichts spricht dagegen«, sagte er, entschuldigte sich und ging zum Empfang. Nach einer kurzen Unterhaltung mit dem Angestellten kritzelte er etwas in ein ledergebundenes Notizbüchlein, das er aus der rechten Tasche genommen hatte. Er kam zurück und riß ein Blatt aus dem Notizbuch, das er an Dietz weitergab.

»Kennen Sie diese Ehepaare?« fragte Dietz.

»Ich kenne beide. Die Clarks sind Stammgäste. Mr. und Mrs. Thiederman sind zufällig mein Onkel und meine Tante.«

Dietz steckte den Zettel ein und schüttelte Abbott die Hand. »Vielen Dank für Ihre Unterstützung, wir wissen sie zu schätzen.«

»Ich freue mich, wenn ich Ihnen behilflich sein konnte«, sagte Abbott.

Wir gingen einen mit Teppich belegten Flur entlang, der von der Halle nach rechts abzweigte. Dietz behielt den Flur hinter uns ständig im Auge, die Hand wie immer unter meinem Ellenbogen, um mich leichter steuern zu können, wenn sich etwas Unvorhergesehenes ereignete.

Veras Zimmer lag im selben Flügel wie der Bankettsaal. »Haben Sie das gemanagt?« fragte ich Dietz, als ich sah, wie nah die Räume beieinander waren.

»Ich wollte nicht, daß Sie hin und zurück durch das ganze Hotel laufen müssen.« Er klopfte einmal. Nichts. Ich vermutete, daß Vera durch den kleinen Spion in der Tür guckte. Ein Riegel wurde zurückgeschoben, und da war sie, musterte uns über die Sicherheitskette hinweg mit zusammengekniffenen Augen. Sie trug einen grünen Kimono, der vorn weit klaffte und einen tiefen Einblick gewährte. Sie schaute nach unten und raffte mit einer Hand den Kragen zusammen. »Ich habe die Kette drangelassen«, sagte sie. »Klug von mir, nicht wahr?«

»Sie sind ein Goldstück, Vera«, sagte Dietz. »Lassen Sie uns jetzt rein.«

Sie legte den Kopf schief und linste auf den Flur hinaus.

»Woher soll ich wissen, ob nicht jemand mit gezogener Waffe hinter Ihnen steht?«

Dietz lachte. Ich sah ihn fragend an. Bisher hatte ich ihn nur einmal lachen gehört. »Gutes Argument«, sagte er.

Ich fand das Argument zwar nicht so besonders, aber mich fragte ja keiner.

Vera machte die Tür zu, damit sie die Sicherheitskette aushaken und uns hineinlassen konnte. Das Zimmer war sehr geräumig. Riesenbett, riesiger antiker Wohnzimmerschrank mit integriertem riesigem Fernseher. Die vorherrschende Farbe war hellgelb: dicker hellgelber Teppich, Tapete mit zartem, weißem japanischen Irismuster. Das Tapetenmuster wiederholte sich in der glänzenden Baumwolltagesdecke und den glänzenden Baumwollübergardinen, die an Messingstangen hingen. Die Jalousien waren heruntergelassen, das Licht draußen zeigte an, daß das Zimmer gegenüber der Hotelzufahrt lag. Die beiden Polstersessel waren hellgrün mit einem diagonalen weißen Gittermuster. Durch eine offene Tür blickte ich in ein Badezimmer in den gleichen Farben: eine Vase mit weißen Seidenblumen, dicke, weiche gelbe Handtücher in einem Weidenkorb, der auf dem Waschbecken stand.

Vera hatte ihre Sachen über jede sichtbare Fläche verstreut; abgelegte Kleidung auf dem Bett, andere Garderobe auf einem Haken an der weit offenstehenden Schranktür. Kosmetika auf der Kommode, heiße Lockenwickel und einen Lockenstab auf dem Badezimmerschränkchen, ein feuchtes Handtuch auf dem Toilettensitz. Aus dem offenen Koffer auf der Kofferbank quoll weiche Chiffonwäsche. Auf einem Polstersessel lag malerisch eine Strumpfhose mit gespreizten Beinen; der verstärkte rautenförmige Zwickel sah aus wie ein nach oben gerichteter Pfeil. Dietz marschierte schnurstracks zur Tür des Nebenzimmers, überzeugte sich, daß sie abgesperrt war, und zog dann die Vorhänge zu.

Vera ging zum Couchtisch. Sie hatte ein Tablett mit vier Champagnergläsern und eine Flasche Champagner bringen lassen, die in einem frostig beschlagenen silbernen Kübel ruhte. Vera nahm die Flasche und begann die Silberfolie zu lösen. »Setzt euch. Wir können einen Schluck trinken.«

»Ich trinke nichts, vielen Dank«, sagte Dietz. »Ich muß arbeiten.« Und dann zu mir: »Sperren Sie die Tür hinter mir ab. Wenn das Telefon klingelt, dürfen Sie rangehen, aber sagen Sie nicht, wer Sie sind. Ist es jemand, den Sie kennen, fassen Sie sich kurz. Geben Sie niemandem auch nur die geringste Information. Wenn der Anrufer ›falsch verbunden‹ sagt, informieren Sie mich. Wahrscheinlich möchte er nur herausfinden, ob jemand im Zimmer ist.« Er sah auf seine Uhr. »Ich bin Punkt sieben zurück, um Sie in den Bankettsaal zu bringen.«

Als Dietz gegangen war, streckte Vera die Arme über den Kopf und tanzte einen Shimmy. »Also los!« sagte sie, hüpfte ein paarmal und stieß, während sie mit den Füßen stampfte, einen Freudenschrei aus. Sie dröselte den Draht an der Champagnerflasche auf, legte ein Handtuch über den Flaschenhals und schob den Korken mit beiden Daumen so lange hin und her, bis er herausschoß. Sie füllte zwei Gläser und reichte mir eins. »Ich bin schon geschminkt«, sagte sie. »Warum springst du nicht unter die Dusche, während ich mich anziehe? Dann frisieren wir dich.«

»Geduscht hab ich schon. Ich brauche nur noch den schwarzen Anzug überzuziehen und bin fertig.«

Sie warf mir einen Blick zu, der mir sehr deutlich zu verstehen gab, wie falsch ich lag.

Von ihr kritisch beobachtet, schlüpfte ich aus den Jeans in den schwarzseidenen Overall. Sie zuckte nur leicht zusammen, als sie meine Verletzungen sah. Mein Gesichtsausdruck glich inzwischen dem eines kränkelnden Hundes auf dem Weg zum Tierarzt. Brrr. Make-up. Ich zog die Hose hoch und fing an, sie an der Taille aufzurollen.

Vera gab mir einen Klaps auf die Hand. »Das darfst du nicht.« Sie kniete nieder, schlug die Hosenbeine bis zu einer Länge um, die sie für richtig hielt, und befestigte sie dann mit einem Stoffklebeband, das sie in der Handtasche mitgebracht hatte.

»Du denkst wirklich an alles«, sagte ich.

»›Allzeit bereit‹ ist meine Spezialität, mein Schatz.«

Dann ging sie daran, mein restliches Ich aufzupolieren. Ein Handtuch als Frisiermantel um die Schultern, saß ich auf dem

Toilettendeckel. Veras Gestalt schob sich zwischen mich und den von Wand zu Wand reichenden Spiegel über den Waschbecken. »Was willst du mit den blauen Flecken in meinem Gesicht machen?«

»Vertrau mir, Kleine.«

Sie hatte Flaschen mit Tinkturen und Puder, Lotionen, Cremes und dicke Theaterschminke in Tiegeln, außerdem Pinsel, Sprühdosen, Schwämme, Wattestäbchen. Während sie arbeitete, hing ihr Gesicht dicht über dem meinen. Sie rasselte Befehle herunter: »Mach die Augen zu. Jetzt schau nach oben... Du lieber Gott, hör auf zu zwinkern! Du machst ja alles wieder kaputt.« Sie trug den Lippenstift mit einem Pinsel auf und machte mir mit ihren Lippen vor, wie ich die meinen formen sollte.

Vierzig Minuten später trat sie zurück und betrachtete ihr Werk. Sie drehte den Lippenstift in die Hülse zurück. »Ja, jetzt gefällt's mir«, sagte sie. »Wie findest du's?« Sie ging zur Seite, damit ich mich im Spiegel betrachten konnte.

Ich sah mich an. Plötzlich hatte ich dramatische Augen, die Farben eines Mädchens in seiner ersten Jugendblüte und einen taufrischen Mund. Das Haar war kunstvoll aufgetürmt und sah aus, als sei ein Windstoß hineingefahren. Ich krümmte mich vor Lachen.

»Nur zu, lach ruhig«, sagte sie schroff. »Du siehst verdammt gut aus.«

Dietz kam Punkt sieben zurück und sah uns beide wortlos an. Vera war in genau sechs Minuten fertig gewesen. Ihre persönliche Bestzeit, sagte sie. Sie trug ein tief ausgeschnittenes schwarzes Kleid, aus dem die üppigen Brüste ins Freie drängten, schwarze Strumpfhosen mit Naht, schwarze Schuhe mit Pfennigabsätzen. Sie blieb stocksteif stehen und stützte die Hände in die Hüften. »Nun, was sagen Sie, Dietz? Los, machen Sie schon! Raus damit!«

»Sie sehen großartig aus. Ehrlich. Sie sehen beide prima aus.«

»›Prima‹ trifft es nicht annähernd«, sagte Vera zu ihm. Und dann zu mir: »Ich wette, er nennt Frauen noch immer ›Mädels‹.«

»Bisher noch nicht«, sagte ich.

Dietz lächelte vor sich hin, mischte sich jedoch nicht ein. Er führte uns durch die Halle und dann an drei Türen vorbei in den sicheren Bankettsaal, der zwar klein, aber elegant war. Kronleuchter, weiße Holztäfelung, an den Wänden cremefarbene Seidentapeten. Sechs Tische für jeweils sechs Personen waren gedeckt. Tischschmuck war ein Orchideenzweig. Jeder Tisch trug eine Nummer, und an jedem Platz lag eine handgeschriebene Tischkarte.

Viele Angestellte der CF waren schon da, standen in Dreier- und Vierergruppen beisammen, Drinks in der Hand. Ich entdeckte Mac Vorhies und seine Frau Mary, Jewel und ihren Mann (dem ich bisher nur einmal begegnet war), Darcy Pascoe und ihren Freund, den (angeblich) mit Drogen dealenden Postboten. Vera schob Dietz die Hand unter den Arm, und zu dritt machten wir die Runde durch den Saal, wurden vorgestellt und stellten vor und vergaßen prompt wieder, wer wer war. Ich merkte, daß Vera den Blick schweifen ließ und zwischen den vielen Köpfen den Kopf von Neil Hess suchte. Ich hoffte nur, er war groß genug, so daß sie ihn auch sah.

Dietz holte für uns alle Getränke. Reines Sodawasser mit einer Zitronenscheibe für sich, Weißwein für mich und für Vera einen Tequila Sunrise. Sie kippte ihn hinunter und holte sich einen zweiten. Ich beobachtete sie interessiert. Noch nie hatte ich Vera so nervös erlebt. Sie wandte sich an Dietz. »Gütiger Gott, wie können Sie trinken, ohne eine Zigarette zu rauchen?«

»Das ist kein Alkohol.«

Sie verdrehte die Augen. »Das ist ja noch schlimmer. Ich werde eine qualmen. Nein, das werde ich nicht. Oder vielleicht eine einzige. Einen Zug.«

»Ist das Neil?« fragte ich. In der Tür stand ein Mann, der wie ein Arzt aussah und Ausschau nach einem bekannten Gesicht zu halten schien. Ohne Vergleichsmöglichkeit war es unmöglich zu sagen, wie klein er war, aber für mich sah er okay aus. Angenehmes Gesicht, modisch geschnittenes dunkles Haar. Er trug einen marineblauen Anzug, hellblaues Hemd, und ich hätte wetten können, daß er Manschettenknöpfe mit Monogramm hatte. Die Fliege kam unerwartet – ich hatte seit Jahren keine mehr gesehen. Vera hob die Hand. Sein Gesicht leuchtete auf, als er sie entdeckte. Er begann auf unsere Gruppe zuzugehen, und sie lief ihm entgegen und nahm seinen Arm, als sie sich in der Saalmitte trafen. Sie mußte sich ein bißchen bücken, wenn sie mit ihm sprach, doch der Größenunterschied zwischen ihnen kam mir nicht besonders kraß vor. Ich versuchte mir seinen Kopf auf meinem Kissen vorzustellen, aber das funktionierte einfach nicht.

17

Vera, die für die Sitzordnung verantwortlich war, hatte Neil Hess und mich natürlich zusammengesetzt. Sie und Dietz saßen am linken Nebentisch. Offenbar hatte Dietz bis zu einem gewissen Punkt seinen Willen bekommen und dafür gesorgt, daß ich sicher in einer Ecke des Saales untergebracht war und den Eingang im Blick hatte. Dietz kehrte mir den Rücken zu und behielt ebenfalls den Eingang im Auge. Vera zu seiner Linken saß in ganzer Größe vor mir, während ich von ihm nur den Hinterkopf sah. Beide Tische standen in der Nähe eines Notausgangs, der, wie der Sicherheitschef des Hotels Dietz versprochen hatte, während des ganzen Dinners unverschlossen bleiben sollte.

Um acht Uhr waren alle da, und die Gruppen ließen sich an den Tischen nieder wie eine Vogelschar. Der Lärmpegel stieg um mehrere Dezibel an; schuld daran war der Alkohol, der bereits konsumiert worden war. Die Leute standen in beruflicher Beziehung zueinander, und etwas wie Unsicherheit oder Unbehagen machte sich breit, als man sich plötzlich rein gesellschaftlich traf. Die drei Gänge des Dinners wurden gemächlich serviert: junger Kopfsalat, ausgelöste Hühnerbrust, mit Zitrone und Kapern sautiert, Miniaturgemüse und zum Abschluß eine schwere Schokoladentorte in einem Teich aus Vanillesoße. Ich aß wie ein Waldtier, den Kopf halb erhoben, um die Tür im

Auge zu behalten, denn ich fürchtete, Mark Messinger könnte mit einer Uzi auftauchen und uns alle niedermähen wie Unkraut. Aus der Schulterhaltung von Dietz schloß ich, daß er entspannter war als ich, aber er starrte ja auch Vera in den Ausschnitt, eine prickelnde Ablenkung für jeden Mann.

Ich hörte der Unterhaltung am Tisch zu. Neil und ich saßen mit zwei Versicherungskaufleuten und ihren Frauen zusammen, einem Quartett, das mit einer Begeisterung über Bridge sprach, um die ich es nur beneiden konnte. Die vier waren eben von einer ausschließlich dem Bridge gewidmeten Kreuzfahrt zurückgekehrt, auf der Kleinschlemm-Ansagen und Gourmetessen sich mit schöner Regelmäßigkeit abgewechselt hatten. Es war viel von *sans atout, honeurs* und Sheinwold die Rede, dessen Strategien sie diskutierten. Da weder Neil noch ich Bridge spielten, blieben wir uns selbst überlassen. Das war bestimmt auch eine Strategie – aber die von Vera.

Aus der Nähe gesehen, war der Mann ziemlich attraktiv, doch ich entdeckte keinerlei Anzeichen für all die Tugenden, die Vera ihm zugeschrieben hatte. Schöne Hände. Hübscher Mund. Er kam mir zwar ein bißchen überheblich vor, doch das konnte Unbehagen sein, das sich hinter Arroganz versteckte. Ich merkte, daß er sehr selbstsicher über berufliche Dinge (mit anderen Worten: seine Arbeit) sprach. Wenn es um Persönliches ging, wurde er unsicher und begab sich schnell wieder auf festeren Grund. Als der Nachtisch kam, tasteten wir uns noch immer durch die unterschiedlichsten Gesprächsthemen, suchten erfolglos nach gemeinsamen Interessen.

»An welcher Schule waren Sie, Kinsey?«

»Santa Teresa High.«

»Ich habe das College gemeint.«

»Ich habe kein College besucht.«

»Ach, wirklich? Das überrascht mich aber. Sie scheinen mir doch recht intelligent zu sein.«

»Die Leute heuern mich nicht wegen meiner Intelligenz an. Sie heuern mich an, weil ich zu dumm bin, um zu erkennen, wann ich aufhören soll. Außerdem glauben sie, daß ich billig arbeite, weil ich eine Frau bin.«

Er lachte. Da ich es nicht witzig gemeint hatte, zuckte ich nur leicht mit den Schultern.

Er schob seinen Dessertteller beiseite und trank einen Schluck Kaffee. »Wenn Sie ein Examen hätten, hätten Sie ganz andere Möglichkeiten, nicht wahr?«

Ich sah ihn an. »Was für ein Examen?«

»In Kriminalistik, schätze ich.«

»Dann müßte ich für die Regierung oder für die städtische Polizei arbeiten. Das habe ich schon getan, und es war gräßlich. So fühle ich mich viel wohler. Außerdem habe ich die Schule gehaßt. Hab dort nur gekifft.« Ich beugte mich zu ihm. »Darf ich jetzt was fragen?«

»Klar.«

»Wie haben Sie Vera kennengelernt?«

Man merkte es ihm kaum an, aber er war verwirrt, rutschte unruhig auf dem Stuhl herum. »Ein gemeinsamer Freund hat uns vor zwei, drei Monaten miteinander bekannt gemacht. Seither haben wir uns häufig gesehen – rein freundschaftlich, natürlich. Nichts Ernstes dahinter.«

»O ja, klar doch«, sagte ich. »Was denken Sie also?«

»Über Vera? Sie ist phantastisch.«

»Wieso sitzen Sie dann hier mit mir zusammen?«

Wieder lachte er und drückte sich mit diesem gekünstelten Gelächter vor einer Antwort.

»Ich meine es ernst«, sagte ich. Sein Lächeln kühlte merklich ab. Er sagte noch immer nicht, was Sache war, also versuchte ich es selbst. »Ich glaube, sie ist scharf auf Sie, weiß aber nicht, wie sie es anstellen soll, Sie zu kriegen.«

Er sah mich an, als spräche ich chinesisch. »Das zu glauben, fällt mir schwer«, sagte er. Er überlegte einen Augenblick. »Außerdem ist sie ein bißchen zu groß für mich, finden Sie nicht?«

»Aber durchaus nicht. Sie passen großartig zusammen. Ich habe Sie beide beobachtet, als Sie kamen.«

Er schüttelte leicht den Kopf. »Ich weiß, daß es sie stört. Sie hat es zwar nie ausdrücklich gesagt, aber...«

»Sie wird sich daran gewöhnen.«

»Glauben Sie?«

»Stört es Sie?«

»Nicht im geringsten.«

»Wo liegt dann das Problem?«

Er sah mich an. Sein Gesicht fing an, mir zu gefallen. In seinen Augen lag ein hübsches Leuchten, sein Blick verriet, daß er aufrichtig und tüchtig war. Er gehörte wahrscheinlich zu jenen Ärzten, die man auch um zwei Uhr nachts anrufen konnte und die bei einem Kind sitzen bleiben, bis das Fieber gesunken ist. Ich war nahe daran, mein Hosenbein aufzurollen, um ihm meine Verletzung zu zeigen, doch dann kam mir das irgendwie unverschämt vor.

»Sie sollten hören, wie sie von Ihnen spricht«, fuhr ich fort. »›Achteinhalb auf einer Zehnerskala‹, so beschreibt sie Sie. Das schwöre ich Ihnen.«

»Machen Sie Witze?«

»Aber Neil! Wie können Sie so was denken! Sie ist total in Sie verknallt. Sie weiß es nur selbst noch nicht.«

Jetzt lachte er so, daß sein Gesicht in jungenhafter Freude zu strahlen begann. Ich hätte schwören können, daß er rot wurde. Er war wirklich süß. Ich sah auf, eben rechtzeitig genug, um einen starren Blick von Vera aufzufangen. Ich winkte ihr mit dem kleinen Finger und wandte mich wieder Neil zu.

»Ich meine, wozu, zum Kuckuck, sind Beziehungen eigentlich da?« fragte ich.

»Aber sie hat nie auch nur das leiseste Anzeichen…«

»Ich will Ihnen jetzt etwas sagen. Ich kenne Vera seit einer Ewigkeit, aber noch nie hat sie von einem Mann so gesprochen wie von Ihnen.«

Er hörte zwar aufmerksam zu, aber ich merkte, daß er es mir nicht abnahm.

»Wie groß sind Sie eigentlich?« fragte ich. »Mir kommen Sie nicht klein vor.«

»Knapp einssiebzig.«

»Sie ist nur einsvierundsiebzig, Also, was soll's?«

Zur gleichen Zeit etwa klopfte Mac Voorhies mit einem Löffel an sein Glas und sagte: »Meine Damen und Herren, darf ich um Ihre Aufmerksamkeit bitten…« Er und Marie saßen an

Tisch zwei, fast in der Saalmitte. Jewel und ihr Mann hatten ihre Plätze am selben Tisch, und ich sah, wie Jewel sich in Erwartung der Rede zu winden begann. Maclin Voorhies ist einer der Vizepräsidenten der California Fidelity, mager und humorlos, mit schütterem, immer verwehtem weißen Haar und einer ewigen Zigarre zwischen den Zähnen. Er ist intelligent, fair, ehrenwert, konservativ, manchmal übellaunig, aber ein sehr fähiger leitender Angestellter. Daß dieser Mann sie öffentlich loben wollte, hatte Jewel schon das Blut ins Gesicht getrieben.

Im Saal wurde es allmählich still.

Mac ließ sich noch einen Moment Zeit, um die Anwesenden zu mustern. »Wir haben uns heute abend hier eingefunden, weil wir einer der großartigsten Frauen, mit denen ich je zusammenarbeiten durfte, die gebührende Anerkennung zollen wollen. Wie Sie alle wissen, zieht sich Jewel Cavaletto nach fünfundzwanzigjähriger Mitarbeit in unserer Firma in den Ruhestand zurück...«

Ton und Gedankengang einer Ansprache nach einem festlichen Essen haben etwas Hypnotisches an sich – vielleicht liegt es daran, daß man viel gegessen und Wein getrunken hat und der Raum inzwischen zu warm geworden ist. Ich war Mac dankbar, daß er auf die übliche humorige Einleitung verzichtet hatte und direkt zum Thema kam. Ich weiß nicht, wieso ich auf einmal zur Tür schaute. Alle anderen sahen Mac an. Doch irgend etwas tauchte in meinem äußersten Augenwinkel auf, und ich wandte den Kopf.

Es war das Kind. Zuerst blinzelte ich verständnislos, als hätte ich es mit einer Fata Morgana zu tun. Dann brach die Angst über mich herein.

Das erstemal hatte ich ihn zwar flüchtig, aber dennoch deutlich genug auf dem Rastplatz gesehen. Mark Messinger hatte an jenem Tag so getan, als schlafe er, hatte sich mit einer Illustrierten über dem Gesicht auf einer Bank ausgestreckt, und Eric hatte inzwischen auf dem Gehsteig gekniet, mit einem Matchbox-Auto gespielt und dazu Töne von sich gegeben, mit der Stimme das Brummen des Motors und das Herauf- und Herunterschalten nachgeahmt. Und eines Abends hatte ich ihn auf dem Motelparkplatz noch einmal gesehen, nur ganz verschwommen in der schlecht beleuchteten Nische, in die sein Vater ihn mitgenommen hatte, um ihm etwas zu trinken zu holen. Ich hatte in der Dunkelheit sein Lachen gehört, ein koboldhaftes Kichern, das an die finstere Unterwelt der Elfen und Feen erinnerte. Bei unserer letzten Begegnung war sein Gesicht halb hinter dem Verkaufsschild verborgen gewesen, das auf der Beifahrerseite des Kombis hing, mit dem sein Vater versucht hatte, mich umzubringen.

Für einen Fünfjährigen war er klein. Das Licht im Flur schimmerte auf seinem blonden Kopf. Sein Haar war schon ziemlich lang. Seine Augen hingen an mir, und seinen Mund umspielte ein zögerndes Lächeln. Er drehte sich um und sah jemanden an, der hinter ihm im Flur stand, aber nicht zu sehen war. Jemand soufflierte ihm wie einem Kind, das bei einer Klassenaufführung eine ihm unbekannte Rolle spielt. Ich sah, daß er »was?« sagte, wartete jedoch die nächste Textzeile nicht ab.

Ich packte meine Handtasche, sprang auf und stieß dabei fast meinen Stuhl um. Dietz fuhr herum, sah mich an und merkte, wohin mein erschrockener Blick sich richtete. Als er jedoch die Tür ins Auge faßte, war niemand mehr da. Ich lief um Neils Stuhl herum in Richtung Flur. Dietz zerrte ich am Arm mit. »Es war das Kind!« stieß ich hervor. Er riß die Pistole heraus und bugsierte mich im Laufen hinter sich. Mac, dem der Aufruhr natürlich nicht entgehen konnte, verstummte mitten im Satz und sah uns erstaunt nach. Auch die anderen drehten sich um und wollten sehen, was los war. Eine Frau schrie erschrocken auf, als sie Dietz' .45er sah, doch er war schon an ihr vorbei und preßte sich neben der Tür flach an die Wand. Vorsichtig schob er den Kopf hinaus, spähte nach rechts, warf einen Blick nach links und zog sich wieder zurück. »Kommen Sie«, sagte er.

Ohne meinen Arm loszulassen, hastete er mit mir den linken Flur entlang. Unsere Schritte polterten dumpf über den Fliesenboden. Ich erwartete halb und halb, daß er mich in Veras Zimmer abschieben würde, während er sich umsah, doch statt dessen steuerte er den Ausgang am Ende des Flurs an. An der

Tür blieben wir wieder abrupt stehen, und ich wartete, während er sich überzeugte, daß niemand draußen war. Nach der Wärme des Speisesaals traf uns die Nachtluft wie ein eiskalter Wasserguß. Wir mieden die Helligkeit und drückten uns, als wir ums Hauseck herumkamen, an den Sträuchern entlang zum Parkplatz.

»Sind Sie sicher, daß er es war?« fragte er leise.

»Selbstverständlich bin ich sicher.«

Wir waren auf einem schlecht beleuchteten Gehweg, der an einem der Innenhöfe vorbeiführte. Grillen zirpten, und ich roch den leicht modrigen Duft der Ringelblumen. Vor uns hörten wir Stimmen. Dietz wich in den Schutz einiger Hibiskussträucher am Haus zurück und zog mich mit. Ich hatte die rechte Hand in die Außentasche meiner Umhängetasche geschoben und hielt mich krampfhaft an der Davis fest. Dietz' Finger bohrten sich schmerzhaft in meinen rechten Oberarm, doch das war das einzige Anzeichen dafür, wie groß seine Anspannung war. Zwei Brautjungfern des Hochzeitspaares, das wir vorhin gesehen hatten, kamen vorbei. Ich hörte ihre langen Taftröcke rascheln.

»Der Typ hat uns gerade noch gefehlt«, sagte die eine.

»Ach, laß doch. Er spinnt«, sagte die andere, dann betraten sie den Bogengang zu unserer Linken, und ihre Stimmen wurden leiser.

Wir verließen unser Versteck, wobei ich mich dicht an Dietz' Seite hielt. »Wir müssen uns auf dem Parkplatz umsehen«, sagte er leise. »Ich möchte mich überzeugen, daß der Kerl uns nicht dort auflauert.«

Vor dem Hoteleingang standen mehrere Gäste und warteten auf ihre Wagen, die von drei Hotelpagen in weißen Jacken vorgefahren wurden. Der vordere Teil des Parkplatzes war von hellem Licht überflutet. Die Fenster des Flügels links von uns glichen hohen gelben Rechtecken und warfen sanfte Helligkeit auf den Rasen. Bananenpalmen unterbrachen das Licht in unregelmäßigen Abständen mit ihren Schatten. Rechts, im Dunkeln, wurde ein großer Paradiesvogelschwarm von blauen und grünen Außenscheinwerfern angestrahlt, so daß die Vögel aussahen wie eine Hühnerschar, die angestrengt in eine erreichbare Ferne blickte. Ein Wagen bog aus der Zufahrt nach rechts auf die Straße ein, und die Scheinwerfer huschten über die senkrechten Stützpfeiler des Dammes. Malerisch vom Mondlicht erhellt, brachte sich der Ozean dahinter tosend in Erinnerung. Das Heck von Dietz' rotem Porsche war deutlich zu sehen; der Wagen parkte direkt neben der Hecke, die die kreisförmige Zufahrt säumte.

Wortlos gab Dietz mir zu verstehen, daß er sein Nachtglas brauche, und ich kramte es aus meiner Handtasche heraus. Er hob das Glas an die Augen und suchte den Hotelpark ab.

»Hier, sehen Sie selbst«, sagte er dann und reichte mir das Glas. Ich schaute durch und erschrak, als plötzlich ganz nah und scharf eine unheimlich grüne Landschaft vor mir auftauchte. Wo das Schwarz dicht und undurchdringlich gewesen war, hing jetzt ein zarter grüner Dunstschleier, die Umrisse der Objekte waren deutlich zu sehen. Das Kind kauerte neben einer Palme in einem Dickicht aus Farnen. Der Kleine hockte auf den Fersen, die Arme um die knochigen Knie geschlungen, die nackt waren, weil er Shorts trug. Während ich ihn beobachtete, hob er den Kopf und spähte zum Hoteleingang, vielleicht in der Hoffnung, uns dort zu entdecken. Sein junger Körper verriet die ganze Anspannung eines aufregenden Versteckspiels. Messinger sah ich zwar nicht, aber er mußte irgendwo in der Nähe sein. Ich berührte Dietz' Arm und zeigte auf das Kind. Er nahm das Glas und fing wieder an zu suchen.

»Da ist er«, sagte er. Er schaute mit dem bloßen Auge hin und dann wieder mit dem Glas. Wortlos zogen wir uns zurück. Wir liefen um das Hauptgebäude herum und schlüpften durch einen hinteren Lieferanteneingang ins Hotel. Von einem der Münztelefone, die in der Nähe der Küche an der Wand hingen, rief Dietz einen Taxistand an und bestellte einen Wagen, der uns ein paar Minuten später in einer Seitenstraße hinter dem Hotel aufnahm.

18

Als wir nach Hause kamen, war es fast elf, und Dietz war schlecht gelaunt. Er hatte im Taxi geschwiegen und schwieg auch noch, als er die Tür aufsperrte und wir ins Haus gingen. Ungeduldig zog er das Jackett aus. Der rechte Ärmel blieb an seinem Manschettenknopf hängen. Er riß ihn los, knüllte das Jackett zusammen, schmiß es durchs Zimmer und ließ es auf dem Boden liegen. Er ging in die Küche, öffnete die Flasche Jack Daniels, schenkte sich ein Wasserglas Whiskey ein und leerte es auf einen Zug.

Ich hob das Jackett vom Boden auf und legte es mir ordentlich gefaltet über den Arm. »Es war nicht Ihre Schuld«, sagte ich.

»Und ob es meine Schuld war, verdammt!« fauchte er. »Ich war derjenige, der darauf bestanden hat, daß wir heute abend dorthingehen. Es war idiotisch – viel zu riskant – und wofür? Messinger hätte mit einer Uzi reinspazieren und uns alle niedermachen können.«

Dem zu widersprechen, war natürlich schwer, da mir ja derselbe Gedanke gekommen war. »Aber was ist passiert? Nichts.«

Er griff nach einer Zigarette, zog jedoch abrupt die Hand zurück. »Ich gehe aus«, sagte er.

»Und lassen mich hier allein?« schrie ich auf.

Er warf mir einen finsteren Blick zu und preßte die Finger so fest um das Glas, daß ich fast erwartete, es in seiner Hand zersplittern zu sehen. Etwas an dieser Geste schürte meine Gereiztheit.

»Machen Sie doch halblang, um Himmels willen! Der Kerl spielt sich wieder auf. Na und? Er will mich nervös machen, und er will, daß Sie sich selbst in den Hintern treten. So weit, so gut. Sie stürmen hinaus, um sich eine Packung Zigaretten zu holen, und er kann inzwischen ganz lässig hereinspazieren und mich ungestört erledigen. Vielen Dank.«

Er schwieg einen Moment. Dann stellte er das Glas beiseite und lehnte sich mit steifen Armen, den Kopf gesenkt, an die Küchentheke. »Sie haben recht.«

»Verdammt richtig, daß ich recht habe«, sagte ich mürrisch. »Beruhigen Sie sich, und lassen Sie uns gemeinsam überlegen, wie wir ihn fertigmachen können. Ich hab's gar nicht gern, wenn ein anmaßender Idiot wie der versucht, mich zu erschießen. Wir müssen ihn zuerst kriegen.«

Seine Laune wurde schlagartig besser. »Wie?«

»Keine Ahnung.«

Es klopfte an der Wohnungstür, und wir fuhren beide zusammen. Dietz zog seine Pistole und schickte mich mit einer Handbewegung in die Küche. Er ging zur Tür und preßte sich flach an die Wand.

»Wer ist da?«

Die Stimme war gedämpft. »Clyde Gersh.«

Ich wollte zur Tür, aber Dietz winkte mich stirnrunzelnd zurück. Er neigte den Kopf zur Seite und lehnte sich mit der Schläfe an den Türrahmen. »Was wollen Sie?«

»Man hat Agnes aufgegriffen. Sie ist jetzt im St. Terry in der Notaufnahme und fragt nach Kinsey. Wir haben mehrmals eine Nachricht auf Ihrem Anrufbeantworter hinterlassen, und als Sie sich nicht meldeten, dachten wir, wir fahren selber mal vorbei. Wir sind unterwegs ins Krankenhaus. Ist sie jetzt zu Hause?«

»Warten Sie«, sagte Dietz. Er zeigte auf den Anrufbeantworter, der auf dem Bücherregal hinter dem Sofa stand. Ich kontrollierte das rote Licht, das zwei Anrufe anzeigte. Ich stellte die Lautstärke leiser, drückte dann auf den Abspielknopf und hörte das Band ab. Die erste Nachricht stammte von Irene, die zweite von Clyde. Beide besagten praktisch dasselbe. Man hatte Agnes gefunden, und sie fragte nach mir. Dietz und ich wechselten einen Blick. Er zog die Brauen hoch, zuckte gewissermaßen innerlich mit den Schultern. Er schaltete das Außenlicht ein, spähte durch den Spion und öffnete vorsichtig die Tür. In einem fahlen Lichtkreis stand Clyde ganz allein auf der Matte. Hinter ihm war es sehr dunkel. Der Nebel rollte herein, und ich sah, daß einzelne dünne Schwaden sich um die Lampe drehten. »Entschuldigen Sie bitte«, sagte er. »Ich störe um diese Zeit nur sehr ungern, aber Irene hat darauf bestanden.«

»Kommen Sie rein«, sagte Dietz und trat zurück, damit Clyde eintreten konnte. Dietz schloß die Tür hinter ihm und forderte ihn mit einer Handbewegung auf, sich zu setzen. Clyde lehnte mit einem kurzen Kopfschütteln ab. »Irene wartet im Wagen. Ich möchte sie nicht zu lange allein lassen. Sie hat es natürlich sehr eilig, ins Krankenhaus zu kommen.«

Er sah müde aus, sein Gesicht mit den Hängebacken war von Sorge gezeichnet. Er trug einen braunen Gabardinemantel und hatte die Hände tief in die Taschen geschoben. Sein Blick ruhte kurz auf Dietz' Pistolenhalfter, doch er enthielt sich jeden Kommentars, als wäre es ein Verstoß gegen die Etikette, wenn er die Waffe erwähnte.

»Wie geht es Agnes?« fragte ich. »Hat man Sie darüber informiert?«

»Wir wissen nichts Genaues. Der Doktor sagt, kleinere Verletzungen, Risse und Blutergüsse – nicht Ernstes. Aber ihr Herzschlag ist unregelmäßig, und ich schätze, daß sie sie an irgendeinen Apparat gehängt haben. Bevor sie endgültig aufgenommen wird, müssen wir den ganzen Papierkram unterschreiben. Ich glaube nicht, daß es etwas Lebensbedrohliches ist, aber schließlich ist sie über achtzig.«

»Hat die Polizei sie gefunden?«

Clyde nickte. »Eine Frau hat Agnes auf der Straße entdeckt und die Polizei gerufen. Der Beamte, der bei uns war, hat gesagt, Agnes sei verwirrt und habe keine Ahnung, wo sie ist oder die ganze Zeit war. Der Arzt sagt, sie hat, seit sie eingeliefert wurde, von Ihnen gesprochen. Wir wären Ihnen sehr dankbar, wenn Sie uns zu ihr begleiten würden, falls es keine allzu große Mühe für Sie ist.«

»Klar komm ich mit«, sagte ich. »Ich muß mich nur umziehen. So möchte ich nicht gehen.«

»Ich sage Irene schnell Bescheid, daß Sie kommen«, sagte er zu mir. Und dann zu Dietz: »Fahren Sie mit Ihrem Wagen hinter uns her, oder fahren Sie mit uns?«

»Wir fahren mit Ihnen und nehmen uns für den Rückweg ein Taxi«, antwortete Dietz.

Auf dem Weg zum Obergeschoß zog ich schon auf halber

Treppe die schwarze Seidenjacke aus und schleuderte die Schuhe von den Füßen. Dann beugte ich mich über das Geländer. »Wo hat man sie gefunden?«

Clyde wandte mir mit einem Schulterzucken das Gesicht zu. »In der Umgebung des Pflegeheims... Irgendwo ganz in der Nähe – sie ist also nicht weit gekommen. Ich verstehe nicht, wieso wir sie verfehlt haben, es sei denn, sie hat uns gesehen und sich versteckt.«

»Das traue ich ihr ohne weiteres zu.« Ich verzog mich nach hinten, stieg aus dem Overall und zog, auf einem Bein hüpfend, die Jeans über die schwarze Strumpfhose. Ich legte einen BH um, schnappte mir ein Polohemd aus der Kommode, streifte es über und schüttelte mein Haar aus. Dann stieg ich in meine knöchelhohen Reeboks und ließ die Schnürsenkel offen, die wollte ich später binden. Zwei Sekunden später trabte ich die Treppe hinunter und griff nach meiner Umhängetasche.

»Machen wir schnell«, sagte ich, als Dietz die Tür öffnete.

Clydes weiße Mercedeslimousine parkte am Randstein. Irene, die auf dem Beifahrersitz saß, sah uns sorgenvoll entgegen.

Während der Fünfzehn-Minuten-Fahrt zum St. Terry war die Stimmung gespannt. Dietz und ich saßen im Fond; Dietz seitlich verkrümmt, so daß er durch die Heckscheibe schauen konnte, ob uns irgendwelche Wagen folgten. Ich kauerte ganz vorn auf der Kante, beugte mich vor und stützte die Arme auf den Vordersitz, ganz dicht bei Irene, die meine Hand umklammerte wie eine Rettungsleine. Ihre Finger waren eiskalt, und ich ertappte mich dabei, daß ich unbewußt gehorcht hatte, ob sich nicht durch Pfeifen und Keuchen ein erneuter Asthmaanfall ankündigte. Keiner sagte viel. Die Informationen über Agnes waren spärlich, und es hatte keinen Sinn, sie zu wiederholen.

Der kleine Parkplatz vor der Notaufnahme war belegt, der Stellplatz am Ende von einem schwarzweißen Taxi besetzt. Clyde hielt vor dem Eingang, ließ uns aussteigen und fuhr wieder weg, um einen Parkplatz auf der Straße zu suchen. Irene blieb zurück, wollte offensichtlich ohne ihn nicht hineingehen.

Sie trug einen leichten Frühjahrsmantel, doppelreihig, knallrot, den sie jetzt fester um sich zog, als friere sie. Ich merkte, daß sie zu den Straßenlaternen hinübersah und nach Clyde Ausschau hielt.

»Er kommt gleich nach«, sagte ich.

Sie hängte sich an meinen Arm, und Dietz bildete die Nachhut. Die beiden Türflügel öffneten sich automatisch, als wir uns näherten. Wir kamen in die Aufnahme, die, soweit ich das übersehen konnte, völlig verlassen dalag. Ich war verblüfft über die Stille. Irgendwie hatte ich Geschäftigkeit, Hektik, etwas von medizinischer Dramatik erwartet, wie sie in der Notaufnahme an der Tagesordnung sind: Patienten mit gebrochenen Knochen, Stichwunden, Schnitten, Insektenstichen, allergischen Reaktionen und Verbrennungen. Hier hatte man das Gefühl, daß die Räume leer waren, niemand schien dringend medizinisch versorgt werden zu müssen. Vielleicht lag das an der späten Stunde, vielleicht an einer unvorhergesehenen Flaute in der üblichen Betriebsamkeit.

Irene und ich warteten am halbrunden Tresen, an den sich ein mit Formularen übersäter hufeisenförmiger Schreibtisch anschloß. Gleich rechts neben uns waren zwei Schalter, für die Aufnahme von Patienten bestimmt, aber um diese Zeit geschlossen. Links stand ein Raumteiler mit zwei Münztelefonen auf unserer Seite und einem Warteraum auf der anderen. Ich sah einen Farbfernseher, der auf einen Nachrichtensender eingestellt war; aber der Ton war so leise, daß man nichts verstand. Alles war in gedämpftem Blau und Grau gehalten; alles war ordentlich, sauber und still. Durch eine offene Tür konnte ich einen Blick in das Schwesternzimmer werfen, an das sich im Halbkreis mehrere Untersuchungsräume anschlossen. Weder Polizeibeamte noch Pflegepersonal waren zu sehen.

Dietz war unruhig, schnippte mit den Fingern gegen seinen Handteller. Er schlenderte zu der ins Innere des Gebäudes führenden Tür und schaute durch, prägte sich den Grundriß des Hauses ein und hielt gleichzeitig Ausschau nach Fluchtwegen, für den Fall, daß Messinger wieder auftauchen sollte. Eine Angestellte aus der Aufnahme mußte Dietz entdeckt haben, denn sie erschien ein paar Sekunden später und lächelte uns höflich zu. »Tut mir leid, daß Sie warten mußten. Was kann ich für Sie tun?«

»Wir wollen Agnes Grey besuchen«, sagte ich.

Sie war eine Frau in den Vierzigern in ganz normaler Straßenkleidung– Polyesterhose, Baumwollpullover, Schuhe mit Gummisohlen. Um den Hals trug sie ein Stethoskop wie eine Kette mit Anhänger. Ihre Augen waren schokoladebraun und gaben ihrem Gesicht Wärme. Sie überprüfte ein paar Papiere auf ihrem Schreibtisch und sah dann Irene an. »Sind Sie Mrs. Gersh?«

»Die bin ich«, sagte Irene.

Die Stimme der Frau klang freundlich, aber ihr Lächeln wurde unsicher. Ihre Haltung verriet jene strikte Neutralität, die man zu schätzen weiß, wenn das Ergebnis einer Untersuchung allen Vorhersagen zum Trotz anders ausgefallen ist als erwartet. »Kommen Sie mit, und setzen Sie sich ins Sprechzimmer«, sagte sie. »Der Doktor kommt sofort.«

Irene blinzelte ängstlich, ihre Stimme war nicht viel lauter als ein Flüstern. »Ich möchte meine Mutter sehen. Geht es ihr gut?«

»Dr. Stackhouse möchte zuerst mit Ihnen sprechen«, sagte die Krankenhausangestellte. »Folgen Sie mir bitte.«

Mir gefiel das nicht. Ihr Verhalten war mir zu freundlich und zu sanft. Sie hätte alle möglichen Antworten geben können. Vielleicht hatte man ihr geraten, keine medizinischen Angelegenheiten zu besprechen. Vielleicht war sie einmal gerügt worden, weil sie voreilig ihre Meinung geäußert hatte, bevor der Arzt es tun konnte. Vielleicht verbat ihr die aus Gründen der Haftung rigide Krankenhauspolitik, über den Zustand eines Patienten etwas zu sagen. Oder vielleicht war Agnes Grey tot. Die Frau sah mich an. »Ihre Tochter darf Sie natürlich begleiten...«

»Soll ich mitkommen?« fragte ich.

»Ja, bitte«, sagte Irene zu mir. Dann zu der Angestellten: »Mein Mann parkt nur den Wagen. Werden Sie ihm sagen, wo wir sind?«

»Ich sage ihm Bescheid«, meldete sich Dietz zu Wort. »Geht ihr beiden nur los, wir kommen gleich nach.«

Irene murmelte einen Dank. Dietz und ich wechselten einen Blick.

Die Angestellte stand an der offenen Tür, während wir durchgingen. Der Flur, durch den sie uns führte, hatte einen auf Hochglanz polierten weißen Fußbodenbelag. Sie brachte uns in ein Sprechzimmer, das offensichtlich von allen diensthabenden Ärzten benutzt wurde. »Es dauert nicht lange. Kann ich Ihnen etwas bringen? Kaffee? Eine Tasse Tee?«

Irene schüttelte den Kopf.

Wir setzten uns in gut gepolsterte blaue Tweedsessel. Der Raum hatte keine Außenfenster. Der Schreibtisch mit der Kunststoffplatte war leer, die Kissen der grauen Ledercouch von einem Kopf eingedellt. Als provisorisches Bett war die Couch ein bißchen zu kurz geraten, und ich sah, wo die Schuhe sich an einer Seitenlehne gewetzt hatten. Ein Bücherregal aus weißem Kunststoff war mit medizinischen Büchern vollgestopft. Die Topfpflanze war nicht echt, ein Schwedischer Efeu aus Papier mit eingerollten Ranken so steif wie Blumendraht. Die einzigen Bilder an der Wand sahen aus wie Reproduktionen der *Anatomie* von Gray. Ich selbst komme ganz gut ohne abgehäutete Arme und Beine aus. Die Vena Saphena und ihre Verzweigungen sahen wie eine Luftaufnahme des Autobahnnetzes von Los Angeles aus.

Irene schlüpfte aus dem Mantel und strich sich den Rock glatt. »Ich kann nicht glauben, daß es keine Formulare gibt, die auszufüllen sind. Sie müssen sie doch aufgenommen haben.«

»Aber Sie kennen doch Krankenhäuser. Jedes hat seine eigene Methode.«

»Clyde hat eine Mitteilung der Versicherung in der Brieftasche. Blue Cross, wenn ich mich recht erinnere. Obwohl ich nicht glaube, daß sie bezahlt ist.«

»Schicken Sie die Rechnung ans Pflegeheim«, sagte ich. »Die sind schließlich schuld.«

Einen Augenblick saßen wir schweigend da. Sind das die Gefühle, die einen bewegen, wenn man eine Familie hat? fragte ich mich. Geriatrische Krisen und langwierige Diskussionen darüber, was mit Oma passieren soll. Wir hörten Schritte im Flur, und der Doktor kam herein. Eigentlich erwartete ich die Angestellte aus der Aufnahme mit Clyde Gersh und Dietz im Schlepp, daher brauchte ich eine Sekunde, um den Gesichtsausdruck dieses Typen richtig einzuschätzen. Er war Anfang Dreißig, hatte karottenrotes Kraushaar und eine gesunde Gesichtsfarbe. Er trug ein unifarbenes Baumwollhemd in Krankenhausgrün mit V-Ausschnitt und kurzen Ärmeln, Baumwollhosen von derselben Farbe und plumpe Schuhe mit weichen Sohlen. Er hatte ein Stethoskop um den Hals und ein weißes Plastikschildchen mit seinem Namen auf der Hemdbrust: WARREN STACKHOUSE, MD. Das rote Haar und die Sommersprossen gaben ihm zusammen mit dem Operationsanzug eine farbenfrohe Lebendigkeit – irgendwie wirkte er wie eine Figur aus einem Cartoon in Technicolor. Er roch nach Klebeband und Pfefferminzbonbons, und seine Hände sahen frisch geschrubbt aus. In einer Hand hatte er einen bräunlichen Ordner, der nur ein einziges Blatt enthielt. Er legte ihn auf den Schreibtisch und richtete die Kanten sauber aus.

»Mrs. Gersh? Ich bin Dr. Stackhouse.« Er und Irene gaben sich die Hand, dann lehnte er sich an den Schreibtisch. »Es tut mir leid, aber wir haben sie verloren.«

»Ach, um Himmels willen!« fauchte Irene. »Kann denn keiner richtig auf sie aufpassen?«

Oh-oh, dachte ich, Irene hat ihn mißverstanden. »Ich glaube nicht, daß er es so gemeint hat«, sagte ich vor mich hin.

»Mrs. Grey hat einen Herzstillstand erlitten«, sagte er. »Es tut mir leid. Wir haben alles Menschenmögliche getan, konnten sie aber nicht wiederbeleben.«

Irene wurde ganz still, ihr Gesicht leer, und als sie sprach, klang ihre Stimme fast verdrossen. »Wollen Sie damit sagen, sie ist tot? Aber das ist unmöglich. Sie kann nicht tot sein. Sie müssen sich geirrt haben. Clyde hat gesagt, sie sei nur leicht verletzt. Ein paar Schnitte und Blutergüsse. Ich habe gedacht, er hat mit Ihnen gesprochen.«

Ich beobachtete den Doktor und sah, daß er seine Worte sehr

vorsichtig wählte. »Als man sie uns brachte, zeigte sie schon die Symptome einer Herzrhythmusstörung. Sie war verwirrt und desorientiert, litt an allgemeiner Erschöpfung und Streß. Eine Frau in ihrem Alter und in einem so geschwächten Gesundheitszustand...«

Irene begriff endlich und seufzte tief auf. »Oh, das arme, arme Ding!« Ihre Augen füllten sich plötzlich mit Tränen, die ihr über die Wangen liefen. Auf Hals und Wangen bildeten sich rote Flecken. Sie begann unkontrollierbar zu zittern wie ein Hund, der gebadet wird. Ich nahm ihre Hand.

Clyde tauchte auf der Schwelle auf. In seinen Augen las ich, daß man ihm gesagt hatte, was geschehen war. Die Angestellte in der Aufnahme hatte ihn wahrscheinlich sofort informiert, als er kam.

Irene wandte sich flehend an ihn. »Clyde – Mutter ist tot«, sagte sie. Sie streckte die Hände nach ihm aus, stand auf und warf sich ihm in die Arme. Er zog sie so eng an sich, daß sie förmlich in ihm aufzugehen schien. Zum erstenmal wurde mir bewußt, wie winzig sie war. Ich wandte mich ab, denn es schien mir ungehörig, sie in einem so intimen Augenblick zu beobachten.

Hinter der offenen Tür lehnte Dietz lässig an der Wand. Seine Haltung war die gleiche wie damals, als ich ihn zum erstenmal gesehen hatte. Cowboystiefel und Tweedjackett. Im Krankenhaus unten im Brawley. Was fehlte, war die Zahnbürste, die wie ein Füllhalter aus der Brusttasche ragte. Sein unsteter Blick traf sich zufällig mit meinem, wanderte weiter zu Irene, kehrte zurück und hielt meine Augen fest – fragend und verblüfft. Seine selbstbewußte Miene wurde unsicher. Ganz plötzlich stieg prickelnde Hitze in mir auf, und ich brach den Blickkontakt ab, weil ich das Gefühl hatte, feuerrot geworden zu sein. Dann schweifte mein Blick wieder zurück. Er sah mich noch immer an – so wehmütig wie noch niemand bisher.

Voller Unbehagen warteten wir alle darauf, daß Irenes Tränen versiegten. Endlich ging Dr. Stackhouse zur Tür, und ich folgte ihm. Wir traten hinaus auf den Flur. Auf dem Weg in die Notaufnahme schloß sich Dietz uns an und legte mir dabei die

Hand in den Nacken, eine Geste, die mich erschreckte und ein seltsames Gefühl in mir weckte. Sie war so besitzergreifend, und die körperliche Berührung löste eine so starke Spannung aus, daß die Luft zwischen uns vibrierte.

Dr. Stackhouse schüttelte den Kopf. »Himmel, tut mir das leid. So ein furchtbares Pech. Sind Sie ihre Enkelin? Jemand wird mit dem Polizeibeamten reden müssen.«

Ich konzentrierte mich auf die Situation, wie sich ein Ertrinkender an einen Strohhalm klammert. »Ich bin eine Freundin von Mrs. Gersh«, sagte ich. »Kinsey Millhone.«

Er sah mich an. »Die, nach der sie ständig gefragt hat?«

»Das hat man mir erzählt«, sagte ich. »Haben Sie eine Ahnung, was sie wollte?«

»Na ja, ich kann zwar wiederholen, was sie gesagt hat, aber ich glaube nicht, daß Sie viel damit anfangen können. Sie hat immer wieder nur gesagt, daß es Sommer war. ›Sagen Sie ihr, es war Sommer...‹ Ergibt das irgendeinen Sinn?«

»Für mich nicht«, sagte ich. In ihrer Vorstellung war das offenbar mit der langen, weitschweifigen Geschichte verbunden, die sie mir unten in der Wüste erzählt hatte – über Emily und das Erdbeben, die Harpster-Mädchen und Arthur James. »Und mehr hat sie nicht gesagt?«

»Ich habe nur das gehört.«

»Wird sie obduziert?«

»Wahrscheinlich. Wir haben im Büro des Coroners angerufen, und einer seiner Assistenten ist schon unterwegs. Er wird mit dem Pathologen sprechen und entscheiden, ob eine Autopsie gerechtfertigt ist.«

»Mit welchem Pathologen? Dr. Yee oder Dr. Palchak?«

»Dr. Palchak. Natürlich könnte der Coroner uns auch erlauben, den Totenschein auszustellen.«

»Was ist mit Agnes? Dürfen wir sie sehen?«

Er nickte. »Selbstverständlich. Sie liegt in einem Raum am Ende dieses Flurs. Sobald Mrs. Gersh soweit ist, bringt eine Schwester Sie hin.«

Sie hatten Agnes vorläufig in einem selten benutzten Untersuchungszimmer untergebracht. Später würde man sie in den

Keller fahren und in der kalten Dunkelheit der Leichenkammer abstellen. Dietz wartete mit Clyde im Flur, während Irene und ich schweigend neben der Rollbahre standen, auf der ihre Mutter lag. Der Tod hatte viele Runzeln in ihrem Gesicht geglättet. Unter dem weißen Laken wirkte sie klein und zerbrechlich, und ihre große Nase stach auffallend zwischen den Falten ihres jetzt friedlichen Gesichts hervor.

Jemand klopfte diskret an die Tür. Ein junger Polizeibeamter in Uniform kam herein und stellte sich vor. Er hatte Agnes ins Krankenhaus eingeliefert und berichtete Irene kurz von seinem Zusammentreffen mit ihrer Mutter. »Sie schien ein sehr netter Mensch zu sein, Ma'am. Ich hab mir nur gedacht, Sie wüßten vielleicht gern, daß sie mir keine Schwierigkeiten gemacht hat...«

Irene schossen die Tränen in die Augen. »Danke. Das ist sehr freundlich von Ihnen. Hatte sie Schmerzen? Ich ertrage es nicht, mir vorzustellen, was sie durchgemacht haben muß.«

»Nein, Ma'am, Schmerzen hatte sie wohl keine. Sie war vielleicht durcheinander, aber Schmerzen schien sie nicht zu haben.«

»Gott sei Dank! Hat sie nach mir gefragt?«

Eine leichte Röte stieg ihm in die Wangen. »Das kann ich so nicht sagen. Ich weiß, daß sie jemanden namens Sheila erwähnt hat.«

»Sheila?« wiederholte Irene verständnislos.

»Ich bin ziemlich sicher, daß es der Name war. Sie hat ein bißchen geweint. Hat gesagt, sie bedauert es sehr, daß sie eine solche Plage ist. Ich habe ununterbrochen mit ihr geredet, ihr immer wieder versichert, es sei alles in Ordnung. Danach wurde sie ruhiger, und es schien ihr ganz gutzugehen, bis wir hierherkamen. Ich weiß, man hat hier alles Menschenmögliche getan, um sie zu retten. Aber manchmal lassen sie wahrscheinlich einfach los und wollen nicht mehr...«

Irenes Kinn begann zu zittern. Sie preßte ein Taschentuch vor den Mund und flüsterte kopfschüttelnd: »Ich hatte ja keine Ahnung, daß sie im Sterben lag. Mein Gott, wenn wir uns nur beeilt hätten, wären wir vielleicht noch rechtzeitig gekommen...«

Der Beamte trat verlegen von einem Fuß auf den anderen. »Ich gehe ins Wartezimmer und schreibe meinen Bericht fertig. Soviel ich weiß, ist der Stellvertreter des Sheriffs jetzt draußen. Sobald Sie sich seinen Fragen gewachsen fühlen, wird er mit Ihnen reden wollen, weil er ein paar Informationen braucht.« Er ging hinaus und ließ die Tür offen.

Gleich darauf kam Clyde herein. Er legte Irene den Arm um die Schultern und führte sie in die Aufnahme. Bevor die Tür sich schloß, erhaschte ich einen flüchtigen Blick auf den Stellvertreter des Sheriffs, der sich mit seinem Kollegen von der Stadtpolizei unterhielt. Ich vermutete, daß die Stadtpolizei den Todesfall dem Büro des Coroners gemeldet hatte, da Agnes als vermißte Person geführt worden war und man über ihre letzten Stunden nicht das geringste wußte. Der Coroner würde eine Untersuchung der Umstände, Art und Ursache ihres Todes anordnen. Sollte sie einem Mord zum Opfer gefallen sein, würde die Stadtpolizei die weiteren Ermittlungen übernehmen. Ich vermutete, Agnes' Tod würde – in der Terminologie des Coroners – mit dem Vermerk »Ungeklärte Umstände« keine weitere Untersuchung nach sich ziehen, aber da mußte man abwarten. Eine Autopsie würde wahrscheinlich auf jeden Fall durchgeführt werden.

Allein mit der Leiche, hob ich eine Ecke des Lakens und griff nach Agnes' kalter, starrer linker Hand. Die Fingerknöchel waren abgeschürft, zwei Nägel abgebrochen. Unter dem Nagel des Ringfingers und des kleinen Fingers klebte feste Erde. Die Angestellte aus der Aufnahme kam herein. Ich schob Agnes' Hand wieder unter das Laken und drehte mich um. »Ja?«

»Mr. Gersh läßt Ihnen ausrichten, daß er seine Frau zum Wagen bringt. Der andere Herr wartet.«

»Was ist aus ihren Sachen geworden?«

»Sie hatte nicht viel. Dr. Stackhouse hat die Kleidungsstücke für den Coroner beiseite gelegt. Und etwas anderes hat sie nicht bei sich gehabt, als sie eingeliefert wurde.«

Ich schrieb eine kurze Nachricht für Dr. Palchak und bat sie, mich anzurufen. Den Zettel übergab ich der Aufnahmeschwester, als ich an ihrem Schreibtisch vorüberkam. Dietz wollte ein

Taxi rufen, aber Clyde bestand darauf, uns nach Hause zu bringen. Irene war untröstlich und weinte während der ganzen Fahrt. Ich war dankbar, als Dietz meine Tür aufsperrte und ich endlich zu Hause in meinen vier Wänden war. Auf dem Rücksitz des Mercedes hatte seine Hand neben meiner Hand gelegen, und unsere kleinen Finger hatten sich auf eine Weise berührt, daß ich das Gefühl hatte, meine ganze linke Seite sei magnetisiert.

19

Kaum war ich im Haus, lief ich sofort in meinen Schlafraum hinauf, zu müde, um noch höfliche Floskeln auszutauschen.

»Wollen Sie ein Glas Wein?« fragte er.

Ich zögerte, blickte zu ihm zurück, mitten auf der Flucht erwischt. Mit einem Fuß stand ich auf der untersten Stufe, meine Hand ruhte auf dem geschwungenen Geländer der Wendeltreppe. »Ich glaube nicht. Nein. Vielen Dank.«

Es folgte eine Pause; dann fragte er: »Sind Sie in Ordnung?«

Wir redeten plötzlich miteinander, als habe jede Bemerkung einen versteckten Sinn. Sein Gesicht schien noch dasselbe zu sein, doch in seinen Augen war etwas Neues. In dem früher undurchdringlichen Blick stand jetzt eine Bitte, die er offenbar nicht aussprechen konnte. Wie die Flügel eines Ventilators wirbelte Sexualität die Luft durcheinander. Meine Erschöpfung war plötzlich wie weggeblasen. Alle Gefahr und alle Anspannung hatten sich in stummes Verlangen verwandelt. Ich spürte, wie es durch meine Kleider sickerte, über meine Beine rieselte: etwas Uraltes, etwas Dunkles, des Menschen einziges Mittel gegen den Tod. Die Hitze schien zwischen uns eine Brücke zu schlagen. Plötzlich war da etwas, das ich verstand: Dieser Mann war wie ich, war mein Zwilling, und ich erkannte, daß ich in ihm ein seltsames Spiegelbild meiner selbst sah – meinen Mut, meine Tüchtigkeit, meine Angst vor Abhängigkeit. Ich war drei Tage mit ihm zusammen gewesen, durch Äußerlichkeiten getrennt, durch den Selbsterhaltungstrieb und den Überlebensinstinkt zu einem Neutrum geworden. Nur Begehren konnte uns mutig genug machen, diese Kluft zu überschreiten, aber wer von uns beiden würde es wagen?

Ich sah ihm zu, als er die Tür absperrte. Ich sah ihm zu, als er die Lichter löschte und das Zimmer durchquerte. Ich stieg zwei Stufen hinauf, auf der dritten drehte ich mich um, hielt mich am Geländer fest und setzte mich, als Dietz auf mich zukam, auf die Stufe. Er stand vor mir, sein Gesicht auf der gleichen Höhe mit meinem. Das Zimmer hinter ihm war dunkel. Licht kam nur von oben, erhellte seine ernsten Züge. Er lehnte sich in den Kuß hinein, sein Mund war zuerst kalt, seine Lippen weich. Begehren durchzuckte mich wie eine Flammenzunge. Ich lag auf der Treppe, die Stufen schnitten mir in den Rücken, bis Schmerz und Verlangen zu einem einzigen Gefühl verschmolzen. Ich streichelte ihm die Wange, berührte sein seidiges Haar, während er das Gesicht an mir vergrub und durch mein Baumwoll-T-Shirt an meinen Brüsten saugte. Wir bewegten uns im Rhythmus eines gespielten Geschlechtsakts, voll bekleidet, die Körper gewölbt. Ich hörte, wie sich Stoff an Stoff rieb, hörte seinen Atem und meinen. Ich griff nach unten und berührte ihn. Er stieß einen fast unmenschlichen Laut aus, löste sich von mir und zog mich hinter sich her die Treppe hinauf. Das Bett war besser, und während wir uns küßten, zogen wir uns nach und nach aus. Als er sich nackt an mich preßte, sagte er im ersten Hitzeschock mit einem leisen Stöhnen »oh, du lieber Herr Jesus!« Danach gab es bis zum Augenblick des Vergessens keine Worte mehr. Die Liebe mit diesem Mann war mit keiner anderen zu vergleichen, die ich bisher erlebt hatte – auf ihrem Höhepunkt wurde irgendwo ein Akkord angeschlagen, zeitlose Musik durchbebte uns, Geheimnisse enthüllten sich, Haut an Haut, Augenblick um Augenblick, bis wir miteinander verschmolzen. Ich fiel in einen tiefen Schlaf, meine Glieder mit seinen verschlungen, und wurde bis zum Tagesanbruch kein einzigesmal wach. Um sechs Uhr rührte ich mich und merkte undeutlich, daß ich allein im Bett lag. Ich hörte Dietz unten umhergehen. Er hatte das Radio eingeschaltet, und die Melodie eines Liedes von Tammy Wynette, die so wehmütig war, daß sie einem das Herz herausreißen konnte, wehte zu mir herauf. Doch diesmal machte es mir nichts aus.

Irgendwann klingelte es. Der Mann vom United Parcel Service (ein echter) brachte den Karton, der mir aus Brawley nachgeschickt worden war. Dietz nahm ihn entgegen, da ich noch tot war für die Welt. Bald darauf stieg mir frischer Kaffeeduft in die Nase. Ich stand auf, machte das Bett, tastete mich ins Bad und putzte mir die Zähne. Ich duschte, wusch mir die Haare und zog dann die Jeans und das T-Shirt an, die ich am Abend zuvor getragen hatte. Noch war beides nicht reif für die Schmutzwäsche. Ich ging hinunter.

Dietz saß an der Küchentheke auf einem Barhocker. Er hatte das leere Saftglas und die leere Breischüssel zur Seite geschoben und die Zeitung vor sich ausgebreitet, um lesen zu können. Er griff mit der Hand nach hinten, und ich legte die Arme um ihn. Er küßte mich, und sein Mund war so frisch, daß ich den Frühstücksbrei schmeckte. »Geht es dir gut?« fragte er.

»Ja. Und dir?«

»Mmm. Dein Paket ist angekommen.«

Der Karton stand direkt hinter der Tür, von mir selbst an mich adressiert. »Hast du es auf Spreng- und Brandsätze untersucht?«

»Es ist in Ordnung«, sagte er trocken. »Mach's ruhig auf.«

Ich nahm ein Schälmesser aus der Küchenschublade und schlitzte das Klebeband auf. Die Gegenstände waren noch so verpackt, wie ich es in Erinnerung hatte. Mein Kleid-für-alle-Gelegenheiten lag ziemlich weit oben. Ich zog es heraus und sah es mir genau an, erleichtert, daß es in einem viel besseren Zustand war, als ich befürchtet hatte. Es war nur von einem dünnen Schimmelfilm überzogen, roch aber nach Sumpfgas – ein Geruch, irgendwo zwischen verdorbenen Eiern und alten Toilettenschüsseln angesiedelt.

Dietz schnupperte einmal und wandte sich mit angeekeltem Gesicht zu mir um. »Was ist denn das? Gütiger Gott…«

»Das? Das ist mein bestes Kleid«, sagte ich. »Ich brauche es nur in die Waschmaschine zu stecken, und schon ist es wieder wie neu.«

Ich legte es beiseite und wühlte weiter in dem Karton, holte Werkzeug und auch sonst noch allen möglichen Kram heraus. Ganz unten war das Kinder-Teeservice, und zwar noch immer in der Schachtel, in der ich es unter Agnes Greys Wohnwagen herausgezogen hatte. »Ich sollte es zu Irene bringen«, sagte ich und stellte die Schachtel in Türnähe ab. Es gab nur sehr wenige Dinge, die an Agnes Greys dreiundachtzig Erdenjahre erinnerten, und ich dachte, Irene würde sich vielleicht über die Sachen freuen.

Dietz blickte von seiner Zeitung auf. »Wobei mir einfällt, Dr. Palchak hat heute morgen um halb acht wegen des Autopsieberichts angerufen. Du sollst zurückrufen, sobald du wach bist.«

»Das ist aber schnell gegangen.«

»Das habe ich auch gesagt. Sie meinte, sie fängt gern um fünf Uhr morgens an, wenn sie einen Auftrag hat.«

Ich wählte die Nummer des St. Terry und ließ mich mit der Pathologie verbinden. Bisher hatte ich zweimal mit Laura Palchak zu tun gehabt. Sie ist klein, unscheinbar, untersetzt, arbeitsbesessen, gründlich und sehr intelligent, eine von mehreren Pathologen, die der Bezirk unter Vertrag hat, und sie führt die Autopsien für das Büro des Coroners durch.

»Palchak«, meldete sie sich.

»Hallo, Laura. Hier ist Kinsey Millhone. Danke, daß Sie so prompt auf meine Nachricht reagiert haben. Was können Sie mir über Agnes Grey sagen?«

Es folgte eine kurze Pause. »Mrs. Gersh wird im Lauf des Vormittags vom Büro des Coroners informiert, es muß also unter uns bleiben, okay?«

»Selbstverständlich.«

»Die Autopsie war negativ. Es wird natürlich Wochen dauern, bis wir die toxischen Befunde haben, aber bisher habe ich nur Nieten gezogen.«

»Und was war nun die Todesursache?«

»Herzstillstand, aber zum Teufel – jeder stirbt letzten Endes an Herz- oder Atemstillstand. Wesentlich ist, daß die Frau keinen organischen Herzfehler hatte und ich auch sonst keine natürlichen Symptome gefunden habe, die zum Tod geführt haben könnten. Technisch müssen wir auf ›unbestimmte Todesursache‹ erkennen.«

»Was bedeutet ›technisch‹? Es gefällt mir nicht, wie Sie das gesagt haben.«

Sie lachte. »Gute Frage. Sie haben recht. Ich ahne irgend etwas, aber dazu ist noch ein bißchen Forschungsarbeit nötig. Ich habe mit der Krankenhausbibliothekarin gesprochen und sie gebeten, mir einen Artikel herauszusuchen, den ich vor ein paar Jahren gelesen habe. Ich weiß nicht einmal, wieso er mir eingefallen ist, aber etwas an dieser Situation hat mich hellhörig gemacht.«

»Was denn? Können Sie mir Näheres sagen?«

»Noch nicht. Ich habe von meiner Assistentin ein paar Gewebeproben entnehmen lassen, die ich mir wahrscheinlich heute nachmittag ansehen kann. Außer diesem habe ich nämlich noch sechzehn andere Fälle auf dem Programm. Aber ich bin neugierig.«

»Brauchen Sie etwas von mir?«

»Ich hätte einen Vorschlag, falls Sie sich mit der Sache befassen wollen. Mich interessiert sehr, was mit der Frau in den Stunden passiert ist, in denen sie nicht aufzufinden war. Für mich wäre es eine große Hilfe, wenn sie feststellen könnten, wo sie die ganze Zeit gesteckt hat.«

»Ich kann es ja versuchen«, sagte ich. »Aber es könnte sich als irreführend herausstellen. Soll ich nach etwas ganz Bestimmtem suchen?«

»Sie hat am rechten Handgelenk wunde Stellen, die aussehen, als hätte sie sich an einem Strick aufgescheuert, und eingerissene und abgebrochene Fingernägel an der linken...«

»O ja, die hab ich auch gesehen«, sagte ich, denn ganz plötzlich fiel es mir wieder ein. »Der Knöchel an der rechten Hand ist auch abgeschürft.«

»Stimmt. Es ist möglich, daß sie irgendwo gegen ihren Willen festgehalten wurde. Sehen Sie sich nach einem Geräteschuppen oder einem Gewächshaus um. Ich habe unter ihren Fingernägeln Erde gefunden und ein paar Proben entnommen. Vielleicht finden wir irgendwo die gleiche. Sie hat auch ein paar

Abschürfungen und Blutergüsse auf dem Rücken. Erst letzte Woche habe ich ein Kind mit den gleichen Verletzungen auf Oberschenkeln und Hinterbacken auf dem Tisch gehabt. Es war – unter anderem – mit einem Kleiderbügel geschlagen worden.«

»Wollen Sie damit sagen, daß sie geschlagen wurde?«

»Wahrscheinlich.«

»Weiß Lieutenant Dolan Bescheid?«

»Er und ein Polizeifotograf waren bei der Obduktion dabei, daher hat er dasselbe gesehen wie ich. Es ist aber so, daß ich kein inneres Trauma gefunden habe und die Verletzungen zu geringfügig sind, um als Todesursache in Frage zu kommen.«

»Und was haben Sie für eine Theorie?«

»O nein! Von mir hören Sie erst etwas, nachdem ich noch ein paar Sachen überprüft habe. Rufen Sie mich heute nachmittag an – oder noch besser, ich setze mich mit Ihnen in Verbindung, sobald wir wissen, um was es sich handelt. Bis dahin haben Sie vielleicht schon selbst etwas zu berichten.«

Sie legte auf und ich ebenfalls. Dann blieb ich, völlig perplex, ganz einfach sitzen.

Dietz beobachtete mich. Meinem Gesprächsbeitrag am Telefon hatte er ohne weiteres entnehmen können, daß es keine glatte Sache mehr war. »Was ist passiert?«

»Holen wir deinen Wagen, und fahren wir zu Irene. Ich möchte mit Clyde reden.« Ich rief schnell bei Gershs an, um sie auf unseren Besuch vorzubereiten, und bestellte anschließend ein Taxi.

Auf der Fahrt zum Hotel, mit Irenes Schachtel auf dem Schoß, setzte ich Dietz ins Bild. Beim Edgewater angekommen, trödelte er mit seinem Porsche herum und untersuchte Motor und Elektrik, ehe er bereit war, den Schlüssel ins Zündschloß zu stecken. Es war nicht mehr derselbe Parkwärter, dem wir den Wagen gestern abend übergeben hatten, und obwohl der Junge schwor, es sei niemand in der Nähe des Porsche gewesen, wollte Dietz sich nicht darauf verlassen.

»Messinger weiß wahrscheinlich nicht einmal, wo bei einer Bombe vorn und hinten ist, aber ich möchte auch keine unangenehme Überraschung erleben«, sagte er. Ich wartete, während er sich der Länge nach auf den Boden legte und halb unter den Wagen schob, um sich ihn auch von unten gründlich anzusehen. Offenbar gab es keine überflüssigen Drähte, keine sichtbaren Sprengkapseln, keine ordentlich verschnürten Päckchen mit Dynamit. Zufrieden stand er auf, klopfte sich den Staub ab und ließ mich einsteigen.

Ausnahmsweise fuhr er langsam und machte ein Gesicht, als sei er in Gedanken weit weg.

»Worüber grübelst du nach?« fragte ich.

»Ich habe an Messinger gedacht und mich gefragt, ob es uns etwas nützen könnte, wenn wir uns mit seiner Exfrau unterhalten würden.«

»In Los Angeles?«

»Wir könnten sie auch bitten herzukommen. Wir wissen, daß er Eric bei sich hat – zumindest war er gestern abend noch bei ihm. Sie würde bestimmt mit beiden Händen zugreifen. wenn sie eine Möglichkeit sähe, ihr Kind zurückzubekommen. Vielleicht können wir ihr helfen, und sie könnte sich dafür bei uns revanchieren.«

»Wie?«

Dietz zuckte mit den Schultern. »Das weiß ich noch nicht, aber es ist immer noch besser, als gar nichts zu tun.«

»Weißt du, wie du dich mit ihr in Verbindung setzen kannst?«

»Ich habe daran gedacht, dich abzusetzen und zu Dolan zu fahren.«

»Klingt gut. So können wir's machen.«

Wir hielten vor dem Gersh-Haus. Dietz hielt die Schachtel, während ich mich aus dem extrem tiefen Sitz in die Höhe schraubte. Auf der vorderen Veranda stellte er sie neben der Tür ab. Ich klingelte. Wir hatten verabredet, daß ich hier auf ihn warten sollte. »Beeil dich«, sagte ich leise. »Ich möchte nicht den ganzen Tag bei Irene festsitzen.«

»Höchstens eine Dreiviertelstunde. Sollte es länger dauern, rufe ich an. Sei vorsichtig.« Er drängte mich an die Hauswand und küßte mich, daß sich meine Zehen kringelten, dann winkte er mir lässig zu und marschierte den Gartenweg hinunter.

Jermaine öffnete und trat beiseite, um mich einzulassen; zugleich sprang der Motor des Porsche an, und der Wagen fuhr los. Ich war noch bemüht, mich zu fassen, versuchte den Eindruck einer nüchternen und sachlichen Privatdetektivin zu machen, obwohl mein Schlüpfer naß geworden war. Jermaine und ich begrüßten uns mit den üblichen Floskeln. Irgendwo im Haus klingelte das Telefon. Jermaine hörte es auch und hob die Stimme, als verkündete sie den letzten Reihen eines Auditoriums: »Ich geh schon ran!« Sie entschuldigte sich und entfernte sich erstaunlich anmutig in Richtung der Küche.

Das Haus war sonst still. Das Wohnzimmer lag im Schatten der Wacholderhecke an der Grundstücksgrenze. Ich ging auf einen der Beistelltische zu und knipste eine Lampe an. Dann beugte ich mich leicht seitlich vor und schaute durch einen Bogengang zu meiner Linken. Irene saß auf der verglasten Sonnenveranda neben dem Wohnzimmer an einem Schreibtisch. Ein kleines tragbares Radio spielte klassische Musik, und ich nahm an, daß sie deshalb die Türklingel nicht gehört hatte. Sie trug einen Morgenrock und Pantoffeln und sah noch schlechter aus als am Abend vorher. Sie war immer blaß, doch jetzt sah ihre Haut ausgebleicht aus, als sei sie mit Heftpflaster verklebt gewesen. Man merkte ihr an, daß sie viel geweint und wenig geschlafen hatte. Die falschen Wimpern waren verschwunden und ihre Augen verquollen, ihr Blick geistesabwesend.

»Irene?« Sie zuckte zusammen und sah sich hastig um; ihr war nicht klar, woher das Geräusch gekommen war. Als sie mich entdeckte, stand sie mühsam auf und hielt sich dabei am Schreibtisch fest, um das Gleichgewicht nicht zu verlieren. Mit zitternden Beinen kam sie ins Wohnzimmer und streckte die Hände nach mir aus wie ein Kleinkind bei seinen ersten Gehversuchen. Dabei wimmerte sie leise vor sich hin, als schmerze sie jeder Schritt. Sie klammerte sich an mich wie schon einmal, aber diesmal kam noch Verzweiflung hinzu.

»O Kinsey, Gott sei Dank! Ich bin so froh, daß Sie hier sind. Clyde mußte zu einer Konferenz in die Bank, aber er hat mir versprochen, so bald wie möglich zurückzukommen.«

»Gut. Ich möchte nämlich mit ihm reden. Wie geht es Ihnen?«

»Schrecklich. Ich kann einfach nicht klar denken und ertrage es nicht, allein zu sein.«

Ich führte sie zur Couch. Ihre Hilflosigkeit machte mich tief betroffen. »Sie sehen so aus, als hätten Sie nicht viel geschlafen.«

Sie ließ sich in die Polster sinken, gab aber meine Hände nicht frei. Wie eine Betrunkene hielt sie mich gepackt, als sei sie kraftlos von ihren Exzessen, und aus ihrem Mund wehte mir Trauer entgegen wie Alkoholdunst. »Ich habe fast die ganze Nacht hier unten gesessen, weil ich Clyde nicht stören wollte. Ich habe versucht, die Papiere für Mutter auszufüllen, und dabei festgestellt, daß ich nichts von ihr weiß. Ich kann mich an nichts erinnern. Es ist unfaßbar für mich. Irgendwie schäme ich mich dafür. Meine eigene Mutter...« Sie fing wieder an zu weinen.

»Schon gut. Ich kann Ihnen doch dabei helfen.« Ich hob beschwichtigend die Hand. »Bleiben Sie ganz ruhig sitzen. Entspannen Sie sich. Ist das Formular dort drin?«

Sie schien sich zusammenzureißen und nickte stumm, die Augen dankbar auf mich gerichtet, als ich in den Nebenraum ging. Ich nahm einen Füllhalter und ein zwanzig mal zwanzig Zentimeter großes quadratisches Formular vom Schreibtisch und ging ins Wohnzimmer zurück. Wie hielt Clyde nur ihre entsetzliche Abhängigkeit aus? So groß mein Mitleid auch sein mochte, es wurde überschattet von dem Gefühl, daß mir hier eine fast untragbare Last aufgebürdet wurde.

20

»Sie müssen damit umgehen wie mit Prüfungsaufgaben«, sagte ich. »Die leichten Fragen erledigen wir zuerst, dann gehen wir die schwierigen an. Fangen wir an mit ›Name des/der Verstorbenen‹. Hatte sie einen Mittelnamen?«

Irene schüttelte den Kopf. »Nie einen gehört.«

Ich schrieb: *Agnes... KMN... Grey.*

Irene und ich steckten die Köpfe zusammen und trugen peinlich genau die spärlichen Informationen ein, über die sie verfügte. Das dauerte kaum länger als eine Minute und beschränkte sich auf Rasse: Weiß; Geschlecht: Weiblich; Militärdienst: Nicht zutreffend; Sozialversicherungsnummer: Keine; Personenstand: Verwitwet; Beruf: Im Ruhestand; und dazu mehrere Unterrubriken unter Ständiger Wohnort. Irene wußte nicht, in welchem Jahr ihre Mutter geboren war, kannte ihren Geburtsort und die Namen ihrer Großeltern nicht. Das bedrückte sie, da ihrer Meinung nach jeder, dem an seiner Mutter auch nur ein bißchen gelegen hatte, so etwas bei der Hand haben mußte.

»Machen Sie sich nicht ständig so runter, Himmel noch mal«, sagte ich. »Gehen wir das Formular noch mal durch, dann sehen wir schon, wie weit wir kommen. Vielleicht wissen Sie mehr, als Sie glauben. So haben zum Beispiel alle gesagt, sie sei dreiundachtzig, nicht wahr?«

Irene nickte unsicher und wünschte wahrscheinlich, das Formular hätte ein paar Fragen zu bieten, bei denen man die Antworten nur ankreuzen mußte. Ich merkte, daß sie über ihre Unwissenheit noch immer außer sich war.

»Irene, bei diesem Test können Sie nicht durchfallen«, sagte ich energisch. »Was kann schon geschehen? Können sie sich etwa weigern, sie zu beerdigen?« Ich gab mich höchst ungern so keß, aber ich dachte, ich könnte sie vielleicht auf diese Weise ihrem Selbstmitleid entreißen.

»Ich möchte nur nichts falsch machen«, sagte sie. »Es ist wichtig, es richtig zu machen. Das ist das wenigste, was ich tun kann.«

»Das verstehe ich, aber die Welt wird auch nicht untergehen, wenn Sie eine Rubrik nicht ausfüllen. Wir wissen, daß sie Bürgerin der Vereinigten Staaten war, also schreiben wir es rein... Den Rest können wir Ihrer Geburtsurkunde entnehmen. Darin steht auch der Geburtsort Ihrer Eltern und ihr Alter im Jahr ihrer Geburt. Wissen Sie, wo sie ist?«

Sie nickte, schneuzte sich die Nase und stopfte das Taschentuch wieder in die Tasche ihres Morgenmantels. »Ich bin fast sicher, sie ist in dem Aktenschrank dort drüben«, sagte sie und zeigte zur Veranda, die sie sich als kleines Büro eingerichtet hatte. »Ein Ordner mit der Aufschrift *Wichtige Dokumente* liegt in der obersten Schublade.«

»Stehen Sie nicht auf, bleiben Sie hier. Ich hole ihn.«

Ich ging ins Nebenzimmer und zog die oberste Schublade auf. *Wichtige Dokumente* war ein dicker bräunlicher Ordner und lag gleich obenauf. Ich nahm ihn mit und ließ Irene darin kramen. Sie nahm einen Geburtsschein heraus, den sie mir reichte. Ich sah ihn kurz an, kniff dann die Augen zusammen und betrachtete ihn mir näher. »Das ist eine Fotokopie. Was ist aus dem Original geworden?«

»Keine Ahnung. Ich hatte noch nie einen anderen.«

»Was haben Sie gemacht, als Sie einen Reisepaß beantragten? Da müssen Sie doch eine beglaubigte Abschrift gehabt haben.«

»Ich habe keinen Paß. Hab nie einen gebraucht.«

Ich sah sie erstaunt an. »Dabei hab ich gedacht, ich sei der einzige Mensch ohne Paß«, sagte ich.

Sie schien leicht in Abwehrstellung zu gehen. »Ich reise nicht gern. Ich hatte immer Angst, unterwegs krank zu werden und nicht die richtige ärztliche Hilfe zu bekommen. Wenn Clyde geschäftlich nach Übersee mußte, ist er immer allein geflogen. Ist das ein Problem?« Ich vermutete, daß es zwischen Clyde und ihr deshalb schon mehr als einmal zu Auseinandersetzungen gekommen war.

»Nein, nein, die Fotokopie genügt, es kommt mir nur ein bißchen merkwürdig vor. Woher haben Sie sie?«

Sie preßte die Lippen zusammen, und ihre Wangen waren plötzlich rosa angehaucht, als sei sie von einer Sekunde zur anderen gesund geworden. Zuerst dachte ich, sie werde nicht antworten, dann schob sie die Unterlippe vor. »Mutter hat sie mir gegeben, als ich in die High-School ging. Es war die demütigendste Situation in unserem Zusammenleben. Wir sollten als Prüfungsarbeit in Englisch unseren Lebenslauf schreiben und mit unserem Geburtsschein anfangen. Meine Mutter konnte meinen nicht finden, und ich mußte ohne ihn in die Schule gehen. Der Lehrer hat mir ein Ungenügend gegeben – das einzige, das ich je bekommen habe –, und darüber war Mutter furchtbar wütend. Es war schrecklich. Sie brachte mich am nächsten Tag in die Schule und warf meinem Lehrer den Geburtsschein buchstäblich ins Gesicht. Sie war natürlich betrunken. Alle meine Mitschüler waren dabei und gafften. Ich glaube, ich habe mich weder vorher noch nachher je wieder so geschämt.«

Ich musterte sie neugierig. »Was war mit Ihrem Vater? Wie hat er sich verhalten?«

»An ihn erinnere ich mich nicht mehr. Meine Eltern haben sich getrennt, als ich drei oder vier war. Ein paar Jahre später ist er im Krieg gefallen. Neunzehndreiundvierzig, glaube ich.«

Ich sah den Geburtsschein an, widmete mich wieder dem Nächstliegenden. Da waren wir wirklich auf etwas gestoßen. Irene war am 12. März 1936 morgens um zwei Uhr dreißig in Brawley geboren. Ihr Vater war Herbert Grey, geboren in Arizona, weiß, zweiunddreißig Jahre alt, Schweißer bei einer Fluggesellschaft. Agnes' Mädchenname war Branwell, geboren war sie in Kalifornien, Beruf Hausfrau.

»Na großartig«, sagte ich und las die nächste Zeile. »Oh, warten Sie, das ist irre. Hier steht, daß sie dreiundzwanzig war, als Sie geboren wurden, aber dann wäre sie – dann wäre sie ja jetzt erst siebzig? Das scheint mir nicht richtig zu sein.«

Irene beugte sich vor. »Bestimmt ein Tippfehler«, sagte sie. Sie nahm das Dokument und betrachtete die Zeile genauso erstaunt wie ich. »Das ist ein Unterschied von vielen Jahren. Wenn Mutter jetzt dreiundachtzig war, muß sie, als ich geboren wurde, sechsunddreißig gewesen sein, nicht dreiundzwanzig.«

»Vielleicht ist sie viel jünger, als wir dachten.«

»Aber nicht so viel. Sie hatte die Siebzig längst hinter sich, Sie haben sie doch gesehen.«

Ich überlegte kurz. »Meiner Meinung nach ist das ziemlich egal.«

»Aber das ist es nicht! Es geht immerhin um dreizehn Jahre mehr oder weniger.«

Ich schaltete mein Temperament aus. Es war sinnlos, gereizt zu reagieren. »Wir brauchen die Richtigkeit unserer Angaben nicht nachzuweisen«, sagte ich. »Das kann ich mir wenigstens nicht vorstellen. Lassen Sie die Rubrik leer.«

»Das will ich aber nicht«, sagte sie eigensinnig.

Ich hatte sie schon in dieser Stimmung erlebt und wußte, wie unnachgiebig sie sein konnte. »Machen Sie, was Sie wollen. Das ist Ihre Sache.«

Ich hörte einen Schlüssel im Schloß. Die Haustür ging auf, und Clyde kam herein; wie üblich trug er einen Anzug mit Weste. Er brachte die Schachtel mit dem Kinderservice mit, die ich auf der Veranda gelassen hatte, ging zur Couch, begrüßte mich beiläufig und stellte die Schachtel auf den Tisch. Dann bückte er sich, um Irene auf die Wange zu küssen, eine Gewohnheitsgeste ohne besondere Wärme. »Das hat auf der Veranda gestanden.«

»Es gehört Irene«, sagte ich. »Ich hab's unter Agnes' Wohnwagen gefunden und mit anderen Sachen in Brawley an mich abgeschickt. Es ist heute morgen gekommen.« Ich zog die Schachtel näher heran, hob den Deckel und griff zwischen die Tassen, die noch in Zeitungspapier eingewickelt waren. »Ich hab nicht gewußt, ob das die richtige Zeit ist oder nicht, aber es ist ungefähr das einzige, das die Eindringlinge nicht gestohlen haben.«

Ich packte eine Teetasse aus und reichte sie Irene. Der Porzellanhenkel hatte unten einen haarfeinen Sprung, aber sonst war die Tasse unversehrt und perfekt. Rosen in hellem Pink, handgemalt, auf weißem Grund und auf kindgerechte Größe verkleinert. Irene betrachtete sie ratlos, dann flackerte etwas wie Erkennen in ihren Augen auf. Ein erstickter Laut brach aus ihrem tiefsten Innern, und mit einem Aufschrei des Ekels schleuderte sie die Tasse weit von sich. Ihre Reaktion löste Angst bei mir aus. Clyde und ich fuhren vor Schreck zusammen. Irenes Entsetzensschrei schien die Luft zu versengen. Wie in Zeitlupe prallte die Tasse gegen den Rand des Couchtischs und brach dann so säuberlich entzwei, als habe man sie mit dem Messer halbiert.

Irene stand auf, die Augen riesengroß. Sie hyperventilierte – ihr Atem ging so schnell und flach, daß sie auf keinen Fall genug Sauerstoff bekommen konnte. Sie taumelte, die Augen fest auf mein Gesicht gerichtet. Im Fallen klammerte sie sich an mich, von einem Krampf gepackt, der ihren ganzen Körper schüttelte. Clyde griff nach ihr, als sie stürzte. Er bewegte sich schneller, als ich es für möglich gehalten hätte, bettete sie auf die Couch und legte ihre Beine hoch.

Ein Geschirrtuch in der Hand, donnerte Jermaine ins Wohnzimmer. Sie hatte ganz große Augen vor Schreck. »Was ist los? Was ist passiert? O mein Gott...«

Von Irenes Augen war nur noch das Weiße zu sehen, und sie zuckte immer wieder, von einem inneren Erdbeben erschüttert, das ihre zarte Gestalt wie mit wellenförmigen Stromstößen folterte. In der Luft hing der beißende Geruch von Urin. Clyde zog das Jackett aus, kniete neben Irene nieder und versuchte sie festzuhalten, damit sie sich nicht verletzte. Jermaine stand wie hypnotisiert daneben, drehte das Geschirrtuch in den großen dunklen Händen zu einem Strick zusammen und stieß angstvolle Laute aus, die tief aus ihrer Kehle kamen.

Allmählich löste sich der Krampf. Irene begann zu husten, so trocken und keuchend, daß es mir weh tat. Auf den Husten folgte ein hohes Pfeifen, das mir half, meine Erstarrung abzuschütteln. Ich legte stützend die Hand unter Irenes rechten Arm und warf Clyde einen Blick zu. »Setzen wir sie aufrecht hin, dann kann sie leichter atmen.«

Wir richteten sie auf, was sich als erstaunlich schwierig erwies, wenn man bedachte, wie leicht sie war. Sie konnte kaum mehr als neunzig Pfund wiegen, aber sie war schlaff und völlig benommen, und ihre Blicke irrten von einem Gesicht zum anderen, ohne etwas zu erfassen. Es war klar, daß sie nicht wußte, wo sie war oder was geschah.

»Soll ich den Notarzt rufen, Mr. Clyde?« fragte Jermaine.

»Noch nicht«, sagte er. »Warten wir noch damit. Sie scheint zu sich zu kommen.«

Ein feiner Schweißfilm bedeckte Irenes Gesicht. Sie griff blindlings nach mir. Ihre Hände fühlten sich so klamm an wie ein noch lebender Fisch auf dem Boden eines Bootes.

Jermaine ging hinaus und kam ein paar Minuten später mit

einem kalten, feuchten Tuch wieder, das sie Clyde reichte. Er wischte Irene das Gesicht ab. Sie begann leise vor sich hin zu weinen, hoffnungslos wie ein Kind, als erwache sie aus einem schrecklichen Alptraum. »Da waren Spinnen, ich habe den Staub gerochen...«

Clyde sah mich an. »Sie hat schon seit jeher eine Spinnenphobie...«

Automatisch hob ich die beiden Hälften der Teetasse auf und fragte mich, ob sie etwas auf ihrem Boden gesehen hatte. Fast erwartete ich, eine alte tote Spinne auf dem Rücken liegen zu sehen, die Beine vor dem Bauch zusammengerollt wie bei einer Blüte, die sich in der Abenddämmerung schließt. Aber da war nichts. Irene war jetzt keinem Trost zugänglich.

»Die Farbe lief in gräßlichen Streifen an der Wand herunter. Die Veilchen waren ruiniert, und ich hatte solche Angst... Ich hatte nicht ungehorsam sein wollen...«

Clyde tätschelte ihr die Hand und stieß beschwichtigende Laute aus. »Irene, mit dir ist alles in Ordnung. Alles ist gut. Ich bin bei dir.«

Ihre Augen hatten einen flehenden Ausdruck, ihre Stimme war ein gequältes Flüstern. »Es war Mutters Teeservice aus ihrer Kindheit... Ich durfte nicht damit spielen. Ich hab mich versteckt, damit ich nicht wieder Schläge bekam, so schlimme Schläge... Warum hat sie es aufgehoben?«

»Ich bringe sie ins Bett«, sagte Clyde. Er legte einen Arm unter ihre angewinkelten Knie, den anderen hinter ihren Rücken und hob sie nicht ohne Mühe auf. Seitlich schob er sich am Couchtisch vorbei und ging dann zur Treppe. Jermaine begleitete ihn, hielt sich immer dicht bei ihm, um zur Hand zu sein, wenn seine Last zu rutschen begann. Ich ließ mich auf die Couch fallen und schlug die Hände vors Gesicht. Mein Herzschlag wurde allmählich wieder normal, was gar nicht so schlecht war, wenn man den Adrenalinstoß bedachte, der durch meine Adern gepumpt worden war. Die Furcht anderer Menschen ist ansteckend, ein Phänomen, das stärker wird, wenn man nicht allein ist – deshalb sind Horrorfilme in einem vollbesetzten Kino auch von so durchschlagender Wirkung. Ich roch Tod, ein schreckliches Erlebnis, mit dem weder Agnes noch Irene fertig geworden waren, auch nach all diesen Jahren nicht. Das Ausmaß dessen, was damals geschehen war, konnte ich nur vermuten. Jetzt war Agnes tot, und ich bezweifelte, daß die Realität je wieder zu ihrem Recht kommen würde.

Ich wurde unruhig, schaute auf meine Uhr. Es waren erst dreißig Minuten vergangen. Bestimmt kam Dietz bald zurück und holte mich. Ich blätterte in einer Zeitschrift, die auf dem Couchtisch lag. Im hinteren Teil des Heftes gab es Rezepte für einen ganzen Monat, nahrhafte, gut ausgewogene Hauptmahlzeiten, die pro Portion nur ein paar Pennys kosteten. Die Gerichte klangen schrecklich: sie hießen Thunfischüberraschung und gebratener Tofu mit süßsaurer Soße. Ich legte die Zeitschrift wieder hin. Weil ich nichts Besseres zu tun hatte, nahm ich die beiden Hälften der zerbrochenen Tasse, wickelte sie in Zeitungspapier und verstaute sie in der Schachtel. Ich stand auf, trug die Schachtel zur Tür und stellte sie dort ab. Irene sollte sie nicht mehr sehen. Vielleicht später einmal, wenn sie wollte; ich konnte das Service ja jederzeit zurückbringen. Ich blickte auf und sah Clyde müde die Treppe herunterkommen.

21

Er sah aus wie ein Zombie. Ich folgte ihm, als er zu einem der beiden Lehnsessel ging und sich setzte. Er rieb sich die Augen und zwickte sich dann in den Nasensattel. Sein Hemd war zerdrückt, der feine blaue Nadelstreifen hatte Schweißflecken in den Achselhöhlen. »Ich habe ihr ein Valium gegeben. Jermaine hat gesagt, sie bleibt bei ihr, bis sie eingeschlafen ist.«

Ich blieb stehen, wollte dadurch, daß ich ihn überragte, mögliche psychologische Vorteile nutzen. »Was ist los, Clyde? Eine solche Reaktion habe ich noch bei keinem Menschen erlebt.«

»Irene kränkelt, seit ich sie kenne.« Er seufzte in sich hinein. »Gott – früher habe ich mir eingebildet, ihre Hilflosigkeit habe einen gewissen Charme…«

»Das geht aber weit über Hilflosigkeit hinaus. Ihre Frau hat wahnsinnige Angst. Die hatte auch Agnes.«

»Aber so war es schon immer. Sie reagiert auf alles überempfindlich, hat unzählige Phobien – geschlossene Räume, Spinnen, Staub. Wissen Sie, wovor sie sich fürchtet? Vor Haken und Öse an einer Tür. Sie fürchtet sich vor Usambaraveilchen. Herr im Himmel, vor Veilchen! Und es wird immer schlimmer. Sie leidet an Allergien, Depressionen, Hypochondrie. Sie ist halbtot vor Angst und wahrscheinlich abhängig von sämtlichen Medikamenten, die ihr verschrieben werden. Ich habe sie zu allen möglichen Ärzten gebracht, und sie schlagen die Hände über dem Kopf zusammen. Die Gehirnklempner sind begeistert, wenn sie kommt, verlieren aber das Interesse, wenn der alte Voodoozauber nicht wirkt. Sie will nicht gesund werden, glauben Sie mir. Sie hängt leidenschaftlich an ihren Symptomen. Ich versuche Mitleid zu empfinden, doch was ich fühle, sind Hoffnungslosigkeit und Verzweiflung. Mein Leben ist ein Alptraum, aber was kann ich tun? Mich von ihr scheiden lassen? Unmöglich. Wenn ich das täte, könnte ich nicht mehr in den Spiegel schauen. Sie ist wie ein kleines Kind... Ich habe immer gedacht, wenn Agnes einmal nicht mehr da wäre, würde es mit ihr besser werden. Wie die Erlösung von einem Fluch. Aber es wird so nicht kommen.«

»Haben Sie eine Ahnung, was es ist?«

Er schüttelte den Kopf. Er wirkte so hoffnungslos wie eine von einer Katze gehetzte Ratte.

»Was ist mit ihrem Vater? Könnte es mit ihm zusammenhängen? Sie hat gesagt, er sei im Krieg gefallen...«

»Ich weiß genauso viel oder so wenig wie Sie«, sagte er wehmütig. »Irene hat mich wahrscheinlich seinetwegen geheiratet...«

»Weil sie sich nach einem Vater sehnte?«

»Aber natürlich. Sie sehnt sich nach allem – nach Trost, Schutz, Sicherheit. Wissen Sie, was ich mir wünsche? Ich möchte nur eine einzige Woche ohne Drama erleben – sieben Tage ohne Tränen und Aufruhr und Abhängigkeit und Gebrauchtwerden und ohne daß die letzte Lebenskraft aus mir herausgesaugt wird.« Wieder schüttelte er den Kopf. »Doch dazu wird es meiner Lebtag nicht kommen. Ich kann mir genausogut eine Kugel durch den Kopf schießen, dann hätte ich Ruhe.«

»Sie muß irgendein Kindheitstrauma mit sich herumschleppen…«

»Wen schert das denn noch? Nach vierzig Jahren! Man wird der Sache nie auf den Grund kommen, und was würde sich ändern, wenn es einem gelänge? Sie ist, wie sie ist, und ich sitze fest.«

»Warum retten Sie sich nicht?«

»Irene verlassen? Wie sollte ich das wohl anfangen? Jedesmal wenn ich auch nur daran denke, liegt sie sofort flach. Ich kann ihr keinen Fußtritt verpassen, wenn sie ohnehin schon am Boden ist…«

Es klopfte am Vorderfenster. Dietz schaute herein, und ich atmete tief auf. Noch nie war ich so erleichtert gewesen, jemanden zu sehen.

»Ich mach das schon«, sagte ich und ging zur Haustür. Dietz kam herein und schaute zu Clyde hinüber, der mit zurückgelehntem Kopf und geschlossenen Augen dasaß. Er stellte sich tot. Seit Dietz gekommen war, ließ die Spannung, die in der Luft hing, merklich nach, aber er sah auf den ersten Blick, daß etwas nicht in Ordnung war. Ich zog leicht die Brauen hoch und gab ihm mit einem Blick zu verstehen, daß ich ihm alles erklären würde, sobald wir allein waren.

»Na, wie war's?« fragte ich.

»Ich erzähl es dir gleich. Komm, laß uns gehen.«

Ich sagte: »Clyde…«

»Ich hab's gehört. Gehen Sie nur. Wir können später miteinander reden. Irene wird ein paar Stunden schlafen. Vielleicht wäre es ganz gut, wenn ich mich auch ein bißchen aufs Ohr legen würde.«

Ich zögerte. »Eine Frage. Als wir gestern bei den Nachbarn nach Agnes fragten – erinnern Sie sich an ein Haus mit einem Geräteschuppen oder einem Gewächshaus im Garten?«

Er schlug die Augen auf und sah mich an. »Nein. Warum?«

»Die Pathologin hat sich dafür interessiert. Ich habe ihr versprochen, mich umzuhören und ihr Bescheid zu sagen.«

Er schüttelte den Kopf. »Ich habe nur an Haustüren geklopft. In irgendeinem Hinterhof könnte sehr gut ein Schuppen gestanden haben.«

»Geben Sie mir bitte Bescheid, wenn Ihnen etwas einfällt, ja?«

Seine Geste war zugleich Entlassung und resignierte Zustimmung.

Ich hob die Schachtel auf und ging mit Dietz zum Wagen. Er half mir auf den Beifahrersitz.

»Was war los? Hat ihr das Teeservice nicht gefallen?« sagte er, knallte aber gleichzeitig die Beifahrertür zu, und ich war gezwungen, mit meiner Antwort zu warten, bis er um den Wagen herumgekommen und selbst eingestiegen war. Er ließ den Motor an und fädelte sich in den Verkehr ein. Ich schilderte ihm kurz Irenes Zusammenbruch.

»Was fehlt ihr, deiner Ansicht nach?« fragte er, als ich fertig war.

»Keinen Schimmer. Es gibt da natürlich verschiedene Möglichkeiten. Sie kann mißbraucht worden sein, zum Beispiel. Oder vielleicht war sie Zeugin bei einer Gewalttat, vielleicht aber hat sie selbst etwas getan und fühlt sich jetzt schuldig.«

»Als kleines Kind?«

»He, Kinder tun manchmal etwas Unüberlegtes. Man kann nie wissen. Doch was es auch sein mag – falls sie sich überhaupt daran erinnert, hat sie nie mit mir darüber gesprochen. Und Clyde scheint keine Ahnung zu haben.«

»Denkst du, daß Agnes etwas wußte?«

»Aber sicher. Ich glaube sogar, daß sie versucht hat, es mir zu erzählen, sich aber nicht dazu überwinden konnte. Ich habe in dem Pflegeheim in Brawley eines Nachts an ihrem Bett gesessen, und sie hat mir eine lange, verworrene Geschichte erzählt, in der – davon bin ich jetzt überzeugt – irgendwo die Wahrheit steckte. Ich sag dir nur eins – ich bin nicht daran interessiert, in die Wüste zurückzufahren und dort zu ermitteln. Vergiß es.«

»Das wäre nach so vielen Jahren ohnehin sinnlos.«

»Clyde meinte das auch. Was ist mit Rochelle Messinger?«

Dietz zog einen Zettel aus der Hemdentasche. »Ich habe ihre Telefonnummer in Nord Hollywood. Dolan wollte sie mir nicht geben, aber schließlich hab ich ihn doch überredet. Er sagt, wenn wir einen Hinweis auf den Kerl bekommen, sollen wir uns gefälligst raushalten, zum Teufel.«

»Aber selbstverständlich«, sagte ich. »Was jetzt?«

Er sah mich mit dem ihm eigenen schiefen Lächeln an. »Wie wär's mit einem Hamburger Royal mit Käse?«

Ich lachte. »Abgemacht.«

Um ein Uhr waren wir wieder zu Hause, satt bis zum Geht-nicht-mehr und mit total überlasteten Fettzellen. Ich fühlte, wie meine Arterien sich verhärteten, die Blutplättchen sich in meinen Venen stauten wie Baumstämme in einem Fluß und das überreichlich genossene Natrium meinen Blutdruck in die Höhe trieb.

Dietz versuchte Rochelle Messinger zu erreichen. Als es fünfzehnmal geklingelt und sie sich nicht gemeldet hatte, überließ er mir das Telefon. Ich sehnte mich nach einem Schläfchen, fand es aber richtiger und wichtiger, erst festzustellen, ob Dr. Palchak sich schon die Objektträger unterm Mikroskop angesehen hatte. Mir gefiel die Vorstellung gar nicht, in der näheren Umgebung des Pflegeheims wieder Klinken zu putzen. Wenn ich Glück hatte, würde es mir erspart bleiben.

Ich rief die Pathologie des St. Terry an und ließ Laura Palchak suchen. Ich hatte Irenes Schachtel auf dem Schoß und benutzte sie als Armstütze. Um ein Haar hätte ich auch noch den Kopf daraufgelegt und wäre auf der Stelle eingeschlafen. Manchmal sehne ich mich nach der Unkompliziertheit meines Kindergartens, wo ich gelernt hatte, auf Befehl einzuschlafen.

Der Telefonhörer am anderen Ende wurde abgehoben.

»Dr. Palchak? Hier spricht Kinsey Millhone«, sagte ich. »Hatten Sie schon Gelegenheit, sich die Gewebeproben anzusehen?«

»Und ob ich die hatte!« antwortete sie mit einem Unterton von grimmiger Befriedigung in der Stimme.

»Dann hat sich Ihre Ahnung bestätigt?«

»Aber sicher. Ich selbst habe einen solchen Fall zwar noch nie gehabt, aber mir fiel ein, daß ich vor Jahren in einer Zeitschrift einen Buchauszug über das Thema gelesen hatte. Die Krankenhausbibliothekarin hat die Zeitschrift für mich herausgesucht. Sie liegt jetzt irgendwo auf meinem Schreibtisch. Bleiben Sie dran.«

»Über welches Thema?«

»Dazu komme ich noch. Es ist ein Artikel über durch Streß verursachte Kardiomyopathie beim Menschen, geschrieben von zwei Ärzten aus Ohio. Hören Sie genau zu. Mrs. Grey hat eine charakteristische Schädigung des Herzens erlitten – einen Zelltod, genannt myofibrilläre Degeneration, hervorgerufen durch Streß, der von Angst erzeugt wurde.«

»Können Sie das übersetzen?«

»Klar, es ist einfach. Wenn der Körper von unerträglichen Adrenalinmengen überflutet wird, werden Herzzellen getötet. Die toten Zellen stören das normale elektrische Feld, das die Herztätigkeit reguliert. Wenn die Nervenfasern unterbrochen sind, fängt das Herz an ganz willkürlich zu schlagen, es kommt zu einer Tachykardie, die in diesem Fall zu Herzversagen geführt hat.«

»Okay«, sagte ich zurückhaltend. Ich hatte das Gefühl, daß noch mehr dahintersteckte. »Und wo ist die Pointe?«

»Diese kleine alte Dame wurde buchstäblich zu Tode erschreckt.«

»Was?«

»Genau das war es. Was ihr in den Stunden, in denen sie verschwunden war, auch widerfahren sein mag – man hat ihr eine so entsetzliche Angst eingejagt, daß sie daran gestorben ist.«

»Sprechen Sie davon, daß sie sich verirrt hatte, oder ist ihr Schlimmeres passiert?«

»Ich habe den Verdacht, daß es etwas Schlimmeres war. Es gibt eine Theorie, daß unter bestimmten Umständen psychologischer Streß und körperlicher Schmerz zu Herztod führen können.«

»Zum Beispiel?«

»Nun ja, nehmen Sie ein kleines Kind. Der Vater schlägt es

mit einem Gürtel, fesselt es und läßt es über Nacht in einem leeren Raum liegen. Am nächsten Morgen ist es tot. Die körperlichen Verletzungen reichen nicht aus, den Tod zu verursachen. Ich spreche nicht über Streß, wie ihn die meisten von uns normalerweise durchmachen. Ohne allzu deutlich zu werden, sehe ich hier eine Analogie zu gewissen Tierversuchen, bei denen eine fokale Myokardnekrose mit Streß in Zusammenhang gebracht wurde.«

»Wollen Sie damit sagen, daß es sich um Mord handelt?«

»Im Grunde ja. Ich glaube nicht, daß Dolan es so sehen würde, aber das ist meine Vermutung.«

Ich saß einen Augenblick still da und ließ das Gehörte auf mich einwirken. »Das gefällt mir nicht.«

»Ich habe auch nicht angenommen, daß es Ihnen gefallen würde«, erwiderte sie. »Wenn Sie in der Zwischenzeit noch nicht herausgefunden haben, wo sie war, möchten Sie es vielleicht jetzt noch einmal versuchen.«

»Ja.« Ich fühlte einen Druck auf der Brust, irgendeine uralte Furcht, die sich bei mir in unmittelbarer Nähe eines Mordes bemerkbar macht. Ich hatte meine Aufgabe gründlich erledigt. Ich hatte die Frau aufgespürt. Ich hatte mich dafür eingesetzt, daß sie nach Santa Teresa verlegt wurde, trotz ihrer Ängste, trotz ihrer Bitten. Jetzt war sie tot. Hatte ich, ganz unbeabsichtigt, auch dazu beigetragen?

Nachdem ich aufgelegt hatte, blieb ich so lange reglos sitzen, bis ich merkte, daß Dietz mich verblüfft ansah. Ich zupfte am Deckel der Schachtel und entfernte die oberste Papierschicht. Dabei versuchte ich, mir Agnes Greys letzten Tag vorzustellen. War sie entführt worden? Und wenn ja, zu welchem Zweck? Es war keine Lösegeldforderung eingegangen. Soweit ich wußte, hatte es keinerlei Kontakte gegeben. Wer hatte Grund, sie zu töten? Die einzigen Menschen, die sie hier kannte, waren Irene und Clyde. Nicht ganz ausgeschlossen, dachte ich. Die meisten Morde sind rein persönliche Verbrechen – die Opfer werden von nahen Verwandten getötet oder von Freunden und Bekannten. Das ist auch der Grund, weshalb ich den Kreis um mich bewußt klein halte.

Ohne etwas zu sehen, schaute ich hinunter. Das Papier, in das ich die beiden Hälften der zerbrochenen Tasse gewickelt hatte, war aufgegangen. Sie lagen in einer zerrissenen halben, vom Alter vergilbten Zeitungsseite. Ich blinzelte und konzentrierte mich auf die Balkenüberschrift, die zum Teil noch sichtbar war. Ich legte den Kopf schief, damit ich den Druck lesen konnte. Es war die Wirtschaftsseite der *Santa Teresa Morning Press*, einer Vorgängerin des derzeitigen *Santa Teresa Dispatch*. Verblüfft nahm ich das Papier aus der Schachtel und strich es auf den Knien glatt. 8. Januar 1940. Ich sah mir die Außenseite der Schachtel näher an, aber sie wies weder Briefmarken noch Aufkleber von Schiffahrtslinien auf. Merkwürdig. War Agnes damals in Santa Teresa gewesen? Ich hätte schwören können, daß Irene mir gesagt hatte, ihre Mutter kenne Santa Teresa nicht.

Ich blickte auf, Dietz stand direkt vor mir, die Hände auf die Knie gestützt, das Gesicht auf gleicher Höhe mit meinem. »Bist du in Ordnung?«

»Schau dir das an!« Ich reichte ihm die Zeitung.

Er drehte sie in den Händen, sah sich beide Seiten an, auch ihm fiel das Datum auf, und er zog nachdenklich die Mundwinkel nach unten.

»Was hältst du davon?« fragte ich.

»Wahrscheinlich dasselbe wie du. Es sieht so aus, als sei das Kindergeschirr im Januar 1940 in Santa Teresa in die Schachtel gepackt worden.«

»Am 8. Januar«, korrigierte ich ihn.

»Nicht unbedingt. Viele Leute heben Zeitungen auf, eine Zeitlang jedenfalls. Die hätte irgendwo in einem Stapel stecken können. Du weißt, wie das ist. Man will ein paar Teller einpakken und nimmt unbesehen ein paar Seiten vom Stapel.«

»Nun ja, das stimmt«, sagte ich. »Glaubst du, Agnes hat es auch so gemacht? War sie damals tatsächlich hier in der Stadt?« Das war eine Frage, die wir natürlich nicht beantworten konnten, aber ich mußte sie einfach stellen.

»Bist du sicher, daß die Schachtel ihr gehört hat? Sie hätte sie ja auch für jemanden aufheben können.«

»Irene hat die Teetasse erkannt. Bevor sie anfing zu schreien, habe ich es ihrem Gesicht für einen Sekundenbruchteil angesehen.«

»Schauen wir mal, was sonst noch drin ist«, sagte Dietz. »Vielleicht finden wir etwas.«

Wir waren ein paar Minuten damit beschäftigt, die Schachtel vorsichtig auszupacken. Alle Teile – Tassen, Untertassen, Sahnekännchen, Zuckerdose, Teekanne mit Deckel, der mit einem Rosenzweig verziert war, im ganzen etwa fünfzehn Teile – waren in dieselbe Ausgabe der Zeitung eingewickelt. Die Schachtel enthielt sonst nichts, was von Bedeutung gewesen wäre, und die Zeitungsartikel selbst waren ebenfalls völlig nichtssagend.

»Ich denke, wir sollten Irene aus dem Bett herausholen und feststellen, was los ist«, sagte ich.

Dietz griff nach seinem Wagenschlüssel, und wir gingen.

Wir klingelten bei Gershs und warteten ungeduldig darauf, daß Jermaine uns einließ. Ich hatte geglaubt, sie habe während unserer Abwesenheit ein bißchen aufgeräumt, aber das Wohnzimmer sah noch genauso aus wie vor etwa einer Stunde, als wir es verlassen hatten. Die Couchkissen, auf die Irene eingedroschen hatte, lagen so unordentlich da wie vorher. Die Geburtsurkunde, der Totenschein und der Ordner mit der Aufschrift *Wichtige Dokumente* waren über den Couchtisch verstreut. Der Geruch von trocknendem Urin stieg mir in die Nase. Im Haus war es so still wie immer, als laufe das Leben selbst hier gedämpft und verschwommen ab.

Als ich sagte, ich wolle Clyde oder Irene sehen, versteinerte Jermaines dunkles Gesicht. Sie verschränkte die Arme und unterstrich mit ihrer Körpersprache ihr Verhalten, das deutlich ablehnend war. Mrs. Gersh schlafe, sagte sie, und sie werde sie nicht wecken. Mr. Gersh habe sich ebenfalls ein bißchen aufs Ohr gelegt, und auch ihn werde sie nicht stören.

»Es ist wirklich wichtig«, sagte ich. »Ich brauche nicht mehr als fünf Minuten.«

Ihr Gesicht bekam einen eigensinnigen Zug. »Nein, Ma'am,

ich werde die armen Leute nicht belästigen. Lassen Sie sie in Ruhe.«

Ich sah Dietz an. Ein Schulterzucken war ihm ins Gesicht geschrieben. Ich wandte mich wieder an Jermaine. »Darf ich die Papiere mitnehmen, die ich vorhin hiergelassen habe?«

»Was für Papiere? Da weiß ich nichts davon.«

»Im Moment brauche ich nur die Formulare, die Irene und ich zusammen ausgefüllt haben«, sagte ich. »Reden kann ich auch später mit ihr.«

Ihr Blick ruhte voller Mißtrauen auf mir. Mein Gesicht blieb jedoch völlig ausdruckslos. »Na, dann holen Sie sie, in Gottes Namen«, sagte sie. »Wenn das alles ist, was Sie wollen.«

»Danke.« Ich ging betont gemächlich zum Couchtisch und nahm die Geburtsurkunde und die ganze Dokumentenmappe an mich. Eine halbe Minute später standen wir auf der Veranda.

»Warum hast du das gemacht?« fragte Dietz, als wir die Stufen hinuntergingen.

»Es schien mir ganz einfach eine gute Idee zu sein«, sagte ich.

22

Ich bat ihn, um die Ecke herumzufahren und in einer schmalen Seitengasse zu halten. Wir parkten im von Sonnenflecken gesprenkelten Schatten einer alten Eiche, und ich untersuchte den Inhalt der Mappe mit den »wichtigen« Dokumenten. Keins davon sah irgendwie besonders wichtig aus. Ich entdeckte eine Abschrift des Testaments, die ich an Dietz weitergab. »Schau nach, ob etwas Überraschendes drinsteht.«

Er nahm die zusammengehefteten Seiten und griff automatisch zu seiner Hemdtasche. Ich dachte, er suche eine Zigarette, doch er holte nur seine Lesebrille heraus, die jetzt dort steckte. Er setzte sie auf und sah mich an.

»Na?« sagte er.

Ich nickte kritisch. »Die Brille steht dir gut. Wenn du sie

trägst, siehst du aus wie ein verantwortungsbewußter Erwachsener.«

»Findest du?« Er verrenkte den Hals, um sich im Rückspiegel betrachten zu können. Dann schielte er kräftig auf seine Nasenspitze und streckte die Zunge heraus, um zu zeigen, wie erwachsen er aussehen konnte.

Er fing an, in dem Testament zu blättern, während ich mir Versicherungspolicen, den Rechtstitel für das Haus, die Kopie eines Abgaskontrollberichts für ein Fahrzeug und eine Flugversicherungspolice von American Express vornahm. »Gott, ist das langweilig«, sagte ich.

»Das hier genauso.«

Ich schaute zu ihm hinüber und sah, daß er den Text hastig überflog. Da widmete ich mich wieder meinen Papieren, nahm Irenes Geburtsurkunde in die Hand, hielt sie gegen das Licht und betrachtete sie mit zusammengekniffenen Augen.

»Was ist das?«

»Irenes Geburtsurkunde.« Ich wiederholte die Geschichte, die sie mir über den Lebenslauf für den Englischunterricht in der Oberstufe erzählt hatte. »Irgend etwas daran stört mich, aber ich komme nicht dahinter, was es ist«, sagte ich.

»Es ist eine Fotokopie«, sagte er.

»Ja, aber warum dieses ganze Tamtam deshalb?«

»Laß mal sehen.« Er hielt die Urkunde gegen das Fenster und ließ das Licht durchscheinen. Die Überschrift lautete: STATE OF CALIFORNIA DEPARTMENT OF HEALTH AND VITAL STATISTICS, STANDARD CERTIFICATE OF BIRTH. Das Dokument selbst war in mehrere zweizeilige Rubriken unterteilt, in die mit Schreibmaschine die entsprechenden Daten eingetragen waren. Dietz hielt es sich dicht vors Gesicht wie jemand, dessen Sehkraft ihn im Stich läßt. »Viele Zeilen sind unterbrochen, und die Schrift ist nicht besonders deutlich. Wir sollten das in Sacramento überprüfen und uns das Original ansehen.«

»Du glaubst, daß jemand das Dokument frisiert hat?«

»Durchaus möglich. Man betupft das Original mit Korrekturflüssigkeit, übertippt die freien Stellen, und dann photokopiert man das Ganze. Es wäre nicht für alle Zwecke ausreichend, aber für einen Schulaufsatz allemal. Vielleicht hat Agnes deshalb einen Tag gebraucht, um das Ding zu ›finden‹. Der Sinn beglaubigter Kopien ist eben der, daß sie beglaubigt sind, richtig?« Wieder dieses schiefe Lächeln und der Blick aus klaren grauen Augen.

»Wau, was für ein Gedanke«, sagte ich. »Was sie wohl zu verbergen hatte?«

Dietz zuckte mit den Schultern. »Vielleicht ist Irene ein uneheliches Kind.«

»Stimmt. Kennst du jemanden in Sacramento, mit dem wir uns in Verbindung setzen könnten?«

»Im Gesundheitsministerium? Da fällt mir so aus dem Stegreif niemand ein. Warum versuchen wir's nicht hier beim Bezirksamt?«

»Das sollten wir sofort tun«, sagte ich.

»Warum diese Eile?«

»Weil ich es wissen will«, sagte ich entrüstet. »Außerdem – wenn wir jetzt etwas tun, wird Irene bereitwillig zahlen. Warten wir aber zwei Wochen, wird sie vergessen haben, daß es sie je interessiert hat.«

»Na, dann wollen wir mal«, sagte er. »Soll ich mir noch andere Dokumente ansehen?«

»Nein, mehr brauche ich nicht.«

»Großartig. Dann nichts wie weg hier.« Er reichte mir das Testament und den Geburtsschein, und ich legte beide in den Ordner. Er ließ den Motor an und fuhr los.

»Wohin?« fragte ich.

»In dein Büro – Rochelle Messinger anrufen.«

Wir parkten auf dem hinteren Parkplatz und gingen die Außentreppe hinauf. Wie gewöhnlich beobachtete Dietz jeden Menschen in Sichtweite mit fast krankhaftem Mißtrauen. Er umfaßte meinen Ellenbogen und sah sich ständig nach allen Seiten um, bis wir sicher im Haus waren. Der Flur im zweiten Stock war leer. Als wir an den Toiletten vorbeikamen, sagte ich: »Ich muß hier schnell mal rein. Willst du die Büroschlüssel?«

»Klar. Ich seh dich in ein paar Minuten.« Er warf einen Blick in die Damentoilette, wurde mit einem Aufschrei der Empörung verjagt, zog sich zurück und ging weiter.

Ich machte die Tür auf und hörte das Gemurmel von Frauenstimmen. Darcy stand an einem Waschbecken und klatschte sich Wasser ins Gesicht. Ihrer teigigen Haut und dem leidenden Blick nach zu schließen, plagte sie nach dem Bankett gestern abend noch ein hartnäckiger Kater. Sie starrte ihr Spiegelbild an. Ihr Haar sah aus wie eine zusammengedrückte Matratze. »Wenn dein Haar dich erst im Stich läßt, bist du ernstlich in Schwierigkeiten«, sagte sie mehr zu sich selbst als zu mir.

»Wann bist du denn nach Hause gekommen?« fragte ich.

»So spät war's gar nicht, aber ich hab Anisette getrunken, und der hat mich geschafft. Um Mitternacht habe ich angefangen zu erbrechen, und es ist noch immer nicht vorbei.« Sie rieb sich das Gesicht und zog dann die Unterlider hinunter, um sich die Bindehaut anzusehen. »Nichts weckt eine so starke Todessehnsucht im Menschen wie ein Kater«, sagte sie.

Eine Toilettenspülung rauschte, und Vera kam aus einer der vier Kabinen. Sie knöpfte einen oliv- und khakifarbenen Tarnanzug zu, einen Overall mit großen Schulterstücken und Epauletten. Der Blick, den sie mir zuwarf, war nicht gerade freundlich. »Was war denn gestern abend mit dir los?« fragte sie bissig. Ich war erschöpft, meine Nerven waren angespannt, und ihr Ton paßte mir ebensowenig wie ihre Haltung.

»Ganz recht, gib's mir nur, Vera«, sagte ich. »Unter anderem ist Agnes Grey gestorben. Ich bin erst nach drei ins Bett gekommen. Und du?«

Vera ging zum Waschbecken, ihre hohen Absätze klapperten über die Keramikfliesen. Sie drehte das Wasser viel zu weit auf, wurde von einem starken Strahl getroffen und sprang mit einem Satz zurück. »Scheiße!« sagte sie.

»Agnes Grey?« wiederholte Darcy. Sie beobachtete sehr aufmerksam im Spiegel unsere Gesichter.

»Die Mutter meiner Klientin«, sagte ich. »Sie ist tot umgefallen. Herzversagen.«

Darcy runzelte die Stirn. »Das ist ja unheimlich.«

»Es war tatsächlich umheimlich, aber woher hast du es gewußt?«

»Wenn du doch bitte so freundlich wärest –« sagte Vera zu Darcy. Anscheinend wollte sie allein mit mir sprechen. Ich kapierte jetzt erst, daß Vera und Darcy über mich geredet hatten, bevor ich hereingekommen war. O Mann!

Darcy warf mir einen um Entschuldigung bittenden Blick zu. Sie hielt hastig die Hände unter das Heißluftgerät, das an der Wand hing, und rieb sie sich dann an ihrem Rock trocken. »Ich seh euch später, Leute«, sagte sie, nahm ihre Handtasche und verschwand, offensichtlich sehr erleichtert.

Die Tür hatte sich hinter ihr noch nicht ganz geschlossen, als Vera sich schon umdrehte und mich ansah. »Ich bin nicht sehr glücklich über den Unsinn, den du Neil gestern abend erzählt hast«, sagte sie. Ihre Züge waren angespannt, ihre Augen blitzten. Hitze wallte in mir auf. Ich mußte dringend auf die Toilette, aber im Moment schien es mir unpassend. »Ach, wirklich?« sagte ich. »Was zum Beispiel?«

»Ich bin nicht in ihn verknallt. Wir sind Freunde im besten Sinn des Wortes, und das ist alles. Kapiert?«

»Warum regst du dich dann so auf?«

Eine Hand in die Hüfte gestützt, lehnte sie am Waschbecken. »Ich habe dich mit dem Mann bekannt gemacht, weil ich dachte, du würdest dich mit ihm gut verstehen. Es lag nicht in meiner Absicht, daß du eine Kehrtwende machst und – die Situation manipulierst.«

»Wie hab ich das denn gemacht?«

»Das weißt du ganz genau! Du hast ihm gesagt, ich sei in ihn verliebt, und jetzt führt er sich auf wie ein Idiot.«

»Was hat er getan? Dir die Freundschaft gekündigt?«

»Natürlich nicht! Er hat mich gebeten, ihn zu heiraten.«

»Tatsächlich? Na, das ist ja großartig! Meinen Glückwunsch. Ich hoffe, du hast ja gesagt.«

Vera verzog die Mundwinkel nach unten und brach in Tränen aus. Ich war bestürzt. Eine so emanzipierte Frau wie Vera heulte wie ein Kind! Für mich selbst überraschend, nahm ich sie in die Arme und klopfte ihr verlegen auf den Rücken. Es ist nicht leicht, jemanden zu trösten, der doppelt so groß ist wie man selbst. Sie war ein bißchen in sich zusammengesunken, und ich hatte mich auf die Fußspitzen gestellt. Es war nicht die in Kalifornien übliche innige und totale Umarmung alter Freundinnen. Unser Kontakt beschränkte sich auf den Oberkörper.

»Was soll ich nur tun?« jaulte sie mir ins rechte Ohr.

»Nun, du könntest eventuell ans Heiraten denken«, schlug ich hilfsbereit vor.

»Das kann ich nicht.«

»Natürlich kannst du, Vera. So was passiert jeden Tag.«

»Ich bin zu alt und zu groß, und er sagt, er will Kinder.«

Gelächter stieg prickelnd in mir auf, aber ich widerstand der unbändigen Lust, eine flapsige Bemerkung loszulassen, gab mich statt dessen mütterlich und sagte: »Aber, aber« und: »Es ist ja gut. Ist ja alles gut.« Erstaunlicherweise schien es zu wirken. Schon nach etwa einer Minute war ihr Schluchzen zum Schluckauf geworden, und sie schnüffelte nur noch, seufzte tief auf und schneuzte sich dann die Nase in ein zerknülltes Papiertaschentuch, das sie in ihrem Overall fand. Sie preßte sich das Tuch auf die Augen und lachte, während sie ihr Make-up überprüfte, glucksend auf. »Als ich gestern abend zusehen mußte, wie du und Neil die Köpfe zusammensteckten, hätte ich dich am liebsten umgebracht.«

»Ja, den Blick hab ich aufgefangen. Ich wußte nur nicht genau, was er zu bedeuten hatte.«

»Genau da fing Mac mit seiner Rede an, und im nächsten Moment warst du weg. Was war los?«

Ich informierte sie über meine nächtlichen Unternehmungen (natürlich nicht über alle) und fragte dann, was sie gemacht hatte.

Während der nächsten Minuten schilderte sie mir den Teil des Banketts, den ich verpaßt hatte. Als Mac mit seiner Ansprache fertig war, hatte Neil sich auf Dietz' Stuhl gesetzt. Vera war wegen seines vermeintlichen Interesses für mich so wütend auf ihn, daß sie anfing, einen Brandy nach dem anderen zu kippen, und als sie wieder zu sich kam, waren sie in ihrem Zimmer und liebten sich. Sie fing wieder an zu lachen. »Wir haben es nicht einmal bis ins Bett geschafft. Als das Mädchen kam, um die Laken zurückzuschlagen, wälzten wir uns auf dem Boden. Wir hatten ihr Klopfen nicht gehört. Zu allem Überfluß war sie auch noch seine Patientin gewesen. Du weißt doch, wie man's macht, wenn das Telefon klingelt und man sitzt auf dem Topf? Er rappelte sich irgendwie auf und hüpfte mit in Kniehöhe baumelnder Hose ins Bad.«

»Vera, wenn ich jetzt lache, mach ich mir in die Hose.« Ich tätschelte sie kurz, verschwand dann in der nächsten Kabine und erleichterte mich, während ich durch die Tür mit ihr sprach. »Was ist mit dem Mädchen passiert? Sie muß doch entsetzlich verlegen gewesen sein! Ihr Arzt mit aus der Hose hängendem Pimmel! Du meine Güte!«

»Sie schoß hinaus wie von Furien gehetzt, und er machte mir den Heiratsantrag. Er schrie mich an, das sei alles nur meine Schuld. Er sagte, wenn ich ihn heirate, könnten wir uns auf dem Boden wälzen, ohne gestört zu werden...«

»Da hat er gar nicht so unrecht«, sagte ich.

»Glaubst du das wirklich?«

Ich drückte auf den Knopf der Spülung und verließ die Kabine. »Vera, tu mir bitte einen Gefallen. Heirate den Typen einfach. Er ist ein Schatz. Du wirst in alle Ewigkeit irre glücklich sein. Das verspreche ich dir.« Ich wusch mir die Hände, trocknete sie und griff nach meiner Umhängetasche. »Dietz wartet auf mich. Ich muß gehen, sonst denkt er, man hat mich entführt. Ich möchte Brautjungfer sein, aber Altrosa steht mir nicht. Gib mir Bescheid, sobald du das Datum weißt.« Als ich hinausging, sah sie wie betäubt hinter mir her.

Als ich an der California Fidelity vorbeikam, erblickte ich Darcy vor dem Aktenschrank hinter dem Schreibtisch der Empfangsdame. Sie rührte sich kaum, konzentrierte sich anscheinend ausschließlich darauf, ihre fiebrige Stirn an dem kalten Metallschrank zu kühlen. Ich machte einen Umweg durch ihr Büro. Sie schaffte es, die Augen zu heben, ohne den Kopf zu bewegen. »Hat Vera Sie fertiggemacht?«

»Wir haben uns bestens vertragen. Sie wird heiraten. Sie können bei der Hochzeit Blumen streuen. Ich muß wissen, was Sie gemeint haben, als ich erwähnte, daß Agnes gestorben ist. Sie sagten, es sei unheimlich. Was war umheimlich?«

»Oh, das hat sich nicht auf ihren Tod bezogen«, antwortete Darcy. »Es ist der Titel eines Buches.«

»Eines Buches?«

»*Agnes Grey.* Das ist ein Roman von Anne Brontë. Geschrieben wurde er 1847. Ich weiß es zufällig, weil er das Thema meiner Prüfungsarbeit an der UNLV war.«

»Sie waren an der Universität von Las Vegas?«

»Warum denn nicht? Ich bin dort aufgewachsen und habe Literatur studiert. Es war übrigens die einzige Arbeit, für die ich die höchste Punktzahl bekam.«

»Ich dachte, sie heißt Charlotte Brontë?«

»Anne ist die jüngste Schwester. Die meisten Leute kennen nur die beiden älteren – Charlotte und Emily.«

Ein Frösteln überrieselte mich. »Emily...«

»Sie hat *Sturmhöhe* geschrieben.«

»Stimmt«, sagte ich schwach. Darcy fuhr fort, fachkundig über die Brontës zu reden. Ich rief mir inzwischen die verworrene Geschichte in Erinnerung, die Agnes mir über Emilys Tod und die unglückliche »Lottie« erzählt hatte, die zu einfältig gewesen war, um zu wissen, wie man zur Hintertür hinaus und wieder ins Haus kam. Hatte sie in Wirklichkeit Charlotte geheißen? War es möglich, daß Agnes Greys richtiger Name Anne Sowieso lautete, oder war alles nur Zufall? Ich ging zurück in den Flur.

»Kinsey?« Darcy war verblüfft, doch ich wollte mich nicht damit aufhalten, ihr zu erklären, was vorging. Ich verstand es selbst nicht.

Als ich in mein Büro kam, legte Dietz eben den Telefonhörer auf. »Hast du mit Rochelle gesprochen?« fragte ich zerstreut.

»Alles paletti. Sie springt sofort in ihren Wagen und kommt her. Sie hat eine Freundin, die am Cabana Beach ein Motel leitet. Ocean View. Ich hab ihr gesagt, daß wir sie um vier Uhr dort treffen. Kennst du das Haus?«

»Ganz zufällig – ja.« Das Ocean View war die Kulisse einer für mich sehr aufschlußreichen Begegnung mit einem Exehemann namens Daniel Wade gewesen. Nicht mein bester Tag damals, aber irgendwie befreiend. Was hatte Agnes mir über Emily erzählt? Sie war bei einem Erdbeben ums Leben gekommen. Unten in Brawley oder woanders? Lottie war die erste, die gehen mußte. Dann stürzte der Kamin auf Emily. Da war noch etwas gewesen, aber ich erinnerte mich nicht mehr.

Dietz warf einen Blick auf seine Uhr. »Was machen wir, bis Rochelle kommt? Willst du nach Hause?«

»Laß mich einen Augenblick nachdenken.« Ich setzte mich in meinen Klientensessel und fuhr mir mit den Fingern durchs Haar. Dietz war vernünftig genug, den Mund zu halten und mich grübeln zu lassen. War Emilys Tod der Grund gewesen, warum Agnes Grey Santa Teresa verlassen hatte? War sie wirklich hier gewesen? Und wie hieß sie wirklich, wenn der Name Agnes Grey falsch war? Und warum die Täuschung?

»Hör zu, wie klingt das?« sagte ich zu Dietz. Ich brauchte ein paar Minuten, um zu wiederholen, was Darcy gesagt hatte. »Angenommen, ihr richtiger Name war nicht Agnes Grey. Angenommen, sie hat ihn nur als Decknamen benutzt – als eine Art Code...«

»Was hat sie damit bezweckt?« fragte er.

»Das weiß ich nicht. Ich denke, sie wollte mir alles erzählen. Ich denke, sie wollte, daß jemand die Wahrheit kannte, brachte es aber nicht fertig, sie tatsächlich auszusprechen. Sie hatte eine Todesangst davor, nach Santa Teresa zu gehen, das weiß ich. Damals hab ich geglaubt, sie fürchte sich vor der Reise und sei unglücklich wegen des Pflegeheims. Ich nahm einfach an, ihre Angst beziehe sich auf die Gegenwart, aber vielleicht war das gar nicht der Fall. Vielleicht hat sie vor langer, langer Zeit hier gelebt. Ich vermute, Emily war ihre Schwester, und es gab noch eine dritte, die Lottie hieß. Vielleicht wußte sie, daß es bei Emilys Tod nicht mit rechten Dingen zugegangen war...«

»Und was jetzt? Im Augenblick wissen wir nicht einmal, wie sie wirklich geheißen hat.«

Ich hielt einen Finger in die Höhe. »Aber wir wissen von dem Erdbeben.«

»Kinsey, in Kalifornien erleben wir acht bis zehn Erdbeben pro Jahr.«

»Ich weiß, aber die meisten davon sind ganz klein. Dieses war stark genug, daß es zumindest eine Tote gegeben hat.«

»Und?«

»Wir müssen in die öffentliche Bibliothek gehen, über alle Erdbeben in Santa Teresa nachlesen und sehen, ob wir feststellen können, wer sie war.«

»Du willst über jedes hiesige Erdbeben nachlesen, bei dem es Tote gegeben hat?« fragte er ungläubig.

»Nicht über alle. Ich fange mit dem 6. oder 7. Januar 1940 an, dem Tag, bevor das Puppenteegeschirr in die Schachtel gepackt wurde.«

Dietz lachte. »Ich bin begeistert.«

23

Ins Zeitungs- und Zeitschriftenarchiv der öffentlichen Bibliothek von Santa Teresa gelangt man über eine nach unten führende Treppe; es ist ein großer Raum mit einem dunkel-orangefarbenen Spannteppich, gepolsterten Stühlen in Königsblau und schrägen Regalen, in denen reihenweise Zeitschriften und Zeitungen liegen. Durch eine breite Fensterfront strömt Tageslicht, und die indirekte Beleuchtung sorgt dafür, daß der Raum bis in den letzten Winkel hell ist.

Der Bibliothekar, ein Mann um die Fünfzig, trug ein Hemd mit Krawatte, aber kein Jackett. Er hatte lockige graue Haare, und auf seiner Nase saß eine Brille mit Schildpattfassung und einem kleinen bifokalen Oval im unteren Teil eines jeden Glases. »Kann ich Ihnen helfen?«

»Wir versuchen die Identität einer Frau festzustellen, die bei einem Erdbeben in Santa Teresa getötet wurde. Vielleicht können Sie uns sagen, wo wir am besten anfangen zu suchen.«

»Einen Moment«, sagte er und beriet sich mit einer zweiten Angestellten, einer älteren Frau, ging dann zu seinem Schreibtisch, wühlte in einem Stapel Broschüren und zog eine heraus. Als er wiederkam, brachte er uns eine Publikation mit dem Titel *Ein Führer durch die Geschichte der Erdbeben von Santa Teresa.* »Wollen mal sehen. Ich kann Ihnen die Daten der Erdbeben von 1968, 1952, 1941...«

»Das wäre eine Möglichkeit«, sagte ich zu Dietz.

Er schüttelte den Kopf. »Es muß vor 1940 gewesen sein, falls diese Zeitung überhaupt eine Bedeutung hat. Was haben Sie noch für Daten?«

Der Bibliothekar schlug die Broschüre bei einem Verzeichnis auf, in dem auch alle bedeutenden Erdbeben im Santa-Teresa-Kanal aufgelistet waren. »4. November 1927, ein Beben von der Stärke sieben komma fünf, aber das war westlich von Point Arguello, und hier gab es nur geringfügigen Schaden.«

»Keine Toten?« fragte Dietz.

»Offenbar nicht. 1812 hat ein Beben die Mission in La Purisima zerstört. Ein paar weitere gab es zwischen Juli und Dezember 1902...«

»Etwas später sollte es schon sein«, sagte ich.

»Tja, dann sollten Sie wohl am besten mit dem großen Erdbeben von 1925 anfangen.«

»Gut, versuchen wir's damit.«

Der Bibliothekar nickte, ging zu einer Reihe breiter, grauer Aktenschränke und kam gleich darauf mit einer Mikrofilmkassette wieder. »Hier ist alles vom 1. April bis zum 30. Juni darauf. Das Beben hat sich am 29. Juni ereignet, aber die ersten Zeitungsberichte stammen wahrscheinlich vom Tag danach.« Er zeigte nach links. »Die Projektoren sind dort drüben. Halten Sie sich beim Einlegen des Films an das schematische Diagramm.«

»Kann ich eine Kopie bekommen, wenn ich etwas für mich Brauchbares finde?«

»Gewiß. Schieben Sie den Teil der Seite einfach zwischen die beiden roten Punkte auf dem Bildschirm, und drücken Sie auf den weißen Knopf gleich vorn.«

Wir setzten uns an eines der vier Wiedergabegeräte, steckten die Rolle auf die Spindel links, zogen sie über die Vorwickelrolle hinter dem Objektiv vorbei über die Nachwickeltrommel zur Aufwickeltrommel. Ich schaltete das Gerät ein und drückte auf den Knopf für langsame Geschwindigkeit. Vor einem schwarzen Hintergrund erschien die erste Zeitungsseite. Die Ränder waren an manchen Stellen zerfranst, aber im wesentlichen war das Bild klar. Dietz stand hinter mir und schaute mir über die Schulter, als ich auf den Knopf für Schnelldurchlauf drückte.

Verschwommen huschten Tagesdaten über den Schirm. Hin und wieder drückte ich auf »Stop«, um zu sehen, wie weit wir waren. 22. April, 14. Mai, 3. Juni. Ich stellte das Gerät wieder auf »Slow«. Allmählich kam der 30. Juni in Sicht. Das große Erdbeben hatte sich am 29. Juni morgens um sechs Uhr zweiundvierzig ereignet. Es sei, schrieb die Zeitung, so schwer gewesen, daß das Straßenpflaster aufgeworfen wurde und sich übereinanderschob und Straßenschilder wie Streichhölzer umknickten. Das Becken des Reservoirs bekam einen Riß und überflutete Montebello mit Schlamm und Wasser. Gas und Strom wurden sofort abgestellt, daher gab es nur einen einzigen Brand, der schnell gelöscht werden konnte. In Downtown wurden zahlreiche Gebäude stark beschädigt, die Straßenbahngleise brachen, und stellenweise senkte sich der Asphalt fünfzehn Zentimeter. Viele Bewohner schliefen in dieser Nacht im Freien, und auf dem Highway flüchteten ganze Autokarawanen nach Süden. Insgesamt gab es dreizehn Tote. Die Namen der Toten und der Verletzten waren aufgeführt. Manchmal sogar das Alter, der Beruf und die Adresse, falls bekannt. Unter den Toten gab es niemanden, der auch nur im entferntesten etwas mit der Geschichte zu tun zu haben schien, die Agnes Grey mir erzählt hatte.

Ich bediente das Gerät jetzt von Hand und hielt es immer wieder an, damit wir jede Spalte überfliegen konnten. Eine prominente Witwe war von den einstürzenden Mauern eines Hotels erschlagen worden. Aus dem Trümmern des Gebäudes, in dem er seine Praxis gehabt hatte, wurde die Leiche eines

Zahnarztes geborgen. Kein Wort über eine Frau namens Emily. »Was denkst du?« fragte ich Dietz.

Er zeigte mit dem Daumen nach unten. Ich ließ den Mikrofilm zurücklaufen und nahm ihn von der Spindel. Wir brachten die Filmkassette zum Hauptschalter zurück und besprachen leise, was wir als nächstes versuchen sollten. »In welchem Jahr ist Agnes geboren?« fragte Dietz.

»Anno 1900 – soviel wir wissen, obwohl auch das fraglich ist. Es kann auch 1913 gewesen sein.«

»Dann war sie 1925 also zwischen zwölf und fünfundzwanzig. Wenn wir annehmen, daß der Altersunterschied zwischen ihr und ihrer Schwester etwa fünf bis sechs Jahre betrug, konnte Emily damals demnach in jedem Alter zwischen sechs und dreißig gewesen sein.«

»Keines der weiblichen Erdbebenopfer entspricht auch nur annähernd diesem Alter.«

Dietz zog die Stirn in Falten. »Nach allem, was wir wissen, kann Emily genausogut der Hund der Familie gewesen sein.«

Höflich lächelnd kam der Bibliothekar auf uns zu. »Haben Sie gefunden, was Sie suchen?«

»Leider nein«, sagte ich. »Hätten Sie vielleicht noch etwas für uns?«

Mit geduldigem Interesse für unser Anliegen nahm er seinen Katalog zur Hand. »Lassen Sie mich nachsehen. Tja, es sieht so aus, als habe es nach dem Beben von 1925 noch ein Nachbeben gegeben. Hier – 26. Juni 1926. Auf den Tag genau ein Jahr später. Ein Todesopfer. Das einzige andere bemerkenswerte Beben ereignete sich am 4. November 1927, doch damals gab es keine Toten. Würden Sie gern das von 1926 nachlesen?«

»Klar.«

Wir kehrten zu unserem Gerät zurück, fädelten wieder den Film ein, ließen den Kalender an uns vorüberfliegen, und die Zeit wurde zu flimmerndem Grau. Gegen Ende der Spule stellte ich das Gerät auf Handbetrieb um, kurbelte von einem Tag zum anderen weiter und überflog jede Spalte. Dietz beugte sich über meine Schulter und kontrollierte, ob ich auch nichts übersah. Allmählich verlor ich jede Hoffnung. Dabei hielt ich meine Theorie für gut – verdammt, es war meine *einzige*. Wenn sie nichts einbrachte, hatten wir keine Chance. Ich las von Babe Ruth, der kürzlich in Philadelphia seinen sechsundzwanzigsten Home Run der Saison geschafft hatte. Ich las von einer Frau, deren Ehe nach sechs Jahren annulliert worden war, nachdem sie herausgefunden hatte, daß ihr erster Mann noch lebte. Ich las von Aimee Semple McPherson, die steif und fest behauptete, von Unbekannten gekidnappt worden zu sein...

»Hier ist es«, sagte Dietz und legte den Finger auf den Bildschirm.

Ich quietschte laut auf und lachte. Sechs Bibliotheksbesucher drehten sich um und starrten mich an. Verlegen hielt ich mir die Hand vor den Mund. Ich schaute auf das Gerät. Es war wie ein Geschenk – eine so unerwartete Freude –, die Zeilen sprangen mir förmlich von der Seite entgegen. Der Artikel war kurz, der Stil ein bißchen altmodisch, aber die Fakten waren klar, und alles paßte zusammen.

FRAU VON HERABFALLENDEN ZIEGELSTEINEN GETÖTET

Kamin löscht das Leben einer Bürgerin unserer Stadt aus

Emily Bronfen, 29, Buchhalterin bei Brookfield, McClintock und Gaskell, fand gestern nachmittag den Tod, als zwanzig Minuten nach drei durch einen Erdstoß der Kamin ihres elterlichen Hauses, Sumner Street 1107, einstürzte und die Trümmer sie unter sich begruben. Die Tote wurde in das Beerdigungsinstitut Donovan Brothers gebracht und wird heute nachmittag um vier Uhr eingeäschert.

Wie Associated Press berichtet, war der Erdstoß, der in Pasadena Türen aufriß und in Santa Monica Deckenlampen zum Schaukeln brachte, auch in Los Angeles zu spüren, wo die Angestellten in einem Bürogebäude feststellten, daß ihre Drehstühle kreuz und quer durcheinanderrutschten.

Ventura berichtet von zwei Erdstößen, die jeweils vier oder fünf Sekunden dauerten. Santa Monica meldete gestern kurz nach sieben Uhr abends einen zweiten Erdstoß.

L. L. Pope, Inspektor der städtischen Gebäude von Santa Teresa, hat gestern nachmittag die Runde durch die Stadt gemacht und berichtet, er habe an keinem der Gebäude, die schon nach den Bestimmungen der neuen Bauverordnung errichtet wurden, gravierende Schäden entdeckt. »Es hat auch insgesamt nur geringe Schäden gegeben«, erklärte er. »Sie beschränken sich im wesentlichen auf alte Feuermauern, die während des Erdbebens vor einem Jahr beschädigt wurden…«

Ich drehte mich um und sah zu Dietz auf. Unsere Blicke hielten sich einen Moment fest, dann bückte er sich und küßte mich auf den Mund. Ich hob die Hand und vergrub sie in seinem Haar. Er ließ die seine von meiner Schulter tiefer gleiten und strich mir unter dem Hemd mit den Fingerspitzen über die linke Brust.

»Druck's aus«, sagte er heiser.

»O Gott!« flüsterte ich.

Hinten an seinem Schalter schob sich der Bibliothekar die Brille auf die Nasenspitze und blickte über den Rand hinweg zu uns herüber.

Ich wurde rot, zog meinen Kragen zurecht und brachte mein Hemd in Ordnung. Ich drückte auf den Knopf. Als wir den Mikrofilm zurückbrachten, bekamen wir eine Rechnung für die Fotokopie. Wie verließen das Zeitungs- und Zeitschriftenarchiv, ohne uns um die beiden Bibliothekare zu kümmern, die sich über ein sehr amüsantes Thema zu unterhalten schienen.

»Bronfen«, sagte ich, als ich hinter Dietz die Treppe hinaufstieg. »Das gefällt mir. Es klingt wirklich so ähnlich wie Brontë. Die Eltern müssen begeisterte Leser viktorianischer Literatur gewesen sein.«

»Wahrscheinlich«, antwortete Dietz. »Ich weiß im Moment aber nicht, was das beweisen soll.«

Im Hauptarchiv wühlten wir uns durch mehrere alte Adreßbücher. In der Ausgabe von 1926 fanden wir eine Maude Bronfen (Beruf Witwe) unter der Adresse, die wir aus dem Zeitungsartikel kannten. »Mist«, sagte ich. »Ich habe gedacht, wir würden Anne finden.«

»Versuchen wir's in der Hall of Records. Sie ist gleich gegenüber. Vielleicht bekommen wir dort eine Kopie von Irenes Geburtsurkunde.«

Wir bezahlten die Fotokopie, verließen die Bibliothek und liefen rasch über die Einbahnstraße zum Gerichtsgebäude hinüber. Dietz umfaßte meinen Ellenbogen, und sein Blick kontrollierte die von links kommenden Autos ebenso wie die Fußgänger aus allen Richtungen und die möglichen Verstecke, in denen Mark Messinger lauern konnte, um mich zu erledigen. »Wie wollen wir weiter verfahren?« fragte ich.

Er überlegte einen Moment. »Also, wenn ich ein solches Dokument fälschen würde, würde ich die Änderungen auf ein Minimum beschränken. Um so geringer ist die Gefahr, daß man Mist baut.«

»Dann glaubst du also, daß Irenes Vorname der richtige ist?«

»Wahrscheinlich ja. Ich nehme an, der Name des Geburtshelfers, das Datum und die Geburtszeit stimmen ebenso wie das Datum, an dem die Geburt gemeldet wurde, und der Name des Standesbeamten oder seines Stellvertreters.«

»Warum sollte Agnes ihr Alter fälschen? Das kommt mir merkwürdig vor.«

»Wer weiß? Vielleicht war sie älter als der Mann und zu eitel, um das auch noch amtlich beglaubigt zu sehen. Wenn man schon die Wahrheit frisiert, kann man genausogut gleich alles eliminieren, was einem nicht paßt.«

Das Archiv der Bezirksverwaltung befindet sich in einem Anbau des Bezirksgerichts von Santa Teresa; es liegt in der Nordwestecke des Gebäudes im Erdgeschoß. Wir überquerten die weite Rasenfläche vor dem Eingang und stießen das fünf Meter breite Tor aus Holz und Glas auf. Dahinter lag eine Art Vorzimmer mit einem langen Schalter links und einem glänzenden roten Fliesenboden. Es gab einen Tisch und Stühle dort, wo man Formulare ausfüllen konnte. Rechts standen Schaukästen aus Glas mit ausländischen Münzen. Hinter dem Schalter lag ein großer offener Büroraum, unterteilt in die so beliebten *Action-Zentren*, die es neuerdings in jedem zweiten Bürohaus zu geben scheint.

Vor dem Schalter stand ein einziges Paar, das sich offensichtlich eine Heiratslizenz abholte. Der künftige Ehemann war einer jener mageren Typen mit einem kleinen Hintern und von oben bis unten tätowierten Armen. Die Braut war doppelt so breit wie er und so hochschwanger, daß die Wehen bereits eingesetzt hatten. Sie klammerte sich an den Schaltertisch, schwer atmend und mit schweißnassem Gesicht, während die Angestellte hastig die nötigen Papiere ausstellte.

»Ist auch wirklich alles in Ordnung mit Ihnen?« fragte sie die Schwangere. »Wir können bestimmt irgendwo einen Rollstuhl organisieren.« Die Angestellte war schon über Sechzig und schien weniger besorgt als bestrebt, ihre Tüchtigkeit zu beweisen. Wahrscheinlich schwebte eine Schadenersatzklage wie eine Schreckensvision vor ihrem geistigen Auge. Außerdem war sie vermutlich keine ausgebildete Hebamme. Ob Dietz wohl Erfahrung als Geburtshelfer hatte?

Die Braut, auf dem Höhepunkt einer Wehe, nickte schwach. »Es – geht – mir – gut... Oh – es – geht – mir – gut...« Sie hatte sich eine Gardenie ins Haar gesteckt. Ich stellte mir die Zeitungsnotiz vor: *Die Braut, im seidenen Umstandskleid, war in Begleitung ihres Geburtshelfers...*

»Richter Hopper wartet oben auf uns«, sagte der werdende Vater. Er roch nach Haarpomade und Zigaretten; seine Jeans wurden um die Taille von einem Stück Schnur festgehalten.

Die Angestellte reichte ihm die Lizenz. »June könnte den Richter anrufen und ihn herunterbitten...«

Die zweite Angestellte verdrehte zwar die Augen, griff aber zum Telefon und wählte hastig, während die Braut, von immer längeren Pausen unterbrochen, zur Tür schlich. In singendem Tonfall stieß sie dabei ein »Oh – oh – oh...« hervor.

Der Bräutigam schien nicht so aufgeregt. Er paßte nur seinen Schritt dem ihren an, die Augen auf ihre Füße gerichtet, die sich schleppend vorwärtsbewegten. »Du atmest nicht richtig«, sagte er ärgerlich.

Die Angestellte wandte sich uns zu. »Was kann ich für Sie tun?«

Dietz sah noch immer mit einem Ausdruck des Unbehagens dem sich entfernenden Paar nach.

Ich reichte die Kopie der Geburtsurkunde durch den Schalter. »Vielleicht können Sie uns tatsächlich helfen«, sagte ich. »Wir vermuten, daß an diesem Geburtsschein herumgedoktert wurde. Ist es möglich, das anhand der Originaldokumente festzustellen? Haben Sie die Möglichkeit? Wie ich sehe, gibt es da ein paar Registriernummern.«

Die Angestellte hielt das Papier auf Armeslänge von sich weg, und ihr Daumennagel glitt von einer Rubrik zur anderen. »Tja, hier haben wir schon das erste Problem. Sehen Sie diese Bezirksnummer? Sie ist falsch. Hier steht Brawley, aber die Nummer des Bezirks ist eine andere. Imperial County hat die Nummer dreizehnundnochwas. Fünfzig-neun-fünfzig gehört zum Bezirk Santa Teresa.«

»Ach wirklich?« sagte ich. »Das ist großartig. Heißt das, Sie haben eine Kopie des Geburtsscheins?«

»Aber selbstverständlich. Die kleine Zwei am Rand verrät uns die Nummer des Buches und diese Zahl die Seite. Nur einen Augenblick, ich lasse Ihnen gleich den Mikrofilm bringen.

Die Projektoren sind da drüben. Nehmen Sie inzwischen Platz, es kommt sofort jemand zu Ihnen.«

Wir warteten etwa fünf Minuten, und dann kam June, die zweite Angestellte, und legte einen Mikrofilm in den Projektor ein.

Nachdem wir die Seite gefunden hatten, entdeckten wir sehr schnell Irenes Namen. Dietz hatte recht gehabt. Datum und Zeit der Geburt und der Name des Geburtshilfearztes stimmten auf den Dokumenten überein. Irenes Name, das Alter der Eltern und der Beruf ihrer Mutter waren ebenfalls dieselben. Alles andere war verändert worden.

Ihr Vater war Patrick Bronfen, von Beruf Autoverkäufer. Ihre Mutter hieß Sheila, mit Mädchennamen Farfell.

»Wer zum Teufel ist das?« fragte ich ungläubig. »Ich dachte, ihre Mutter heißt Anne.«

»Hat der Polizist, der Agnes ins Krankenhaus brachte, nicht gesagt, sie habe immer wieder von einer Sheila gesprochen?«

Ich drehte mich um und sah ihn erstaunt an. »Stimmt. Das hatte ich ganz vergessen. Gutes Gedächtnis.«

»Wenn es stimmt, könnte es ein Hinweis darauf sein, daß Sheila und Agnes ein und dieselbe sind.«

Ich verzog das Gesicht. »Das torpediert unsere Brontë-Theorie. Aber he, schau dir das an!« Ich zeigte auf den Schirm. Die angegebene Adresse war dieselbe wie bei Emily Bronfen, die zehn Jahre vor Irenes Geburt ums Leben gekommen war – vierzehn Jahre bevor jemand das Teegeschirr in die Schachtel gepackt hatte. Ich kniff die Augen zusammen, bemühte mich, das Ganze irgendwie in die Reihe zu bekommen. Dietz schien genauso verwirrt wie ich. Was zum Kuckuck hatte das zu bedeuten?

24

Wir bezahlten elf Dollar und warteten weitere zehn Minuten auf eine beglaubigte Abschrift von Irenes Geburtsschein. Ich war der Meinung, sie würde uns die Geschichte nur abnehmen, wenn sie die Urkunde schwarz auf weiß vor sich sah. Als wir die Hall of Records verließen, blieb ich einen Moment vor dem Schalter stehen, hinter dem die Angestellte, die uns geholfen hatte, einen Stapel Computerausdrucke sortierte.

»Haben Sie einen Stadtplan?« fragte ich.

Sie schüttelte den Kopf. »Der Pförtner am Informationsschalter im Erdgeschoß gleich um die Ecke könnte einen haben«, sagte sie. »Welche Straße suchen Sie denn? Kann sein, daß ich sie kenne.«

Ich zeigte ihr die Adresse auf dem Geburtsschein. »Hier steht Sumner Street eins eins null sieben, aber ich habe noch nie davon gehört. Gibt es diese Straße eigentlich?«

»Aber ja, nur hat man den Namen vor Jahren geändert. Sie heißt jetzt Concorde Street.«

»Die Concorde Street hat früher Sumner Street geheißen?« sagte ich und verstand wieder einmal gar nichts. Das ist mir neu, dachte ich. Und dann begriff ich und senkte einen Augenblick den Kopf. »Dietz, das hat Agnes in der Notaufnahme gemeint. Sie hat nicht gesagt: ›Früher war es Sommer.‹ Sie sagte ›Sumner‹. Das Pflegeheim ist dort. Sie hat die Straße gekannt.«

»Na, dann wollen wir mal.« Dietz nahm meinen Ellenbogen, wir passierten die Doppeltür und gingen rasch zu der öffentlichen Garage, wo er seinen Wagen abgestellt hatte.

Wir kamen der Lösung näher, und ich hob geradezu ab. Ich fühlte, wie meine kleinen grauen Zellen einen Steptanz hinlegten vor Vergnügen. Ich hüpfte fast, und meine Aufregung schäumte über, als wir die Straße überquerten. »Ich liebe Informationen. Ich liebe Informationen. Ist das nicht super? Gott, macht das Spaß...«

Dietz war verärgert über die Ablenkung. Mit konzentriert gerunzelter Stirn suchte er den Gehsteig zwischen der Bibliothek und dem Parkhaus ab. Wir erreichten das zweistöckige Gebäude unbehelligt und begannen die Außentreppe hinaufzusteigen.

»Was hältst du von der Geschichte?« fragte er, als wir den zweiten Treppenabsatz hinter uns hatten. Ich war zurückgeblieben, denn mit ihm Schritt zu halten, strengte mich zu sehr an. Für einen Mann, der erst vor vier Tagen das Rauchen aufgegeben hatte, war er in bemerkenswert guter Verfassung.

»Das weiß ich noch nicht«, antwortete ich. »Patrick könnte ein Bruder gewesen sein. Sie hatten dieselbe Adresse. Auf jeden Fall ist Emily tatsächlich bei dem Erdbeben getötet worden, genau wie Agnes gesagt hat. Zumindest muß es so ausgesehen haben...«

»Aber was hat das mit Irene Gersh zu tun? Sie war damals noch nicht einmal geboren.«

»Hinter diesen Teil der Geschichte bin ich noch nicht gekommen, aber irgendwie muß er hineinpassen. Ich denke, sie war Zeugin bei einer Gewalttat. Es war nicht nur Emily. Fahren wir zu dem Haus eins eins null sieben Concorde Street und sehen wir nach, wer dort wohnt. Vielleicht erfahren wir etwas über diesen Bronfen-Typen.«

»Willst du nicht zuerst mit Irene darüber reden?«

»Keine Chance. Sie ist doch völlig am Ende. Wir können ihr hinterher alles erzählen.«

Mit hämmerndem Herzen und außer Atem schaffte ich es bis zum obersten Stock des Parkhauses. Irgendwann dieser Tage mußte ich wieder mit dem Jogging anfangen. Erstaunlich, wie schnell der Körper in seinen alten Schlendrian zurückfällt. Als wir beim Wagen ankamen, trat ich ungeduldig von einem Fuß auf den anderen, während Dietz die übliche Inspektion vornahm: die Türen überprüfte, ob es vielleicht Anzeichen für eine versteckt angebrachte Sprengladung gab, sich den Motor ansah und schließlich das Fahrgestell von unten begutachtete, bis hinauf zur Radaufhängung. Endlich sperrte er auf meiner Seite die Tür auf und ließ mich einsteigen. Ich beugte mich zur Fahrertür hinüber und öffnete sie ihm.

Er stieg ein und ließ den Motor an. »Ich wette harte Dollars gegen einen Krapfen, daß keiner mehr da ist. Wenn dieses traumatische Ereignis im Januar 1940 stattgefunden hat, sprechen wir von einer Zeit, die seit vierzig Jahren Vergangenheit ist. Was immer passiert ist, die Hauptakteure wären heute hundertzehn – falls noch welche am Leben wären.«

Ich streckte die Hand aus. »Ich setze fünf Dollar dagegen, daß du recht hast.«

Er sah mich überrascht an, dann besiegelten wir die Wette mit Handschlag. Er warf einen Blick auf seine Uhr. »Was immer wir tun, wir müssen uns beeilen. In einer Stunde kommt Rochelle Messinger.«

Wir verließen das Parkhaus, und Dietz bog links in die Santa Teresa Street ein. Die Concorde Street lag nur neun Blocks nördlich des Gerichtsgebäudes, es war dieselbe stille Allee, die Clyde Gersh und ich gestern nach Agnes abgesucht hatten. Wenn ich nicht ganz danebenlag, mußte dies eine Gegend sein, die sie erkannt hatte. Es war auf jeden Fall die Adresse, unter der Emily zur Zeit ihres Todes gemeldet gewesen war. Es war auch das Haus, in dem zehn Jahre später, zur Zeit von Irenes Geburt, ihre Eltern gewohnt hatten.

Dietz bog nach rechts in die Concorde Street ab. Einen halben Block entfernt überragte das Pflegeheim die Wipfel. Ich beobachtete die Hausnummern, die sich den Elfhundertern näherten, und in meinem Bauch brodelten Erwartung und Furcht wie ein Giftgebräu in einem Hexenkessel. Bitte laß es noch da sein! dachte ich. Bitte laß uns dieser Sache auf den Grund kommen...

Dietz bremste und hielt am Straßenrand. Er stellte den Motor ab, während ich das Haus anstarrte. Im Nachbarhaus hatte Mark Messinger mich entdeckt und die Veranda mit Kugeln durchsiebt.

Ich streckte die Hand aus, ohne Dietz dabei auch nur anzusehen. »Zahlen«, sagte ich, den Blick noch immer auf das mit Schindeln verkleidete zweistöckige Haus gerichtet. »Ich bin Bronfen gestern begegnet. Mir ist eben klar geworden, woher ich ihn kenne. Er hat das Haus in eine Pension umgewandelt. Ich war einmal mit einer Freundin hier, als sie für ihre behinderte Schwester eine Bleibe suchte.«

Hinter einem Fenster im ersten Stock tauchte kurz ein Gesicht auf. Ich öffnete die Wagentür und griff nach meiner Handtasche. »Komm. Ich möchte nicht, daß mir der Alte durch die Hintertür entwischt.«

Dietz war dicht hinter mir, als wir durch die quietschende eiserne Gartentür zum Haus gingen und die beiden Verandastufen auf einmal nahmen. »Ich springe ein, wenn du mich brauchst«, sagte er. »Sonst bist du der Boß.«

»Du bist wahrscheinlich der einzige Mann, den ich kenne, der das einer Frau zubilligt, ohne daß sie sich mit ihm herumstreiten muß.«

»Ich bin schon gespannt, wie du das anstellen willst.«

»Dann geht's dir wie mir.« Ich klingelte. Der Besitzer ließ sich lange Zeit, ehe er öffnete. Ich hatte mir noch gar nicht überlegt, was ich ihm sagen wollte. Daß ich wegen einer Meinungsumfrage kam, konnte ich nicht gut behaupten.

Er öffnete die Tür, ein vierschrötiger Mann in den Siebzigern mit allmählich kahl werdendem Kopf, auf den jetzt diffuses Licht fiel. Ich mußte mich ganz bewußt zusammenreißen, um nicht den Leberfleck auf seiner Wange anzustarren. »Ja?«

»Ich bin Kinsey Millhone. Erinnern Sie sich an mich? Ich war gestern hier.«

Er verzog säuerlich die Lippen. »Nach der wilden Ballerei

wäre es schwierig, Sie zu vergessen.« Sein Blick glitt an mir vorbei. »An den Herrn erinnere ich mich aber nicht.«

»Das ist Robert Dietz, mein Partner.«

Dietz gab Bronfen die Hand. »Freut mich, Sie kennenzulernen, Sir. Tut mir leid, dieser Schlamassel von gestern.« Nach der Begrüßung hielt er sich die Hand hinter sein linkes Ohr. »Entschuldigen Sie, aber ich habe Ihren Namen nicht richtig mitgekriegt.«

»Pat Bronfen. Wenn Sie noch immer die alte Frau suchen, kann ich leider nicht helfen. Ich hab gesagt, ich würde die Augen offenhalten, aber mehr kann ich nicht tun.« Er machte eine Bewegung, als wollte er die Tür schließen.

Ich hielt einen Finger hoch. »Heute geht es um was anderes«, sagte ich, nahm den Geburtsschein aus der Handtasche und hielt ihn ihm hin. Er nahm ihn zwar nicht, las ihn aber. Seine Miene wurde wachsam, als ihm klar wurde, was für ein Papier das war. »Woher haben Sie das?«

Die Eingebung kam mir gewissermaßen wie der Blitz. »Von Irene Bronfen. Sie wurde zwar von einem Ehepaar in Seattle adoptiert, sucht jetzt aber ihre leiblichen Eltern.«

Er sah mich aus zusammengekniffenen Augen an, sagte aber nichts.

»Ich nehme an, Sie sind Patrick Bronfen, laut Geburtsschein der Vater des Kindes?«

Er zögerte. »Und wenn schon?«

»Können Sie mir eventuell sagen, wo ich Mrs. Bronfen finde?«

»Nein, Ma'am. Diese Frau hat mich vor über vierzig Jahren verlassen und Irene mitgenommen«, antwortete er gereizt. »Ich habe nie erfahren, was aus dem Kind oder aus Sheila geworden ist. Ich wußte nicht einmal, daß sie das Kind zur Adoption freigegeben hat. Das ist gesetzwidrig, nicht wahr? Wenn man mich nicht einmal verständigt hat? Man kann doch kein Kind hergeben, ohne den Vater zu fragen!«

»Die gesetzliche Regelung kenne ich nicht so genau«, sagte ich. »Irene hat mir nur den Auftrag gegeben, etwas über Sie und Ihre Exfrau herauszufinden, wenn möglich.«

»Sie ist nicht meine Exfrau. Dem Gesetz nach bin ich immer noch mit ihr verheiratet. Da ich nie wußte, wo sie war, konnte ich mich auch nicht von ihr scheiden lassen.« Er gestikulierte ungeduldig, hatte aber nicht mehr viel Dampf drauf, und ich merkte, daß seine Stimmung wechselte. »Das war doch nicht etwa Irene, die gestern auf meinen Verandastufen gesessen hat, oder doch?«

»Sie war es tatsächlich.«

Er schüttelte den Kopf. »Ich kann's nicht glauben. Als ich sie zum letztenmal gesehen habe, war sie *so* klein. Sie muß inzwischen siebenundvierzig sein.« Er blickte starr auf den Boden der Veranda, und zwischen seinen Augen gruben sich zwei steile Falten in die Stirn. »Mein kleines Mädchen, und ich habe es nicht erkannt. Ich habe mir immer eingebildet, ich würde sie unter Tausenden herausfinden.«

»Es ging ihr nicht gut. Sie konnten sie ja gar nicht richtig sehen.«

Er blickte wehmütig zu mir auf. »Hat sie gewußt, wer ich bin?«

»Nein, bestimmt nicht. Mir ist es ja selbst erst vor einer Weile klargeworden. Auf dem Geburtsschein steht Sumner Street. Wir haben eine ganze Zeit gebraucht, ehe wir dahinterkamen, daß die Adresse noch stimmt.«

»Es überrascht mich, daß sie das Haus nicht erkannt hat. Sie war fast vier, als Sheila mit ihr wegging. Hat immer hier auf den Stufen gesessen und mit ihren Püppchen gespielt.« Er schob die Hände in die Taschen.

Mir kam der Gedanke, daß eine unbewußte Erinnerung an dieses Haus Irenes Asthmaanfall ausgelöst haben konnte. »Vielleicht werden ein paar Erinnerungen wiederkommen, wenn sie erst einmal von Ihnen weiß«, sagte ich.

Der Blick, mit dem er mich ansah, verriet Neugier. »Wie haben Sie mich aufgespürt?«

»Durch die Agentur, die die Adoption vermittelt hat«, sagte ich. »Der Geburtsschein lag bei Irenes Akten.«

Er schüttelte den Kopf. »Sie werden ihr doch sagen, wie gern ich sie sehen möchte? Nach so vielen Jahren hatte ich schon jede

Hoffnung verloren. Sie sind wohl nicht bereit, mir ihre Adresse und Telefonnummer zu geben?«

»Nicht ohne ihre Erlaubnis«, sagte ich. »Außerdem bin ich noch immer daran interessiert, Mrs. Bronfen zu finden. Können Sie mir einen Tip geben, wo ich anfangen soll zu suchen?«

»Nein, Ma'am. Ich habe alles getan, um sie aufzuspüren. Ich habe mich an die Polizei und an private Ermittler gewandt. Ich habe in allen Zeitungen die Küste hinauf und hinunter Suchanzeigen geschaltet. Ich habe nie ein Wort gehört.«

»Wissen Sie noch, wann sie gegangen ist?«

»Nicht auf den Tag genau. Es muß im Herbst neununddreißig gewesen sein. Im September, glaube ich.«

»Haben Sie Grund zur Annahme, daß sie nicht mehr am Leben sein könnte?«

Darüber dachte er kurz nach. »Nein, eigentlich nicht. Aber ebensowenig Grund habe ich für die Annahme, daß sie doch lebt.«

Ich kramte ein kleines Notizbuch aus der Handtasche und blätterte ein paar Seiten durch. Was ich da zu Rate zog, war eine alte Einkaufsliste, die Dietz, der mir über die Schulter blickte, interessiert studierte. Dann warf er mir einen sanftmütigen Blick zu. Ich sagte: »In der Akte der Agentur wird eine gewisse Anne Bronfen erwähnt. Ist das vielleicht Ihre Schwester? Die Akte war im Hinblick auf verwandtschaftliche Beziehungen ein bißchen lückenhaft. Anne wurde in den Formularen als nächste Verwandte genannt.«

»Nun ja, ich hatte tatsächlich eine Schwester, die Anne hieß, aber sie ist 1940 gestorben – drei oder vier Monate nachdem Sheila weggegangen war.«

Ich sah ihn verblüfft an. »Sind Sie sicher?«

»Sie ist in Mt. Calvary beerdigt. Wir haben dort auf dem Hügel ein großes Familiengrab, gleich hinter dem Friedhofstor. Sie war erst vierzig, eine schreckliche Sache.«

»Was ist passiert?«

»Sie ist am Kindbettfieber gestorben. Heutzutage gibt es das nicht mehr, aber damals ist es noch vorgekommen und hat manche Frau das Leben gekostet. Sie hatte erst spät geheiratet.

Einen Burschen namens Chapman aus der Nähe von Tuscon. Bekam schnell hintereinander drei Söhne und starb kurz nach der Geburt des dritten. Ich habe ihre Überführung bezahlt. Konnte es nicht ertragen, sie in diesem gottverlassenen Dorf in Arizona begraben zu wissen. Das Land ist zu häßlich und zu trocken.«

»Besteht die Möglichkeit, daß sie in diesen wenigen Monaten etwas von Sheila gehört hatte?«

Er schüttelte den Kopf. »Davon hat sie mir nichts gesagt. Als Sheila durchbrannte, lebte Anne in Tuscon. Vielleicht ist Sheila zu ihr gegangen, aber ich habe nie etwas darüber erfahren. Wie wäre es, wenn jetzt Sie mir eine Frage beantworten würden? Was ist aus der alten Frau geworden, die aus dem Pflegeheim weggelaufen ist? Sie haben mir noch nicht gesagt, ob sie wieder aufgetaucht ist.«

»Ja, sie wurde gefunden, gestern abend gegen elf Uhr. Die Polizei hat sie aufgelesen, direkt hier in der Straße. Bald darauf ist sie in der Notfallstation gestorben.«

»Sie ist gestorben? Das tut mir aber leid.«

Wir verabschiedeten uns mit den üblichen Floskeln und gingen. Auf dem Weg zum Wagen sagte Dietz kein Wort. Er sperrte die Tür auf, und ich stieg ein. Als auch er auf seinem Platz saß, schwiegen wir noch eine ganze Weile. Dann schaute er zu mir herüber. »Was hast du für einen Eindruck?«

Ich blickte zum Haus zurück. »Aus irgendeinem Grund glaube ich, daß er nicht die Wahrheit gesagt hat.«

Er ließ den Motor an. »Mir geht es genauso. Wir sollten uns mal dieses Familiengrab ansehen.«

25

Sie waren alle da. Es war unheimlich, sie zu sehen, Charlotte, Emily und Anne – ihre Grabsteine waren nach dem Sterbedatum aufgereiht. Die Inschriften waren mehr als schlicht, nur die allernötigsten Informationen. Ihre Eltern waren Seite an

Seite beerdigt worden: Maude und Herbert, links von ihnen die Gräber zweier Töchter, die sehr jung gestorben waren. Die nächste Grabstelle war noch frei, vermutlich für Patrick bestimmt, wenn seine Zeit gekommen war. Auf der anderen Seite lagen die drei, von denen ich wußte: Charlotte, geboren 1894, gestorben 1917; Emily, geboren 1897, gestorben 1926; und Anne, die anno 1900 geboren und 1940 gestorben war.

Ich blickte den Hügel hinunter in die Ferne. Mt. Calvary bestand aus einer Reihe welliger Grünflächen und endete an einem Wald aus immergrünen Hölzern und Eukalyptusbäumen. Die meisten Grabsteine waren flach in den Boden eingelassen, aber es gab auch andere Abschnitte, so wie hier, wo die Steine aufrecht standen; die eingemeißelten Daten reichten zum großen Teil bis Ende des neunzehnten Jahrhunderts zurück. Die Hitze der Mittagssonne schwand allmählich. Es würde noch stundenlang hell sein, aber merklich kühler werden. Irgendwo in den Bäumen saß ein Vogel und pfiff eine eintönige Melodie.

Ich schüttelte den Kopf, bemüht, die Informationen in meinem Gedächtnis zu speichern.

Dietz war vernünftig genug, den Mund zu halten, aber die Frage: »Was ist?« lag so deutlich in seinem Blick, als habe er sie ausgesprochen.

»Das ist doch widersinnig. Wenn Sheila Bronfen und Agnes Grey ein und dieselbe sind, warum stimmen dann die Altersangaben der beiden nicht überein? Agnes kann nicht erst siebzig gewesen sein, als sie starb. Sie war über achtzig. Das weiß ich.«

»Dann waren die beiden eben nicht ein und dieselbe. Na und? Du hattest eine Theorie, und sie hat sich als Seifenblase erwiesen und ist geplatzt.«

»Vielleicht«, sagte ich störrisch.

»Vielleicht! Mach dich nicht lächerlich und laß sein, Millhone. Du kannst nicht die Tatsachen manipulieren, damit sie zu deiner Hypothese passen. Fang mit dem an, was du weißt, und gib der Wahrheit eine Chance, ans Licht zu kommen. Erzwing keine Schlußfolgerung, nur um dein Ego zu befriedigen.«

»Ich erzwinge gar nichts«, sagte ich gekränkt.

»Und ob du das tust! Du erträgst es nicht, dich zu irren…«

»Das ist nicht wahr!«

»O doch, es ist wahr, mach mir nichts vor…«

»Das hat nichts damit zu tun. Wenn die beiden nicht ein und dieselbe sind, okay. Dann sag mir aber, wer war Agnes Grey, und wie ist sie an Irene Bronfen gekommen?«

»Vielleicht war Agnes eine Kusine oder eine Freundin der Familie. Sie kann auch das Hausmädchen gewesen sein…«

»Na schön. Phantastisch. Sagen wir, sie war das Hausmädchen, das mit der kleinen Irene verschwunden ist. Wieso hat er uns das nicht gesagt? Warum hat er so getan, als wär's seine Frau gewesen? Er ist überzeugt, daß Sheila das Kind mitgenommen hat – oder er lügt wie gedruckt, stimmt's?«

»Komm schon! Du klammerst dich an Strohhalme.«

Ich hockte mich auf die Fersen und rupfte Gras. Meine Frustration nahm ständig zu. Ich hatte das Gefühl, den Knoten im nächsten Moment entwirren zu können und atmete kräftig aus. Insgeheim war ich überzeugt gewesen, daß Agnes Grey und Anne Bronfen ein und dieselbe gewesen waren. Ich wünschte, Bronfen hätte wegen Annes Tod gelogen, aber es sah so aus, als habe er die Wahrheit gesagt – der Scheißkerl. Aus den Augenwinkeln sah ich, daß Dietz verstohlen auf seine Uhr schaute.

»Verdammt, tu das nicht!« sagte ich. »Ich hasse es, gedrängt zu werden.« Ich war gereizt und reagierte bissig. »Wie spät?« fragte ich einlenkend.

»Bald vier. Ich will dich ja nicht drängen, aber wir müssen los.«

»Zum Ocean View ist es nicht weit.«

Er verstummte und blickte starr den Hügel hinunter, wahrscheinlich, um seinerseits eine leichte Gereiztheit hinunterzuschlucken. Er war ungeduldig, ein Mann der Tat, mehr an Mark Messinger als an Agnes Grey interessiert. Er bückte sich, hob einen Erdklumpen auf und warf ihn den Hügel hinunter. Dann sah er dem Ding nach, als erwarte er, es im nächsten Moment über das Gras hüpfen zu sehen wie einen Kieselstein übers Wasser. Nach einer Weile schob er die Hände in die Taschen. »Ich warte im Wagen auf dich«, sagte er kurz und ging los.

»O verdammt«, murmelte ich vor mich hin, nachdem ich ihm kurz nachgeschaut hatte, und lief hinter ihm her. Ohne eigenen Wagen kam ich mir wie ein Teenager vor. Dietz bestand darauf, daß ich fast ununterbrochen an seinem Rockzipfel hing, und ich sah mich gezwungen, hinter ihm herzuzotteln oder ihn zu bitten, daß er mich fuhr; ich sah mich genötigt zu bleiben, wo ich nicht sein wollte, und konnte Spuren, die mich interessierten, nicht verfolgen. Ich ging schneller und holte ihn an der Straße ein. »He, Dietz! Kannst du mich vielleicht zu Hause absetzen? Dann könnte ich mir Henrys Wagen ausleihen, und du könntest mit Rochelle allein reden.«

Er ließ mich auf meiner Seite einsteigen. »Nein.«

Ich starrte ihn empört an. »Nein?« Ich mußte warten, bis er um den Wagen herumgegangen war. »Was meinst du mit ›nein?‹«

»Daß ich dich nicht allein rumsausen lasse. Zu gefährlich.«

»Verschon mich bitte damit. Ich habe zu tun.«

Er antwortete nicht. Als hätte ich kein Wort gesagt. Er fuhr aus dem Friedhof hinaus und auf dem Cabana Boulevard nach links, hielt auf die Hotels gegenüber vom Kai zu. Ich schaute aus dem Fenster, wälzte finstere Fluchtgedanken.

»Und mach keine Dummheiten«, sagte er.

Ich sprach nicht aus, was ich dachte, aber es war kurz und treffend.

Das Ocean View ist eines jener nichtssagenden einstöckigen Motels, einen Block von dem breiten Boulevard entfernt, der parallel zum Strand verläuft. Die Touristensaison hatte noch nicht angefangen, die Preise waren noch niedrig, und überall auf der Straße leuchteten in roter Neonschrift die Worte *Zimmer frei* auf. Die einzige Aussicht, die das Ocean View bot, war die auf die Rückfront des Motels gegenüber. Das Gebäude aus Schlackenstein war mit etwas verkleidet, das wie verwitterter Gipsmörtel aussah, doch die roten Dachschindeln hatten eine einheitliche Form und Farbe, die darauf schließen ließen, daß sie ziemlich neu waren.

Dietz bog in die Kurzparkzone vor dem Büro ein, ließ den Motor laufen und ging hinein. Ich saß da und starrte den Zündschlüssel an. Wollte Dietz meinen Charakter testen, der sehr fragwürdig ist, wie jedermann weiß? Forderte Dietz mich heraus, den Porsche zu stehlen? Ich wollte das genaue Datum von Anne Bronfens Todestag wissen, und es juckte mich, es nachzuprüfen. Ich brauchte einen Wagen. Hier hatte ich einen. Daher...

Gerade noch rechtzeitig schaute ich zur Bürotür hinüber und sah Dietz herauskommen. Er stieg ein, knallte die Tür zu und setzte mit dem Wagen zurück. »Nummer sechzehn, nach hinten hinaus«, sagte er. Als er in den ersten Gang schaltete, lächelte er mich schief an. »Ich bin überrascht, daß du nicht abgehauen bist. Ich habe den Schlüssel eigens steckenlassen.«

Ich sagte nichts dazu. Die schlagfertigen Antworten fallen mir immer erst ein, wenn es schon zu spät ist, um Punkte zu sammeln.

Wir parkten auf dem Stellplatz von Nummer achtzehn, dem einzigen, der frei war. Dietz klopfte. Automatisch tastete ich nach der Pistole in meiner Handtasche und fühlte mich viel sicherer, als ich ihr Gewicht spürte. Die Tür ging auf. Er verstellte mir die Sicht auf Rochelle, und ich hatte zuviel Stil, um in die Höhe zu hüpfen, damit ich einen ersten Blick auf sie werfen konnte.

»Rochelle? Ich bin Robert Dietz. Kinsey Millhone.«

»Hallo. Kommen Sie rein.«

»Danke, daß Sie so schnell hier waren«, sagte Dietz. Als ich Rochelle Messinger jetzt vor mir sah, stutzte ich. Was ich erwartet hatte, weiß ich nicht, gebe aber zu, daß ich in Klischees denke, wie jeder andere auch. Unter Damen, die in Massagesalons arbeiten, stelle ich mir üppige, ein bißchen liederliche Frauen vor, Frauen von der billigen Sorte, wenn ich ehrlich bin. Wäre sie tätowiert gewesen, hätte ich mich nicht gewundert – großer Hintern in Jeans, Absätze so spitz wie Dolche, ungepflegtes dunkles Haar mit einem Gummiband hochgebunden.

Rochelle Messinger war so groß wie ich, sehr schlank, hatte windzerzaustes blondes Haar, eine lässig aufgebauschte Mähne, die wahrscheinlich alle vier Wochen geschnitten und gestylt werden mußte, was dann die Kleinigkeit von hundertfünfundzwanzig Dollar kostete. Ihr Gesicht war ein perfektes Oval, wie auf einem Renaissancegemälde. Sie hatte einen makellosen Teint – sehr blasse, sehr feine Haut –, helle haselnußfarbene Augen, lange Finger mit einer Unmenge von Silberringen, die ziemlich teuer aussahen. Sie trug eine eisblaue Seidenbluse, einen passenden Seidenblazer und hellblaue Slacks, die ihre winzige Taille und die schmalen Hüften betonten. Sie duftete nach einer zarten Mischung aus Jasmin und Maiglöckchen. In ihrer Gegenwart kam ich mir so zierlich und weiblich vor wie ein Rinderviertel. Als ich den Mund aufmachte, fürchtete ich, ich würde blöken.

»Du meine Güte!« platzte ich statt dessen heraus. »Wie sind Sie nur an einen Dreckskerl wie Messinger geraten?«

Sie reagierte nicht, aber Dietz drehte sich um und warf mir einen bösen Blick zu.

»Also, es interessiert mich wirklich!« sagte ich aufmüpfig.

»Schon gut«, mischte sie sich ein. »Ich verstehe ja Ihre Neugier. Ich habe ihn auf einer Party in Palm Springs kennengelernt. Damals war er Leibwächter bei einem berühmten Schauspieler, und ich dachte, er hätte Klasse. Ich habe mich geirrt, aber als ich es merkte, hatten wir schon ein Wochenende zusammen verbracht, und ich war schwanger…«

»Eric«, sagte ich.

Sie nickte kaum merklich. »Das ist jetzt sechs Jahre her. Man hatte mir gesagt, ich könne keine Kinder kriegen, daher war es ein Wunder für mich. Mark bestand auf Heirat, aber ich weigerte mich, meinen Irrtum auch noch legalisieren zu lassen. Als Eric geboren wurde, wollte ich nicht einmal, daß er das Kind sah. Ich wußte ja inzwischen, was für ein Ganove er war. Er nahm sich einen mächtigen, einflußreichen Anwalt und zerrte mich vor Gericht. Der Richter gewährte ihm das Verkehrsrecht, wie es so schön heißt. Danach war es einfach nur eine Frage der Zeit. Ich wußte, er würde versuchen, mir Eric wegzunehmen, aber ich konnte nichts dagegen tun.«

Bisher hatte sie es geschafft, mehr unerklärt zu lassen als klarzustellen, aber ich fand, es sei höchste Zeit, mich zurückzuhalten und Dietz zu Wort kommen zu lassen. Nach einer unausgesprochenen Übereinkunft war dies hier ebenso seine Sache wie das Bronfen-Interview die meine gewesen war. Dietz geriet zunehmend in Arbeitseifer, seine Energie wurde deutlicher spürbar, seine Unruhe größer. Er fing an, mit den Fingern der rechten Hand gegen den linken Handteller zu schnippen. »Wann haben Sie das letztemal mit ihm gesprochen?« fragte er.

»Mit Mark? Vor acht Monaten. Im Oktober, er hat Eric vom Hort abgeholt und nach Colorado mitgenommen, angeblich übers Wochenende. Kurz darauf hat er mich angerufen und gesagt, daß er ihn nicht mehr zurückbringt. Er erlaubt dem Jungen ab und zu, mit mir zu telefonieren, aber immer nur von einem Münzapparat, und die Gespräche sind zu kurz, um sie zurückzuverfolgen. Jetzt weiß ich zum erstenmal, wo er sich tatsächlich aufhält. Ich will mein Kind wiederhaben.«

»Das verstehe ich«, sagte Dietz. »Wir haben erfahren, daß Mark hier in der Gegend Verwandte hat. Wissen die vielleicht, wo er ist?«

Sie lächelte verächtlich. »Das ist verdammt unwahrscheinlich. Sein Vater hat ihn vor Jahren an die Polizei verraten, und seine Mutter ist tot. Er hat zwar eine Schwester, aber ich glaube, die beiden reden nicht miteinander. Als er sich das letztemal bei ihr meldete, hat sie ihn angezeigt.«

»Keine anderen Verwandten? Freunde, mit denen er möglicherweise versucht hat, in Verbindung zu treten.«

Sie schüttelte den Kopf. »Er ist ein absoluter Einzelgänger und traut keiner Menschenseele.«

»Haben Sie einen Vorschlag, wie man ihm auf die Spur kommen könnte?«

»Aber ja doch. Rufen Sie alle großen Hotels an. Die Polizei wollte nach dem Raub in der Goldbörse von mir wissen, wo er steckt. Er muß Geld wie Heu haben, und glauben Sie mir, er versteht es, gut zu leben. Er sitzt bestimmt in einem erstklassigen Hotel irgendwo in der Stadt.«

»Haben Sie ein Telefonbuch?« fragte Dietz.

Rochelle ging zum Nachtschränkchen und öffnete eine Schublade. Dietz setzte sich auf die Kante des überbreiten Bettes und schlug die gelben Seiten auf. Ich merkte, daß er nach einer Zigarette lechzte. Wäre ich Raucherin gewesen, hätte ich mir jetzt bestimmt auch gern eine angesteckt. Es war dasselbe

Bett, in dem ich im Weihnachtsurlaub meinen Exmann mit einer anderen ertappt hatte. Das war vielleicht ein frohes Fest gewesen...

Dietz sah mich an. »Wie viele große Hotels gibt es?«

Ich überlegte kurz. »Höchstens drei oder vier, die ihm zusagen würden«, sagte ich und wandte mich dann an sie: »Wird er unter seinem richtigen Namen dort absteigen?«

»Das bezweifle ich. Wenn er unterwegs ist, benutzt er gewöhnlich einen seiner Falschnamen. Mark Darian oder Darian Davidson sind ihm die liebsten, falls er nicht einen ganz und gar neuen hat, den ich nicht kenne.«

Dietz blätterte in den gelben Seiten bis zum Hotel- und Motelverzeichnis.

»He, Dietz!«

Er sah zu mir auf.

»Ich würde es zuerst im Edgewater versuchen. Vielleicht war es einfach ein blöder Zufall, daß er gestern abend bei dem Bankett aufgetaucht ist.«

Er starrte mich einen Moment an, dann begriff er meine Logik und lachte. »Das ist gut, das gefällt mir.« Er suchte die Nummer heraus, tippte sie ein und konzentrierte sich, als am anderen Ende jemand abnahm. »Kann ich Charles Abbott von der Sicherheit sprechen? Ja, danke. Ich bleib dran.« Dietz legte die Hand über das Mundstück und nutzte die Zeit, um Rochelle über alles ins Bild zu setzen, was bisher passiert war. Plötzlich unterbrach er sich. »Mr. Abbott? Robert Dietz. Wir haben gestern über die Sicherheitsmaßnahmen bei dem Bankett gesprochen... Richtig. Tut mir leid, Sie noch einmal zu belästigen, aber ich muß Sie um einen Gefallen bitten. Könnten Sie vielleicht nachsehen, ob ein bestimmter Gast bei Ihnen abgestiegen ist. Er heißt Mark Darian oder Darian Davidson – oder benutzt irgendeine andere Variation dieses Namens. Derselbe Mann. Wir glauben, daß er seinen kleinen Jungen bei sich hat. Klar...«

Anscheinend sollte Dietz wieder dranbleiben, bis Charles Abbott sich am Empfang erkundigt hatte. Dietz wandte sich Rochelle zu und fuhr mit seinem Bericht fort. Sie konnte ihm offenbar mühelos folgen. Ich beobachtete sie und begriff allmählich, wie fertig sie war, obwohl sie sich äußerlich so gelassen gab. Sie gehörte zu den Frauen, die wahrscheinlich nicht aßen, wenn sie unter Streß standen, die dann praktisch von Kaffee und Tranquilizern lebten. Ich hatte Mütter wie sie schon früher gesehen – meist strichen sie im Zoo hinter Gitterstäben hin und her. Auch wenn sie scheinbar gezähmt waren – ihre unterschwellige Wildheit und ihr Zorn ließen sich nicht domestizieren. Ich persönlich schätzte mich glücklich, daß ich nie Hand an ihr Junges gelegt hatte.

Als Dietz endete, war ihre Miene düster geworden. »Sie haben keine Ahnung, wie gewissenlos er ist«, sagte sie. »Mark ist sehr, sehr smart und verfügt über die unheimliche Intuition eines Psychopathen. Haben Sie schon mal mit einem zu tun gehabt? Es ist fast so, als könnten sie Gedanken lesen...«

Dietz wollte eben antworten, als Charles Abbott sich wieder meldete. »Ach, tatsächlich?« sagte Dietz. »Ganz recht, der Junge ist fünf.« Er hörte einen Moment zu. »Vielen Dank. Absolut.« Mit übertriebener Sorgfalt legte er den Hörer auf. »Er ist mit dem Kind dort, in einem der Cottages hinter dem Haupthaus. Allem Anschein nach sind die beiden eben zum Schwimmen an den Pool gegangen. Ich habe Mr. Abbott gesagt, es werde keine Schwierigkeiten geben.«

»Natürlich nicht«, sagte sie.

»Wollen Sie die Polizei rufen?«

»Nein. Sie?«

Dem Blick nach zu urteilen, der zwischen ihnen hin und her ging, verstanden sie sich perfekt. Sie nahm eine Lederhandtasche vom Bett und holte einen kleinen nickelplatierten Derringer heraus. Zweischüssig. Ich grinste hinterhältig, doch sein Gesichtsausdruck blieb neutral. Du lieber Gott, und meine Waffe hatte er kritisiert.

»Was haben Sie vor, wenn es uns gelingt, Eric zurückzuholen?« fragte er sie. »Nach Hause können Sie nicht mit ihm.«

»Ich habe einen Mietwagen, den ich am Flughafen stehen lasse. Mein Bruder ist Pilot und nimmt uns auf einem Charterplatz namens Neptune Air an Bord.«

Dietz wandte sich an mich. »Kennst du den?«

»So ungefähr. Er liegt auf dieser Seite des Flughafens an der Rockpit Road.«

Er drehte sich wieder zu Rochelle um. »Wann kommt Ihr Bruder?«

»Um neun, das läßt uns ausreichend Zeit, finden Sie nicht?«

»Das wollen wir doch hoffen. Was weiter?«

»Ich habe einen Unterschlupf, in dem wir uns verstecken können, solange wir wollen.«

Dietz nickte. »In Ordnung. Das klingt gut. Packen wir's an.«

Ich hielt einen Finger in die Höhe, um seine Aufmerksamkeit zu erregen, und wies mit einer Kopfbewegung zur Tür. »Kann ich mal kurz mit dir sprechen?«

Er sah mich zwar an, rührte sich jedoch nicht von der Stelle, und mir blieb nichts anderes übrig, als an Ort und Stelle fortzufahren.

»Ich möchte etwas nachprüfen und brauche ein Auto«, sagte ich. »Da könnte doch ich den Mietwagen nehmen, und ihr beide fahrt mit dem Porsche. Ihr wißt, wo Messinger ist, und seid auf dem Weg zu ihm. Da muß ich nicht dabeisein.«

Schweigen. Ich mußte mich anstrengen, um jetzt kein überflüssiges Zeug zu schwatzen. Ich bin zu alt, um zu bitten und zu betteln. Ich konnte mir einfach nicht vorstellen, wie wir im Konvoi durch die Stadt fuhren – zu einem Kidnapping oder zu einer Schießerei mit Mark Messinger. Meine Anwesenheit war nicht vonnöten. Ich hatte etwas anderes auf der Pfanne. Rochelle lud ihre Waffe, beide Kammern. Es war zu lächerlich für Worte, aber irgend etwas lag mir plötzlich wie Blei im Magen.

Ich merkte, wie Dietz über meine Bitte nachdachte. Einen Augenblick lang zuckte so etwas wie eine außersinnliche Wahrnehmung in mir auf, und ich begriff, daß er sich sicherer gefühlt hätte, wenn ich mit ihm gekommen wäre. Er reichte mir seinen Autoschlüssel, ohne mir dabei richtig in die Augen zu sehen. »Nimm meinen Wagen. Messinger könnte ihn erkennen, wenn wir mit ihm auf den Hotelparkplatz fahren. Wir nehmen den Mietwagen. Was ich vorhin gesagt habe, gilt. Tu nichts Unüberlegtes.«

»Dito«, antwortete ich, vielleicht schärfer als beabsichtigt. »Ich treffe euch draußen auf dem Charterflugplatz.«

»Paß auf dich auf.«

»Du auch.«

26

Um vier Uhr zweiundvierzig bog ich, zum zweitenmal an diesem Tag, in den Eingang des Friedhofs Mt. Calvary ein. Eine lange Reihe Eukalyptusbäume warf schlanke Schatten über die Straße. Ich passierte sie wie Tore, während ich mich den Hügel hinaufschlängelte. In der Nähe des Büros fuhr ich auf einen Parkplatz und stellte den Wagen neben einem runden Rasenstück ab, in dessen Mitte ein Springbrunnen sprudelte. Zwischen weichen dunkelgrünen Algenfäden schossen Goldfische hin und her. Ich sperrte den Wagen ab. Das hohe, reich geschnitzte hölzerne Tor der nicht konfessionsgebundenen Kapelle stand offen. Der steinerne Innenraum war dunkel.

Ich ging zwischen der Doppelreihe flacher Grabsteine durch; Form, Gesteins- und Schriftarten waren sehr unterschiedlich, und es fiel mir bei oberflächlicher Betrachtung schwer zu entscheiden, was mir am meisten zusagte. Ich kam zum Büro, stieß die Glastür auf. Niemand am Empfang, der Schreibtisch leer, bis auf einen ordentlichen Stapel Postkarten mit der Ansicht des Krematoriums. Wer würde einem wohl eine solche Karte schreiben? An einem Gerät, das wie ein elektrischer Brieföffner aussah, entdeckte ich ein diskretes Schildchen, auf dem stand: Bitte Knopf drücken, Sie werden sofort bedient. Ich drückte. Wie durch Zauberei tauchte eine Frau auf, die um eine Ecke herumkam. Mit der Friedhofsethik nicht vertraut, griff ich zu einer Lüge. »Hallo. Ob Sie mir wohl helfen können?«

Ihrem Gesichtsausdruck nach zu schließen, fragte sie sich dasselbe. Sie war in den Vierzigern und trug korrekte Bürokleidung: ein graues Wollkleid mit weißem Krägelchen. Ich war wie üblich in Jeans und Tennisschuhen. »Ich hoffe es sehr«, sagte sie. Sie hielt mit ihrem Urteil zurück, für den Fall, daß ich reich wäre und gleich für eine ganze Reihe dahingeschiedener Lieben luxuriöse Beerdigungen bestellen sollte.

»Ich glaube, meine Tante liegt hier begraben, und ich brauche das exakte Todesdatum. Meine Mutter ist in einem Pflegeheim und sorgt sich schrecklich, weil sie sich nicht daran erinnern kann. Gibt es eine Möglichkeit, das nachzuprüfen?«

»Wenn Sie mir den Namen nennen?«

»Der Familienname ist Bronfen. Vorname Anne.«

»Einen Augenblick.« Sie verschwand. Ich konnte mir nur schwer vorstellen, wie sie das nachprüfen wollte. Hatten sie vielleicht alle Daten irgendwo in einem Computer gespeichert? Oder gab es hinten ein altes Archiv? Wenn Datum und Sterbeort nicht mit Bronfens Story übereinstimmten, mußte ich ein bißchen nachgraben und versuchen, den Totenschein aufzutreiben. Vielleicht bedeutete das ein paar Telefonate nach Tuscon, Arizona, aber ich würde mich wohler fühlen, wenn ich wußte, was aus Anne geworden war.

Die Angestellte kam schon nach erstaunlich kurzer Zeit zurück und reichte mir eine weiße Karteikarte. Es war alles richtig. Ich prägte mir die Einzelheiten ganz schnell ein. Familienname: Chapman. Mädchenname: Bronfen, Anne. Alter: vierzig. Geburtsdatum: 5. Januar 1900. Geschlecht: weiblich. Farbe: weiß. Geburtsort: Santa Teresa, Kalifornien. Verstorben in: Tuscon, Arizona.

Aha! Todestag: 8. Januar 1940. Das war interessant.

Beigesetzt am: 12. Januar 1940. Die Spalte für die Eintragung des Friedhofsdirektors war leer, aber die Nummer der Gräberreihe und die der Grabstelle waren vorhanden.

»Was ist das?« fragte ich, hielt ihr die Karte hin und zeigte auf die unterste Linie, auf der handschriftlich mit schwarzer Tinte das Wort *Kenotaph* stand.

»Das ist ein Gedenkstein für jemanden, der nicht in diesem Grab liegt.«

»Sie liegt nicht dort? Wo ist sie?«

Die Frau nahm die Karte. »Hier steht, daß sie in Tuscon, Arizona, starb. Wahrscheinlich wurde sie dort auch beigesetzt.«

»Das versteh ich nicht. Wo liegt da der Sinn?«

»Die Bronfens wollten vermutlich, daß im Familiengrab etwas an sie erinnerte. Manchmal ist es ein großer Trost für die Menschen, wenn sie das Gefühl haben, daß alle zusammen sind.«

»Aber woher wissen Sie dann, daß die Frau wirklich tot ist?«

Sie starrte mich an. »Ist sie nicht tot?«

»Ja. Verlangen Sie denn keinen Beweis? Kann ich einfach hier reinkommen, eine solche Karte ausfüllen und jemandem einen Grabstein kaufen?«

»Ganz so einfach ist es nicht«, sagte sie. »Aber im Grunde...«

Sie hatte sich in eine weitschweifige Erklärung gestürzt, aber ich ging schon wieder.

Von prickelnder Spannung belebt, fuhr ich noch einmal zur Pension des alten Bronfen. Eigentlich hatte ich mich ja nur selbst überzeugen wollen, daß Bronfens Geschichte stimmte, und nun hatte sich eine ganz andere Möglichkeit aufgetan. Vielleicht waren Agnes Grey und Anne Bronfen doch ein und dieselbe. Als ich in die Concorde Street einbog, reckte ich arrogant die Nase in die Richtung, in der ich Dietz vermutete.

Ich parkte den Porsche am Straßenrand und stieg aus. Diesmal bewegte sich im ersten Stock ausnahmsweise kein Vorhang, als ich durch die Gartenpforte ging. Ich stieg die Verandastufen hinauf und klingelte. Ich wartete. Mehrere Minuten vergingen. Ich trat seitlich ans Geländer und spähte ums Haus herum nach hinten. Am Ende der Zufahrt sah ich eine Einzelgarage, daneben einen Lattenverschlag und einen grünen Geräteschuppen mit einem großen Vorhängeschloß, das offen in der Haspe hing.

Hinter mir wurde die Haustür geöffnet. »Oh, hallo, sind Sie das, Mr. Bronfen?« sagte ich und drehte mich um.

In der Tür stand ein anderer – ein zerbrechlicher Alter, der unsicher mit den Füßen scharrte. Er war mager und ging gebückt, hatte schmale Schultern und von Arthritis verkrümmte Finger. Er trug ein oft gewaschenes kariertes Flanellhemd, stark abgewetzt an den Ellenbogen, und eine Hose, die er bis zur halben Brusthöhe heraufgezogen hatte.

»Er ist nicht da«, sagte er. »Sie müssen wiederkommen.« Seine Stimme klang rauh und zittrig.

»Haben Sie eine Ahnung, wann er zurückkommt?«

»In einer Stunde, ungefähr, hat er gesagt. Sie haben ihn ganz knapp verpaßt.«

»Oje, das ist ein Jammer. Ich bin die Bauunternehmerin.« Ich sprach in jenem total falschen herzlichen Ton, den ich in solchen Fällen anschlage. »Ich glaube, Mr. Bronfen möchte an den Schuppen hinten anbauen. Er hat mich gebeten, mir die Sache anzusehen. Das kann ich schließlich auch ohne ihn.«

»Nur zu«, sagte der alte Mann. Er schloß die Tür.

Mit heftig klopfendem Herzen lief ich nach hinten, weil ich wahrscheinlich nicht allzuviel Zeit hatte. Patrick Bronfen würde meine Schnüffelei bestimmt nicht gern sehen, aber wenn ich mich beeilte, mußte er nie etwas davon erfahren. Der Schuppen stand gefährlich schief auf einem Zementsockel, der zwischen der Garage und dem Haus im Zickzack verlief. Er entsprach wahrscheinlich nicht den Bauvorschriften und sah aus, als sei er ohne Plan gebaut worden. Bei näherer Betrachtung des abschüssigen Hofes und der Stützmauer an der Grundstücksgrenze hätte Bronfen sich ein ganzes Team von Bauingenieuren herholen müssen, bevor er den ersten Sack Fertigzement aufmachen konnte.

Ich nahm das Vorhängeschloß ab und betrat den Schuppen. Er war ungefähr acht bis zehn Quadratmeter groß und roch nach Lehm, Torfmoos, Pflanzerde, vermischt mit B1 und Fischmehl. Es gab keine Fenster, und es war nicht einmal halb so hell wie draußen. Ich tastete mich durch die Düsternis und suchte einen Lichtschalter, doch anscheinend hatte der Schuppen kein elektrisches Licht. Ich kramte in meiner Handtasche, bis ich meine Taschenlampe fand, knipste sie an und ließ den Strahl durch den Raum wandern. An der Wand befestigt war ein langes Brett mit Haken, an denen Gartengeräte hingen. Daneben lehnte an der Wand ein grasfleckiger Rasenmäher, und auf einer fast zwei Meter langen Werkbank sah ich ein Durcheinander aus irdenen Blumentöpfen, einem Pflanzheber, verschütteter Blumenerde und leeren Samenpäckchen. Feuchte

Luft legte sich mir um Knöchel und Füße. Unter der Werkbank entdeckte ich ein Loch im verrotteten Holz; dort war ein Brett entfernt worden. Rechts stand eine längliche Kiste, kniehoch, mit einem Deckel, der an Scharnieren hing. Sie sah aus wie ein großer Werkzeugkasten. Über das eine Ende war ein frisch geschnittenes quadratisches Stück Furnierholz genagelt worden. Auf der Kiste stapelten sich große Plastiksäcke mit Rindenmulch und Kunstdünger. Ein Sack war unten aufgerissen, Rindenstückchen lagen über den rissigen Zementboden verstreut. Eine keilförmige Schleifspur ließ darauf schließen, daß die Kiste ein Stück nach vorn gezogen und dann wieder zurückgeschoben worden war. Ich dachte an Agnes' aufgeschürfte Knöchel und abgebrochene Fingernägel.

Ich hob den Kopf. »Hallo«, sagte ich, um zu prüfen, wie weit ein Ton oder ein Geräusch hier drin trugen. Meine Stimme klang gedämpft, als würde sie von den Schatten aufgesogen. Ich versuchte es noch einmal. »Hallo?« Überhaupt kein Echo. Ich bezweifelte, daß der Laut außerhalb des Schuppens zu hören war, wenn man mehr als anderthalb Meter entfernt war. Wenn ich eine halb senile alte Frau entführen wollte, wäre das ein idealer Platz, um sie vorübergehend zu verstauen, bis ich zu einem Entschluß gekommen wäre, was ich tun sollte.

Ich legte meine Lampe auf die Werkbank, nahm die Fünfundzwanzig-Pfund-Säcke von der Kiste und stapelte sie ordentlich an der Seite auf. Dann öffnete ich den Deckel. Die Kiste war leer. Ich holte meine Lampe und leuchtete die rauhe Innenseite ab. Die Kiste war so groß wie ein Sarg und so grob gezimmert, daß die Luftzufuhr ausreichen würde, um jemanden am Leben zu erhalten, wenigstens für kurze Zeit. Ich leuchtete jeden Winkel aus, fand aber nicht den geringsten Hinweis darauf, daß jemand darin eingesperrt gewesen wäre. Ich klappte den Deckel zu und legte die Mulchsäcke wieder genauso hin, wie sie vorher gelegen hatten. Auf allen vieren untersuchte ich den Boden um die Kiste herum. Nichts. Ich würde nie beweisen können, daß Agnes Grey hiergewesen war.

Als ich ein paar Schritte zurücktrat, stieg mir ein fauliger Geruch in die Nase, modrig und süßlich und flüchtig wie

Rauch. Diesen Geruch kannte ich. Ich spürte, wie meine Haut prickelte und sich mir die Nackenhaare sträubten. Angewidert verzog ich die Lippen. So rochen tote Eichhörnchen, die sich im Kamin verfangen hatten, verwesende Teile von Nagetieren, von der Katze auf der Veranda zurückgelassen, irgendwelche Geschöpfe, die unsere Nächte mit ihrem Gestank erfüllen, bis die Natur den Verwesungsprozeß vollendet hat. Jesus. Woher kam der Geruch?

Ich erhob mich auf die Knie und tastete auf der Werkbank herum, bis ich den Pflanzheber fand. Dann kroch ich wieder unter die Bank und fuhr mit den Fingern am Zementsockel des Schuppens entlang. Das Material war porös, bröckelig und mehlig – eben alt. Ich fand eine besonders bröselige Stelle und begann mit dem Pflanzheber zu graben und den Mörtel auszuhöhlen. Ich knipste meine Lampe aus und arbeitete nach dem Gefühl, wobei ich beide Hände benutzte. Unter der harten äußeren Schicht fühlte sich das Zeug krümelig an wie Sand, und es war feucht, als sei das Grundwasser irgendwie durchgesikkert und habe den Zement unterwaschen. Der Geruch schien stärker zu werden. Dort unten lag etwas Totes.

Ich schaltete wieder die Lampe ein und arbeitete mich nach rechts, wo ich zwei horizontale Sprünge sah. Ich fing an, den Zement wegzuhacken, und tat dabei dem Pflanzenheber mehr Schaden an als dem Zement. Ich rappelte mich auf die Füße und suchte auf der Werkbank nach einem geeigneteren Werkzeug. Am Gerätebrett entdeckte ich eine kurzstielige Hacke mit einer Spitze auf der Rückseite des Blattes. Ich kroch zu meiner Stelle zurück und begann ernsthaft zu hacken. Dabei machte ich verdammt viel Lärm und wunderte mich, daß niemand aus der Nachbarschaft sich beschwerte. Ein großes Stück Zement fiel aus der Mauer. Versuchsweise hackte ich in dem Schutt herum und grub mit der Spitzhacke nach. Schließlich fühlte ich Widerstand, irgendeine Wurzel vielleicht oder vielleicht auch etwas Widerwärtiges. Ich knipste wieder die Lampe an und spähte in den Hohlraum.

»O Scheiße!« flüsterte ich. Vor mir sah ich einen Fingerknochen. Entsetzt wich ich zurück, prallte mit dem Ellenbogen gegen den Rasenmäher und saugte zischend die Luft durch die Zähne ein. Unter den gegebenen Umständen war der Schmerz eine willkommene Ablenkung. Ich knipste die Lampe aus und stand auf. Dann stellte ich einen Sack mit Rindenmulch vor das Loch und schnappte mir meine Handtasche.

Als ich durch die Tür ins Freie schlüpfte, wimmerte ich leise vor mich hin. Ich hängte das Vorhängeschloß wieder ein und entfernte mich, von einem Ekelkrampf geschüttelt, so schnell wie möglich von dem Schuppen. Im Moment schien ich zu nichts anderem fähig als zu frösteln und mir auf die Arme zu schlagen, um zu verhindern, daß meine Blutzirkulation stockte. Ich lief im Kreis und versuchte zu überlegen, was zu tun war. Ich atmete tief. Gott, war das scheußlich! Nach dem kurzen Blick, den ich riskiert hatte, lag der Knochen schon seit Jahren dort. Der widerwärtige Geruch konnte nicht von ihm kommen. Aber was war sonst noch dort unten? Im schwindenden Licht des Nachmittags schien das im Zickzack verlaufende Fundament zu glänzen. Jemand hatte von Zeit zu Zeit ein Nebengebäude angebaut: zuerst den Lattenverschlag neben die Garage und dann den Geräteschuppen neben den Lattenverschlag. An den Geräteschuppen schloß sich ein hoher, ordentlich aufgeschichteter Holzstoß an. Wenn Anne Bronfen sich in Agnes Grey verwandelt hatte, mußte es Sheilas Leiche sein, die dort lag. Bronfen behauptete, seine Frau sei mit Irene durchgebrannt, aber ich glaubte ihm kein Wort. Als ich an den Finger dachte, schauderte mich noch einmal von Kopf bis Fuß. Das Fleisch war völlig verwest. Ich schüttelte heftig den Kopf und atmete zweimal ganz tief durch, schüttelte gewissermaßen meine Überempfindlichkeit ab. Irgendwo auf dem Grundstück mußte eine andere Lösung zu finden sein.

Ich ging zum Haus zurück und klopfte. Ich wartete, hoffte inbrünstig, daß Bronfen noch nicht zurück war. Nach einer Weile kam der alte Mann zur Tür geschlurft und öffnete sie einen Spalt. Ich mußte mich räuspern und setzte darauf, daß dann meine Stimme einigermaßen normal klingen würde.

»Ich schon wieder«, krächzte ich. »Dürfte ich reinkommen und auf Mr. Bronfen warten?«

Das Alterchen legte einen knorrigen Finger an die Lippen und dachte über meine Bitte nach. Endlich nickte er und trat so unbeholfen von der Tür zurück, als würden seine Glieder wie bei einer Marionette von Drähten bewegt. Nach einem raschen Blick auf meine Uhr folgte ich ihm ins Haus. Ich hatte mich zwanzig Minuten im Schuppen aufgehalten. Mir blieb daher noch reichlich Zeit, falls ich mir selbst darüber klar wurde, was ich suchte.

Der alte Mann hinkte zum Wohnzimmer. »Sie können sich hier reinsetzen. Ich bin Ernie.«

»Freut mich, Sie kennenzulernen, Ernie. Wohin ist Mr. Bronfen gegangen? Hat er Ihnen etwas gesagt?«

»Nein, ich glaub nicht. Aber er kommt bestimmt auf direktem Weg wieder nach Hause. Dauert nicht lange.«

»Hübsches Haus«, sagte ich und schaute ins Wohnzimmer hinein. Na bitte, ich schwindelte schon wieder. Das Haus war schäbig und roch nach gekochtem Kohl und vollgepinkelten Hosen. Die Möbel sahen aus, als stünden sie schon seit der Jahrhundertwende da. Die einst weißen Vorhänge hingen wie schlaffe Lappen herunter. Die Veilchentapete im Flur sah aus wie von Ungeziefer befallen. Klothilde hatte Glück gehabt, daß Bronfen sie nicht aufgenommen hatte.

Links führte eine kahle Treppe in den ersten Stock. Ich sah ein Speisezimmer mit Reihen von Schmucktellern an der Wand. Weiter hinten kam ich an einer kleinen Tür vorbei, die wahrscheinlich in eine Vorratskammer unter der Treppe führte. Gegenüber lag die Kellertür. »Geht es hier in die Küche?« fragte ich. »Ich muß mir die Hände waschen.« Aber ich redete mit mir selbst – Ernie war ins Speisezimmer geschlurft und hatte mich total vergessen.

Die Küche war der Prototyp des »Vorher« in jeder Zeitschrift, die sich damit befaßt, Häuser und Wohnungen umzugestalten. Arbeitsflächen mit gesprungenen Fliesen, schwarzweiße Bodenfliesen, braunes Holz, eine fleckige Spüle, ein tropfender Wasserhahn. Irgend jemand hatte den Versuch gewagt, den Raum zu modernisieren und fröhlicher zu gestalten. Die ursprüngliche Tapete war mit einer modernen PVC-Tapete überklebt: blaßgrüne Früchte und Gemüse vermischt mit weißen und gelben Gänseblümchen. Über der Scheuerleiste hatte sich der PVC-Streifen gelöst und zusammengerollt. Ich warf einen Blick in die Speisekammer. Auf langen Regalen standen Büchsen mit Maisbrei und Erbsen. Ich ging hinein und spähte durch die halbgeschlossene Tür in die Küche.

Irene Bronfen war mit vier Jahren von hier fortgegangen. Ich hockte mich nieder. Meine Augen waren jetzt in gleicher Höhe mit der Türklinke. Es roch nach Ruß. Ich ging wieder in den Flur. Die Tür zum Vorratsraum unter der Treppe war abgesperrt. Ob Irene ihn wohl als Spielhaus benutzt hatte? Ich ging wieder in die Hocke und schaute nach links zur Küche. Nicht viel zu sehen von hier aus. Morde sind so oft rein häusliche Angelegenheiten. Häufig ist Alkohol im Spiel, und zwar bei mehr als sechzig Prozent der Fälle. Bei dreißig Prozent sind Messer die Mordwaffe, die es schließlich schon länger gibt als Schießpulver und die nicht registriert werden müssen wie Schußwaffen. Weil sie praktisch ist, ist heutzutage die Küche ein beliebter Platz für Verbrechen aus Leidenschaft. Man sitzt mit seinen Lieben da, holt sich Bier aus dem Kühlschrank, tut Eis in seinen Scotch. Machen Gatte oder Gattin dann eine vorlaute Bemerkung, kann das Wortgefecht eskalieren, bis einer in den Messerblock greift und die Auseinandersetzung gewinnt. Ich ging durch die Küche nach hinten. An der Rückseite des Gebäudes gab es eine geschlossene Holzveranda, unbehandelte Bretter und Latten, mit einer schon fast antiken Waschmaschine und einem Heißwasserboiler als einzigem Inventar; der Boiler sah viel zu klein und vergammelt aus, um die Bewohner mit genug Warmwasser versorgen zu können.

Die vierjährige Irene war igendwo in diesem Haus gewesen. Ich war bereit zu wetten, daß sie mit dem Teegeschirr gespielt hatte. Was hatte sie mir erzählt? Daß die Farbe an der Wand heruntergelaufen war und alle Veilchen zerstört hatte. Ich dachte an Irenes Phobien: Staub, Spinnen, enge Räume. An der Tür blieb ich stehen und blickte durch die Küche in den Flur. Die Decken waren hoch, mit dem gleichen Veilchenmuster tapeziert wie der Flur. Die Wände in der Küche waren neu tapeziert worden, nicht aber die Decke. Früher einmal mußte auch hier alles ganz gleich gemustert gewesen sein. Ich überprüfte die Scheuerleiste an der Stelle, wo früher der alte Eiskasten gestanden hatte. In der Mauer darüber war die rechteckige Nische mit der kleinen Tür nach draußen, durch die der Eismann die Eisblöcke geschoben hatte. Das nächste Wandstück war glatt vom Boden bis zur Decke.

Ich merkte, daß meine Aufmerksamkeit immer wieder zu dem Stück PVC-Tapete abschweifte, das sich über der Scheuerleiste abgelöst hatte. Ich beugte mich hinüber und schälte ein Eckchen ab. Darunter befand sich eine Rosenzweigtapete und eine Schicht tiefer wieder die mit dem Veilchenmuster. Ich bekam den untersten Rand der PVC-Tapete zu fassen und zog sie nach oben. Der Streifen machte ein saugendes Geräusch, rollte sich auf und nahm ein Stück von der Rosenzweigtapete mit. Die rostfarbenen Streifen schienen durch, graubraune Rinnsale, die sich durch ein Veilchenfeld schlängelten, stumpfbraune Spritzer, eingesickert in den darunterliegenden Putz. Das Blut war in hohem Bogen gespritzt und hatte alles durchtränkt. Da man vergeblich versucht hatte, es wegzuwaschen, war die erste Tapete mit einer zweiten überklebt worden. Und die zweite mit einer dritten. Ich fragte mich, ob die moderne Technik schon soweit war, um zwischen dem Blut hier und der Leiche im Sockel eine Verbindung herzustellen. Lottie war die erste, die starb. Ihren Tod mußte man einer natürlichen Ursache zugeschrieben haben, da sie bei den anderen beerdigt war. Emily mußte die nächste gewesen sein, ihr hatten stürzende Ziegel den Schädel zermalmt. Und dann war Sheila an der Reihe gewesen, und man hatte eine hübsche Geschichte erfunden, um ihr Verschwinden zu erklären. Diesen Mord mußten Agnes und Irene beobachtet haben. Bronfen hatte die Geschichte von Sheilas Abreise im September wahrscheinlich erfunden.

Agnes hatte viele Jahre lang im Exil gelebt und Irene beschützt. Was hatte sie wohl bewogen, das Haus noch einmal zu betreten? Vielleicht hatte sie gedacht, daß die Gefahr nach mehr als vierzig Jahren nicht mehr vorhanden war. Doch welchen Grund sie gehabt haben mochte, jetzt war auch sie tot. Und Patrick – der liebe Bruder Patrick – war der einzige Überlebende.

Ich hörte die Haustür zufallen.

27

Er stand in der Küchentür, eine braune Einkaufstüte im Arm. Er trug ein dunkelgrünes Sporthemd und Hosen aus Waschstoff; sein Gürtel saß unterhalb der Taille. Er keuchte vor Anstrengung, und sein Gesicht war mit Schweiß bedeckt. Sein Blick haftete auf der PVC-Tapete, die jetzt zusammengefaltet auf dem Boden lag. Er ließ die Augen die Wand hinaufwandern, wandte sich mir dann ruckartig zu und sah mich an. »Warum haben Sie das getan?«

»Weil es Zeit ist, eine alte Sache zu bereinigen, mein Freund.«

Er ging zum Küchentisch, setzte die Einkaufstüte ab, nahm ein paar Dinge heraus – Toilettenpapier, ein Dutzend Eier, ein Pfund Butter, einen Laib Brot – und legte sie auf den Tisch. Ich sah, daß er versuchte, eine bestimmte Haltung einzunehmen, den richtigen Ton zu finden. Er hatte diese Szene seit Jahren im Geist geübt, wahrscheinlich überzeugt, daß er sich diesem Gespräch mit absoluter Unschuldsmiene stellen konnte. Das Problem war, daß er vergessen hatte, wie ein Unschuldiger sich fühlte oder wie Unschuld aussah. »Was für eine alte Sache?«

»Das viele Blut an der Wand, zum Beispiel.«

Die Pause hatte die falsche Länge. »Welches Blut? Das ist ein Rotholzfleck. Ich habe ein Möbelstück für die Veranda gebeizt und die Kanne mit der Beize heruntergestoßen. Das Zeug ist überall hingespritzt, bis hinauf zur Decke. Das war vielleicht eine Schweinerei, so was haben Sie noch nie gesehen.«

»Arterielles Blut verhält sich so. Es wird aus dem Körper herausgepumpt.« Ich marschierte über den zerknitterten Papierstreifen, der unter meinen Schuhen raschelte, und wusch mir die Hände unter der Wasserleitung.

Er stellte eine halbe Gallone Eiscreme in den Gefrierschrank und schichtete ein paar Packungen Tiefkühlgemüse um. Er war aus dem Takt geraten. Ein geübter Lügner weiß, wie wichtig das richtige Timing ist, wenn er Lässigkeit vortäuschen will.

Ich trocknete mir die Hände an einem Küchenhandtuch zweifelhafter Herkunft. Es konnte ein Stück von einem Kissenbezug, ein Farblappen oder eine Windel gewesen sein. »Ich bin nach Mt. Calvary hinübergefahren und habe mir Annes Grab angesehen.«

»Kommen Sie zur Sache, ich habe zu arbeiten. Sie liegt bei der übrigen Familie am Hügelhang.«

»Nicht ganz«, sagte ich. Ich lehnte an der Theke und sah ihm beim Auspacken von Konservendosen zu. »Ich war im Büro und habe mir Annes Karteikarte zeigen lassen. Sie haben ihr zwar einen Grabstein gekauft, aber in dem Grab ist keine Leiche. Anne hat im Januar 1940 mit Irene die Stadt verlassen.«

Er wollte sich aufregen, schaffte es aber nicht, sich in die nötige Hitze hineinzusteigern. »Ich habe sie den ganzen weiten Weg von Tuscon, Arizona, hierher überführen lassen und die Überführung bezahlt. Wenn sie nicht in dem Sarg liegt, müssen Sie das nicht mir sagen. Fragen sie den Kerl, der behauptet, daß er sie hineingebettet hat.«

»Ach, lassen Sie's gut sein«, sagte ich. »Kürzen wir die Jagd ab. Es hat in Arizona weder einen Ehemann noch kleine Kinder gegeben. Das haben Sie alles erfunden. Sie haben Charlotte und Emily umgebracht. Und Sheila auch. Anne war bis gestern nacht noch am Leben, und von ihr habe ich das meiste erfahren. Sie hat mir erzählt, Emily habe das Haus verkaufen wollen, doch Sie hätten sich geweigert. Sie muß darauf gedrängt haben, und Sie haben sich daher gezwungen gesehen, sie auszuschalten, um den Streit zu beenden. Nachdem Emily aus dem Weg war, brauchten Sie sich nur noch wegen Anne den Kopf zu zerbrechen. Wenn Sie sie für tot erklären ließen, gehörte der ganze Besitz Ihnen…«

Er schüttelte den Kopf. »Sie sind ein verrücktes Frauenzimmer. Ich habe Ihnen nichts zu sagen.«

Ich ging zum Wandtelefon. »Einverstanden. Mir egal. Sie

können sich mit Lieutenant Dolan unterhalten, sobald er hier ist.«

Jetzt war er bereit, darüber zu sprechen, jedes Mittel der Verzögerung war ihm recht. »Ich könnte niemanden töten. Warum sollte ich auch?«

»Wer weiß, was Sie für ein Motiv hatten? Ich vermute, es ging um Geld. Ich weiß nicht *warum*, nur *daß* Sie's getan haben.«

»Habe ich nicht.«

»O doch, Sie haben. Wen wollen Sie hier zum Narren halten?«

»Sie haben keinen Beweis, kein einziges Fitzelchen. Sie können mir nichts nachweisen.«

»Ich nicht, aber jemand anders. Die Polizei ist wirklich schlau, Patrick, und hartnäckig. Mein Gott! Sie haben keine Ahnung, wie hartnäckig man vorgeht, wenn es um Mord geht. Man wird die ganze moderne Technik einsetzen. Labortests, Spezialgeräte, raffinierte Untersuchungsmethoden. Die Polizei hat Experten, und was haben Sie? Nichts als heiße Luft. Sie haben keine Chance. Vor fünfzig Jahren noch hätten Sie sie vielleicht zum Narren halten können, aber nicht heutzutage. Sie sitzen in der Scheiße, Kumpel. Sind total verratzt...«

»Hören Sie mal! Warten Sie einen Moment, junge Dame. Eine solche Sprache dulde ich nicht in meinem Haus.«

»Oh, ich bitte um Entschuldigung. Hab ich ganz vergessen. Sie haben Niveau, lassen keine unanständigen Ausdrücke zu, stimmt's?« Ich wandte mich wieder zum Telefon. Als ich eben den Hörer nehmen wollte, splitterte hinter mir ein Fenster. Es war wie Ursache und Wirkung. Ich nehme den Telefonhörer ab, und prompt zerschellt die Fensterscheibe. Erschrocken machte ich einen gewaltigen Satz, ließ dabei den Hörer fallen und hüpfte wieder in die Höhe, als er an die Wand knallte. Eine Hand schob sich durch die zerbrochene Scheibe und griff herum, um die Tür aufzuschließen. Ein heftiger Tritt, die Tür schwang auf und prallte ebenfalls gegen die Wand. Ich hatte meine Handtasche gepackt und griff eben nach meiner Pistole, als Mark Messinger auftauchte, die Waffe gezogen und auf mich gerichtet. Der Schalldämpfer ließ den Lauf ungefähr dreißig Zentimeter lang aussehen.

Diesmal lächelte er nicht, strahlte keine Sinnlichkeit aus. Das blonde Haar stand ihm um den Kopf wie die feuchten Stacheln eines Morgensterns. Seine blauen Augen waren kalt und ausdruckslos wie Stein. Patrick hatte kehrtgemacht und hastete auf die Haustür zu. Messinger feuerte ganz beiläufig auf ihn, blieb nicht einmal lange genug stehen, um den Entschluß zu fassen, schoß so selbstverständlich, wie man mit dem Finger zeigt. Peng! Das Geräusch der schallgedämpften .45er Halbautomatik war kaum nennenswert im Vergleich zu dem, was sie anrichtete. Die Wucht der Kugel nagelte Patrick an der Wand fest und riß ihn noch einmal nach vorn, bevor er fiel. Blut und zerfetztes Fleisch blühten auf seiner Brust wie eine Chrysantheme, das zerrissene Baumwollhemd sah aus wie ein Blütenkelch. Ich starrte ihn wie gebannt an, als Messinger mich an den Haaren packte und mein Gesicht hochriß, bis es höchstens zwei Zentimeter von seinem entfernt war. Er stieß mir den Pistolenlauf unters Kinn und drückte so fest, daß es weh tat. Ich wollte protestieren, wagte es jedoch nicht.

»Wo ist Eric?« flüsterte er.

»Ich weiß es nicht.«

»Du wirst mir helfen, ihn zurückzuholen.«

Furcht hatte sich wie ein Splitter durch meinen Brustkorb gebohrt. Mein ganzer Adrenalinvorrat drängte in mein Gehirn und vertrieb jeden Gedanken. Ich hatte eine flüchtige Vision von Dietz und Rochelle Messinger. Offenbar war es ihnen gelungen, das Kind von seinem Vater wegzuholen. Ich roch das Chlor aus dem Swimmingpool, vermischt mit Messingers Atem. Wahrscheinlich hatte er seine Waffe zum Pool nicht mitnehmen können, ohne unliebsame Aufmerksamkeit zu erregen. Ich stellte ihn mir im Wasser vor, und Eric stand noch am Rand, bereit hineinzuspringen. Als seine Mutter aufgetaucht war, hatte er sich bestimmt mit einem Freudenschrei auf sie gestürzt. Und jetzt waren sie wahrscheinlich längst unterwegs zum Flugplatz. Die Maschine war für neun Uhr gechartert worden, damit sie genug Zeit hatten, sich des Kindes zu bemächtigen. Ich verdrängte die Gedanken. Zwang völlige Leere in mein Gehirn.

Messinger schlug mir so hart ins Gesicht, daß mir der Kopf schwirrte. Ich war tot. Diesmal kam ich nicht lebend davon. Er stieß mich zur Hintertür, beförderte mit einem Fußtritt einen Stuhl aus dem Weg. Ich entdeckte den alten Ernie, der schlurfend auf die Küche zukam. Er sah verblüfft und verwirrt aus, besonders als er Patrick mit dem blutigen Angebinde auf der Brust auf dem Boden liegen sah. Mark Messinger drehte sich um und zielte auf den Alten.

»O nein, tun Sie's nicht!« gurgelte ich. Meine Stimme klang fremd, hoch und heiser. Mit fest zusammengekniffenen Augen wartete ich auf das Peng. Dann warf ich einen Blick zurück. Der alte Ernie hatte kehrtgemacht und schlurfte in panischer Angst davon. Sein Geheul hallte durch den Flur, so dünn und hilflos wie das eines Kindes. Messinger sah ihm nach, Unentschlossenheit in den Augen. Er verlor das Interesse und wandte sich wieder an mich. »Hol die Wagenschlüssel.«

Die Tasche lag da, wo ich sie fallen gelassen hatte, in der Nähe des Telefons. Unfähig zu sprechen, zeigte ich auf sie. Ich sehnte mich nach meiner Waffe.

»Wir nehmen meinen Wagen. Du fährst.«

Er packte meinen Kopf und vergrub die Hand wieder in meinem Haar, stieß mich so wütend vorwärts, daß ich aufschrie vor Angst.

»Halt den Mund!« flüsterte er. Sein Gesicht war dicht neben meinem, als wir die Stufen hinuntergingen. Ich stolperte und tastete mit der Rechten nach dem Geländer, um nicht das Gleichgewicht zu verlieren. Mein Absatz rutschte von der Stufe ab, und ich stürzte fast. Ich dachte, er werde mir die Haare ausreißen, mich buchstäblich skalpieren, wenn er die Faust nicht öffnete, die mich festhielt wie ein Schraubstock. Ich konnte nicht nach unten schauen und den Kopf nicht zur Seite drehen. Unter den Sohlen spürte ich die gekieste Zufahrt. Ich ging mit ausgestreckten Händen wie eine Blinde, ersetzte die Augen durch andere Sinne. Der Wagen stand auf der Zufahrt in der Nähe des Schuppens. Ich überlegte, ob vielleicht ein Nachbar uns beobachtete, dem auffiel, wie unbeholfen und schwerfällig wir uns bewegten. Im Geist sah ich Rochelles Gesicht vor mir.

Bitte sei im Flugzeug! flehte ich. Bitte sei schon in der Luft! Nimm Dietz für immer mit und bring ihn irgendwohin, wo er sicher ist. Ich stellte mir seine Ungeduld, seine Heftigkeit vor. Mit meiner ganzen Willenskraft zwang ich ihn in ein Taxi, brachte ihn aus der Gefahrenzone. Ich konnte ihn nicht retten, konnte diesmal nicht einmal mich selbst retten. Messinger riß die Beifahrertür auf und stieß mich über die Vordersitze. Er fuhr einen gelben Rolls-Royce: Armaturenbrett aus Nußbaumholz, Lederpolster.

»Laß den Wagen an«, sagte er. Er stieg ein, rutschte ganz dicht an mich heran und preßte mir den Pistolenlauf an die Schläfe. Er atmete schwer, seine Anspannung konzentrierte sich auf den Griff, mit dem er die Waffe hielt. Wenn er mich erschoß, würde ich es nicht spüren. Ich würde tot sein, ehe der Schmerz mir durch die Nerven schießen und ins Bewußtsein dringen konnte. Ich wollte, daß er es tat. Jetzt. »Tu's endlich!« sagte er. Ich glaubte, meine eigene Stimme zu hören, so sehr stimmte das, was er sagte, mit meinen Gedanken überein.

»Laß den verdammten Wagen an!« Sein Zorn war unberechenbar – manchmal Feuer und manchmal Eis, seine Gefühle schwankten zwischen ungezügelter Impulsivität und eiserner Selbstbeherrschung.

Ich schob den Schlüssel ins Zündschloß.

»Wohin wollen sie mit meinem Sohn?«

»Das haben sie mir nicht gesagt.«

»Du verlogenes Miststück! Dann sag ich es dir!« Er senkte die Stimme, und ich spürte die Wucht seiner Worte an meiner Wange. Die Sexualität war wieder da, das gleiche prickelnde Verlangen wie beim ersten Tanz mit einem Mann – ein Bewußtsein der Körperlichkeit und aller Möglichkeiten, die auf einen warten. Er war wieder ruhig, zuversichtlich, sein kehliges Lachen fast ein Jubeln. »Rochelle hat einen Zwillingsbruder, der Pilot ist«, sagte er. »Sie wird mit Eric nicht in ihre Wohnung gehen, weil sie weiß, daß ich ihn dort sofort finden würde und sie tot wäre, bevor sie Zeit hätte, die Tür zu schließen. Sie wird versuchen, ihn mit dem Flugzeug wegzubringen und zu verstecken, bis sich alles abgekühlt hat.« Er nahm die Pistole von meiner Schläfe und fuchtelte mit dem Lauf in der Luft herum. »Setz auf die Straße zurück und bieg nach links ein. Wir fahren zum Flughafen. Fahr vorsichtig, okay? Tust du das für mich?«

Ich nickte benommen, meine Stimmung wechselte so abrupt wie die seine. Noch lebte ich, war weder verstümmelt noch verkrüppelt. Ich war dankbar, daß er mich nicht verletzt hatte, glücklich, daß ich noch lebte und lächerlich glücklich, daß er sich gut benahm und fast freundlich mit mir sprach, als ich im Rückwärtsgang auf die Straße fuhr. Er verwandelte meine übliche Großspurigkeit in Demut. Es gab noch Hoffnung. Es gab noch eine Chance. Vielleicht waren sie nicht mehr da. Vielleicht konnte ich ihn umbringen, bevor er mich umbrachte. Plötzlich sah ich Rochelle vor mir, mit einer Schußwunde in der Brust. Er würde sie genauso unbekümmert töten wie Patrick Bronfen, genauso sachlich, genauso beiläufig, genauso selbstverständlich. Dietz würde sterben. Messinger würde vorgeben, mich gegen Eric austauschen zu wollen, und uns dann alle umbringen. Rochelle, Dietz und mich, und das Ausmaß des Entsetzens würde von der Reihenfolge abhängen, in der er uns tötete. Ich konzentrierte mich auf die Straße und bekam plötzlich ein Gefühl für den Wagen. Ich roch die Ledersitze, die frische Rose in der Kristallvase. Geräuschlos glitt der Wagen dahin. Ich bog auf den Highway 101 ein und raste nordwärts. Weit und breit keine einzige Autobahnstreife in Sicht.

Mein Mund war trocken. Ich räusperte mich. »Woher wußten Sie, wo ich bin?«

»Ich habe in der ersten Nacht, in der der Porsche vor deinem Haus geparkt war, eine Wanze angebracht. Bin euch seither in verschiedenen Mietwagen überallhin gefolgt. Siehst du das? Mein Empfänger.«

»Warum haben Sie Patrick erschossen?«

»Warum nicht? So einen Armleuchter.«

Ich sah ihn neugierig von der Seite an. »Und warum haben Sie Ernie verschont?«

»Den alten Scheißer? Wer weiß. Vielleicht fahr ich zurück und hol's nach, wenn du's schon erwähnst.« Er sagte es nekkend. Ein bißchen Killerhumor, um mir zu zeigen, was für ein

Draufgänger er war. Er hatte die Waffe von meiner Schläfe genommen, sie lag jetzt auf seinem Knie. »Was ist das für eine Geschichte mit dem Leibwächter? Er ist eine wahre Plage. Zweimal hätte ich dich um ein Haar gehabt, und immer ist er dazwischengekommen.«

Ich blickte starr auf die Straße. »Er ist sehr tüchtig.«

Er sah zu mir herüber. »Treibst du's mit ihm?«

»Das geht Sie nichts an.«

»Ach, komm schon!«

»Ich kenne ihn erst seit vier Tagen«, sagte ich tugendhaft.

»Na und?«

»Na, so schnell gehe ich mit keinem Typ ins Bett.«

»Du hättest es tun sollen, solange du noch Gelegenheit dazu hattest. Jetzt ist er ein toter Mann. Ich schlage dir einen Handel vor. Wie wär's? Er oder du? Besser noch, Rochelle oder er. Triff deine Wahl. Wenn du's nicht tust, bring ich euch alle drei um.«

»Sie werden doch nur für einen bezahlt.«

»Stimmt, aber Geld ist nicht alles. Wenn man etwas gern tut, macht man's auch umsonst. Hab ich recht?« Er beugte sich zum Kassettenrecorder vor. »Ein bißchen Musik? Ich habe Jazz, Klassik, Rock und Beat. Kein Heavy Metal oder Reggae. Den Mist hasse ich. Willst du Sinatra hören?«

»Nein, danke.« Ich sah die Ausfahrt zur Universität und zum Flughafen und hielt mich rechts. Die Straße führte in einer Kurve nach oben, dann nach links und überquerte die Autobahn, die jetzt unter ihr verlief. Sie blieb zurück, und wir waren auf der Zielgeraden. Noch zwei Minuten zum Flughafen. Was sollte ich nur tun? Auf der Digitaluhr am Armaturenbrett war es zwei Minuten nach acht. Nach einer Meile kam rechts die Einmündung in die Rockpit Road in Sicht. Ich bog ab. Ich wußte, daß der Ozean in der Nähe war, aber ich roch nur den fauligen Schwefelgeruch des Sumpfes neben der Straße. Nebel kam auf, eine feste weiße Masse vor dem schwärzlichen Himmel. Die Universität thronte auf dem Steilufer wie eine von Wehrmauern umgebene Stadt, nur Licht und lederbraune Türme. Ich hatte nie ein College besucht, stammte in gerader

Linie von Arbeitern ab – wie übrigens dieser Mann auch, wenn ich's recht überlegte. Wie Dietz.

Ich fuhr etwa eine halbe Meile die Rockpit Road entlang, bis rechts die Hangars und die anderen Nebengebäude von Neptune Air auftauchten. Ich ging vom Gas und bog von der Straße ab. Messinger beugte sich wieder vor, diesmal nicht zum Kassettenrecorder, sondern zur Windschutzscheibe, die mit feinem Dunst beschlagen war.

Auf dem Parkplatz standen vier verschiedene Autos, aber nirgends eine Spur von Rochelles Mietwagen. Messinger dirigierte mich an die Windschattenseite eines metallenen Hangars und befahl mir anzuhalten. Unter dem auf dem Kopf stehenden V der Dachkonturen befand sich ein Schild, das von einer einzigen Lampe beleuchtet wurde: FLUGUNTERRICHT, FAA REPARATURDIENST, 24 STUNDEN CHARTER und VERKAUF VON FLUGELEKTRONIK & SERVICE. Der äußere Umgrenzungsraum bestand aus Maschendraht, mit Stacheldraht und einem Vorhängeschloß gesichert. In regelmäßigen Abständen waren Warnschilder angebracht. Am anderen Ende des Hangars strahlten Flutlichter die leere Rollbahn an.

Wir stiegen aus dem Wagen. Es war kalt, und der Wind fegte über den Makadam, wehte mein Haar in alle Richtungen. Als wir den Parkplatz überquerten, nahm Messinger meinen Ellenbogen mit einer Geste, die mich so stark an Dietz erinnerte, daß mir der Atem stockte.

Die Büros von Neptune Air waren geschlossen und fast dunkel, nur ein einziges schwaches Licht schien durch das Milchglas. Wir gingen um das Gebäude herum. Dahinter erstreckte sich eine Rotholzveranda über die ganze Breite des Hauses. Für die Kunden, die auf ihre Chartermaschinen warteten, hatte man einen Picknicktisch und zwei Bänke aufgestellt. Bestimmt aßen die Angestellten der Neptune Air (alle drei) ihren Lunch hier draußen, beobachteten die landenden Maschinen und tranken Soda in Dosen aus dem Automaten. Rechts stand eine Reihe kleiner Privatmaschinen mit großen Bremsklötzen vor den Bugrädern. Dahinter, eine halbe Meile entfernt, sah ich Santa Teresa Airport. Der oberste Teil des Towers überragte mehrere Lagerhallen. Auf einer Rollbahn holperte eine United 373 zum Start. Messinger zeigte auf die Bänke, und wir setzten uns einander gegenüber an den Picknicktisch. »Verdammt kalt hier draußen«, sagte er.

Ich hörte Stimmen hinter mir und drehte mich um. Zwei Arbeiter, vermutlich Tankwarte, sperrten das Tor des Hangars zu und gingen zum Parkplatz. Messinger stand auf und schaute in ihre Richtung. Er hob die Mündung seiner .45er, zielte und sagte: »Piffpaff.« Er blies imaginären Pulverdampf weg und lächelte. »Die wissen gar nicht, was für ein Glück sie haben, nicht wahr?«

»Nein, das wissen sie wahrscheinlich nicht«, sagte ich.

Er setzte sich wieder.

Sein Haar war zu kleinen Löckchen getrocknet, durch die jetzt spielerisch der Wind fuhr. Seine Augen glimmten im Licht einer Glühbirne an der oberen Ecke des Gebäudes. Er musterte mich interessiert. »Ist dein Daddy je mit dir herausgefahren, um Flugzeuge zu beobachten?«

»Er ist gestorben, als ich fünf war.«

»Meiner hat's auch nicht getan. Mistkerl. Kein Wunder, daß ich kriminell geworden bin.«

»Was, er war nie dabei, wenn Sie in der Schulmannschaft gespielt haben?«

»Er hat kaum was anderes gemacht als saufen, rumhuren und Leute umbringen. Daher habe ich mein Talent. Von ihm.«

Meine Angst hatte sich verflüchtigt, und die für mich typische Reizbarkeit stieg in mir auf. Zu sterben war eine Sache, mit einem Vollidioten im kalten Wind herumsitzen und Konversation treiben zu müssen, eine ganze andere. Ich hatte gedacht, es könne nichts schaden, freundlich zu tun. Jetzt fragte ich mich, was es für einen Sinn hatte. Messinger starrte mir ins Gesicht. Ich starrte zurück, nur um herauszubekommen, was ich dabei empfand.

Er nickte beifällig. »Ihr blaues Auge sieht schon viel besser aus.«

Ich strich mit dem Finger über den Rand der Augenhöhle. Ständig vergaß ich, welchen Eindruck ich auf einen Nichteingeweihten machen mußte. Als ich meine verschiedenen Verletzungen das letzte Mal begutachtet hatte, war festzustellen gewesen, daß sie dramatisch die Farben gewechselt hatten. Zitronengelb war zu Limonengrün geworden, vermischt mit etwas Pflaumenblau. »In dieser Runde haben Sie mich fast erwischt.«

Er winkte ab. »Da wollte ich mich nur ein bißchen aufwärmen. Es war nicht ernst gemeint.«

»Was hatte Eric dazu zu sagen?«

»Es hat ihn nicht gestört. Hat sich Comics angesehen. Die Kinder sehen heute ständig irgendwelche Gewalttaten, sie finden nichts dabei. Die Leute sterben nicht wirklich. Es sind lauter Spezialeffekte.«

»Ich bezweifle, daß er so empfinden wird, falls Sie Rochelle erschießen.«

»Nicht *falls* ich sie erschieße – wenn.« Ich merkte, daß sein Blick abschweifte.

Draußen auf der Rollbahn war eine einzige Maschine gelandet, die sich anhörte wie ein VW, der einen neuen Keilriemen brauchte. Ich verlor sie aus den Augen, als sie hinter ein paar Nebengebäuden verschwand. Dann tauchte sie wieder auf und holperte auf uns zu. Messinger stand auf. »Ich wette, das ist er. Komm. Und halt ja den Mund, sonst fängst du eine.«

Die Maschine erreichte das Betonvorfeld neben dem Hangar, und der Pilot machte eine Miniaturwende um hundertachtzig Grad, so daß die Maschine jetzt zur Rollbahn hin stand. Er stellte den Motor ab und löschte die Lichter. Messinger hatte mich am Nacken gepackt und bugsierte mich im Eilschritt zum Flugzeug. Ich stellte mir vor, wie der Pilot die Kopfhörer abnahm, etwas in sein Logbuch schrieb, den Sitzgurt löste. Wenn es Rochelles Bruder war, würde er Messinger auf den ersten Blick erkennen.

Angst kroch mir wie eine Rauchsäule das Rückgrat entlang. Ich versuchte langsamer zu gehen, Widerstand zu leisten, aber Messingers Finger bohrten sich noch brutaler in meinen Nakken. Wir gingen noch schneller, liefen beinahe nebeneinander her, bis wir zum Heck der Maschine kamen. Direkt vor uns wurde die Tür zum Cockpit geöffnet, und der Pilot stieg aus. Wir waren keine zwei Meter von ihm entfernt.

»Hallo, Roy?« sagte Messinger.

Ich stieß einen Warnschrei aus.

Der Pilot drehte sich überrascht um.

Peng.

Roy fiel auf die Knie und dann vornüber aufs Gesicht. Die Kugel hatte ihm die Nase zerschmettert und riß, als sie wieder austrat, ein Stück des Schädels mit. Ich schrie auf vor Entsetzen, wich schaudernd zurück. Tränen brannten mir in den Augen. Pulverdampf wehte durch den Abend und verzog sich rasch. Ich mußte mich mit der Hand auf die Maschine stützen. Messinger hatte den Toten inzwischen an den Armen gepackt und schleifte ihn über den Makadam zurück in die schrägen Schatten des Hangars.

Ich stieß mich von der Maschine ab. Ich floh, rannte um mein Leben. Ich stürmte zum Parkplatz, hoffte, die Straße zu erreichen.

»He!«

Messinger lief hinter mir her mit lauten, harten Schritten. Ich wagte nicht, mich umzuschauen. Er war schneller als ich, und er holte auf. Ich fühlte einen Stoß, der mich zu Boden schleuderte. Ich fiel auf die Hände und versuchte mich wegzurollen, aber ich war nicht schnell genug, um mich zu retten. Ich lag auf dem Boden, und er war über mir, keuchend und rasend vor Wut. Er zerrte mich auf den Rücken, und ich riß die Arme hoch, um seine Schläge abzuwehren.

Etwas erregte seine Aufmerksamkeit, und er hob mit einem Ruck den Kopf. Vom Sumpf her näherte sich ein Wagen. Messinger zog mich auf die Beine, schleppte und stieß mich über die Betonpiste in den Schutz des Gebäudes. Er lehnte sich mit dem Rücken an die Mauer und drückte mich so fest an sich, daß ich das Gefühl hatte, in einem Schraubstock zu stecken. Eine Hand preßte er mir auf den Mund, mit der anderen hielt er mir wieder die Pistole an die Schläfe. Ich war kurz vor dem Ersticken, wir atmeten beide schwer.

Der Wagen hielt auf dem Parkplatz. Ich hörte zwei Autotüren

zufallen, eine unmittelbar nach der anderen, und dann Stimmengemurmel. Rochelle sah ich zuerst, ihre Absätze klapperten über das Pflaster, ich sah die blassen Wangen, das helle Haar über dem aufgestellten Kragen ihres Trenchcoats. Eric ging neben ihr, wandte ihr das Gesicht zu. Sie hielten sich bei der Hand. Dietz war auch dicht bei ihr, konzentrierte sich ganz auf die Dunkelheit, die sie einhüllte. Als er die Maschine entdeckte, zögerte er. Ich sah förmlich, wie er verblüfft die Augen zusammenkniff. Er streckte den Arm aus, um Rochelle aufzuhalten, und auch Eric blieb stehen.

Messinger stieß uns von der Mauer ab. »He, Kumpel! Hier drüben! Schau, was ich habe!«

Einen Moment lang bildeten wir fünf ein lebendes Bild. Ich hatte das Gefühl, wir seien Teil eines Festzugs, gehörten einer Theatergruppe an, die ein bekanntes historisches Ereignis darstellte. Niemand rührte sich. Messinger hatte die Hand von meinem Mund weggenommen, aber keiner von uns sagte ein Wort.

Endlich wurde Eric munter. »Daddy?«

»Hallo, mein Großer. Wie geht's dir denn? Ich bin hier, um dich abzuholen.«

»Mark, gib ihn mir wieder«, sagte Rochelle. »Ich bitte dich. Du hast ihn jetzt acht Monate gehabt. Laß ihn bei mir. Bitte.«

Trotz der Entfernung zwischen uns war ihre Stimme deutlich zu hören.

»Kommt nicht in Frage, Baby. Das ist mein Junge. Aber weißt du was? Ich schlage dir einen Handel vor. Ich kriege Eric, und ihr kriegt sie. Ist das fair?«

Dietz sah Rochelle an. »Er wird Eric nichts tun...«

»Halten Sie sich da raus!« fauchte Rochelle ihn an. »Das ist nur eine Sache zwischen ihm und mir.«

»Er bringt Kinsey sonst um«, sagte Dietz.

»Das ist mir scheißegal!«

»Entschuldigen Sie, Dietz«, mischte Messinger sich ein. »Ich unterbreche Sie nur ungern, aber eine Auseinandersetzung mit ihr können Sie nicht gewinnen. Sie ist ein dickköpfiges Miststück. Glauben Sie mir, ich weiß Bescheid.«

Dietz schwieg und sah Messinger an. Rochelle hatte besitzergreifend die Arme um Eric gelegt und hielt ihn fest – fast so wie Messinger mich.

Messinger konzentrierte sich einen Augenblick auf Dietz. »Ich wäre Ihnen dankbar, wenn Sie Ihre Knarre herausholen würden, Kumpel. Könnten Sie das tun? Ich möchte dieser Dame nicht sofort das Hirn aus dem Kopf blasen müssen. Ich hab mir gedacht, daß ihr euch gern voneinander verabschieden würdet.«

»Wie ernst ist es Ihnen mit einem Handel?« fragte Dietz.

»Erledigen wir zuerst die Sache mit der Knarre, okay? Dann verhandeln wir. Ich muß Ihnen sagen, daß ich ziemlich nervös bin. Ich habe eine entsicherte .45er in der Hand, und der Abzug braucht nur zwei Pfund Druck. Also machen Sie mal ganz langsam.«

Dietz schien sich in Zeitlupe zu bewegen, nahm seine Waffe aus dem Halfter, das er unter dem sportlichen Tweedjackett trug. Er hielt den Lauf in die Höhe, nahm das Magazin heraus und warf es auf den Boden. Das Metall klapperte über den Beton, als er es mit der Fußspitze wegstieß. Er warf die Waffe über die Schulter in die Dunkelheit. Dann hob er die Hände, Handteller nach außen.

Dietz und ich wechselten einen Blick. Ich fühlte Messingers Anspannung durch meine Rückenknochen. So an ihn gelehnt, war mir wärmer, und wenn ich den Kopf nicht bewegte, spürte ich die Pistolenmündung kaum. Da der Lauf mit aufgeschraubtem Schalldämpfer so lang war, konnte er ihn mir nicht direkt an den Kopf halten. Er war gezwungen, aus einem bestimmten Winkel auf mich zu zielen. Ich fragte mich, ob ihm das Gewicht der Waffe nicht allmählich lästig wurde.

Messinger musterte Dietz sehr sorgfältig.

»Sehr schön. Und jetzt überreden Sie Rochelle dazu, mit mir zu kooperieren. Versuchen Sie, sie zur Vernunft zu bringen. Wenn Sie's nicht schaffen, werde ich hier meinen Fünfzehnhundertdollar-Auftrag erledigen.«

»Warum fragst du nicht Eric, was er will?« sagte Rochelle.

»Weil er noch zu klein ist, um zu unterscheiden, wer für ihn sorgen soll«, sagte Messinger gönnerhaft. »Du lieber Himmel, Rochelle! Es ist nicht zu fassen, was für einen Scheiß du daherredest. Genau das macht dich zu einer schrecklich schlechten Mutter, weißt du das? Wenn er bei dir bleibt, wird mit der Zeit ein richtiger kleiner Schwächling aus ihm. Lassen wir jetzt den Quatsch beiseite, erledigen wir lieber unseren kleinen Handel. Schick Eric einfach zu mir rüber, dann sehen wir, was wir tun können.«

Dietz sah Rochelle an. »Tun Sie, was er sagt.«

Sie antwortete nicht. Sie starrte Messinger an, dann schweifte ihr Blick zu mir ab. »Ich glaub dir nicht. Du bringst sie trotzdem um.«

»Nein, das werde ich nicht tun«, sagte er, als habe sie ihn fälschlich beschuldigt. »Deshalb habe ich sie hergebracht. Um zu tauschen. Ich würde nie jemanden linken, wenn es dabei um mein Kind geht. Bist du verrückt?«

»Sie bekommen eine zweite Chance, Eric zurückzuholen«, sagte Dietz zu ihr. »Ich verspreche es. Wir werden Ihnen helfen. Aber gehen Sie jetzt darauf ein.«

Sogar aus dieser Entfernung sah ich, wie ihr Gesicht sich verzog. Sie gab Eric einen leichten Stoß. »Geh schon...« Die Hände tief in den Manteltaschen vergraben, begann sie zu weinen.

Eric zögerte, blickte von ihrem Gesicht zum Gesicht seines Vaters.

»Es ist schon gut, Engel«, sagte sie. Er ging rasch, den Kopf gesenkt, das Gesicht verborgen.

Messinger packte mich noch fester, und ich roch den gelblichen Schweiß, der ihm aus allen Poren sickerte – den Schweiß sexueller Erregung. Die Zeit schien stillzustehen, während das Kind den Parkplatz überquerte. Nur der Wind war zu hören, der raschelnd über die Rollbahn fegte.

Eric kam bei uns an. Ich hatte ihn noch nie aus der Nähe gesehen. Er sah aus wie ein Kind auf einer Glückwunschkarte zum Valentinstag, rosige Wangen, blaue Augen, lange Wimpern. So verletzlich. Er hatte leicht abstehende Ohren, und sein Hals schien zu dünn zu sein. »Tu ihr nichts, Daddy.«

»Das würde ich nie tun«, sagte Messinger. »Der Wagen steht

auf der anderen Seite des Hangars. Du kannst dort drüben auf mich warten. Hier ist der Schlüssel.«

»Mark?« Rochelles Stimme ging fast unter im Dröhnen einer Maschine, die zur Landung ansetzte. Tränen strömten über ihr Gesicht. »Darf ich ihm einen Abschiedskuß geben?«

»Himmel!« hörte ich ihn murmeln. Dann hob er die Stimme: »Na, dann komm rüber, aber mach schnell.« Zu Eric sagte er: »Warte hier auf deine Mami, und dann setzt du dich in den Wagen, wie ich es dir gesagt habe. Hast du zu Abend gegessen?«

»Wir haben bei McDonald's gehalten und einen Big Mäc gegessen.«

»Nicht zu fassen! Du weißt doch noch, was ich dir über diesen Plastikfraß gesagt habe?«

Eric nickte, seine Augen füllten sich mit Tränen. Er wußte nicht mehr, ob er auf den Vater oder auf die Mutter hören sollte.

In der Zwischenzeit kam Rochelle auf uns zu, in einer schnurgeraden Linie, setzte einen hochhackigen Schuh vor den anderen wie in der Mannequinschule. Über ihre Schulter hinweg trafen sich die Blicke von Dietz und mir und hielten einander fest. Sein Lächeln wollte mir Mut machen. Ich wollte Dietz nicht sterben sehen, glaubte es nicht ertragen zu können, dachte, wenn es darauf hinauslief, wollte ich auch nicht mehr leben.

Ich sah zu Rochelle hin. Sie war ungefähr einen Meter vor uns stehengeblieben. Eric ging auf sie zu und preßte das Gesicht gegen sie. Sie bückte sich und legte die Wange auf seinen Scheitel. Sie weinte ganz offen. »Ich liebe dich«, flüsterte sie. »Du wirst brav sein, nicht wahr?«

Er nickte stumm, löste sich dann von ihr und lief, ohne zurückzublicken, auf den Rolls zu. Sein Vater rief ihm nach: »He, Eric, im Handschuhfach sind ein paar Kassetten. Du darfst spielen, was du willst.«

Rochelle sah Mark an. Sie zog den Derringer aus der Tasche, zielte auf seinen Kopf und drückte ab. Der Knall war unverhältnismäßig laut für eine so kleine Waffe. Ich hörte Mark schreien. Er ließ die .45er fallen, preßte beide Hände auf sein rechtes Auge, stürzte seitlich aufs Pflaster und krümmte sich vor Schmerzen. Mit einer Sachlichkeit, die sie von ihm gelernt haben mußte, ging Rochelle ganz dicht an ihn heran und feuerte wieder. »Du Mistkerl! In deinem ganzen verdammten Leben hast du dich noch nie an eine Abmachung gehalten.«

Messinger lag still.

Dietz setzte sich in Bewegung und kam auf mich zu. Ich lief ihm entgegen.

Als die Polizei schließlich den Boden um Bronfens Geräteschuppen herum aufriß, kamen vier Leichen ans Licht. Die im Fundament vergrabene wurde als ehemaliger Pensionsgast von Bronfen identifiziert, dessen Pensionsscheck Bronfen mindestens fünf Monate lang kassiert hatte. Die Pathologen arbeiten noch immer daran, festzustellen, wer die anderen Toten sind; doch eine ist mit an Sicherheit grenzender Wahrscheinlichkeit Bronfens Frau Sheila. Irene geht es besser, seit sie die Wahrheit weiß. Sie hat einen guten Therapeuten gefunden, der ihr hilft, mit allem fertig zu werden. Es wird vielleicht noch Jahre dauern, aber sie ist wenigstens auf dem richtigen Weg.

Ein dritter (und letzter) gedungener Mörder wurde, kurz nachdem Messinger getötet worden war, in Carson City gefaßt. Gestern habe ich mit Lee Galishoff telefoniert, der mir erzählte, Tyrone Patty sei bei einem Streit mit einem Mitgefangenen durch einen Messerstich tödlich verletzt worden.

Dietz war bis zum 29. August bei mir, dann klappte es mit dem Job, auf den er gehofft hatte. Jetzt ist er in Deutschland und filmt simulierte Überfälle auf Militärstützpunkte. Er schwört, daß er zurückkommt. Ich möchte ihm gern glauben, weiß aber nicht, ob ich es wagen soll. Bis dahin habe ich meine Arbeit und ein Leben, das mir reicher vorkommt, seit er dazugehört hatte.

Bis demnächst,
Ihre Kinsey Millhone

Kriminalromane

Sue Grafton
Detektivin, Anfang 30, sucht Aufträge
Kinsey-Millhone-Kriminalstories
Band 10208

Kinsey Millhone betreibt das Detektivgewerbe in Santa Teresa, einer kleinen Stadt nördlich von L. A. 32 Jahre jung, zweimal geschieden und Single aus Überzeugung.
In den Geschichten dieses Bandes erzählt die Detektivin mit der dunklen Strubbelmähne von sieben Fällen aus ihrer Praxis – menschlichen Beziehungsgeflechten mit tödlichem Ausgang.

Sue Grafton
Sie kannte ihn flüchtig
Band 8386

Kinsey Millhones neuester Auftrag führt sie ins kalifornische Floral Beach, wo sie den wahren Täter in einem siebzehn Jahre zurückliegenden Mordfall ermitteln soll und hinter der Fassade einer respektablen Kleinstadtgesellschaft auf alte Verletzungen und mörderische Leidenschaften trifft...

Fischer Taschenbuch Verlag

fi 1361/2

Kriminalromane

Elisabeth Bowers
Ladies' Night
Band 8383

Die Suche nach einem verschwundenen Mädchen führt Detektivin Meg Lacey ins Drogen- und Pornomilieu von Vancouver.
»Elisabeth Bowers ist die erste Krimiautorin, die sich glaubwürdig der Themen Kinderpornographie und sexuelle Ausbeutung Minderjähriger annimmt.«
Sara Paretsky

Die Lady ist ein Detektiv
Von Agatha Christie
bis Sara Paretsky
Herausgegeben von
Marie Smith
Band 10500

Acht Autorinnen, acht Detektivinnen, acht spannende Stories aus der englischen und amerikanischen Krimiszene von 1918 bis heute. Das Spektrum der Crime Ladies reicht von der emfindsamen Solange Fontaine über die pfiffige Miss Marple und die naive Louise Baring bis zu der unerschrockenen V. I. Warshawski.

Fischer Taschenbuch Verlag

fi 1364/1

Kriminalromane

Martine Carton
Medusa und
Die grünen Witwen
Band 10917

Medusa ist wirklich eine Schönheit, aber Tonia, die Amsterdamer Journalistin, kann sie nicht ausstehen. Und offensichtlich scheint es noch einer ganzen Reihe von Leuten ebenso zu gehen, denn niemand ist so recht traurig, als Medusa aus dem Fenster ihres Hochhaus-Appartements stürzt. Und das, findet Tonia, macht sie alle verdächtig.

Maureen Moore
Mit gemischten Gefühlen
Band 10289

Marsha, Studentin und alleinerziehende Mutter, wird im Rahmen eines Praktikums bei der städtischen Mordkommission mit der kruden Realität eines Mordfalles konfrontiert. Marsha ist eine Heldin, die gar nicht erst versucht, durch Imitation männlicher Qualitäten zu imponieren, sondern den Beweis erbringt, daß angeblich weibliche Schwächen, zumindest in dieser Geschichte, zuverlässiger zum Ziel führen.

Fischer Taschenbuch Verlag

fi 1366 / 1